现代词学的起源

张耀宗 著

生活·讀書·新知 三联书店

Copyright © 2023 by SDX Joint Publishing Company.
All Rights Reserved.
本作品版权由生活·读书·新知三联书店所有。
未经许可，不得翻印。

图书在版编目（CIP）数据

现代词学的起源／张耀宗著. —北京：生活·读书·新知三联书店，2023.3
ISBN 978－7－108－07501－7

Ⅰ.①现… Ⅱ.①张… Ⅲ.①词（文学）－诗词研究－中国 Ⅳ.①I207.23

中国版本图书馆 CIP 数据核字（2022）第 175056 号

责任编辑	唐明星
装帧设计	薛　宇
责任校对	常高峰
责任印制	宋　家
出版发行	生活·讀書·新知 三联书店
	（北京市东城区美术馆东街 22 号 100010）
网　　址	www.sdxjpc.com
经　　销	新华书店
印　　刷	三河市天润建兴印务有限公司
版　　次	2023 年 3 月北京第 1 版
	2023 年 3 月北京第 1 次印刷
开　　本	850 毫米×1092 毫米　1/32　印张 12
字　　数	248 千字
印　　数	0,001－3,000 册
定　　价	59.00 元

（印装查询：01064002715；邮购查询：01084010542）

谨以此书纪念我的母亲

目 录

序　大于人类的文化一瞥　　*1*

引　言　　*1*

第一章　走出文学史的视野：朱祖谋《词莂》的历史语境与晚清词学　　*1*
　　一、两种评价　　*3*
　　二、《词莂》与常州词派　　*9*
　　三、小令的意义与毛奇龄的再发现　　*19*

第二章　论张尔田的词学　　*27*
　　一、张尔田与晚清词学　　*30*
　　二、新旧之间的张尔田词学　　*37*

第三章　不古与不今：围绕胡适《词选》的讨论　　*47*
　　一、文学史与复古主义　　*76*

二、回归的意义：南宋词及其他　99
　　三、从词人到作家　117

第四章　"本事"背后的"风人"　131
　　一、从《彊村本事词》到《乐府补题考》　133
　　二、"风人"：考证学视野中自我的政治　153

第五章　如何读懂一首词　197
　　一、阅读的现代性　206
　　二、两种传统的矛盾　238
　　三、比兴的旅行　257

余　论　抵抗的学术史　283

参考文献　297

附录一　作为思想话题的国文　305
附录二　读罗钢《传统的幻象：跨文化语境中的王国维诗学》　340

序

大于人类的文化一瞥
——从《现代词学的起源》引发的联想[1]

孟 悦

"现代"与"词学"的组合初看正常，琢磨一下却十分奇特。已知词是个特殊而固定的文体，近似五言、七言，传承了千百年而变通空间不大。若不是对专门的研究者，一般会被归类于古典文学门类和文论的范畴。然而《现代词学的起源》却告诉我们，词学的现代研究是在20世纪初同新文学一起开始的，是和新文学的对话，甚至可能是分流。学者罗钢在《传统的幻象：跨文化语境中的王国维诗学》中已经展示，那些被认为中国本土和传统的审美概念，其实本身已经是吸收欧洲文论的产物。他掰开并反转了传统与现代、中与西这类僵硬思维框架，对跨文化历史所提出的重大美学和哲学命题，如理性、直观与意境的关系，进行了深入梳理与讨论。《现代词学的起源》再次证明，词学不只是一种传统文论，现代词学的研究从对整个词史的评价和认知入手，触动着对现代文学和现代文

---

[1] 此文是因《现代词学的起源》而生的关于现代文化史的联想，既不能算作"序"，也非书评，倒是近乎把"和诗"的形式转用到了文化反思上。与原著有微末关联，而内容不同，是交流、借题发挥，也可以说是附录。

化本身的定义。

我于词是一介素人,对词学更是无知,无从在理论和学问的层次参与现代词学的讨论。对"现代词"仅有的感性认识也就是20世纪初的几首女性词章而已。尽管如此,这几首词所传达的特殊而鲜明、青春、铿锵澎湃的氛围,却仍然引发了我这个外行关于文化史的联想和感慨。比如吕碧城于1904年发表于天津《大公报》上的那首《满江红·感怀》:

> 晦暗神州,欣曙光一线遥射。问何人,女权高唱?若安达克。雪浪千寻悲业海,风潮廿纪看东亚。听青闺挥涕发狂言,君休讶。幽与闲,长如夜。羁与绊,无休歇。叩帝阍不见,愤怀难泻。遍地离魂招未得,一腔热血无从洒。叹蛙居井底愿频违,情空惹。[1]

这里除了新鲜的巾帼气概,令人惊异的是词人那种先进的意识本身,以及将跨时代、跨地域的多样性语言溶于胸襟时的无拘无束。短短一首词包括了现代名词,如女权、东亚和20世纪,法语Jeanne D'arc的中文音译若安达克,佛教概念如业海,缘自《离骚》和《诗经》的特有隐喻"帝阍",等等。不仅如此,所有这些按常理完全违和的词语,在这里竟安置得恰到好处,酣畅直接。碧城好友秋瑾的《满江红》也有"自由香,常思爇""振拔须思安

---

[1]《吕碧城集》,李保民校笺,上海古籍出版社,2015年,第241页。

种类""算弓鞋三寸太无为，宜改革"等英气袭人之句。[1]自由、改革等语是现代用法自不用说，"种类"则是当时对人种和物种的一种说法。可以确定的是，新文化运动之前，不少19世纪末20世纪初的诗词不仅早已"现代"，而且在意识和艺术上具有相当的先锋性和冲击力。学界对吕碧城、秋瑾作品已有出色的研究，此处无法一一引述。[2]而同时代无政府主义者何殷震之女性平等解放的理念也如学者们指出，走在世界女权主义的前沿。[3]问题在于，为什么这些具有先锋性现代性的写作会被新文学前驱者们遗在"新文学"杂志和文集之外？若这些词作不算现代，只能说明"现代文学"的标准本身出了偏差。或许，《现代词学的起源》的选题伊始，也是因现代词的存在打破了"现代文学"和"新文学"间的等号。现代文学从哪里开端不再是定论，而成了问题。

实际上，过去十几年的晚清研究已经揭开了新文学和新文化运动对现代文化发展的"抑制"机制。[4]的确，读完吕碧城、秋瑾、何殷震等人的诗文再来读胡适、陈独秀打底的新文学，多少会有一种失落之感。若将"问何人，女权高唱？若安达克。雪浪千寻悲业海，风潮廿纪看

---

[1] Grace Fong, "Alternative Modernities, or a Classical Woman of Modern China: The Challenging Trajectory of Lü Bicheng's (1883–1943) Life And Song Lyrics." *Nan Nu*, Vol. 6, No. 1(2004), 20.
[2] 参见麦吉尔大学教授Grace Fong对吕碧城的研究，以及Joan Judge、胡缨对秋瑾和清末女性文学及文化的研究，夏晓虹教授的著作，等等。
[3] 见Lydia Liu, Rebecca Karl & Dorothy Ko, eds., *The Birth of Chinese Feminism*, Columbia University Press, 2013.
[4] "抑制"一词取自David Der-wei Wang, *Fin-de-Siècle Splendor: Repressed Modernities of Late Qing Fiction, 1849–1911*, Stanford University Press, 1997.

东亚",与白话新诗中"两个蝴蝶飞上天""对面山上来了个俏冤家"等名句做一对比,你会怀疑新文学究竟是像陈独秀所说,代表从"贵族文学"向"国民文学"、"山林文学"向"社会文学"的进步,[1]还是某种退步。在文体上也是如此。19世纪末20世纪初,报刊杂志风涌,新旧词汇、中外古今文体出现前所未有的自由开放的交流。传统词牌如清平乐、临江仙与现代事物并存,章回小说与科幻世界间有意想不到的对话。亚洲文本和外来文本之间的这种杂糅与张力,蕴含着纷乱自由无羁的创作潜力。这样的创作潜力,在遇到新文学理论企划的条框后,是否直接被一刀切地取代革除了?现代中国是否只剩下新文学、新文化这一个企划?显然不是。

对于新文学和新文化到底是什么样的"企划",也许可以从大于人类的角度做一点新的阐述。陈独秀、胡适通过强调"写实""社会""平民""言之有物"等概念来建构的新文学,是以现代社会和物质生活的可信性与可经验性作为文学的价值和理念。印度作家高希指出,可信性成为现代小说的重要理念,为的是使读者在阅读中获得对新社会结构和现代物质生活的体验。[2]他举例说《包法利夫人》就以可经验的方式描述了中产阶级主体在新日常生活的时空延续中的成长,从而成为现代小说的代表作之一。透明化的文体诉求,提供着对这种生活的无中介描述。那

---

[1] 胡适《中国新文学大系建设理论卷导言》,《胡适谈文学》,哈尔滨出版社,2013年,第19—46页。
[2] Amitav Ghosh, *The Great Derangement: Climate Change and the Unthinkable*, University of Chicago Press, 2016.

么，同样写实的透明的文学观是否也可以用来生产"引车卖浆者"的文学呢？新文学理论家们的答案显然是肯定的，但法兰克福学派如本雅明则不会同意，他赞扬波德莱尔，就因为他的诗歌撕开了这种无中介物质世界的时空延续。而高希的看法则更有启示。他认为这种圈限在社会和物质生活可经验性上的文学不过是建构了一种关于世界的"臆想"(derangement)，它屏蔽了人类社会物质生活经验之外的世界，否定了本土文化想象的可信性，也否定了人类生活与动植物世界的情感和道德的关联。[1]这很好理解，比如，动物与人类间的交流可以是少数民族文学的活的主题，在新文学那里却会属于非现代。当然，高希的观点并不一定有代表性，然而大体上说，在以"社会人"为焦点的新文学中，除非是作为自然背景、经济资源和寓言，几乎找不到以植物、动物、森林和地球与作为语言和道德主体与人类主人公共存的故事。

回到词和词学。新文学的写实、社会、新白话的框架也屏蔽了诗歌本身那种大于社会、大于人类的表意特点。生态批评所说的"大于人类"指的是去人类中心的主体意识，而在中文古典诗歌中，大于人类却是具体的艺术特征。诗歌从一开始就不仅在描摹社会经验，而且借助与万物的换位来唤醒主体意识。按龙榆生对《小戴礼·乐记》的解释，"民有血气心知之性"，但喜怒哀乐反复无常，是诗乐使人心"应感于物而动"的同时，保存赤子之心，从

---

[1] Amitav Ghosh, *The Great Derangement: Climate Change and the Unthinkable*, University of Chicago Press, 2016.

而能"爱其类"。[1]这里"物"并非死的物质,而是有生命的天地万物。"人心之动,物使之然",诗歌礼乐借物感人,以促进主体和自我意识的成型。于是与"万物"的关联是内在于"民"的,否则民则不成其为民。也是,即使国仇家恨也会写成"感时花溅泪,恨别鸟惊心",足见万物在诗歌中的重要位置。由于对万物涉及之繁,《诗经》甚至成为古代动植物研究的重要文献。这和亚理士多德《诗学》所处理的那种以表达人类经验为主的形式,如悲剧、史诗、抒情诗等,形成历史的差别。所以《诗学》注重模仿说和修辞理论,而中文古文论则重在风雅颂赋比兴:风雅颂关乎地域民风祭祀,是和天地神明、圣者以及邻里的交流,而赋比兴则通过与万物之间的相关及可互换性来传达心意和思想。可以说,中文诗词乃是那种强调人与万物之互通性的语言,是那种把此时此刻的表达者和他时他刻他世界的天地万物人关联到一起的语言。和主客分离的现代认识论不同,"万物"不是需要表现的外界,而是人类在宇宙大地上自我认同的媒介。

而新文化运动后,这类关乎人在万物中自我定位的"企划"还有否延续呢? 值得庆幸,如《现代词学的起源》所说,现代词学重新强调了比兴的重要性以及音乐性对词的艺术特征的决定性作用。这就是说,词学家们在新文学和新文化圈外,试图保留和发展那种"应感起物而动",即通过与天地万物建立互换关系来体验和传递人生的表意

---

[1] 见龙榆生《诗教复兴论》,《龙榆生学术论文集》下,上海古籍出版社,2017年,第403页。

方式。从吕碧城和龙榆生的书信交往可以看到,他们已经把"感于物而动"的"民"扩大为"有情众生"的共同体:物之感人,因为同是"有情众生"。"感物而动"于是如张耀宗所说,是一种活的词学原则、创作原则。二战之中,龙榆生曾以《大智度论》中一则感人的动物故事谱成歌词,题为《山鸡救林火》。[1]本事写的是山林突发大火,生灵们陷入绝境,而一只山鸡因怜悯众生,以羽毛蘸水,忘我扑救。天帝问,你力量如此微薄,要救到何时?答曰,至死方休。歌词写于生灵涂炭的1940年,显然是以山鸡守护生灵的赤诚,以生命为共同体,再行"诗歌之教"。而吕碧城,像陈曦指出的,则阐发佛教之"人我众生平等"的概念来走在现代物种政治思考的前沿。[2]她明确说,人类能说话能写字,不需要她来鼓吹人道之仁义道德,她所要为之发声的是非人类的物种,"予但为处于世界悲悯矜怜之外之物类吁"。[3]龙榆生和吕碧城不是把自己锁在那种屏蔽其他物种的"臆想"世界,而是在和其他物种的共存关系中定位自己。

这种扩大了的生命共同体意识影响着现代词学的历史实践。从1937年至去世前,吕碧城六度致信龙榆生,交流新词创作、对生死的看法和习佛体会。吕碧城辞世时,龙榆生则以一首夹叙夹议的《声声慢》为悼,描述了一个

---

[1] 无可(词)《山鸡救林火》,《忍寒诗词歌词集》,龙榆生著,上海古籍出版社,2017年,第162—163页。
[2] 见 Xi Chen, "The Birth of the Animal: The Politics of Interspecies Culture in China, 1900-1959". PhD Dissertation, University of Toronto, 2019.
[3] 吕碧城《致伦敦禁止虐待牲畜会函》,《吕碧城集》下,上海古籍出版社,2015年,第574页。

大于人类的生命的离世。

> 荒波断梗,绣岭残霞,迢遥梦杳音书。腊尽春迟,花香冉冉愁予。
>
> 女士最后寄余书,以十二月二十一日发,一月二十四日到,正女士往生之时也。浮生渐空诸幻,奈灵山,有愿成虚。人去远,腆迦陵凄韵,肯更相呼。来书谆劝学佛,有"言尽于此"之句。慧业早滋兰畹,共灵均哀怨,泽畔醒余。揽涕高丘,女士有宅在瑞士雪山中,往年曾贻影片。而今踯躅焉如。慈航有情同渡,漱清流,拼饱江鱼。女士遗命将遗体火化,骨灰和面成丸,投诸海中,结缘水族。真觉了,任天风,吹冷翠裾。[1]

以"荒波断梗,绣岭残霞,迢遥"表永诀之伤,以"腊尽春迟"表示时间,皆有以万物的形态来表意的特点。"有情同渡"指包括所有动物在内的众生,而"同渡"点出吕的辞世不仅仅是个人的生死。末尾"真觉了"一句本是对吕碧城为彻悟之人的断言,却用了"天风"来相关,有超越社会、超越时间的意味。

岔开一句说,现代词学家中颇有习佛习道之人,包括《现代词学的起源》提到的龙榆生、夏承焘、张尔田和更早的沈曾植等,他们即便不是佛道思想的主要阐释者、实践者,也是其朋友圈中的人。这样一个朋友圈不仅让人类

---

[1] 龙榆生《忍寒诗词歌词集》,上海古籍出版社,2017年,第144页。

与天地万物的关联继续入词入诗,对现代文明的讨论也投以了密切关注。[1] 比如,如我们所知,20世纪以来,思想界对道德与现代文明的关系有过数次讨论。早在一战期间,时为《东方杂志》主编的杜亚泉就曾以《静的文明与动的文明》等多篇文章讨论现代文明伦理缺失的问题。不过受赫胥黎和斯宾塞的影响,杜亚泉把现代世界的道德危机归结为理性不足,把发展以知性为基础的心理人格当作完善道德的途径。但这样推论的结果,是将道德伦理变成了人类的独有之物,天地万物及其他物种皆被剥夺了道德主体的身份,只剩经济原材料的资格。作为习佛之人,张尔田显然不同意将理性和知识作为道德伦理的最高来源,曾与其弟张东荪讨论柏格森的《创纪论》,以为其中"痛言智识不足恃,注重直觉,颇与佛学相表里"。[2]

直觉是否与佛学相表里可以另作别论,但直觉能力确实不是人类所独有,更不是人类所擅长,同时,佛学穷究万物的生死来去,直觉和佛学都指向了大于人类的意识源泉。后来张尔田把自己对保教运动、东西文明和科玄之争等几大论战的思考,写成长文《论中国文化及其道德宗教》,试图从文化、道德和宗教之"连环扣"式的相互依存中,将伦理问题提离新与旧、科与玄的二项对立,回归文化、德育与宗教的关系中。据他看,(内于人类的)理性道

---

[1] 和谭嗣同一样,张尔田曾参与保教运动,思考如何建立一个脱离政府的道德教育系统,同时允许宗教选择上的自由。可参见颜炳罡《孔教运动的由来及其评价》,《齐鲁学刊》2004年第6期。
[2] 张尔田《张尔田书札》,梁颖等整理,上海人民出版社,2021年,第161页。

德教育离不开（大于人类的）灵性智慧的支撑；而对（大于人类的）灵性信仰的接受和维系则为（内于人类的）文化历史的取舍；而各个文化的价值终又由其（大于人类的）信仰和道德所决定。长话短说，张尔田无法割舍的是那种大于社会和人类理性的（超）意识维度，力求为它在现代文化中保留一席之地，并通过它来检视和重构现代文化。

有一点是清楚的：考察现代词学史有关联的文化源流，可以辨认出一脉在古典基础上发扬光大的"大于人类"的现代文化。它与新文化理论的最大区别就在于对待其他物种的态度，在天地万物中的自我定位，以及由此而生的完全不同的自我意识、道德观念、文化乃至经济活动。比如，周作人以进化的、非兽性的"人的文学"来表达新文化的理想，而由于达尔文主义的影响及对理性的尊崇，他关于"人"的理念是以对动物的降格和黑化为前提的，将人性中的丑陋归咎为"兽性"。[1]但大于人类的现代文化正好相反，是借助传统文化资源对生命和物种关系的阐释，从反达尔文主义的进化理论和欧洲动物伦理思想汲取滋养，有意识地颠倒了人与其他物种的不平等关系。简单说，早在20世纪初，无政府主义代表人物刘师复、李石曾就已经把平等对待一切物种当作政治道德理念并身体力行。[2]而20世纪二三十年代，佛教领袖太虚大师、著名学者居士丁福保、《护生画集》的作者丰子恺和弘一

---

[1] 周作人《人的文学》，《新青年》第5卷第6期（1918），第30—39页。
[2] 见孟悦《第一步是戒杀：现代人类想象的秘密》，《今天·生态与人专辑》2020年第126卷第2期。

大师、功德林创办者赵云韶等，通过文字、绘画、出版、社团和企业，汲取了无政府主义理论家对物种互助论的阐发，发展出了鲜明的护生文化乃至护生经济——"护生"的生是生灵的生。[1]二战期间，护生文化演变成反对暴力的反战文化，将吃动物、奴隶制与侵略战争看作是同一种对生命的暴力。用吕碧城的话说，"人类之杀物类"和种族奴役是如出一辙，"纯出于以强凌弱，岂有它哉！"。[2]她指出，这种人对动物的"弱肉强食"一旦成风，"人类亦将不保"，终将成为"世界战乱之导源"。[3]

当年的这个警示，像极了今天战象频出、气候变迁、生物灭绝的现实。从20世纪下半叶至今，护生、戒杀的理念被旁置并遗忘，对于其他物种的暴力在伦理上被正当化，天地万物作为"原材料"的身份被强调到了极致。随着吃动物成为现代生活的营养追求之一，为饱口腹之欲而养殖的陆地动物已是世界人口的十倍之多。气候科学早已证明，畜牧业是全球温室气体的第一大排放源，排放量为全球交通排放总和的四至七倍，[4]并烧掉了近40%的亚马孙热带雨林以做饲料种植。可怕至极的是，我们的生活与气候变迁和生物灭绝的最大元凶畜牧业亲密缠绕，却既无

---

[1] Xi Chen, "The Birth of the Animal"；孟悦《曾经的素食之都：戒杀护生的上海》，王德威、季进主编《世界主义的人文视景》，江苏大学出版社，2019年。
[2] 吕碧城《致伦敦禁止虐待牲畜会函》及《谋创中国保护动物会之缘起》，《吕碧城集》，上海古籍出版社，2015年，第573—575、568—573页。
[3] 同上，第683页。
[4] FAO, Livestock's Long Shadow (2006); R. Goodland & J. Anhang, "Livestock and Climate Change" (*World Watch Magazine*, 2009), Grossi G., et al., "Livestock and Climate Change: Impact of Livestock on Climate and Mitigation Strategies. *Animal Frontiers*. 2018 Nov 12; 9(1): 69–76.

道德上的不适，也不再有文化的抵制和习俗的限定。我们对正义和道德的关注仅仅以人类为中心，屏蔽着自身所在的生物圈和生命共同体成员的危急命运。这再次证明，气候危机是人文的危机，能否做出遏制气候变迁的决策是伦理和道德的选择。当然，我说的不是以现代词学研究来减排，我说的是，上述现代词家身体力行的护生文化、那种万物之一员的自我定位和生命共同体意识，那种视其他物种为平等的态度和为它们发声的行动，是今天遏制气候变迁、挽救生态灭绝的必需。

引 言

一

清末以来中国学术思想的发展,始终伴随着对中西问题或新旧问题的辩论。几乎可以这样说,向中西问题或新旧问题的复归是现代学术思想发展的一个重要推手。现在我们时代文化心态的一个独特性在于可以对西方文化平视,因此也就存在了对近代以来面对中西文化碰撞时不同的学术文化思路予以重新审视的可能性,也在这个意义上可能会超越保守与激进的简单划分,而重新将历史本身的复杂性呈现出来。

传统对于晚清民国那一代学者来说,不仅仅是一个学术上以不同形式呈现的话题,而且是在现实世界里面要予以辨析的价值观念。钱穆在回忆自己学术历程时说,自己在上小学的时候受到体育老师钱伯圭的一番关于中西文化比较言论的刺激,一生记忆犹新:"东西文化孰得孰失,孰优孰劣,此一问题围困住近一百年来之全中国人,余之一生亦被困在此一问题内。……从此七十四年来,脑中所疑，心中所计，全属此一问题。余之用心，亦全在此一问题上。"[1]但是，要将他们所说的传统阐述清楚，就必须和他们形成一种对话的关系，而不是简单地重复他们对传统的阐释即可。他们对于传统的理解不能自然而然地成为我们对于传统的理解。此外，传统的意涵在不同的人那里可能是不一样的。例如萧公权说："一个活的传统在长时间中，每一代的人都能身体力行其价值。因此，一个社会维持其旧传统的能力乃是其本身活力的指标，显示社会中之人大都能关心到眼前以外的事。"[2]对于萧公权来说，这个传统就是一系列生活价值。在大转型的时代里，传统的资源一直活跃在不同的思想与政治语境里面，它们的"复活"得益于不同的历史变革和运动，这也类似一个霍布斯鲍姆所说的"传统的发明"的过程。总之，需要将"传统"当作一种问题意识提出来，将它所承担的内涵在历史语境中重新展开，在这个过程里面才能厘清各种话语权力的关系。例如，如果说从传统的经史子集向西方学术分科系转变的确是传统学术的一大转变，但是这个思考框架还是过于宏大。在传统向现代转变的这个主题下可以描述出各种变化，但需要意识到这些变化的背后隐藏的是我们赋予自身世界意义方式的变化，前者是流，后者才是本。正是这个变化，让我们对过去与现在的关系可以进行重组。这其中的复杂性就远非几个诸如学科系统转变等框架式的描述所能应付。

---

[1] 钱穆《八十忆双亲 师友杂忆》，生活·读书·新知三联书店，1998年，第46页。
[2] 萧公权《康有为思想研究》，新星出版社，2005年，第268页。

本书所讨论的现代词学就是在与传统资源的对话中形成自己的独特面目。可以说常州词派是现代词学面对的最重要也是最特别的传统资源，现代词学的起源问题在很大程度上，与对常州词派采取什么样的处理立场和对话方式紧密相关。在分析现代词学的起源时，本书没有选取某些标志性的起点作为起源的标识，而是通过一些个案的研究来讨论现代词学得以成立的若干知识话语前提。在这里，个案研究对于思考以上的宏大问题具有特殊的方法论意义。如果说西方已经成为我们不可区分的一个部分，那么似乎不能够仅仅从一些理论反思上来将内在于我们的"西方"给予历史化。除了个案研究，似乎没有其他途径来帮助我们认识到历史的肌理。将现代词学的起源问题放在一个具体的语境里面，看它在具体的学者身上所表现出的复杂性，以及它是如何运作的。这里面包含有他们"讨价还价"以便坚持或者部分坚持自己认为最为重要原则的过程。这个过程在不同的词人身上的展现值得细究。甚至可以认为，正是被宏大叙事所淹没、所篡改的细节对话构成了历史不可化约的部分。

现代词学中的代表人物对传统的坚守，往往是以一种不自觉的矛盾形式展开的。他们所展示出来的多样矛盾，弥足珍贵。正是在他们那里，历史的各种复杂的力量聚集在了一起并且得以在文本上向我们重新展示出来。沟口雄三以为："历史的时间绝非是均质的，它充满了紧张与变化，在某些时点上达到高度的浓缩，在另一些时间流程中却是松弛而缺乏张力的。假如我们仅仅按照自然时间的顺序叙述历史，历史时间的这种性质是无法呈现的。"也就是说只有当一个人将"兴趣转向时间的非均质性的时候,他就是不再是旁观者而进入历史"。[1]不过,根据不同的个案所透露出的问题还是有所差别,正是透过对不同个案的选择及其特殊性的思考,让抽象的理论思考与具体的个案形成互动,才能不断积累起对现代词学起源问题的深入理解。

二

先简要回顾一下常州词派从张惠言开始一直到晚清的发展历史。常州词派之所以得以成立,是从对当时占据词坛的浙派末流的批评开始的,用谭献的话说:"浙派为人诟病,由其以姜、张为止境,而又不能如白石之涩、玉田之润。"针对浙派末流的这一弊病,当时在安徽授馆的张惠言,编辑了一本《词选》(1797年)。在《词选》的序言里,张惠言开宗明义地提出了常州词派得以成立的两个重要纲领:"意内言外"和"比兴寄托"。他说:"叙曰:词者,盖出于唐之诗人,采《乐府》之音以制新律,因系其词,故曰'词'。《传》曰:'意内而言外谓之词。'其缘情造端,兴于微言,以相感动,极命风谣,里巷男女哀乐,以道贤人君子幽约怨悱不能自言之情,低徊要眇以喻其致。盖《诗》之比、兴、变风之义,骚人之歌则近之矣。然以其文小,其声哀,放者为之,或跌荡靡丽,杂以昌狂俳优,然要其至者,莫不恻隐盱愉,感物而发,触类条鬯,各有

---

[1] 沟口雄三《关于历史叙述的意图与客观性的可能》,孙歌译,选自贺照田主编《学术思想评论》第十一辑,吉林人民出版社,2004年,第324—325页。

所归,非苟为雕琢曼辞而已。"在张惠言这里,词这个"小道"和中国传统诗学的比兴寄托勾连在了一起,常州词派由此而成,后来聚讼纷纭亦由此生。张惠言《词选》的意义用朱祖谋的话来说就是"回澜力,标举选家能。自是词源疏瀹手,横流一别见淄渑"(《望江南·题张皋文词集》)。和中国传统许多创作和理论流派一样,常州词派的形成和发展与选本、评点等表达形式分不开。例如在张惠言之后有董毅的《续词选》对张惠言"《词选》之刻,多有病其太严者"这一点做了补充和修正,此后还有周济的《词辨》和《宋四家词选》,谭献又因学生徐珂之请对《词辨》进行了评点,除此之外还有端木埰抄录给王鹏运的《宋词赏心录》等等,这些词选和评点构成了常州词派基本的理论文献和创作批评的样本。在张惠言之后,常州词派最为重要的理论家是周济。周济的词学观点受到张惠言外甥董士锡的影响:"晋卿年少于余,而其词缠绵往复,穷高极深,异乎平时所仿效,心向慕不能已。"他在理论上最重要的贡献是在张惠言比兴寄托说的基础之上提出了"有寄托"与"无寄托"以及"非寄托不入,专寄托不出"的观点,这无疑进一步深化和加强了常州词派的理论基础。也正是这个贡献,朱祖谋对他有一个极高的评价:"金针度,词辨止庵精。截断众流穷正变,一灯乐苑此长明。推演四家评。"可以说正是张惠言和周济两个人的努力,使得常州词派在理论上有了一个坚实的纲领,为后来常州词派的发展奠定了理论基础。

在周济之后的常州词派的理论家当中不能不提到谭献和陈廷焯两位。谭献在评点周济《词辨》之后说:"予固深知周氏之意,而持论小异;大抵周氏所谓变,亦予所谓正也,而折中柔厚则同。"他的词学观点主要见于《复堂日记》《复堂词录》《箧中词》以及他对周济词选的评点当中。应该说他更加细致地将常州词派的基本纲领灵活地运用到对于唐宋词具体作品的评价之中。除此以外,谭献一个重要的贡献还在于他通过对本朝词作的编选将常州词派在理论与实践上统一了起来。从张惠言开始通过提倡意内言外、比兴寄托的方式重构了唐宋词史的内部结构,这既构成了对当时浙派末流词作的批评,倡导了新的写作风气,更重要的是它同时形成了一种以比兴寄托说为根本的理论。以前的词派在建构自己理论的时候虽然也提及风雅,也提出自己追摹的唐宋作家,例如云间派倡《花间集》,浙派倡姜夔、张炎,但这些都是断裂性的或者说排他性的,词史的内在连续性是由一种写作否定另一种写作而形成的,是不同派别之间的斗争史,但是在常州词派的理论框架里,词的历史其实第一次获得了其内在意义的连续性,它倡导正变、比兴之说有其深刻的理论内涵。如果将清代的词史看成唐宋词史不同形式的复制和模仿,那么这个问题的提出本身就已经外在于传统的写作谱系,因为它将模仿与追摹预设成为一种完全没有创造性的行为,同时也将一个意义的关联体的批评方式预设成为消极的压制关系。后来陈廷焯在《白雨斋词话》中对本朝词人的评点以及朱祖谋编选的《词莂》在某种意义上都算是和谭献《箧中词》的对话。陈廷焯一开始其实是服膺浙派的,但是后来在遇到庄中白之后词学观点发生了变化,对张惠言的《词选》极为推崇,赞扬这本词选是"可称精当,识见之超，有过于竹垞十倍者，古今选本，以此为最"。陈廷焯是这样自述自己的变化的："近人为词，习绮语者，托言温韦；衍游词者，貌为姜、史；扬湖海者，倚于苏、辛；近今之弊，实六百余年来之通病也。余初为倚声，亦蹈此习。自丙子年与希祖先生遇后，旧作一概付丙，所存不过己卯后数十阕，大旨归于忠厚，不敢有背《风》《骚》之旨。"《白雨斋词话》是陈廷焯最为重要的词学理论著作，在这本词学著作里面陈廷焯提出了"沉郁"这个词学观念，他说："所谓沉郁者，意在笔先，神余言外。"这实际上是对张惠言所谓"意内言外"的继承和发展。还需说明的是，《白雨斋词话》稿本和1894年的《白雨斋词话》刻本有不尽相同的地方。例如，在《白雨斋词话》稿本里，他对朱彝尊的《静志居琴趣》大加赞许，说这本词集"味厚"，甚至用八则词话的篇幅来赞扬朱彝尊的《洞仙歌》17首。他为自己这样赞赏朱彝尊的艳词声辩："吾于竹垞独取其艳体，盖论词于两宋之后，不容过刻，截取可也。"就在同一本词话里，他又说朱彝尊的词"显悖乎《风》《骚》"，这又是批评的态度了，这是《白雨斋词话》里面的一个裂痕，后来在刻本中陈廷焯的父亲陈铁峰将他对《静志居琴趣》的评论悉数删去。此外这个裂痕也可以解释为晚清词学的新变而不是理论的内在逻辑问题。但是这的确带给我们一个重新审视常州词派的机会，而文本内部的看似矛盾的东西也不是删改就可以抹杀的。由此可见，无论是陈廷焯等人从浙派往常州词派靠拢的背景，还是谭献、陈廷焯等对张惠言《词选》的内在批评，其实都说明了常州词派理论不同发展时期之间并不是一种单纯的僵硬的承接关系，而是在比兴寄托的框架之中不断的辩驳中形成的。也正因为这样，常州词派理论才具有了不断应对新问题的强大活力。在常州词派看来，一首词应该既要有才艳思力，又能够归于蕴藉深厚，而将这两者结合最好的人是周邦彦，所谓"集大成者也"。有人认为像纳兰性德、蒋春霖等人的词是与性情、才气相关，超越了浙派以及常州词派的框架。将常州词派理解成以周、辛、王、吴四家作为典范词人的词学流派。这些说法从纯粹的写作上来看，是可以接受的。但这并不意味着单独的性情或者能够以词写史就可以成为独立的批评概念。常州词派没有否认这些概念的重要性，但是它们必须是放置在一系列的关系里被讨论，只有这样写作才有家法，整个词史也才能够在互相竞争和比对中形成内在的连续性。这也提醒我们不能将晚清常州词派的一些内部变化简单地解释成为常浙合流。从晚清到民国常州词派理论影响依然巨大，龙榆生在《论常州词派》中说："言清代词学者，必以浙、常二派为大宗。常州派继浙派而兴，倡导于武进张皋文（惠言）、翰风（琦）兄弟，发扬于荆溪周止庵（济，字保绪）氏，而极其致于清季临桂王半塘（鹏运，字幼霞）、归安朱彊村（孝臧，原名祖谋，字古微）诸先生，流风余沫，今尚未全衰歇。"龙榆生所讲的"流风余沫，今尚未全衰歇"说明了常州词派在现代词学史中独特的位置和意义。

本书的研究对象并非站在风口浪尖上的人物和文学流派、思想派别，而是选取了相对安静的时代旁观者。那时候，龙榆生是来往于上海遗老之间的一位年轻的大学老师，夏承焘是浙江省立第九中学和之江大学的一位普通老师，而刘永济则在明德学校、东北大学、武汉大学之间奔波谋生。他们基本都远离思想风暴的中心，他们也都不是时代思潮的创造者和引领者，而是时代思潮某一小部分的发展者、对话者和观察者。他们因为诸多原因得以观察到不同的意见，小心地在具体的语境里面去取，同时也逐渐发展出他们自己处理中西与新旧问题的方式，这是和他们各自具体的历史语境对话的结果。这些人似乎也因此有机会和可能选取更多的东西，他们利用由文学以及思想论战所生产出来的概念而自身却避开了论战本身。同时他们特殊的位置使得他们可以思考更加具体的问题，即本书所讨论的现代词学。对论战简单化的思考，在他们这里需要进一步细化，或许可以说，他们的词学观点的确是一些思想论战的产物，因为他们利用了思想论战所生产出来的话语。其话语本身的合法性是在一个文化政治语境里形成的。而他们反过来又具体化了那些论战所提出但未及展开的问题，从而赋予了那些思想论战以新的意义。例如胡适站在白话文运动的立场上对词的看法显得清楚明白，然而在龙榆生与之对话的文章中，中西以非常复杂的面貌呈现出来。龙榆生通过与胡适的对话保持了与这个时代前沿的联系，虽然他身上矛盾重重，但正是他身上体现出的不自觉的越来越多的矛盾，意味着他探索的深度。其实，在他们周围的词家还有吴梅、陈匪石、唐圭璋、詹安泰、缪钺等人，还包括老一辈的朱祖谋、张尔田等人，这些人都与他们有不同的交集。本书虽将重点个案分析放置在龙榆生、刘永济和夏承焘等词家身上，但没有忽略他们学术语境和现实交往世界里的其他重要人物。此外，他们与常州词派的关系不尽相同,从他们那里可以看出常州词派这一传统资源在现代语境里的变化过程。龙榆生是朱祖谋的学生,他的词学观点受到了常州词派的影响,但是他又不可能将常州词派的一系列传统论述直接表达出来。他必须建立一种新的表达,既要与常州词派保持关联,又要与新文化运动影响下的词学观点保持对话。夏承焘对姜夔等人的词的考证,实质与常州词派的观点是分不开的。他以一种迂回的方式与常州词派发生了关系。刘永济对于词学的论述是在1940年代特别是新中国建立之后成型,尤其他对梦窗词的讨论,显然与常州词派的词学观点紧密相连,这可回溯到他于《学衡》发表文章始。《人间词话》对刘永济的影响以及他对于常州词派理论的认同,将会给他带来很大的挑战。他是否真的可以弥合这两者之间的矛盾,正是我们所要询问的问题。

正如开始所说,在面对传统时如果直接与过去对话,或者将20世纪一些传统主义者的论述当作对于传统的弘扬而天然直接地继承,那么就可能忽略了这些人在不同的历史和个人情境中对于传统的建构。面对20世纪所留给我们的遗产,龙榆生、夏承焘、刘永济等人的著述是20世纪词学最为基本的论述,我们还在常常征引,但在这毫无障碍的引用、转述中,它们被知识化了,它们被简单地同构为我们的一部分。我们可以轻易地在学科史里找到对于它们的各种书写。我们若阐释过去,也只有经由与他们的对话才能成为一种可能,而不可能外在于他们去寻找一种方法路径、去毫无根基地直接和传统对话。还有,我们常常以为老一辈的学者浸淫和尊重传统要多一点,比如胡小石、龙榆生和刘永济他们这一辈人,但明显地可感受到传统的东西在他们那个时候已经变化了,更不用说张中行在散文中所神化的俞平伯讲授古典诗词的例子。他们已经是新派的一个部分,那么那部分"新"怎么起作用?重新面对那个古典文学发生急剧变化的时期,需要认真地去研讨每个学者所面对的不同问题,他和这些问题之间的关系以及他处理问题的方式。

如果说常州词派的比兴寄托能够完全照搬到现代,当然就不会存在我们所要讨论的问题,然而恰恰就是在现代的语境里,它产生了复杂的变化并且显示出了非常大的活力。常州词派虽然是词的理论,但是当它被带入现代的时候,它背后所强调的文学与历史、政治以及伦理之间的关系与去政治化的现代意识形态必然发生矛盾。同时,常州词派的词学立场在现代中国的学术环境中能够让一些现代词学家坚持的原因,不仅在于它形成了对于词体的新认识,而且在于它赋予了一个现代主体与历史的关系。在现代学术对文学的政治性和历史性进行批判的语境中,他们从常州词派里面发现其独特价值。龙榆生他们对于常州词派的态度、处理的方式放大一点说是受到了两场学术思想运动——国粹运动与整理国故运动——的影响,几乎当时及后来的学术大家无不被自己所身处的学术运动所裹挟。虽然他们未曾是这两场运动的直接参与者,但他们是这两次学术运动的话语遗产的继承者。这明显地体现在两次运动所形成的描述传统与现代二元的一系列话语,这对于他们探讨自己的学术问题、论证自我学术问题提供了合法性。刘禾在分析"中国文学"的发明作为现代民族国家文化的一个组成部分时认为:"究竟是什么构成了中国文化?谁代表它?谁又有权威说什么堪称中国性,而什么又算不上中国性?虽然这些早期的争斗现在已然退到历史遥远的地平线,但是,当种种耳熟能详的概念,如文化、民族国家、传统、现代性以及东西方等继续在文化生产的跨国模式中被唤起、重复、翻译、流通,而在此过程中,中国的独特性只有在她与其他地点以及其他历史的深刻关联中,才能显现出来的时候,这些问题本身,仍旧顽固地同今天的我们滞留在一起。"[1]如果说,在中西对话过程中的确有一股非常强劲的向传统寻找资源的潮流,那么这个潮流本身的复杂性以及问题意识同样不能再简单地放回到一个文化保守主义的框架里面去探讨。我们需要重新去看整个中国传统学术的内在性究竟是什么样,那些被称作"创造性转化"的部分是否理所应当,那些将传统文学带入到一个博大精深的传统文化这个视野中时失落了什么?本书将在下面各个章节的论述里思考和回应上述问题。

例如在分析龙榆生的时候,主要关注他的词学研究与词选都隐含着与胡适的《词选》展开对话的意图。当他站在常州词派的立场上时,固然可以发现胡适对于词的三个阶段——"歌者的词""诗人的词"和"词匠的词"——的划分里有许多具体的事实不符合历史,但他没有能够直接发现胡适这个划分背后的理路,甚至他还对胡适这个背后的思路有一种不约而同的认同感,所以在常州词派与胡适之间的矛盾也会以多种形式留存在龙榆生的思路里。龙

---

[1] 刘禾《跨语际实践》,生活·读书·新知三联书店,2002年,第364页。

榆生在《词学季刊》中发表的许多文章，例如《两宋词风转变论》《南唐二主词叙论》《研究词学之商榷》《彊村本事词》等都具有一种隐含的对话性质。他对话的对象则是王国维以及胡适的词学思路。例如那时候新文化人非常积极地宣传苏辛，龙榆生如何与他们区别开来，他说："非敢貌主苏、辛，而相率入于叫嚣伧俗一途，如世之自负为民族张目者比也。"这里面还有一个变化，张惠言说："以道贤人君子幽约怨悱不能自言之情。"那么现在"贤人君子"这个主体已经发生了变化。"平民政治"作为一种现代意识形态开始被普遍认可，"民众"成为一个重要的现代政治主体表达对于国家兴亡的关切，在文学中它就要求非常清楚的新的抒情主体。民族主义与现代文学观念具有内在的统一性，所以可以看到张尔田在和龙榆生的讨论中，发现提倡苏辛被当作一个民族主义问题提出来时出现了一些问题，原因就在于常州词派的比兴寄托观念下的苏辛与民族主义视野中的苏辛存在着矛盾。而在夏承焘这里他一方面表现出了对于新文学的强烈兴趣，另一方面在学术上他又理智地知道自己应该做什么。我们固然可以从这里面读出"过渡时代"的现代学术人的矛盾与困惑，但问题不止于此，从中可以看到，不是他自己所描述的矛盾，而是他的整个学术事业，他未能全察的矛盾刻画了他自己的时代，也将自己归于他那个时代。夏承焘《唐宋词人年谱》中的内容最初开始是在《词学季刊》上发表的。他的兴趣只是在考证上面，但是里面有很多值得重新认识的问题，例如对于冯延巳的考证，修正了常州词派对于冯延巳的看法，他在《冯正中年谱》里面提到："前人论正中词者，往往兼及其为人。冯煦为四印斋刊本《阳春集序》，谓其'俯仰身世，所怀万端，揆之六义，比兴为多。其忧生念乱，意内言外，迹之唐五季之交，犹韩致尧之于诗'。张惠言《词选》则斥其专蔽固嫉，又敢为大言……陈廷焯《白雨斋词话》，虽极称其词忠爱缠绵，而亦鄙其人为无足取。"他通过详细的考证订正了张惠言、陈廷焯、冯煦说法的不妥之处。王国维《人间词话》中说："冯正中堂庑特大，与中、后二主皆在《花间》范围之外，宜《花间集》中不登其只字也。"他通过考证，认为王国维的判断不确。诸如这些都是考证，但又对常州词派的一些看法提供了证据或者提出了挑战。词学考证可以说是夏承焘有意的一种学术选择，这不仅对接了晚清词籍考证的传统，也在新学术里面占有重要的地位。因为科学考证正是新学术的一个基本价值观念。这相当程度上减少了他在现代学术中得到认可的阻力。但是其实考证不一定构成对于新学术的价值的根本认同，也有可能只是形似而神不似。夏承焘本人考证背后所引起的复杂问题就是一个例子。

又比如书中所讨论到的刘永济。虽然刘永济在上海受到朱祖谋和况周颐的指点，但是他早年的学术兴趣主要在文学史以及文学理论两个方面，《文学论》《十四朝文学要略》两本书就是他早年的主要代表作品。他最初对于文学理论的理解以及对传统文学历史的梳理背后隐含着反对新文化运动思路中一种中西汇通的学术理想，他自己身处那样的氛围之中，他的思考也可以看作是与他的历史语境对话的结果。通过《文学论》《十四朝文学要略》以及后来《文心雕龙校释》的写作，刘永济完成了对于中国文学的批评范畴的梳理，这形成了他面对各种文体如词、绝句、散曲等研究的最重要的资源。他固然知道文体之间的区别以及辨体的重要性之所在，但是"文学论"的出现使他在有意无意中卷入到一个现代意识形态的建构之中。虽然宇文所安在《过去的终结》里对于新旧之间的交替描述得过于清晰和简单化，他轻信只要认同南宋词的就是对新文化运动的批评，这个判断无疑简单了，但他有一个很具有启发意义的见解："一千多年来，中国学者都是基本在文学史框架中理解文学传统的。大部头的诗话往往按照历史顺序编排，并且本质上充斥着包含具有文学史性质的观察和见解。有描述朝代、时期和作者特质的一般性陈述，也有理论化的文学史著作。但是正如大家知道的，在接触欧美文学史之前，没有现代意义上的叙述型文学史。原因之一是中国以前没有一个统一的文化生产领域称之为文学，只有一系列文体，每种文体都有自己独特的历史。"我们可以看到刘永济在写作中对于《文心雕龙》频频征引，《文心雕龙》在晚清国粹运动以来特别是新文化运动以来受到越来越多的关注，它被当作是中国文学理论最为博大精深的一部著作，似乎这部书隐含着中国文论的若干共通的话题。在这个过程中刘永济将《文心雕龙》的一些见解引入词学会带来什么样的影响？他读《文心雕龙》的眼光以及现代意识形态会不会和他接受的常州词派理论之间发生矛盾？实际上在他的《词论》里面就存在这样的问题。刘永济在武汉大学讲学的时候开始较多将精力放置在词学的研究上，《唐五代两宋词简析》和《微睇室说词》是他的代表之作。在1960年代他给武汉大学的青年教师们重点讲授了吴文英的词。

他站在常州词派的比兴寄托的立场上对吴文英的词进行讲解。例如《宴清都》（连理海棠）开篇便点明"托物言情"，又说"南宋词人极喜作咏物词，大都托物言情之笔，情在言外。后来之王沂孙尤称能手。至其所托之情，不出作者所遇之世与其个人遭际之事，交相组织，古人所谓身世之感也"。总之，刘永济的困境也是现代中国的许多传统主义者所共有的。他们相信，中国文学与文化无疑是具有特殊性的，但无碍于中西之间某一形式的交融。同时，也相信传统文学作为传统文化的遗存自然担当了一种保持与传统文化沟通的功能，它会通过特别的方式让人重新感受到传统文化的魅力，而文学最终的意义在于它是属于文化的也是属于人生的一个部分。在这里文学远离了历史、政治与伦理，成为文化的象征。然而，文化的独立性恰恰是政治所构造和赋予的。

以上大致描述了本书所讨论的一些对象和问题。这些个案研究中所提出的一些细微问题可能在现有学术话语框架里依然是无法被充分讨论的。例如，张尔田在给张芝联上课的时候，他对张芝联说你要特别注意道德与智慧的关系："道德者，人与人相互间有一原则耳。至如何达成此原则，则有开有遮，有从有违。"这个关系在张尔田的世界里面是他结构自己学术问题的重要方式，但是要用现代学术话语讲清楚有一定的困难。还有像张尔田在给夏承焘的信里面说文学比学术更重要。这个究竟怎么来将它问题化，也存在着一些疑惑。还有在处理像晚清民国词家作品的时候，有时候直接去读懂那些文本背后的意义，甚至连恰当地用现代学术语言表达清楚它们的艺术特色，理解他们的"文心"都有一定的挑战。所以说对于现代词学的起源课题的研究还有许多值得努力的地方。昆廷·斯金纳在《自由主义之前的自由》里面谈论到过去之于现在的意义，他说："过去在一个当下意义就是作为一个储藏室，储藏着我们现在不再认同的一些价值观念，储藏着我们现在已经忘记提出的一些疑问。"[1]本书中所要讨论的问题就是去打开"储藏室"并且考虑将里面的一些东西如何以现代学术的形式带回来。

---

[1] Quentin Skinner, *Liberty before Liberalism*, Cambridge University Press, 1998, p.112.

第一章

走出文学史的视野：朱祖谋《词莂》的历史语境与晚清词学

第一章 走出文学史的视野：朱祖谋《词莂》的历史语境与晚清词学

对《词莂》的关注源于现代学术史上龙榆生在与胡适文学史观的对话中所显现出来的裂痕。在新文化不断取得胜利的时候，学术场域里面的各种不平等话语权力关系使得新文化的一部分批评者不得不自觉地做出意味深长的自我修正和妥协，这让我们重新认识了现代学术的复杂样态。如果仅仅延续胡适或者龙榆生的文学史的知识话语都只能将朱祖谋的《词莂》与我们的历史同质化。只有先清理出新文化运动所赋予我们的历史观，然后才能将可以看作是一部微型清代词史的《词莂》的异质性显示出来。

一、两种评价

朱祖谋在晚清词学四大家当中是比较特别的一位。他与王鹏运、况周颐、郑文焯关系紧密，同时民国的词学研究大家龙榆生、夏承焘、陈匪石、刘永济等人也都曾受教于他。可以说从1900年左右到1931年在上海逝世为止这一段时间里，朱祖谋一直处在晚清词学的承先启后的位置上。

在新文化运动之后,能够入胡适这些新学者法眼的老辈学人不多。胡适在1922年曾经说:"现今的中国学术界真是凋敝零落极了。旧式学者只剩王国维、罗振玉、叶德辉、章炳麟四人,其次则半新半旧的过渡学者,也只有梁启超和我们几人。内中章炳麟是在学术上已半僵了,罗与叶没用条例系统,只有王国维最有希望。"[1]而在这四人之外的旧式学者,胡适当然认为他们是僵死的了。如果说在传统的经史之学上,胡适还不得不注意到之前学者的成就,那么在文学上他则不必有那样的顾忌了。因为在白话文运动的时候,胡适已经宣告了旧文学的时代已经结束。对于晚清词,在《五十年来之中国文学》里胡适写道:"这五十年的词都中了梦窗的毒,很少有价值的。故我们不讨论了。"[2]而在晚清对于吴文英词提倡最有力的就是朱祖谋。这是就写作而言,可是一旦进入新学者理解的现代学术里,朱祖谋的词籍考证的成绩还是得到了胡适的尊敬,也就是在同一篇文章的日译本序言里面他又补充说:"虽然没有很高明的作品,然而王鹏运、朱祖谋一班人提倡词学,翻译宋元词集都很有功的。王氏的《四印斋所刻词》、朱氏的《彊村所刻词》、吴氏的《双照楼词》都是极宝贵的材料,从前清初词人所渴望而不易得见的词集现在都成通行本了。"[3]就连对老辈议论颇为严苛的钱玄同也不得不承认朱祖谋在整理词学文献上的功绩。朱祖谋能够走

---

[1] 胡适《胡适日记全集》第三册,台湾联经出版公司,2005年,第734页。
[2] 胡适《胡适文集》,北京大学出版社,1998年,第89页。
[3] 胡适《胡适文集》,北京大学出版社,1998年,第78页。

进新学者的视野不是偶然的，这和新文化人所期待的现代学术图景有关。胡适之所以可以将朱祖谋的创作和学术分而论之，就是因为他有了一种新的区分意识——学术、文化与政治、生活世界可以区分开来。他用客观、科学的新学术的眼光看到了朱祖谋词籍考证的价值，而用白话文运动的史观看到了朱祖谋需要被排斥的部分。难道朱祖谋真的可以被这样分而论之吗？这种被分而论之的背后其实分享着同一种观点，就是白话文运动与整理国故运动之间的一致性，传统只能通过新学术得以呈现，它不再是一个活着的传统而是被客观分析的对象物。沈曾植最先对朱祖谋的以史例治词的方法表示极大的欣赏，但是他同时也认识到了朱祖谋以及常州词派推尊吴文英的价值："周氏退姜、张而进辛、王，尊梦窗以当义山、昌谷，其所据异于浙派者，岂亦置重于意内，以权衡其言外，诸诸焉有国史吟咏之志者哉！"（沈曾植《彊村校词图序》）朱祖谋校勘梦窗词背后的动力恰恰来自他本身对于梦窗词的深刻体会。在他们的世界里面，写作的意义无疑对于词籍校勘具有优先性，但是这种关系在现代学术视野里被理所当然地分离开来，而且它们之间的位置关系也被同时倒置了。

对于胡适站在白话文学史观的立场否定晚清词以至整个清词历史的看法，自白话文运动以来这种观点就一直受到新文化运动各种批评者的挑战。作为朱祖谋的弟子，龙榆生对胡适的《词选》早就深感不满，对被胡适一笔带过的晚清词史特别是以王鹏运和朱祖谋为代表的晚清四大家的成就大力表彰。他对朱祖谋的看法和胡适几乎是针锋相对："先生自称四十后，始从事倚声之学。于侪辈中学词最晚，而造诣乃最深。……先生亦自言，于梦窗之阃奥，自信能深入。……止庵所谓奇思壮采，腾天潜渊，为梦窗真实本领，殆亦先生所从证入，彼貌为七宝楼台，炫人眼目者，乌足于此耶？"[1]在这里朱祖谋被强调的已经不仅仅是他的词籍考证的学术意义，而是他在整个文学史中的意义和位置。龙榆生似乎超越了白话文运动的文学史观，能够客观地描述出文学历史本身的多样性。但值得注意的是，在龙榆生对于朱祖谋的看法里包含着一个内在的矛盾。龙榆生说："自常州词派崇比兴以尊词体，而佻巧浮滑之风息。同治、光绪以来，国家多故，内忧外患，更迭相乘。士大夫怵于国势之危微，相率以幽隐之词，借抒忠愤。其笃学之士，又移其校勘经籍之力，以从事于词籍之整理与校刊。以是数十年间，词风特盛；非特为清词之光荣结局，亦数千年来词学之总结束时期也。"[2]他虽然大力表彰清词中兴以及常州词派的重要性，但是仍然在时间性的序列里面来描述它们的历史，这和胡适是一致的。唯一的区别仅在于胡适将清词的历史整体否定了，而龙榆生认为在宋词之后还存在着清词的中兴，并且在晚清达到它的高峰。当朱祖谋的写作在这样一个文学史背景里呈现出来时，不可避免地被龙榆生既当作一个鲜活的经验，也被他当作一个客观的对象而历史化了，也就是说写作本身成了文学史的研究对象。

当龙榆生作为一位写作者时，他的写作必须和他的前

---

[1] 龙榆生《晚近词风之转变》，《龙榆生词学论文集》，上海古籍出版社，1997年，第381页。
[2] 龙榆生《中国韵文史》，上海古籍出版社，2002年，第154页。

辈朱祖谋等人形成某种关系——或者竞争或者模仿——也就是说他必须把自己放置于一个非客观的对象化了的历史谱系里面才有意义。在这个历史谱系里面，上启温庭筠、韦庄，下至晚清四大家，他们都不再是一个文学史的对象，而是可以追慕和竞争的活的对象，这些作家的风格打破了时间的序列而随时可以从自己的时代走到现代的追慕者或者竞争者的身边。所以龙榆生提倡苏辛词能够鲜明地接续前辈，倡导新的创作风尚，也非常鲜明地表明了自己的立场，毫不隐藏自己倡导苏辛词的时代用意。即便如此，他还是深受一种追求客观的现代性话语的影响，在表达他的写作理想时认为："今欲就常州末流之弊，允宜折中浙、常两派及晚近谭、朱诸家之说，小令并崇温、韦，辅以二主、正中、二晏、永叔；长调则于北宋取耆卿、少游、东坡、清真、方回，南宋取稼轩、白石、梦窗、碧山、玉田。"[1]对于稍有写作经验的人来说，这无疑是一个梦一般的理想。冯煦就说："词家各有途径，正不必强事牵合。"他当时所针对的是毛子晋评价《芸窗集》时候的不妥："子晋乃取其警句，分配放翁、邦卿、秦七、黄九；以一人之笔，兼此四家，恐亦势之所不能也。"对所谓价值中立的现代学术立场的寻求还体现在龙榆生对朱祖谋的《宋词三百首》的评价上。他认为晚清词学"其源出常州，而门庭之广、成就之大，则远非张、周二氏所能及矣"，朱祖谋的《宋词三百首》和周济的《宋四家词选》

---

[1] 龙榆生《论常州词派》，《龙榆生词学论文集》，上海古籍出版社，1997年，第405页。

相比，其胜处正是在于它的"不偏不倚"——"对止庵退苏进辛之说，稍致不满，且以碧山与于四家领袖之列，亦觉轻重不伦，乃益致力于东坡，辅以方回（贺铸）、白石（姜夔），别选宋词三百首"[1]。龙榆生不断地将朱祖谋以及晚清词学的进步落实在比张惠言、周济的词学观点更具包容性的意义上。在龙榆生自己的内心世界里，朱祖谋的写作仍然是鲜活的东西，不然他就不会一再强调朱祖谋与吴文英之间的联系，强调常州词派的重要性。但是他无法找到一个能够真正和胡适相对峙的立场以及描述这个立场的话语来表达。所以他只能通过文学史这个由白话文运动自己所提供的学术立场拯救被这个运动本身所压抑的晚清词学。也就是说，他除了在一个文学史的话语框架里来讲述朱祖谋在现代学术里的合法性，别无他法。龙榆生对胡适的修正——重新确认朱祖谋在文学史上的意义，仅仅是整理国故运动后"文言"与"白话"之争由政治性的讨论转入学术话题的必然逻辑。政治性的讨论强调的是行动、断裂以及选择，而学术的客观分析显然抹去了前者的激进色彩。这也是白话文运动通过整理国故这样以退为进的方式将自己合理化的一种方式。这样对于朱祖谋的词学与写作的内在叙述必然让位于将他放置在一系列外在性的关系里面描述，从而获得其重返历史的可能，同时也将朱祖谋的词学变得抽象化和知识化了。

以胡适和龙榆生为代表的两种对朱祖谋的不同评说，

---

[1] 龙榆生《晚近词风之转变》，《龙榆生词学论文集》，上海古籍出版社，1997年，第382页。

极大地影响了后人对于朱祖谋的看法。可是，只要能够自觉到我们对于传统的认识、取舍以及叙述都深受整理国故运动的影响，就会明白，如果不能构成对于它们所形成的一系列或隐或显的知识话语的内在批判，同时将我们自身知识予以"问题化"，那么每一次看似更为完整的客观描述就有可能仅仅成为一次知识和资料的扩张，就不可能真正地将传统变成鲜活的对象。文学史压抑了写作与批评之间的复杂联系，它将这种关系予以了对象化，即使如龙榆生这样不断地以作词为己任的现代学者也失去了写作本身所具有的批评氛围。而他用文学史的方式来重新理解前辈的同时实际上也决定了他理解自己作品的方式和可能性。如果说以前对于朱祖谋的探讨是一个赋予研究对象以意义的过程，那么现在应该反过来，让他来构成对于我们的提问。下面以朱祖谋的《词莂》为中心，分别从两个方面来回应上述提出的问题。一个方面，朱祖谋如何通过编选这样一部清词选来建立自我与历史之间的关系，在这里将重新理解他与他所承接的常州词派之间的关系。另一个方面，将从《词莂》里面对于小令的重视来看写作与批评之间的磨合。常州词派不是一个简单的固定的文学史概念，它总是在一个不断形成的过程之中。

二、《词莂》与常州词派

朱祖谋的《词莂》是他在辛亥革命以后客居苏州时编选的一份清词选本，也是继谭献《箧中词》之后最为重要的一个清词选本。从毛奇龄一直到况周颐，一共选了十五位词家。它展现出了晚清非常出色的一位词家对于自己朝代的创作成就的思考。除了张惠言的词选了四首，曹贞吉的词选了六首之外，其他的作家都比较均衡，一般都是十首上下。如果按照一般的文学史眼光来看的话，这本选本从选词的数量差距上并不能看出朱祖谋的偏向。而从词作者的选择上看，也看不出特别的宗派意识。那么，是否如龙榆生所说朱祖谋在词学观点上和常州词派相比有了进步和拓展，还是说朱祖谋在常州词派的内部提出了新的问题。我们可以从常州词派内部对于《词莂》中涉及的一些作家作品的意见分歧来重新理解朱祖谋以及常州词派。

谭献认为清代的词派只有到了陈维崧和朱彝尊才开始有大的气象，所谓"锡鬯、其年出，而本朝词派始成"。朱彝尊的一段夫子自道就颇能说明浙派在创作上的风尚："念倚声虽小道，当其为之，必崇尔雅，斥淫哇，极其能事，则亦足以宣昭六义，鼓吹元音。往者明三百祀，词学失传，先生（曹溶）搜辑遗集，余曾表而出之。数十年来，浙西填词者，家白石而户玉田，春容大雅，风气之变，实由于此。"从这段话也可见出，朱彝尊所说的"宣昭六义，鼓吹元音"是以姜夔和张炎作为典范的。浙派仅仅读懂了姜、张两家词清空醇雅的一面，从创作上看，作为浙西词派的流弊之一的词作意旨枯寂和这有密切关系。正如谭献所批评的："浙派为人诟病，尤其以姜、张为止境，而又不能如白石之涩、玉田之润。"所以张惠言以《词选》为发端，开创常州词派。常州词派不仅仅在创作上提倡新的写作风气，而且提出了新的看待词的眼光，认为词应该具备意内言外之旨，提倡比兴。常州词派是通过一种创作的提倡和对于宋代词史的重新阐释来达成对于词体的理论建构。以至于后来经常有人仅仅注意到常州词派尊体的策略而忽略了它是在传统语境里面关于词论的最后一次也是最重要的一次建构。

朱祖谋一共选择了十首浙派代表人物朱彝尊的词。在常州词派兴起之前，朱彝尊的《静志居琴趣》和《茶烟阁体物集》两本词集受到非常多的推崇。浙派的另一位大家厉鹗对《静志居琴趣》非常赞赏："寂寞湖山尔许时，近来传唱六家词。偶然燕语无人语，心折小长芦钓师。"谢章铤则说："今之学金风亭长者，置《静志居琴趣》、《江湖载酒集》于不讲，而心摹手追，独在《茶烟阁体物集》卷中。"但是在常州词派理论兴起之后，一方面，作为浙派宗师，朱彝尊的词当然受到了批评；另一方面，对于他的词的评价也相应地发生了变化。朱彝尊《江湖载酒集》中怀古寄予个人际遇的词受到强调，而《静志居琴趣》和《茶烟阁体物集》则受到压抑。况周颐在《词学讲义》里面说："《江湖载酒》一集，虽距宋贤堂奥稍远，而气体尚近沉着。"[1]朱祖谋说朱彝尊的词是"体素微妨耽绮语"，谭献说朱彝尊的词"情深"，但是伤于碎。也正因为有了对于朱彝尊词的共同理解，朱祖谋和谭献在选择朱彝尊的词作时，不仅多数的选目一样，而且所选的相同词作都是来自朱彝尊的《江湖载酒集》。作为一种新创作的倡导，常州词派和浙西词派之间的关系是断裂的。不过，它作为一种创作流派的同时，常州词派随即提出了对于词这一文

---

[1] 屈兴国《蕙风词话辑注》，江西人民出版社，2000年，第401页。

体的新理解。正是站在后者的角度，朱祖谋可以来重新认识从顺康一直到晚清的词作。作为写作者他们之间具有竞争的关系，但是常州词派对于词体的认识可以使得他们将自己写作上的竞争者再纳入自己对于词体的新理解当中。对于朱彝尊的选择并没有像有些人所认为的是体现了朱祖谋照顾到清词历史本身的不同风格，提供了一个吸纳不同流派的立场。恰恰在选朱彝尊哪些词上面，朱祖谋有一个基本的价值立场，就是对于常州词派的比兴寄托说的认同。然而朱祖谋和谭献对朱彝尊的《静志居琴趣》和《茶烟阁体物集》也并没完全否定。他的《南楼令·疏雨过轻尘》《暗香·红豆》等词还是受到了肯定，被选入《词莂》。朱祖谋一方面凸显了朱彝尊那些怀古词的地位，另一方面对他的情词也有认同。在《词莂》里面选了朱彝尊的情词之后还对它进行批评，这岂不是矛盾！或者这可以被解释成常州词派比兴寄托说本身的狭隘性造成了对某一类风格词的无视，或者可以被解释成朱祖谋在《词莂》里开始具有了一种客观的看待文学史不同风格的眼光。

在现代学术史上，并非没有人对常州词派比兴寄托说带来的困境有所解释，龙榆生认为朱祖谋接受了常州词派而又不为常州词派观点所囿，而沈祖棻则认为："比兴只是历史悠久的和经常被使用的艺术表现方法之一，而决不是唯一的方法；沉郁也只是美好的风格之一，而决不是唯一的美好风格。……在词史上，可以看到，有很多的杰作是用赋体写的，它们的风格也是多种多样的。在这种大量存在的事实面前，陈廷焯等的看法就无法掩盖其片面性。"[1]两者的立论角度虽然不太一样，但是都在肯定常州词派的比兴寄托说的部分合理性的同时再对其不足之处提出批评。实际上，这两种观点也代表了现代学术史上评价常州词派的典型立场。这是用一个客观的外在立场来解释常州词派自己内部的问题，忽略了常州词派理论的丰富性。把常州词派仅仅理解成封闭的比兴寄托这样一个单独的理论观念。实际上比兴寄托是在常州词派的理论谱系里面一系列的关系中被强调的，常州词派并没有提出一个僵硬的体系，而是将比兴寄托说非常灵活地运用。无论是周济对于张惠言的批评，还是后来的谭献、端木埰、冯煦、陈廷焯、晚清四大家等人和张惠言、周济的对话、修正，都使得常州词派对于词这一文体的认识越来越丰富，常州词派也正是在这一过程中不断形成。随着晚清王鹏运、朱祖谋等人对于两宋词籍的重新校勘使得许多两宋词人作品的全貌得以更加准确地重现，同时带来了不同作家如何阐释的问题，像冯煦、郑文焯、陈锐提升柳永，朱祖谋提升苏东坡等都必然要对张惠言、周济的观点提出不同见解。除此以外，还有如何在比兴寄托之中去理解像沈祖棻所提到的用赋体写的词，以及在常州词派的内部将"情"也就是情感作为一个有效的批评观念等问题。这些情况都迫使常州词派的后继者们做出新的反应。

和常州词派的比兴寄托说一起出现的还有一个重要概念就是正变论。正变论和比兴一样是贯穿整个传统诗学的

---

[1] 沈祖棻《清代词论家的比兴说》，《宋词赏析》，中华书局，2008年，第308—309页。

一个关键词。[1]但是正变论在这里不仅仅具有与以往作为儒家诗学运用的同一性，而且它被重新运用于词的编选之中，是与对于词的特点重新认识和界定，并且与编选者的创作紧密相连的。因为创作者自己的写作也必须放置于这样一个正变的关联中来获得意义。在《词莂》里无论是对于不同作者的编选还是在一个作家的不同风格作品的选择上，其表面多样性背后所具有的统一性正在于常州词派对于词体的新认识。不同的风格是在正变的框架里处理的，而不是一个外在客观的历史眼光。正变之所以具有意义，这在于编选者自己首先是一位词的创作者。变的部分不代表不好，而是作为一个创作者来说，正变这样的区分不仅关系到自己写作与其他作者的竞争，自我与某一种写作传统之间的关系；还关系到对于写作上的典范，也就是说究竟是哪些人代表了一首好词的认定。这还体现在他们作品集的编订上。例如朱祖谋的词，王鹏运认为在庚子之后的词要比之前的好，所以建议他把后来的词编成正集，其他的编为别集。王鹏运的建议得到了朱祖谋的认同，这种编法打破了时间编年的序列，恰好反映出他们对于词作的正变的认同。

另外，晚清常州词派的继承者中的况周颐和陈廷焯，对于朱彝尊的艳词也保持了意味深长的复杂态度。他们和朱祖谋、谭献不太一样的地方在于非常直接地对朱彝尊的艳词表示赞赏。而朱祖谋虽然选了朱彝尊的情词，但是显然对他并没有理论上的认同。我们清楚，陈廷焯在写作

---

[1] 相关论述可以参见朱自清《诗言志辨》，《朱自清全集》第六卷，江苏教育出版社，1996年。

《白雨斋词话》之前编有《云韶集》，在他遇到庄棫之后摒弃了自己年轻时的词学观点，完全认同常州词派的比兴寄托说，但是在《白雨斋词话》里他居然对朱彝尊的《静志居琴趣》大加赞许，说他的这本词集"味厚"，甚至用八则词话的篇幅来赞扬朱彝尊的《洞仙歌》十七首。他为自己赞赏朱彝尊的艳词这样声辩："吾于竹垞独取其艳体，盖论词于两宋之后，不容过刻，截取可也。"[1]就在同一本词话里面，他又说朱彝尊的词"显悖乎《风》《骚》"，这时候又是批评的态度了，这是《白雨斋词话》里的一个裂痕，后来陈铁峰将陈廷焯对《静志居琴趣》的评论悉数删去。《白雨斋词话》的内部问题其实是带给我们一个重新审视常州词派的机会，而文本内部看似矛盾的东西也不是删改就可以抹杀的。除此之外，况周颐在《蕙风词话》里说："或问国朝词人，当以谁氏为冠？再三审度，举金风亭长对。问佳构奚若？举《捣练子》云云。"[2]将朱彝尊推举为清代最好的词人，况周颐的话在晚清常州词派的语境里是非常令人惊讶的，因为在王鹏运、朱祖谋等人看来清词最能够超迈宋人的地方就是将家国历史的寄托感慨写进词中。即便谭献在《箧中词》里对《桂殿秋·思往事》表示赞赏，也仅仅是说："单调小令，近世名家，复振五代、北宋之绪。"朱祖谋也写艳词，况周颐对此似乎有点兴奋，他说朱祖谋的《南乡子》六首，"语艳而味厚，得《花间》之遗。虽两宋名家，鲜能辨此"。还有后来和新文化人在文学观点上展开激烈争锋的胡先骕也对这一部分被朱祖谋

---

[1] 陈廷焯《白雨斋词话》，上海古籍出版社，2009年，第72页。
[2] 屈兴国《蕙风词话辑注》，江西人民出版社，2000年，第240页。

放入别集的词表示赞赏，认为这些艳词可以直追《花间》。从中我们也可以看出词学风气的变化的细微消息。[1]

再来看朱祖谋所选的另一位词家蒋春霖。朱祖谋总共选了他的十首词作。朱祖谋在手批《箧中词》中说："水云词，尽人能诵其隽快之句，嘉、道间名家，可称巨擘，宜复翁仰倒赏击，而有会于冰叔之言也。顾其气格驳而不纯，比之莲生差近之，正唯其才仅足为词耳。"[2]"尽人能诵其隽快之句"，对此陈廷焯很有心得，他在《白雨斋词话》里大量征引了蒋鹿潭词作里的"隽快之句"[3]。吴梅在《词学通论》中很多的观点都是来源于《白雨斋词话》，但吴梅也有自己的理解。他对蒋鹿潭的看法就是对谭献和陈廷焯的观点进行修正。吴梅认为谭献将蒋鹿潭与项廷纪、纳兰容若并置很不妥当，纳兰容若和项廷纪的词都是以聪明取胜而已，可是蒋鹿潭"尽扫葛藤，不傍门户，独以风雅为宗，盖托体更较皋文、保绪高雅矣"，在具体的创作上更是独步，"鹿潭不专尚比兴，《木兰花》、《台城路》，固全是赋事；即一二小词，如《浪淘沙》、《虞美人》，亦直本事，绝不寄意帏闼，是真实力量，他人极力为之，不能工也"[4]。这样看来，虽然吴梅、陈廷焯、谭献、朱祖谋四人都认为蒋鹿潭的词作独步一时，但是在具体的意见上特别是围绕着谭献在《箧中词》里对蒋春霖的评说，吴梅和朱祖谋都有自己不同的意见。例如，朱祖谋、陈廷焯对

───────

[1] 胡先骕《评朱古微彊村乐府》，《学衡》第10期（1922年）。
[2] 严迪昌《近现代词纪事会评》，黄山书社，1995年，第177页。
[3] 陈廷焯《白雨斋词话》，上海古籍出版社，2009年，第120—121页。
[4] 吴梅《词学通论》，《吴梅全集·理论卷》上，河北教育出版社，2002年，第529页。

蒋鹿潭的词在赞赏的同时也有各自的不满，比如"气格驳而不纯""尚未升风骚之堂"。吴梅的意见则认为蒋词托体高雅、词宗风雅，谭献不应该将纳兰以及项廷纪和蒋词相提并论。谭献有两则词话，一则是他在评点周济《词辨》所选的东坡词《卜算子·雁》时所提出的"作者之意"与"读者之意"；另一则就是在《箧中词》里评蒋春霖时提出的"学人之词""才人之词""词人之词"的划分。这两则词话被后来的论词者不断单列出来，在创作与天才、作者与读者等新的现代性话语里进行不同阐发而带来了一系列的问题。

这里先分析朱祖谋的观点。朱祖谋虽然和谭献都赞成蒋春霖的词写得好，但是他似乎并不赞成谭献的"词人之词"的提法——"比之莲生差近之，正唯其才仅足为词耳"。下面还会提到，在晚清的词学理论的语境里，那些"词人之词"以及小令受到越来越多的注意，对于词家的性情和才气也受到越来越多的强调。在《词莂》里朱祖谋将蒋词放在非常高的位置，认同他的词史特征以及才情，在写作上能够别开生面。蒋春霖身处乱世，词作具有杜甫的诗史特点而依凭自己的才气出之。朱祖谋对于蒋春霖不是简单地否定或肯定，而是将他放置在一个关系里面提出来。对蒋春霖词的认同无论是从"词人之词"的才气性灵还是从"词史"的角度都只能够见其一面，如果说这些是"意内"的话，那么什么是它的"言外"呢？朱祖谋因此提出了气格的问题，"驳"是因为才气横溢，而怎么才能够"纯"，也就是浑厚，只能靠所谓"潜气内转"。显然在这里，朱祖谋对于蒋春霖词的浑厚还有不满足的地方，陈廷焯将他比作张炎是有其道理的。在常州词派看来，一首词应该既要有才艳思力，也要能够归于蕴藉深厚，而将这两者结合最好的只有周邦彦，所谓"集大成者也"。有人认为像纳兰性德、蒋春霖、项廷纪等人的词是与性情、才气相关，超越了浙派以及常州词派的框架。这种说法从单纯的写作上将常州词派理解成以周、辛、王、吴四家作为典范词人的写作流派是可以接受的。但是这并不意味着单独的性情或者能够以词写史就可以成为独立的批评概念，常州词派显然没有否认这些概念的重要性，但是它们必须是放置在一系列的关系里被讨论，只有这样写作才有家法也才有其自身的意义，整个词史也才能够在互相的竞争和比对中书写内在的连续性。

尽管《词莂》里面十五位词家都别开生面各有所长，但是他们在常州词派的词学理论里仍可以被放回到一个和唐宋词家的关系里去批评和讨论。从张惠言开始通过提倡意内言外、比兴寄托的方式重构了唐宋词史的内部结构，这既构成了对当时浙派末流词作的批评，倡导了新的创作风气，更重要的是它同时形成了一种以比兴寄托说为根本的理论。以前的词派在建构自己理论的时候虽然也提及风雅，也提出自己追摹的唐宋作家，例如云间派倡《花间集》，浙派倡姜夔、张炎，但这些都是断裂性的或者说排他性的，词史的内在的连续性是由一种写作否定另一种写作而形成的，是不同派别之间的斗争史，但是在常州词派的理论框架里词的历史第一次获得了其内在意义的连续性，它倡导正变、比兴之说是有其深刻的内涵的。如果将清代的词史除了几家"词人之词"之外的词学大家看作成唐宋词史不同形式的复制和模仿,那么这个问题的提出本身就已经外在于一个传统的写作谱系之外,因为它将模仿与追摹预设成为一种完全没有创造性的行为,同时也将一个意义的关联体的批评方式预设成为消极的压制关系。

所以从表面上看《词莂》表现了清代词史独特的成就和面目,是清代词史的一部精选之作。但是实际上它包含着复杂的对话,既与唐宋词人对话,也与作为编者的朱祖谋自己的词学语境对话,对于朱祖谋来说,只有意义的关联才是最重要的,而非有意地去写一部清代的词史,这种渴望是他世界之外的东西,是现代学术的产物。也只有像这样蕴藉了丰富的意义关联的词选才有意义,而我们对此已经感到一定程度的陌生,已经开始将丰富的意义的历史同质化,去追求一个客观科学的历史,这本身意味着我们已经预先承认了用文言写作的历史的确已经终结,同时认同了白话文运动的绝对合法性,而对清词究竟是如何被终结,以及这个终结过程中的话语权力的争夺表现出了漠然。

三、小令的意义与毛奇龄的再发现

就词的体式而言,朱祖谋在《词莂》里选了将近六十首的小令,占据了所有选目差不多一半的篇幅。这有什么特别之处呢?这就需要回顾一下常州词派理论中对于令词的一些看法。我们知道常州词派理论中一个重要的特色就是将唐五代词几乎是作为词的最高境界来看待的,对于它们的独特阐释奠定了整个常州词派比兴寄托说的基础。郑文焯以温庭筠的《杨柳枝》八首为例发挥出他对于唐五代词的看法:"唐人以余力为词,而骨气奇高,文藻温丽。有宋一代学人,专志于此,骎骎入古,毕竟不能脱唐五代之窠臼,其道亦难矣!"[1]而王鹏运对于《花间集》的看法更加如此,况周颐就记录了王鹏运对欧阳炯《浣溪沙》中"兰麝细香闻喘息,绮罗纤缕见肌肤,此时还恨薄情无?"的阐释即"自有艳词以来,殆莫艳于此矣。半塘僧鹜曰:'奚翅艳而已?直是大且重'"。况周颐感叹道:"苟无《花间》词笔,孰敢为斯语者?"[2]周济则说:"感慨所寄,不过盛衰:或绸缪未雨,或太息厝薪,或己溺己饥,或独清独醒,随其人之性情学问境地,莫不有由衷之言。见事多,识理透,可为后人论世之资。诗有史,词亦有史,庶乎自树一帜矣。若乃离别怀思,感士不遇,陈陈相因,唾沉互拾,便思高揖温、韦,不亦耻乎?"[3]他们的看法可以一直追溯到张惠言对于温庭筠的推崇,"温庭筠最高,其言深美闳约"。张惠言的观点受到了许多挑战,也有人从中作为调人将张惠言的理解当作是他尊体的策略。不过,需要注意的是张惠言对于温庭筠的解释并非针对温庭筠一人这么简单,而是由他开始实现了对整个唐五代以及宋代词史的重写。也因此,在常州词派的词学理论里,词的发展不再是从唐五代到北宋再到南宋这样一个时间的发展序列,更非豪放与婉约的划分,而是所有的词人都处于一个意义的关联上。龙榆生就认为:"尊体之言,

---

[1] 龙榆生《唐宋名家词选》,台湾里仁书局,2007年,第30页。
[2] 屈兴国《蕙风词话辑注》,江西人民出版社,2000年,第56页。
[3] 黄苏、周济等《清人选评词集三种》,尹志腾校点,齐鲁书社,1988年,第192页。

亦已成过去,一时有一时之风尚,一家有一家之特质,不牵人以就我,不是古以非今。"[1]除了温庭筠之外,唐五代词作家里面深受推崇的还有李煜以及冯延巳,例如,冯煦说冯延巳"俯仰身世,所怀万端,谬悠其词,若显若晦,揆之六义,比兴为多……世以靡曼目之,诬已"[2]。而王鹏运则认为李煜:"超逸绝伦,虚灵在骨……后起之秀,格调气韵之间,或月日至,得十一于千百。若小晏,若徽庙,其殆庶几。"[3]这里需要强调的是,常州词派理论对于唐五代词的推崇最主要的用意是从意内言外之旨出发来构建词的比兴寄托的本质,对于词的体式并没有特别地关注。所以,唐五代词虽然都是令体,但是常州词派并没有将其独立出来论述,而是其题中应有之义。倒是另一位和常州词派论词宗旨相距不远的周之琦对于小令有直接的关注。他所选的《心日斋十六家词选》被谭献推为"截断众流,金针度与,虽未及皋文、保绪之陈义甚高,要亦倚声家疏凿手"[4]。谭献曾经拿自己的《复堂词录》与周之琦的《十六家词选》相比,他发现最大的不同之处也正在于周之琦多收小令——"与周止斋《四家词选》同者十九,与周稚圭同者十五而已,以稚圭喜收疏爽小令也"[5]。周之琦认为令词的最高境界就是唐五代词,他觉得宋代词人多工慢词,即使写令词"仍与慢词声响无异","宋词闲雅有

---

[1] 龙榆生《选词标准论》,《龙榆生词学论文集》,上海古籍出版社,1997年,第85页。
[2] 冯煦《阳春集序》,施蛰存主编《词籍序跋萃编》,中国社会科学出版社,1994年,第17页。
[3] 龙榆生《唐宋名家词选》,台湾里仁书局,2007年,第113页。
[4] 谭献《清词一千首》(《箧中词》),西泠印社出版社,2007年,第122页。
[5] 谭献《复堂日记》,河北教育出版社,2001年,第301页。

余,跌宕不足。长调有清新绵邈之音,小令则少抑扬抗坠之致"[1],也因此对于纳兰容若的令词周之琦尽管很赞赏,称其"格高韵远,极缠绵婉约之致,能使残唐坠绪绝而复续",但是仍然不能和五代的李煜相比,"第其品格,殆叔原、方回之亚乎"。

从上面的分析可以见出,常州词派如张惠言、周济、谭献等人所倡导的学习对象是周邦彦、王沂孙、辛弃疾、吴文英等这些以慢词擅长的作家。这里一个重要的原因就在于常州词派对于词的认识——"其文小,其声哀",所以特别容易辞意浮露,风格靡丽而丧失意内言外之旨。而小令无疑最易堕入这些末流之中。小令虽然在清代一直有人在写但是专门的大家并不多见,刻意经营小令的人在常州词派之后更是很少,但是这一情况在晚清时慢慢发生了一些微妙的变化。况周颐自己是非常反对别人学习唐五代词的,他说:"《花间》高绝,即或词学甚深,颇能窥两宋堂奥,对于《花间》尤为望尘却步耶。"[2]而像李重光之性灵、韦端己之风度、冯正中之堂庑,如果没有天分和性情更是不容易学到。但是他自己和王鹏运、张祥龄三人的《和珠玉词》就是刻意小令之作。还有冯煦不仅为《阳春集》《和珠玉词》《唐五代词选》作序,而且其写作的小令还深得谭献的赞赏——"单调小令,上不侵诗,下不堕曲,高情远韵,少许胜多。残唐北宋,后成罕格。梦华有意于此,深入容若、竹垞之室,此不易到"[3]。在王鹏运、朱祖

---

[1] 杜文澜《憩园词话》,唐圭璋主编《词话丛编》第三册,中华书局,2005年,第2865页。
[2] 屈兴国《蕙风词话辑注》,江西人民出版社,2000年,第53页。
[3] 谭献《复堂日记》,河北教育出版社,2001年,第89页。

谋等人合作的《庚子秋词》里面也几乎全是小令："秋夜渐长，哀蛰四泣，深巷犬声如豹，狞恶戒人，商音怒号，砭心刺骨，泪涔涔下矣。乃约夕拈一、二调以为程课，选调以六十字为限……"[1]我们发现清末重要词家都对令词有过认真的写作，说唐五代小令不易学，但是没有说北宋之后如二晏这些小令大家不可学。小令在晚清的常州词派内部逐渐受到重视不能简单地理解成——有清以来一直不断地有人在用令词这么一种词的体式写作，而他们的写作只是延续了这样一种状况而已。写作是最具有政治性的行为，它往往提出新的理论问题。小令在常州词派里面某种意义上是受到自我压制的一种文体。虽然会有人写，但是在常州词派内部很少有作家说自己很擅长小令的写作。虽然也写一些清艳的令词，但自己都清楚是游戏笔墨而不在意。他们心目中经典的作家以及他们需要追摹的对象仍然是吴文英、周邦彦、王沂孙等这些以慢词著名的作家。例如王鹏运就劝况周颐不要印刻《玉梅后词》，但是况周颐却认为符合重、拙、大之旨。朱祖谋在《词莂》里面选择了大量的小令，像况周颐的词作一共选了九首而小令就占了五首。

我们知道《词莂》不是一本泛选的词选，没有必要像《箧中词》一样照顾全面而广泛收罗词作，即使龙榆生在朱祖谋去世前向他提出刊印这本词选的时候，朱祖谋仍然认为还需要删改，可见他的态度慎重。他的选择代表他认为有清一代的小令之作有自家的面目。要特别强调的是，无

---

[1] 王鹏运、朱祖谋等《庚子秋词》，台湾学生书局，1972年，第3页。

论是王鹏运、冯煦还是朱祖谋,都是在常州词派内部提出问题的,他们从来没有因此动摇过对于《花间集》的传统看法,在这个立场上开始出现动摇的人是况周颐。况周颐在1905年《大陆报》上发表的《香海棠馆词话》中提出了"重、拙、大"的观点。他也重新解释了寄托的概念,他说:"即性灵,即寄托……夫词如唐之《金荃》,宋之《珠玉》,何尝有寄托,何尝不卓绝不古,何庸为是非之寄托耶。"他虽然还认同常州词派的一些基本概念,但是他通过性灵而将常州词派理论里复杂的关系大大地简化了。

  小令的写作没有造成常州词派内部的断裂,但是提出了新的理论问题。在已有的常州词派内部如何形成一套新的理论话语来建构这种写作的意义,或者说如何将这个新的问题吸纳进常州词派的词学理论中?所选的令词里最为引人关注的是毛奇龄。毛奇龄和陈维崧都曾经受到过云间巨子陈子龙的影响,但是毛奇龄的词在当时很少有人把他放在一个突出的位置,在常州词派内部像谭献以及陈廷焯都对他不太重视,《箧中词》里只选了他四首词,朱祖谋的选目和这四首全不相同,可以说是朱祖谋最先给予毛奇龄的词最高认同,将他放在清代词人之首选了他十一首令词。在一份还不很确定是朱祖谋原稿的《清代词坛点将录》里面,毛奇龄是和王鹏运、朱祖谋以及蒋春霖并列一起的,名列"马军五虎将"[1]。从选目上看朱祖谋最为看重的是毛奇龄的单调小令,例如《摘得新》:"河没时。霜繁月已低。错惊银榻曙,起来迟。扶上鬓梢随意绾,乱丝丝。"《江城

---

[1] 《同声月刊》,第1卷,第9号。

子》:"日出城头鸡子黄。照红妆。动江光。采莲江畔,锦缆藕丝长。欲问小姑愁隔浦,长独处,久无郎。"[1]这两首词都具有南朝乐府民歌明朗清艳的风格。在朱祖谋题清代诸家词集的《望江南》组词里对于毛奇龄是这样说的:"争一字,鹅鸭恼春江。脱手居然新乐府,曲中亦自有齐梁。不忍薄三唐。"[2]朱祖谋为什么会推崇毛奇龄呢?可以结合朱祖谋对《云谣集杂曲子》的评论来看这个问题。

朱祖谋曾校勘敦煌本的《云谣集杂曲子》,他认为:"其为词朴拙可喜,洵倚声中椎轮大辂。"[3]这些杂曲子几乎都是一些表达男女之间思慕之情具有民歌色彩的小词,但是在朱祖谋看来是不能用情意去评论它们的。小令是最重性灵与情意的一种词体,如果因为小令写作的兴起而单单强调性灵的重要,毛奇龄以及《云谣集杂曲子》也就简单地因写作的理由而被单一地强调性灵,他们的作品就显然丧失了对小令写作内在批评的可能性。而朱祖谋现在强调那些词"朴拙可喜",体会到其背后的情味深厚以及用意的朴拙而不单单见其表面的情意。毛奇龄特立独行地追摹齐梁新乐府的写作也应从这个方面去体会。不是常州词派的理论可以不变应万变,而是在一个变动的写作里面,常州词派理论能够在看似矛盾的评价里找到其统一的地方,不断地将类似于自己语境的东西陌生化而最终归结于张惠言所说的表面上"其文小,其声哀"而又能有比兴寄托的内涵这样一种相反相成的关系。

---

[1] 《彊村丛书·彊村遗书》卷九,上海古籍出版社,1989年。
[2] 白敦仁《彊村语业笺注》,巴蜀书社,2002年,第333页。
[3] 施蛰存主编《词籍序跋萃编》,中国社会科学出版社,1994年,第629页。

将《词莂》放回到它的语境中,看到它如何闪动出已经陌生的东西,正是这些构成了对于文学史知识的反思。以这样的视角来看,对于《词莂》的阅读就不再是一种简单的对象研究。由此也应该注意到,如何在一个社会历史的语境里去处理那些五四运动之后,新学术的批评者与新学术之间复杂的关系。新学术的反对者、批评者的观点,不可能简单地被用作反思我们的知识历史的论据,我们不可能依据某一方的论述来简单地"返回历史的现场"。从他们不同意见以及立场的对峙中,自然可以非常容易地描述出他们的不同之处。然而对于处于历史之中的行动者来说,他们的表述很有可能被我们简单化或者说将只呈现于文本中的历史看得过于透明,而实际上只是成为我们自己知识立场的共谋,同时阻止了去了解我们与纷繁历史藤葛之间的异质性。将历史的另一面重新表述出来,不是为了将之作为历史事件的新文化运动的批评,让那些被边缘被压抑的声音在当下的历史语境中反败为胜,而是通过将历史问题化来重新理解那些通过文本所表述、所呈现的历史本身。

第二章

论张尔田的词学

第二章 论张尔田的词学

张尔田的思想形象在现代学术史上颇为多面，就学术而言，他在新文化运动之前其实有过一段吸取西学新知的过程，这也将或隐或显地体现在他后来关于文史的诸多判断之中。他积极地要与清代学术竞争，写成了《史微》。这本书内藤湖南曾将之作为必读书目，他也与内藤湖南时有唱和之作。王国维与张尔田也曾频繁论学，但是王国维在与罗振玉的通信中对张尔田的著作并不怎么看得上。这里面有学术内在理路的不一致。尽管是好友，还一起出版过《槐居唱和》，邓之诚在日记里对张尔田的个性也是有所忌惮。从陈垣在他与张尔田的通信中批注的一段逸事中，[1]也颇可看出张尔田之行事风格。但是，张尔田对晚辈却要谦和许多，这样龙榆生、夏承焘等人才有机会与之论学。

张尔田没有写过系统的词学论著，和大多数的旧文人一样，他的许多词学观点是通过信札、题跋和日记等体现

---

[1] 陈智超编注《陈垣来往书信集》，上海古籍出版社，1990年，第407页。

出来的,当然还有他自己的创作也是他词学观点更为直接的体现。本章着重选取几个侧面来简要讨论张尔田词学的特点。

一、张尔田与晚清词学

张尔田的词学是从常州词派起步的,但更多是受到晚清词学中王鹏运、文廷式和朱祖谋等人的影响,因为他父亲张上龢就是在这个圈子之中的,经常与晚清词学几位最重要的词人唱和,所以张尔田在讲到词学传授时,经常提到父亲的影响:"又于家君待侧,得闻文丈叔问、王丈半塘诸绪论。"[1]常州词派的一个基本立场,按照张尔田的说法就是:"删减淫芜,立义始正。"[2]

如果说张惠言赋予了常州词派理论立场,他用自己对于《周易》《说文》等的理解不仅赋予了词,而且是赋予文学的本体论以新的阐释框架,看起来他是延续了"诗骚"传统,但是如果没有他自身的学术新变是没有办法将这些传统资源与词进行嫁接的,即使嫁接也无法形成一个稳固的理论和创作流派,这中间一个最重要的中介就是他通过"文-字-象"的关联重新阐释了文学本体,进而才能提出《词选序》中的观点。后来因为潘四农和谢章铤的所谓中肯批评,使得张惠言词学的理论性越来越成为一个

---

[1] 孙克强、罗克辛辑录整理《遁庵词话》,《文学与文化》2014年第1期,第104页。
[2] 孙克强、罗克辛辑录整理《遁庵词话》,《文学与文化》2014年第1期,第104页。

平庸的看法，留下的是将词这个小道的文类带回了传统"诗骚"文学的大雅之堂中。而晚清四大家为代表的词学就是继承了这个外壳，也正是抓住了这个外壳，他们开始将常州词派的谱系不仅仅当作是比兴寄托这样简单，而是在这个基础之上将常州词派无论在创作还是批评实践上变成了一个结构，不是单一地以比兴寄托为教条，而是以正变的方式将其他的常州词派之外的作家也带入到这个系统之中。我们可以从朱祖谋编、张尔田也参与的《词莂》中看出来，也可以从朱祖谋编选《宋词三百首》中看出来。这一点可以说是在周济和谭献的延长线上。

吴梅在《词学通论》中说：

> 复堂论水云曰："文字无大小，必有正变，必有家数。水云词固清商变徵之声，而流别甚正，家数颇大，与成容若、项莲生，二百年中，分鼎三足。咸丰兵事，天挺此才，为倚声家之老杜。而晚唐两宋，一唱三叹之意，则已微矣。"（《箧中词》五）余谓复堂以鹿潭得流别之正，此言极是，惟以成、项二君并论，则鄙意殊不谓然。成、项皆以聪明胜人，乌能与水云比拟？且复堂既以杜老比水云，试问成、项可当青莲、东川欤？此盖偏宕之论也。[1]

张尔田和吴梅一样认同谭献的正变之说，但是他和吴梅不一样的在于对成、项之评论。他在读《箧中词》后认

---

[1] 吴梅《词学通论》，上海古籍出版社，2006年，第125—126页。

为:"本朝词流,余最服膺者三家纳兰、金梁、水云。拟抄以自随,惟《忆云》未得寓目为恨耳。"[1]他和朱祖谋讨论《词莂》的时候也是一样的思路,只是他不满意的是朱祖谋把况周颐选入。这些体现出张尔田在词学上与常州词派的关系,是在坚持张惠言《词选序》立场之上的不断扩展,以正变的双线来呈现出词的历史辩证发展。正是这样的认识,他在评价朱祖谋词的时候认为,朱祖谋的词是以吴文英为表,而实际上特别注意寄托,说朱祖谋晚年提倡苏轼,这只是表面,而且认为他仅仅在小令上学苏,大的风格并无变化。还将他与陈洵做了比较,认为陈洵学习吴文英只有其表面,而没有寄托。这里张尔田就注意到意内言外双线辩证统一地评论一个作者,他欣赏的也是这样的作者,所以他在对况周颐不满意的同时,对郑文焯其实也颇有一点微词。更不用说他对王国维的批评了,王国维虽然对自己的词自我期许颇高:"余之于词,虽所作尚不及百阕,然自南宋以后,除一两人外,尚未有能及余者。则平日之所自信也。"[2]但是,张尔田认为他的词就是学纳兰容若,评价并不高。所以连带着他揭示王国维的《人间词话》中的"意境"概念与白话文运动有相同之处。这些都可以看出张尔田对王国维词学的基本立场。张尔田也喜欢纳兰的词,但是在正变的格局上纳兰词应该处于一个什么样的位置,他是有其评判标准的。张尔田最欣赏的是那些在"言外"的风格上转益多师,而"意内"有着寄托

---

[1] 孙克强、罗克辛辑录整理《遁庵词话》,《文学与文化》2014年第1期,第104页。
[2] 施议对《人间词话译注》,岳麓书社,2008年,第335页。

的词。

张尔田对晚清词学史评论特别注重从"词史"的角度来阐述词的创作风格的变化。"词史"之说最先由常州词派理论家周济提出,他说:"感慨所寄,不过盛衰:或绸缪未雨,或太息厝薪,或已溺己饥,或独清独醒,随其人之性情学问境地,莫不有由衷之言。见事多,识理透,可为后人论世之资。诗有史,词亦有史,庶乎自树一帜矣。若乃离别怀思,感士不遇,陈陈相因,唾沈互拾,便思高揖温、韦,不亦耻乎?"[1]周济在这里强调不仅仅要写感士不遇,这正是张惠言在《词选》中对温庭筠《菩萨蛮》的评价,而且要更进一步在创作上将个人的感慨与时代的变化相结合。这样的提倡扩大了词的内容表现范围,同时也使得常州词派在创作上更加具有时代性,也就因此具备了不断壮大的动力。一个词派要产生深远广泛的影响一定要与时代本身相结合。张尔田在这一点无疑是和周济具有一样的认识。张尔田在读朱祖谋赠送他的《彊村词》时感叹文运与国运的关联,他说:"乾嘉诸老,生长承平,鼓吹六籍,专以故纸为伎俩,文运为之一衰。近则四夷交侵,国势危矣,一时才士,摧棱敛锋,往往假无聊之言,以致其芬芳悱恻之感。"[2]在给沈曾植《曼陀罗呓词》作的序中说:"古人称意内言外谓之词。夫琼楼玉宇,烟柳斜阳,常语耳。神宗以为忠,而寿皇以为怨。五季割据,韦端己独抱思唐之

---

[1] 黄苏、周济等《清人选评词集三种》,尹志腾校点,齐鲁书社,1988年,第192页。
[2] 孙克强、罗克辛辑录整理《遁庵词话》,《文学与文化》2014年第1期,第105页。

悲，冯正中身仕偏朝，知时不可为，所为《蝶恋花》诸阕，幽咽惝恍，如醉如迷，此皆贤人君子不得志发愤之所为也。"[1]他在给朱祖谋和沈曾植的词集评论时，都感受到了国运衰微对他们词的风格影响。这不仅仅是指出了他们的词内在所寄托的词史，而且在写作风格上的特色也是将个体的命运感慨与历史事件紧密地勾连在一起。

这里还要特别涉及"遗民"问题。"遗民"身份对于张尔田来说更多的是一种文化心结，与朱祖谋和沈曾植等并不完全相同，与所谓"民国乃敌国也"的郑孝胥也不一样，因为张尔田没有将遗民与政治上的追求联系起来。张尔田一直在大学任教，他对新文化运动特别是对胡适批判的一个理由，其实就是新文化运动力量的兴起影响到了他这样一批人在大学的生计。但是这些不妨碍他有时候以一种遗民面目出现，例如在清史馆里写《后妃传》的时候，他的"亡国之臣"的感受就油然而生，具有强烈的认同感和代入感。还有王国维在政治上无疑与溥仪相近，所以他在给王国维的信中就会多说关于遗民的事情，甚至他还有一次抄录了《大行皇太后挽歌辞》，并说："生死皆穷，哀乐道尽，王泽竭矣，诗更何有。"[2]他在给龙榆生的信中特别强调考证朱祖谋词的本事不能不顾及朱祖谋的遗老政治身份。但这些并不妨碍张尔田在章士钊《甲寅》杂志上讨论孔教问题的时候，对新生的《中华民国临时约法》的认可，并顺应潮流提出集会、出版和言论三大自由，也不妨碍他在民

---

[1] 冯乾编校《清词序跋汇编》，凤凰出版社，2013年，第2033页。
[2] 马奔腾辑注《王国维未刊来往书信集》，清华大学出版社，2010年，第259页。

第二章 论张尔田的词学

国后进入燕京大学教书,这不是张尔田在遗民立场上的虚伪或者矛盾,而是新旧交替之时在一个人身上体现出的复杂性。正如陈寅恪所说:"当其新旧蜕嬗之间际,常呈一纷纭综错之情态,即新道德标准与旧道德标准、新社会风习与旧社会风习并存杂用。各是其是,而各非其非也。"[1]当然,陈寅恪是带有讽刺意味地指出这一现象,但这对张尔田的确是一种真实的写照,一种并不矛盾的并存。

张尔田在给夏承焘的信中特别提到了一个"真"的概念:"词之为道,无论体制,无论宗派,而有一必要之条件焉,则曰真。不真则伪(真与实又不同,不可以今之写实派为真也),伪则其道必不能久,披文相质,是在识者。"[2]其实真与诚在中国哲学范畴中是一个可以互换的概念[3]。真与诚都包含着对于内在的自我的自觉意识,同时在儒家哲学传统框架之中,"诚"具有天之道的本体意义。张尔田虽然没有详细地阐释其内涵,但是在张尔田的学术内在脉络中,真善美的统一不仅构成了他的词学理论的基础概念,而且是他对文学的整体看法。真善美的统一在现代思想史中经过了西方哲学的洗礼,已经与传统儒家哲学范畴中的含义有了区别。所以,张世英认为中国的"万物一体"——"天人合一"的思想虽然为人类思想史上的真善美的真正统一提供了可贵的基石,遗憾的是因为中国传统哲学缺少主客体的思想,所以影响了对真善美的真理内涵的阐述。[4]可是,在张尔田的世界里,虽然没有深入地

---

[1] 陈寅恪《元白诗笺证稿》,上海古籍出版社,1978年,第82页。
[2] 杨传庆编著《词学书札萃编》,南开大学出版社,2015年,第267页。
[3] 张岱年《张岱年全集》第4册,河北人民出版社,2007年,第690页。
[4] 《张世英学术文化随笔》,中国青年出版社,2002年,第139页。

用知识论阐述其内涵，但三者的关系在他那里是彼此不能分开的独立概念，而是你中有我、我中有你的关系。他在给张芝联的讲稿中更加明确地说："中国人美之观念，无不与善之观念相联。"[1]同时，他特别强调中国没有政教之分，没有心物之分，也没有体用之分，正是这样的特点才形成了中国文化中的"笼统概念"的现象。从这里也可以看到张尔田的词学不单单只有与晚清词学对话的一面，还有新变的一面，特别是当他意识到将词这个文体带入到文学、带入到文化这些更大的思想视阈的时候，那种新的对词的理解就会凸显出来，构成了他词学思想里面非常独特的面向。

张尔田对于文学意义的阐释也在不断游离，他在给夏承焘的信中甚至劝他不要研究词学，认为这个学问到朱祖谋为止已经很难进步，同时讲述了一通经史之学，显然他觉得经史之学比文学研究要高一个层级。但是他在给钱仲联的信中又说："弟少年治考据，亦尝持一种议论，以为一命为文人，便不足观。今老矣，始知文学之可贵，在各种学术中实当为第一。"[2]张尔田对于文学的感觉走了一个与王国维相反的历程，王国维是逐步由哲学和文学再折入经史之学，而张尔田一开始就是诗词之学与经史之学同步进行，只是在传统的学术等级体系影响下更注重经史之学。张尔田对于文学观念的变化，是他晚年孤寂而敏感心灵的某种写照。

---

[1] 张尔田《历史五讲》，《同声月刊》1943年第4期，第5页。
[2] 钱仲联辑《张尔田论学遗札》，《文献》1983年第2期，第157页。

二、新旧之间的张尔田词学

张尔田一直对胡适的考证和顾颉刚的疑古等新学术有着强烈的批判，但不代表张尔田的学术特质就是完全属于旧文化，我们可以从《孱守斋日记》等文本当中看到早年张尔田对于新学的接受，还有他时常提及"公例"，也谈论心理学问题等，尽管新名词的运用不能证明其思想之新，而实际上张尔田的论战对手恰恰是新派人物，所以其思想看似保守无疑。但是，不能单单从这个立场去理解新旧，而应看到即便是一个保守的文化立场，一个守旧的文化观念，而他去论证它们的方式，提问它们的方式以及运用它们的方式都完全改变了，去揭示这些方式和过程，比单一地二元对立地说谁新谁旧要更有意义。一个概念有时候代表一种新的思考问题和结构问题的方式。就词学而论，张尔田提出了一些旧文人提不出的问题，例如上述的他对真善美的阐述，还有他通过对词与情的重新阐述，实际上让词学的问题直接与文学的公共性问题相遇了。文学公共性问题的提出可以说是时代变化的基本要求，它潜伏在那个时代基本问题的脉络之中。文学公共性首先是因应现代民族国家话语而产生的，进而衍生出一系列情感、个体等抽象而非具体的话语形式。这些话语使得所有问题包括文学的讨论都指向了一种"抽象社会"的构建，因为这样才能形成一个新的政治文化共同体。这也成为晚清士大夫思考问题的基本政治无意识，应该说新旧文人在思考相关问题的时候都会有很大概率触及它。

无论是张尔田与龙榆生的通信，还是他给沈曾植词集作的序言,其实都提出了一个基本问题,就是朱祖谋和沈曾植的词很多并不容易知道其背后的真实历史事件指向,那么读不懂背后史实算是读懂一首词吗?如果连张尔田都读不懂,这个圈子之外的人更加读不懂了,那么这个作品还有意义吗?这里涉及词的公共性问题,涉及词的阅读传统的重建等问题。

如果说,张尔田潜在的写作立场是将词当作士大夫之间的唱和,只是写给懂的人看;同时,他们经常在信件来往中附上自己曾经写的或者当下写的作品,有时候附上的作品所想传递的信息要比信件本身的内容还要丰富。如果说这种精英化的士大夫圈子是词的写作者和读者的基本所在,很显然其作品的公共性最基本的指向是士大夫而不是民众;在此层面来看,词不可能是一个面向大众的文体。这样看张尔田对于词的公共性的讨论不是自觉的,他更是被一个时代共同的基本问题意识拉进来的,正如上面提到的只是他将词放置在文学中去考量时才发生了不自觉的非系统化的变化。

在张尔田给潘正铎的信中讨论词与情的问题就是一个例子。情的问题是传统文学话语与新文化运动之后的文学话语之间最容易沟通的一个部分。一个简单的解释就是它们都可以被吸纳进启蒙的叙事之中,都包含着对于现代主体的重新塑造。无论从哲学形而上学的层面,还是形而下的爱情等叙事,情的问题得到了重视,这不仅重新塑造了写作传统,也塑造了新的阅读传统。例如对于《诗经》解读成政教内容没有现代读者会喜欢,会觉得有新意,但是读成人类学的,读成爱情诗或者是民歌就大受欢迎。还有唐五代词如果从歌女演唱的角度理解会被接受,但是一旦被解释成为士大夫自己的"感士不遇"则至少会被质疑。现代的阅读要客观,这种客观是进化史观的,由此唐五代词不可能出现士大夫化,一开始肯定是唐代文学音乐传统的延续,是游戏之作;那么张惠言《词选》中的政治解释,在这个立场上更加说不过去。张尔田用一个比较现代的方法阐释了词与情的关系:"以男女之爱最为普遍,亦即精神分析学中所谓变相以出之者也。再进则情绪愈强,此种变相又不足以宣泄,则索性明白痛快而出之。"[1]他说到了词是情绪的宣泄,说到了表现得要有普遍性。同时,他认为要写好词还要看哲学书,这样才能具有想象力,创造出意境,在对《楚辞》、陶渊明等人的例子中,他其实指出了现代人对情的理解只是限定在或者只聚焦在爱情的一面,而忽略了情作为一种艺术表现方式的"虚构性"。这些论证方式应该说都是现代读者可以接受的。似乎他是在一个哲学、想象力、情绪和精神分析学等新的词语结构系统中讨论情。但是,如果要让词具有更多的公共性,那么必须首先放弃常州词派的一系列的原则。现代的作品要直接讨论情,但是我们从他对况周颐的批评中已看出他不可能做到,他也明确批判:"赤裸裸谈意境,而吐弃辞藻,如此则说白话足矣,义何用词为?既欲为词,则不能无辞藻。"[2]显然张尔田在文学公共性上讨论的限度只能到此止

---

[1] 孙克强、罗克辛辑录整理《通庵词话》,《文学与文化》2014年第1期,第105页。
[2] 孙克强、罗克辛辑录整理《通庵词话》,《文学与文化》2014年第1期,第114页。

步,点到为止,也只能是在理论上进行呈现。

张尔田触及了文学公共性问题,但是他又自觉地返回了原先的起点,因为他所接受文学、学术的知识基础和"惯习"不允许他走进文学公共性的思考。因为如果继续走下去,词本身的写作和欣赏标准将完全颠覆他的常州词派框架下的正变结构,而去认同王国维和胡适等,这已经证明是不可能的立场,同时继续走下去也必将去除了词所包含的"言"与"意"有机联系,这同样是不可能接受的立场。但是,相对于纯粹的旧文人来说,张尔田毕竟将词带入到了文学,自觉或不自觉地让词与文学公共性的问题相遇。这里面如我们所分析的,充满了矛盾甚至混乱,这些矛盾和混乱是新旧过渡时代人物的特点,是那个时代的思想底层的深刻表征。

还有前文讨论过的一个看似尴尬但是又具有一定合理性的现象是,即便处于这个文化共同体之中的张尔田,有时候读其他人的词背后用意也是不知其所以然。他对沈曾植和朱祖谋词的阅读就是典型的例子,但并不妨碍他对他们词的高度评价。他们词的难懂与常州词派的词学立场有关。常州词派的周济所谓"非寄托不入,专寄托不出",还有陈廷焯的"沉郁"说等,这些词学观点不仅仅是写词的方法,也是读词的方法,这个共同体的准则不是在于读懂背后的每一个本事,而是在写词和读词的时候遵守这样的规范。陈廷焯说:"所谓沉郁者,意在笔先,神余言外。写怨夫思妇之怀,寓孽子孤臣之感。凡交情之冷淡,身世之飘零,皆可于一草一木发之。而发之又必若隐若现,欲露不露，反复缠绵，终不许一语道破。"[1]既然写的人"欲露不露，反复缠绵，终不许一语道破"，那么读的人自然也更是如此。这个规范在新文化运动之后变得不适用了。虽然很难说新文化运动真的推翻了这些美学准则，因为一些经典作品阐释的争论并没有停止。[2]但是，胡适等人用"猜谜"这样的反讽话语进行批判，这种批判话语是他们所极为擅长的，无论什么问题都可以被巧妙地吸纳进类似的反讽话语中被整体意识形态化。新文化人将报刊上反新文化运动的批判话语与新的学术话语的构造联系成一个有机整体，牢牢占据了意识形态的领导权。所以不管其内在的合理性还有多少，这些美学准则被整体性地淘汰或者被压抑。

词读不懂的时候就需要依赖于考证的方法。新文化运动之后，考证成为学术的新潮流。张尔田对于考证之学是非常批判的，这既有他对乾嘉之学的不满足，也有现实中胡适为代表的考据之学新潮流的刺激，但是这不代表他完全不做考证。他早年的关于李商隐年谱的会笺就是考证之学。在词学研究方面，他的一些考证都与夏承焘有关。夏承焘早年的《〈乐府补题〉考》就是在与张尔田的交流中完善起来的。现在可以通过夏承焘的日记来复原这个词学史的历史场景的形成。

夏承焘在1936年3月25日记道："发孟劬先生函。问彊村词从碧山入手否。附去一相片并虞美人词。"[3]3月28

---

[1] 屈兴国《白雨斋词话足本校注》，齐鲁书社，1983年，第20页。
[2] 拙文《最后的坚持》，《古典文学知识》2019年第3期，第75—79页。
[3] 《夏承焘集》第5册，浙江古籍出版社、浙江教育出版社，1998年，第436页。

日:"改乐府补题本事考。"[1] 3月29日:"校乐府补题"。4月1日:

> 接孟劬先生复。谓彊老词以碧山为骨,梦窗为神,东坡为姿态。
>
> 瞿禅先生左右:
>
> 奉到惠复并玉照一帧,谨当什袭珍之。瞻仰风度,千里倾筐,吾两人真可谓神交矣。仆谓彊村词深于碧山,谓其从寄托中来也。学梦窗者多不尚寄托,彊翁不然,此非梦窗法乳。盖彊翁早年从半塘游,渐染于周止庵绪论也深。止庵论词,以有托入,以无托出,彊翁实深得此秘。若论其面貌,则固梦窗也。此非识曲听真者,未易辨之。虽其晚年感于秦晦明师词贵清雄之言,间效东坡,然大都系小令。至于长调,则仍不尔。故彊翁之学梦窗,与近人陈述叔不同。述叔守一先生之言,彊翁则颇参异己之长。而要其得力,则实以碧山为之骨,以梦窗为之神,以东坡为之姿态而已。此其所以大欤。尝与汪景吾先生论之,亦颇以愚言为然。尊意以为如何?衰丑素不蓄照像。既荷雅爱,容拍影续寄报命。小词一章奉答,附上。手肃,敬问著祺。
>
> 弟尔田顿首[2]

然后夏承焘又分别于4月2日、4月13日接到张尔

---

[1]《夏承焘集》第5册,浙江古籍出版社、浙江教育出版社,1998年,第436页。
[2]《夏承焘集》第5册,浙江古籍出版社、浙江教育出版社,1998年,第437页。

田的两封信。前者："早接孟劬先生函，示二七律。"[1] 后者是践 4 月 1 日夏承焘所收到的信中所答应的寄一帧照片的承诺。4 月 10 日夏承焘记道："作致孟劬先生函。"[2] 4 月 15 日："发孟劬先生长函，说乐府补题本事，并奉一词。"[3] 这封信当是后来以《与张孟劬论〈乐府补题〉书》为题发表在 1936 年 6 月出版的《词学季刊》（第 3 卷 2 号）上的信件。4 月 22 日夏承焘收到了张尔田的复函：

> 接孟劬先生函复。以予考《乐府补题》事为然。云《花外集》庆清朝咏石榴亦指六陵事。
> 瞿禅先生执事：
> 今日递到惠函。并承和词，诵之快慰。尊论补题遗掌，昭若发蒙。碧山诸人，生丁季运，寄兴篇翰。缠绵掩抑，要当于言外领之，会心正复不远。然非详稽博考，则亦不能证明也。碧山他词如《庆清朝·咏榴花》，当亦暗寓六陵事，托意尤显。张皋文谓指乱世尚有人才，殊不得其解。得尊说乃可通矣。尊札当装付行卷，以供把玩。得便或转寄榆生，载之词刊中也。
> 肃复，敬颂著祺不一一。[4]

这里不厌其烦地详细罗列出现代词学史的一个场景的细节，就是要呈现出其实这种频繁来往的背后存在着两代

---

[1]《夏承焘集》第 5 册，浙江古籍出版社、浙江教育出版社，1998 年，第 438 页。
[2]《夏承焘集》第 5 册，浙江古籍出版社、浙江教育出版社，1998 年，第 442 页。
[3]《夏承焘集》第 5 册，浙江古籍出版社、浙江教育出版社，1998 年，第 442 页。
[4]《夏承焘集》第 5 册，浙江古籍出版社、浙江教育出版社，1998 年，第 443—444 页。

学人的差异,[1]对于夏承焘来说只是想完成一个常见的词史考证题目,这种题目无疑在新学术的语境中是被认可的。但是,对于张尔田来说考证是读词的一种方法。借助于考证的方法,才能体味王沂孙词背后的深厚意味。可是像这样的考证毕竟难得。因为史料的限制,使得这样的考证难度颇高,更多的词的阅读要凭借于经验和文化认同才行。而这种经验是不确定的,也是很难明确的,最终只能按照张尔田的方法:"其知者可以得其意内,而不知者亦可以赏其言外。"[2]张尔田不是完全地拒绝考证,这是建立在他对于考证本质的认识上,考证本质上还是主观性和模糊性的,而不是所谓科学化和客观化。考证为主观价值服务,而不是脱离价值判断。张尔田自己的诗词研究中很多是以考证的方式呈现出来的,所以不是他在考证之外才对新学术的考证之学提出质疑,恰恰是他曾经深深地有过考证之学的研究和训练,才看到了两种考证观念之间的冲突。

通过张尔田的例子延展开来,可以看到那一代人中存在着某些新变的可能性。例如朱祖谋对敦煌文献中《云瑶集杂曲子》的关注,例如他编撰的《宋词三百首》成为最受公众欢迎的宋词选本之一,例如有大量旧文人的诗词在公共报刊上发表,但是这些意味着走向现代了吗?如果不

---

[1] 拙文《"本事"背后的"风人"》,《清代文学研究集刊》,人民文学出版社,2012年,第229—274页。
[2] 孙克强、罗克辛辑录整理《遁庵词话》,《文学与文化》2014年第1期,第107页。

是的话,现代就被等同于新文学。还有,晚清以来无论是外国的翻译作品还是新文学的创作,都提供了相当多的文化供给,阅读的对象扩大了,阅读的可选择性也扩大了,阅读的自由度和偶然性也扩大了。套用罗伯特·达恩顿的话来说,新文化新文学成了生意,通过商业的手段扩大了传播的范围,而且深深地嵌入到现代社会的有机体之中。阅读重塑了主体,更加改变了主体创造出的文学想象。像词这样的旧文学形式只有被吸纳进现代才有意义。但无论是张尔田的有限度的对公共性的思考,还是他经验化的阅读,都不可能被大众化。张尔田这样的旧文学代表一直承担着现代性的各种质问,但是他的词学作为文化实践就像不可被融化的石块一样不和谐地存在于现代文化史中。在历史进程中新文化运动的文化逻辑被弱化的时候,张尔田的思考就会被重新讨论,他的价值就在于重新对现代意识形态的一些前提进行阐释,以便找寻到一种"少数文学"的士大夫文学,一种私人性的文学在现代的位置。

第三章

不古与不今:围绕胡适《词选》的讨论

第三章 不古与不今:围绕胡适《词选》的讨论

胡适在白话文运动前后一直有意地以白话文学的眼光来重新书写中国文学史。在1926年9月写成的《词选序》的开头,他对自己的编选工作略作交代:"《词选》的工作起于三年之前,中间时有间断,然此书费去的时间却已不少。我本想还搁一两年,等我的见解更老一点,方才出版。但今年匆匆出国,归国之期遥遥不可预定,有些未了之事总想作一结束,使我在外国心里舒服一点。"[1] 由此可知,这本词选和他当时开始参与其中的整理国故运动是同时进行的。在这期间胡适对自己整个编选思路可以说是自信满满,不过他对于一些具体的考证问题似乎还拿不准,这也是他自己一贯"大胆假设,小心求证"的作风,所以写信向王国维求教。从1924年到1925年胡适曾经多次写信向王国维问学,几乎都是关于词的话题。胡适的《词的起源》里面就包含了他们讨论的结果。值得注意的是,胡适也将他对于词的理解带入了他对于白话诗的论述当中。

---

[1] 胡适选注《词选》,中华书局,2007年,第1页。

他说："近年因选词之故,手写口诵,受影响不少,故作白话诗,多作词调,但于音节上也有益处,故也不勉强求摆脱。"[1]在后来《谈谈"胡适之体"的诗》(1936年)里,他仍然不忘将自己的白话诗实验和宋代的"白话词"联系起来。如果这被我们当作是"传统的创造性转化"的例子,一个传统的文类进入了新诗的例子,那么胡适的白话文运动就实在是太成功了。因为他让我们遗忘了太多的东西。然而,我们不能总是按照胡适的思路来看历史。

虽然胡适对于词的看法和判断得到了当时许多人的呼应,例如郑振铎、胡云翼等人在词的观点上都是主动向胡适靠拢,虽有小异但是关节之处大致不差。这也几乎是新文化阵营里面的一致观点。虽然在《新青年》之后,他们经历了学术与政治上的复杂变化,但是对于传统文学的看法依然没有改变。虽然他们可能不会像胡适一样直接地提倡白话文学史观,有时候甚至还要进行修正,但是总体上还是予以认同。例如鲁迅认为值得参考的文学史就是谢无量的《中国大文学史》、郑振铎的《插图本中国文学史》、陆侃如和冯沅君的《中国诗史》、王国维的《宋元戏曲史》和他自己的《中国小说史》。他又说:"歌、诗、词、曲,我以为原是民间物,文人取为已有,越做越难懂,弄得变成僵石,他们就又去取一样,又来慢慢的绞死它。"[2]所谓的"难懂"也就是胡适所说的"用典""字谜"。

---

[1]《读〈双辛夷楼词〉致李拔可》,《东方杂志》1928年3月,第25卷6号。转引自陈平原《触摸历史与进入五四》,北京大学出版社,2005年。
[2] 鲁迅致姚克,《鲁迅全集》第13卷,人民文学出版社,2005年,第28页。

第三章 不古与不今：围绕胡适《词选》的讨论

就胡适《词选》来说，也有人提出不满。例如当时还在严州教书的青年教师夏承焘就给胡适写信商榷《词选》的问题。因为他此时正在做词的考证和编年研究，所以基本是以考证的眼光来读胡适这本《词选》的。1928年他给胡适写了一封信，这封信在胡适现存的日记和信件里面都没有发现回应的痕迹。我们只能在夏承焘自己的日记里读到这封信。这封信分成两个部分。一是对胡适附录在《词选》里的《词的起源》一文里的问题提出质疑，认为胡适所持有的"调早于词"这个观点不对，并且提出自己的看法。更为关键的是他在写完这封信之后，第二天的日记里又说："阅胡适词选，以晚唐至东坡以前皆娼妓歌人之词，《花间集》全为给歌伎唱者，此语亦须斟酌。"[1]这个论据如果动摇了，就涉及胡适的一个大的判断，他对词的历史分成"歌者的词"、"诗人的词"以及"词匠的词"就值得商榷了。不过夏承焘似乎并没有觉察到这会对胡适的词史看法形成动摇。因为我们看到他在随后几天的日记里对胡适《白话文学史》表示了由衷的称赞："此书搜集甚富，颇多新见解，如谓一切新文学来源都在民间。"二是对具体作家的评论。他对胡适关于苏轼、辛弃疾、姜夔、张炎等的看法都很满意。但是对胡适关于南宋词家刘改之的评价不满意。他引了晚清词人况周颐《蕙风词话》里面的评论来质疑胡适："'其激昂慷慨诸作，乃刻意抚拟幼安，如《沁园春》（斗酒彘肩）云云，则犹抚拟而失之太过者矣。'况氏谓刘之词格本不同辛，颇有特识。"[2]虽然我们还是不

---

[1]《夏承焘集》第5册，浙江古籍出版社、浙江教育出版社，1998年，第23页。
[2]《夏承焘集》第5册，浙江古籍出版社、浙江教育出版社，1998年，第22页。

大能够看出夏承焘对胡适批评的用意,但他终究是提出了一个新的看法。除了夏承焘之外,我们看到当时还在上海的另一位年轻学者龙榆生也对胡适的这本《词选》提出了批评。龙榆生有过很长一段追随朱祖谋学词的经历。朱祖谋在病重之时给龙榆生看了自己所写的《鹧鸪天·辛未长至口占》:"忠孝何曾尽一分,年来姜被减奇温。眼中犀角非耶是,身后牛衣怨亦恩。　　泡露事,水云身。枉抛心力作词人。可哀惟有人间世,不结他生未了因。"他还将自己校勘词籍所用的双砚交给了龙榆生。在通读了龙榆生的词学论文和词选后,可以发现他那些著述背后存有纷繁的意蕴,所以不得不仔细辨析并且予以表彰出来。

胡适在《南宋的白话词》里面说道:"词的进化到了北宋欧阳修、柳永、秦观、黄庭坚的'俚语词',差不多可说是纯粹的白话韵文了。不幸这个趋势到了南宋,也碰着一个打击,也渐渐地退回到复古的路上去。南宋的词人有两大派。一派承接北宋白话词的遗风,能免去柳永、黄庭坚一班人的淫亵习气,能加入一种高超的意境与情感,却仍能不失去白话词的好处。这一派,我们可用辛弃疾、陆游、刘过、刘克庄做代表。一派专在声调字句典故上做功夫;字面越文了,典故用得越巧妙了,但没什么内容,算不得有价值的文学。这一派古典主义的词,我们可用吴文英做代表。"[1]在《词选》里面与传统的词学观点冲突最大的恐怕还不是对于唐五代词和北宋词的看法,而是在

---

[1] 胡适《南宋的白话词》,胡适《国语文学史》,安徽教育出版社,2006年,第129页。

对南宋词评价上面的分歧。胡适对南宋词的否定表面上看是清代南北宋词之争的延续，但实际上是否定了南宋词的价值。

虽然清代的浙派和常州词派对于姜夔、吴文英等人的看法不一致，但是没有一个传统的词学立场整体地否定了他们的价值。在龙榆生直接针对《词选》的批评文章里面，对于词学传统非常熟悉的龙榆生没有选择常用的从回护南宋词的角度去批评胡适的观点，这或许是由于最直接的对立的立场反而不太好反驳对方的观点抑或者有其他的原因。龙榆生针对胡适在"诗人的词"这一段里疏漏了贺铸提出了不同的看法。他的疑问是贺铸的词在词的内容的扩大、开阖映射的技术等方面不仅都符合胡适的"诗人的词"的要求，而且还都符合胡适对于一首好词的判断标准。但是胡适居然对这样一位与周邦彦齐名的重要北宋词作家的词没有选录一首。龙榆生最后说："无论就豪放方面，婉约方面，感情方面，技术方面，内容方面，音律方面，乃至胡适素所主张之白话方面，在方回词中盖无一不擅胜场；即推为兼有东坡、美成二派之长，似亦不为过誉。"[1]他所运用的方法也是当时大家都非常认同的对于一个作品分析的科学方式，他所提出的七个方面可以说是当时的学术界里颇为普通也颇为熟悉的角度。这样的说理方式大家都可以接受，也都会认同。龙榆生在这里似乎没有直接与胡适的观点针锋相对，不过是补充了胡适的"疏

---

[1] 龙榆生《论贺方回词质胡适之先生》，《龙榆生词学论文集》，上海古籍出版社，1997年，第315页。

忽"而已。那么我们能不能说胡适如果补充了贺铸的词,《词选》就更加客观完整了呢？答案是否定的。

龙榆生对于胡适《词选》的一个不满似在于贺铸的词没有被选入，但其实即使胡适选了贺铸的词，也不可能和龙榆生选词的出发点相同。龙榆生这篇文章写于1933年3月，在这之前和之后龙榆生还写了许多词学文章，例如《选词标准论》（1933年）、《研究词学之商榷》（1934年）、《两宋词风转变论》（1934年）、《东坡乐府综论》（1935年）、《清真词叙论》（1935年）、《南唐二主词叙论》（1936年）等。如果将之放到这些文章当中去读，或许可以从这些平实无华的文章背后发现龙榆生如蜘蛛结网，丝丝相扣，织就了一张对于王国维和胡适的词学观点进行批评的网。同时，还可以发现一个颇为有趣的现象，如果细按龙榆生学术著述的编年，他一生最为旺盛的学术生命力也是在1929年到1936年这一时段。这背后是不是有一些重要的因缘，且先按下不表。先从贺铸开始，去看一看这张大网是如何织就的。

龙榆生对于胡适将词的历史发展分成"歌者的词""诗人的词"以及"词匠的词"这三个阶段非常不满意。以前两个阶段为例，龙榆生驳斥道："以'要给歌者去唱的'，为即'歌者的词'，而非'诗人的词'，不但无以解于李后主，即苏门词人，恐亦不能确定属于第几段落。"[1]所以龙榆生在举出贺铸三首《减字浣溪沙》的时候说："谓之'歌

---

[1] 龙榆生《论贺方回词质胡适之先生》，《龙榆生词学论文集》，上海古籍出版社，1997年，第305页。

者的词'可,谓之'诗人的词'亦无不可。"[1]龙榆生所理解的"诗人的词"和胡适所说的"诗人的词"是不一样的。我们一方面看到龙榆生所用的分析概念,例如内容、技术、感情、音律等都是当时很正式的对于一部作品的客观分析所必须具备的方法,用胡适提出的"诗人的词"的标准来质问胡适为什么都符合标准的贺铸没有入选,另一方面其实他在这个过程中带进了自己对于"诗人的词"的理解。胡适所说的"诗人的词"是指:"这些作者都是有天才的诗人;他们不管能不能歌,也不管协律不协律;他们只是用词体作新诗。这种'诗人的词',起于荆公、东坡,至稼轩而大成。这个时代的词也有他的特征。第一,词的题目不能少了,因为内容太复杂。第二,词人的个性出来了:东坡自是东坡,稼轩自是稼轩,希真自是希真,不能随便混乱了。"[2]在这里胡适所理解的"诗人的词"主要注重的是内容的扩大、词不一定符合音律而且化用诗句和典故等。而龙榆生所理解的"诗人之词"和胡适不同,以他所举贺铸《芳心苦》(杨柳回塘)为例:"《芳心苦》亦别有兴寄,此等作品欲不谓为'诗人的词'可乎?"胡适所说的诗人之词只注重的是内容,而龙榆生这里认为《芳心苦》这首词"别有兴寄",这恰恰是这首词可以被称作"诗人的词"的原因。这样看来,龙榆生姑且站在胡适对于词的历史发展三段论立场之上将贺铸放在"诗人的词"这一段,但是胡适的三段论在龙榆生那里其实已经失效。那么,在龙榆

---

[1] 龙榆生《论贺方回词质胡适之先生》,《龙榆生词学论文集》,上海古籍出版社,1997年,第313页。
[2] 胡适选注《词选》,中华书局,2007年,第5—6页。

生那里，贺铸究竟属于哪一段？为了更好地理解这个问题，此时不得不顺着这个丝头去寻找其他的连接点。

前面提到龙榆生不赞同胡适对于两宋词史三段论的分法。在一年之后的《两宋词风转变论》一文里，他全面地回答了这个问题。胡适的三段论背后隐藏着他对于文学史的一个基本论断，也就是在民间与文人之间的此消彼长。胡适在编选《词选》的《自序》里写道："文学史上有一个逃不掉的公式。文学的新方式都是出于民间的。久而久之，文人学士受了民间文学的影响，采用这种新体裁来做他们的文艺作品。文人的参加自有他的好处：浅薄的内容变丰富了，幼稚的技术变高明了，平凡的意境变高超了。但文人把这种新体裁学到手之后，劣等的文人便来模仿；模仿的结果，往往学得了形式上的技术，而丢掉了创作的精神。天才堕落而为匠手，创作堕落而为机械。生气剥丧完了，只剩下一点小技巧，一堆烂书袋，一套烂调子！于是这种文学方式的命运便完结了，文学的生命又须另向民间去寻新方向发展了。"[1]

胡适的这个观点现在读来看似简单，但是和他在《中国哲学史大纲》里所提出的"截断众流"和"平等的眼光"一样影响深远。[2]他的《中国哲学史大纲》一出版，立即受到两极化的评论，这个基于白话文学史观的"文学史公式"也同样如此。龙榆生在自己对于两宋词风转变的

---

[1] 胡适选注《词选》，中华书局，2007年，第6页。
[2] 例如一直到1947年顾颉刚对《中国哲学史大纲》依然极为褒奖："《中国哲学史大纲》上卷……觉其澈骨聪明，依然追攀不上。想不到古代哲学材料，二千年来未能建一系统者，乃贯穿于一二十七八岁之青年，非天才乎！"转引自余英时《未尽的才情》，台湾联经出版公司，第35页。

描述里会不会对胡适直接提出批评呢?龙榆生在这篇重要的文章里没有直接提到胡适与王国维。我们从这篇文章的《引论》部分可以看出他直接针对的是"豪放与婉约"以及"北宋与南宋"这两对明清词学史上的范畴。龙榆生在文章里写道:"两宋词风之转变,各有其时代关系,'物穷则变',阶段显然。既非'婉约'、'豪放'二派之所能并包,亦不能执南北以自限。"[1] 又说:"两宋词风转变之由,各有其时代与环境关系,南北宋亦自因时因地,而异其作风。"[2] 这样说来显然不仅仅是在批评明清的词学范畴,而更重要的是意有所指。我们知道王国维对于南宋词的贬低,虽然有其深厚的西学背景,但是在当时学者的认知里基本都是将之放置在传统南北宋之争的视野里处理的。而胡适对于南宋词的贬低,未尝不可放置在这样的背景里来阐述。当时对胡适等人所提倡的科学考证方法的批评和此有类似之处,是被放置在清代汉宋之争的传统学术内部既有论争背景里来考虑的。在胡适对于两宋词史的描述里,就作家而言他要表彰的是像苏轼、周邦彦、辛弃疾等天才式的作家。他们不仅不为时代所囿,而且还能开辟新的疆域,推动了宋词历史的发展。在文学史上,占据最高地位的只有天才作家。词一旦要给歌者去唱,作者的个性就不能够充分表现,所以在胡适看来,冯延巳、晏殊父子、欧阳修、柳永等人的词依然是"歌者的词",而苏轼

---

[1] 龙榆生《两宋词风转变论》,《龙榆生词学论文集》,上海古籍出版社,1997年,第232页。
[2] 龙榆生《两宋词风转变论》,《龙榆生词学论文集》,上海古籍出版社,1997年,第253页。

开始的"诗人的词"脱离了与音乐的关系,却开辟了用新的诗体来作"新体诗"的新风气。但是龙榆生所要追问的恰恰就是让天才论述以及"文学史公式"得以成立的前提能否成立?如果前提都值得推敲,那么胡适所持有的观点当然就非常值得怀疑了。例如:苏轼的词和音乐是不是没有了关系?龙榆生在《东坡乐府综论》(1935年)里面就回应道:"一若东坡词专以不谐音节为高。吾人试一检集中诸词,则为歌妓作者正多,又以何法证明彼不希望'在红氍毹上袅袅婷婷地去歌唱'耶?"[1]而被胡适一笔带过的词到南宋转到"音律的专门技巧"的路子上,又是怎么回事?龙榆生认为这不是出于偶然。南宋偏安之后文人才士依附于名门世胄,"于是对于音律之研索、文字之推敲,乃各殚精竭虑,以相角胜。其影响于词风者甚巨,而关系于世运者尤深"[2]。同时,龙榆生认为,词与音乐之间的关系紧密,不单单是"歌者的词"或者"词匠的词"的特点,而是整个两宋词的共同特点。而所谓作者个性在"歌者的词"或"词匠的词"这两个阶段,被压抑了也站不住脚。以柳永词为例:"其《乐章集》中,虽'大概非羁旅穷愁之词,则闺门淫媟之语'(《艺苑雌黄》)。然前者'为我',后者'依他',所抒写之情境与作用不同,正不容相提并论。"也就是说《乐章集》里的词有"为我"和"依他"之分,而前者正是体现出作者个性的词。这和

---

[1] 龙榆生《东坡乐府综论》,《龙榆生词学论文集》,上海古籍出版社,1997年,第259页。
[2] 龙榆生《两宋词风转变论》,《龙榆生词学论文集》,上海古籍出版社,1997年,第249页。

胡适所认为的词只要便歌，则作者的个性就会受到压抑的判断显然不同。胡适将苏轼之前的词都划入到"歌者的词"，也就是平民文学的范围。但是在龙榆生看来，不是只有苏轼的词才能叫诗人的词，他说："所谓'诗人句法'，即《阳春》以下逮《珠玉》、《六一》诸家，所以异于闾巷俚歌。"[1]这些令词主要应用在士大夫之间，"足为诗人'析酲解愠'，而未必为俚俗所共赏"，所以只能提供给家伎演唱。这些词作不是没有作者自己的个性，而是表达得委婉幽微，所以龙榆生赞同况周颐对于晏几道《阮郎归·天边金掌露成霜》的解读，认为晏几道这首词用意"沉着厚重"。其实，龙榆生对整个晚唐五代的词都没有强调平民文学这一特点。他说："西蜀、南唐，为五代歌词繁殖之地。变'胡夷里巷之曲'而为士大夫之词，其风大扇于温庭筠，而韦庄、冯延巳已继成两大系，分据吴、蜀词坛。"[2]也就是说从一开始，龙榆生就强调"士大夫之词"这一特点。也就是龙榆生强调的不是词作给不给歌伎歌唱，而是从温庭筠开始词就已经由民间文学成了士大夫的文学。词家的身份都是士大夫，而不是胡适所说的"天才"，既然是士大夫那么就包含有伦理的意义，而这是"天才"或者"作者"所不能包括的。

从以上的例子可以看出，胡适的判断在龙榆生看来包含了太多的破绽。胡适将两宋词史描述成以天才为中心的

---

[1] 龙榆生《两宋词风转变论》，《龙榆生词学论文集》，上海古籍出版社，1997年，第235页。
[2] 龙榆生《两宋词风转变论》，《龙榆生词学论文集》，上海古籍出版社，1997年，第233页。

历史，也是平民化进化发展到文人化以致走向僵化的历史，而在龙榆生看来两宋词风的转变，既不是天才的创造也不能说有南北宋的高下之分，都是应时而变。那些天才的作家都是在时代和环境里写作，都无不受到时代和环境的制约。既然龙榆生将两宋词都看作是时代的产物，所以那些被褒奖的词人就不再是一无依傍的天才。同时他强调两宋词与音乐之间都有密不可分的关系，所谓"词风之转变，恒随乐曲为推移"[1]。这样，王国维以天才来衡量南北宋词的高下优劣的标准也同样不能成立了。[2]胡适所依赖的能够将两宋词史变成他的文学史公式一个例证的依据，就是词作从平民化到文人化的转变，这也是胡适所描述的两宋词史内在运动的一个动力装置。龙榆生否定了胡适这个动力装置的合理性，认为两宋词风的变化不是因为单一的与乐曲关系的变化造成的，而是和更广泛意义上的时代、环境的变化相关联。龙榆生的两宋词历史成了不同词家的大合唱。"文学史的公式"当然也就失效了。那么龙榆生的任务是不是到此就结束了呢？因为，他已经比较圆满地解决了在他当时最具挑战性的词史观的批评和修正，也实现了他自己一贯所追求的研治词学的学术理想："吾人之所考求，亦当于其所以演变推迁之故，与夫各作者之利病得失，加以深切注意；抱定历史家态度，以衡量各名家之作品，显示其本来面目，而不容强古人以就我范围，抉取精华，而无所歧视……一言以蔽之：'还他一个本来

---

[1] 龙榆生《两宋词风转变论》，《龙榆生词学论文集》，上海古籍出版社，1997年，第244页。
[2] 这一点得益于罗钢的分析，参见罗钢《王国维的"古雅说"与中西诗学传统》，《南京大学学报》（哲社版）2008年第3期，第78页。

面目'。"[1]不过再回过头去思考一下胡适对于两宋词史的新叙述，似乎不那么简单。胡适所说的文学史的公式，这个动力装置的设置，不仅生产出了一个新的两宋词史的叙述模式，而且生产了一种新的历史观。这个装置也生产了一首好词的判断标准，它首先将一首词变成了历史进化序列里面的一个部分，这是一个新的问题。这也就生产出一种新的阅读政治，阅读一首词的主体不再是一个传统的知识分子，而是一个现代国民。正如龙榆生自己所说："自胡适之先生《词选》出，而中等学校学生，始稍注意于词；学校中之教授词学者，亦几全奉此书为圭臬。其权威之大，殆驾乎任何词选之上。"[2]胡适《词选》的阅读对象是现代教育制度里的中学生，而不是旧文人。暂且搁置最后一个问题，先看前一个问题。

尽管胡适的历史叙述有许多破绽，然而龙榆生的词史叙述里他所说的乐曲已经不再具备一种批评的功能，不可能像胡适说的词与乐曲的关系背后还有一个文学史公式，认为苏轼之前的词人都与歌唱有关系，所以是平民文学的一部分，当然也就不能以白话文历史观的标准来衡量那些词家的成就，解读他们的词作。正如傅斯年针对学衡派批评白话文所说："文学改革的趋势多集中在白话问题，诚然，这是初步中最基本的问题，然而白话终不过是个寄托物。……当时有个《学衡》杂志，专攻击白话文，我有一次对朋友说他们真把这事看得浅了，他们接受了白话文主

---

[1] 龙榆生《选词标准论》，《龙榆生词学论文集》，上海古籍出版社，1997年，第85页。
[2] 龙榆生《论贺方回词质胡适之先生》，《龙榆生词学论文集》，上海古籍出版社，1997年，第304页。

义,还可以固守他的古典主义呢!"[1]也就是说,如果龙榆生不能抓住胡适背后的思路,而是以为胡适真的在追求一种客观的词史写作,那么龙榆生对胡适的批评力量就不够了。如果龙榆生所说的时代和环境只是一种对文学的历史语境的客观描述,是一种纯粹的客观语境,那么他批评胡适还有一个没有解决的问题,他如何赋予那些词家和词作以意义。值得注意的是,龙榆生注意到了这个问题。他说:"今观胡氏《词选》所选录姜、史、吴、张诸家之作,率取其习见之调,或较浅白近滑易者;集中得意诸阕,反被遗弃。"[2]比如胡适在《词选》里对姜夔有这样一段评价:"他的词长于音调的谐婉,但往往因音节而牺牲内容,有些词读起来很可听,而其实没有什么意义。如他的《暗香》《疏影》二曲,张炎称为'前无古人,后无来者;自立新意,真为绝唱'(《词源》)。但这两首词只是用了几个梅花的古典,毫无新意可取,《疏影》一首更劣下,故我们不采取。"[3]胡适直接说姜夔的《暗香》和《疏影》两首词别无可取之处,也说明他读不懂这两首词的好处。而龙榆生却说"集中得意诸阕,反被遗弃"。

如果说,上述龙榆生关于词史的观点构成了对胡适历史观的一个明显的批评,这些批评是他编织的一张网中的网线,可单有网线还不够有威力,只有拧紧网线之间的线头才是最重要的。想要恢复被胡适所忽略的词家,其实并

---

[1] 傅斯年《陈独秀案》,《独立评论》1932年10月30日第24号。
[2] 龙榆生《论贺方回词质胡适之先生》,《龙榆生词学论文集》,上海古籍出版社,1997年,第306页。
[3] 胡适编选《词选》,中华书局,2007年,第265页。

不是非常困难的事，关键在于究竟以什么样的方式将那些作家重新带回到我们的视野里。如果龙榆生仅是简单地按照时代和环境来论证所有宋代词家都值得研究和尊重，那么他回避不了类似于傅斯年对《学衡》那样的批评。也就是简单的时代与环境并不能构成一种直接的价值判断。现在，可以抓住这个龙榆生没有明言的分歧继续看连接那些网线的关键线头。按照龙榆生的意思，他还有自己所认为的姜夔、吴文英、张炎等人的得意之作做候选。他认为胡适用白话文的眼光读吴文英当然是读不懂了。那么用什么眼光才能读懂吴文英呢？龙榆生没有说。问题的关键就在这里。只要龙榆生可以解决这个问题，那么他对胡适的批评将非常值得期待。当然，我们可以从其他地方再找找线索。龙榆生在1954年时，曾经写了一封信给张东荪，表明对王国维和胡适的词学观念仍然持否定态度；以至于张东荪在回信里说："王胡虽有偏见，然亦有绝精到处。似不可一笔抹杀。想公亦谓然。又王对先兄之言恐专指时流利用一点，至于根本主张恐仍未必尽弃，盖其亦有至理，正不必完全弃之也。"[1] 其中"王对先兄之言"，此话原意应是指张尔田对王国维《人间词话》的批评，龙榆生曾经也在《研究词学之商榷》里引用过张尔田的说法："未为精审，晚年亦颇自悔少作。"张东荪认为他的哥哥张尔田未必完全否定王国维的观点。张东荪的意见先不必理会。关键是从1933年到1954年之间相隔近20年的时间，是什么让龙榆生那么坚定自己的立场，对王国维和胡适的词

---

[1] 张东荪《致龙榆生信》，《博览群书》2002年第9期，第59页。

学观点一直持有批评态度？或许有人会联想到龙榆生是朱祖谋的学生，那么龙榆生的知识会不会是从朱祖谋那里来的？但是，龙榆生从来没有说自己是站在老师的立场上来批评王国维和胡适的。况且我们知道朱祖谋对于张惠言的《词选》是极为欣赏的。张惠言一个最为重要的观点就是用"诗之比兴"对温庭筠的《菩萨蛮》重新进行了解读。而龙榆生对此非常反对："张氏欲尊词体，托之'诗之比兴'，乃于温词加以穿凿附会之说，其谁信之？此又别有思存，不仅忽略'客观'之事实而已，批评家之态度，岂宜如是哉？"[1]那么龙榆生的立场究竟是什么呢？

以胡适和龙榆生都极为推崇的苏辛词为例。对于苏轼，龙榆生的《东坡乐府综论》看似一篇对于苏轼词的按照时代和编年平铺直叙的介绍，实际上其中包含了许多判断，这些判断是直接对过去不同的词学批评对话中树立起来的，所以非常具有力量。他不满意张炎、王士禛、贺裳在理解苏轼时，总是受限在苏轼与柳永的比较视野里。他认为如果总是囿于苏轼与柳永比较的思路里，实际上反而容易将苏轼词看得单一化了。因为这样比较的结果无非是说，苏轼也有柳永那种婉约风格的词，未必比柳永的差。但是，究竟什么是苏轼最重要的特点呢？龙榆生引用了晚清词学四大家之一王鹏运的判断："坡词虽时有清丽舒徐，有时横放杰出，而其全部风格，当以近代词家王鹏运拈出'清雄'二字，最为恰当。世恒以'豪放'目东

---

[1] 龙榆生《研究词学之商榷》，《龙榆生词学论文集》，上海古籍出版社，1997年，第98—99页。

坡，固犹未足以概其全。"[1]所谓"清雄"就是冯煦所说的"刚亦不吐，柔以不茹"，夏敬观所说的"东坡词如春花散空，不着迹象，使柳伎歌之，正如天风海涛之曲，中多幽咽怨断之音，此其上乘也"。[2]这是晚清词学对于苏轼词新的理解，这种理解和常州词派对于词体的新认识是分不开的。[3]有了这个支点，龙榆生就很自然地可以判断苏轼的词哪些好哪些不好。他说："读东坡词，自当以四十至五十间诸作品为轨则矣。"[4]又说："吾恒谓东坡诗词，至黄州后，乃登峰造极，皆生活环境促之使然也。"[5]白话文运动之后，苏辛词受到了很高的推崇，我们从叶圣陶在1927年为商务印书馆编辑的"学生国学丛书"中的《苏辛词》一书所写的"绪言"，就可以明白当时占据主流的对于苏轼词的解读方式。[6]

再看他对辛弃疾的理解，刘熙载认为辛弃疾："任古书中理语、瘦语，一经运用，便得风流。"龙榆生认为刘熙载对辛弃疾的理解还不全面，辛弃疾的好处在于"把内容扩充得异常广泛"。但是龙榆生又补充道："结合他的

---

[1] 龙榆生《东坡乐府综论》，《龙榆生词学论文集》，上海古籍出版社，1997年，第258页。
[2] 《咉庵手批东坡词》，参看龙榆生《唐宋词名家词选》，上海古籍出版社，1980年，第127页。
[3] 虽然谭献、冯煦、陈廷焯等人都对刘熙载的《词概》比较赞赏，例如冯煦对刘熙载对于苏轼词的评论也极为推崇，但是需要注意他的认同是基于自己的理论立场而不是将刘熙载的看法当作"材料"使用。这一点还可以从他对于"词品说"的批评中看出他们之间的根本分歧。关于苏轼在晚清词学中的呈现还可以参看罗钢《"词之言长"——王国维与常州词派之二》，《清华大学学报》（哲社版）2010年第1期，第68页。
[4] 龙榆生《东坡乐府综论》，《龙榆生词学论文集》，上海古籍出版社，1997年，第262页。
[5] 龙榆生《东坡乐府综论》，《龙榆生词学论文集》，上海古籍出版社，1997年，第260页。
[6] 参看叶绍钧选注《苏辛词》，商务印书馆，1927年，第1—11页。

生平史实，参以所谓'诗人比兴'之义，才能找出他那代表作品中的思想本质来，从而明白它的真价所在。"[1]胡适对辛弃疾词推崇的原因是，认为辛词内容扩充得广泛和擅长化用典故。胡适说："他的才气纵横，见解超脱，情感浓挚，无论做长调还是小令，都是他的人格的涌现。"[2]不过，龙榆生的讲法不一样，他认为需要结合生平史实并且参以比兴之义才能读懂辛弃疾的词。胡适讲辛弃疾的词是他"人格的涌现"，那些用典阻碍了他的感情和才气的发挥。但是龙榆生不讲抽象的人格，而是强调放在具体的生平里去看。例如他在解读辛弃疾《菩萨蛮·书江西造口壁》这首词的时候说，这首词证明了辛弃疾一心想恢复中原，镇压茶商军是情非得已。但是这样的悲凉情感，"用千回百折的笔调都表现了出来"[3]。龙榆生的意思是我们只能参考1175年辛弃疾的行实和诗人比兴之义，才能明白词内容蕴含的深意。他从"青山遮不住，毕竟东流去"里读出了"青山"与"当权的奸佞"之间的关联，而"毕竟东流去"写的是南宋的"颓局"。这些内在于词中的意蕴是胡适无法读出的。还有龙榆生对他所认为的辛弃疾"最杰出的代表作"《摸鱼儿·更能消几番风雨》进行解释的时候，他考订了这首词的"情事"。很明显，在龙榆生这里，辛弃疾词的内容就不是胡适所讲的那么简单和泛化，而是非常具体的。更为重要的是，这些"情事"是无法直

---

[1] 龙榆生《试谈辛弃疾词》，《龙榆生词学论文集》，上海古籍出版社1997年，第359—360页。
[2] 胡适选注《词选》，中华书局，2007年，第193页。
[3] 龙榆生《试谈辛弃疾词》，《龙榆生词学论文集》，上海古籍出版社，1997年，第361—362页。

接获得的，而必须透过字词的表意来结合"诗人比兴之义"，方才能明白。其实，用"诗人比兴之义"的方法来读辛弃疾的词，并非龙榆生一人。晚清学者沈曾植就曾经对辛弃疾的词做了一些简单的批注，例如：

《兰陵王·己未八月二十日》
己未为庆之五年，是时（韩）侂胄方严伪学禁，赵忠简卒于贬所。苌宏血碧，儒墨相争，托意甚微，非偶然涉笔也。

《贺新郎·别茂嘉十二弟》
龙洲词有关辛稼轩弟赴桂林官沁园春词有"三齐盗起，两河民散，势倾似土，国泛如杯。猛士云飞，狂胡灰灭，机会之来人共知。何为者？望桂林西去，一驰是驰"云云。又云："入幕来南，筹边如北，翻覆手高来去棋。"似即赠茂嘉者。词语可与此章相发，第彼显此隐耳。

《满江红·中秋高远》
此寄中原义故之词。

《摸鱼儿·淳熙己亥自湖北漕移湖南》
《鹤林玉露》谓此词怨望，德寿见之，颇不悦。然其实乃有望史越王耳。第合朱子上孝宗封事观之，则所寄讽亦不浅。[1]

---

[1] 沈曾植《稼轩长短句小笺》，《词学季刊》卷1第2号。龙榆生晚年将沈曾植的原本交付给浙江图书馆收藏，并且写了一段说明文字。参见《龙榆生词学论文集》，上海古籍出版社，1997年，第508—509页。

沈曾植对辛弃疾词的笺注是"诗人比兴之义"的方法。这份笺注正是龙榆生整理的。龙榆生在附记里面写道:"彊村老人尝称:先生所自为《曼陀罗呓词》的是稼轩法乳。……外患侵凌,浸成南渡之局,斜阳烟柳,感喟无端。思冯豪杰之词,以作懦夫之气,则稼轩词集,亟需提倡。读先生此笺,不禁忧心悄悄矣。"[1]龙榆生对沈曾植的读法不仅认同而且在精神上产生了深深的共鸣。龙榆生认为《摸鱼儿》是辛弃疾最杰出的代表作,实际也就是说只有像这样能够体现出"诗之比兴"的词才是好词。

　　龙榆生一生对苏辛一脉的词都很喜爱。对于明末清初的王夫之所写的词,他认为:"他并不像其他迂儒鄙薄填词为小道,而是寓以《风》、《骚》微旨,援引'兴'、'观'、'群'、'怨'的传统诗教,用来寄托其宏伟思想和爱国热忱,委曲以达其幽约怨悱不能显说之情的。"[2]龙榆生在这里将"鄙薄填词为小道"的人称为"迂儒"。在"整理国故"之后恰恰是用诗教来理解词的人才被称作迂腐之人。"迂儒"一词的使用颇为有趣,也可以见出他1963年写此文章时的语境变化,让他有勇气来对抗之前在胡适影响下的词学研究。他在分析王夫之1689年所写的六首《渔家傲》时说:"这里面包含着许多人和事,不是一般感慨兴亡的词所能比拟;而作者不愧不怍的老姜性气,却仍然活跃于字里行间。"[3]这里面最为关键的是前半

---

[1] 沈曾植《稼轩长短句小笺》,《词学季刊》第1卷第2号。
[2] 龙榆生《读王船山词记》,《龙榆生词学论文集》,上海古籍出版社,1997年,第406页。
[3] 龙榆生《读王船山词记》,《龙榆生词学论文集》,上海古籍出版社,1997年,第416—417页。

句话，在这里他将以比兴表达出"人和事"的词与"一般感慨兴亡的词"区分开来，并且认为前者比较高明。他还说王夫之的咏物词："船山缅怀故国、梦想恢复的深悲大愿，却用摇曳骀荡的笔调，百折千回，曲曲传出，也是咏物词中的上乘，应当深入体味的。"[1]对王夫之《潇湘怨》里收录的《潇湘小八景》这组词，他说："他的作意，绝非刻意于自然景物的摹写，而是托兴于湘灵的怨瑟，以寄其浩渺无涯的沉恨深悲。"[2]还有《潇湘大八景》里的《平沙落雁》《远浦归帆》《潇湘夜雨》《山市晴岚》《江天暮雪》诸阕，龙榆生读出了这些词作都是在写王夫之自己所经历的明朝永历年间的政治风波，"虽一时难以确指，而一片忠诚悱恻、缠绵悱恻的哀音杜响，使人读之极为感动"[3]。可见龙榆生始终褒奖的是那些具有比兴寄托的词，认为那些词才是词作之中的上乘，而那些所谓的词的"内容"不是浮露在表面的，而是必须用"比兴"的方法去读才能理解到。

从上面的分析可以得出这样的结论，虽然同样对苏辛词高度赞赏，但是龙榆生和胡适的立场是截然不同。那么，对于他们都同样佩服的周邦彦，他们的观点是否相同？胡适依然以天才称呼周邦彦，在他的眼里周邦彦词的好处是对词乐精通，所以音乐非常美妙，他擅于写儿女私

---

[1] 龙榆生《读王船山词记》，《龙榆生词学论文集》，上海古籍出版社，1997年，第417页。
[2] 龙榆生《读王船山词记》，《龙榆生词学论文集》，上海古籍出版社，1997年，第418页。
[3] 龙榆生《读王船山词记》，《龙榆生词学论文集》，上海古籍出版社，1997年，第420—421页。

情，但是用词雅致不像柳永那样有时候用俚语，还有就是他非常擅于化用唐人诗句。[1]这里大概可以看出和苏辛词的思路差不多，胡适关注的无非是用词、用典等方面。龙榆生则认为周邦彦能够在柳永和秦观之外独树一帜，在于周邦彦"用笔之拗怒奇恣"。而这个虽然缘自周邦彦的天才学力，但也和他当时主持大晟府拟制新的音乐有关系。龙榆生一直所强调的是作家本人始终处于一个历史关系里面。和苏辛词一样，周邦彦的词随着自己的阅历而不断变化风格，那么什么是最好的呢？龙榆生认为："周词之风格，毕竟当于高健幽咽，层深浑成处，参取消息。"[2]也就是周邦彦重入京师的那一段时期所写的《六丑》《兰陵王》这一类词。但是龙榆生也有和胡适一样之处，认为周邦彦在声律和文字两个方面影响最大。

这里需要补充说明的是，虽然他们都承认苏辛词扩大了词的"内容"，但龙榆生的"内容"和胡适的"内容"在意义上有很大差别。除了上述之外，还可举一个例子。对姜夔、吴文英、张炎这些词人的词，胡适说他们"不重内容"，龙榆生当然认为有内容，并且认为胡适并没有认真读他们的词集，因而带来错误判断。胡适不可能不细读材料，胡适说的是那些词里面就根本没有什么内容。[3]龙榆生虽然承认周邦彦的词在字句和结构方面有很高的成就，但是龙榆生着重对周邦彦的"笔力"的强调上。前述

---

[1] 胡适选注《词选》，中华书局，2007年，第137页。
[2] 龙榆生《清真词叙论》，《龙榆生词学论文集》，上海古籍出版社，1997年，第323页。
[3] 龙榆生《研究词学之商榷》，《龙榆生词学论文集》，上海古籍出版社，1997年，第99页。

周邦彦词的高处其实说的就是笔力问题。在这一方面他非常认同吴梅"沉郁顿挫"的判断，并且清楚吴梅此判断来源于晚清词学家陈廷焯的《白雨斋词话》。他尤为赞同陈廷焯对周邦彦《浪淘沙慢》《解语花·元宵》两首词笔力变化的分析。同时，认为这就是清真词"虽写儿女柔情及羁旅行役之感，而能大笔振迅，幽咽而不流于纤靡，富艳而不失之狂荡"的原因所在。不过，在这里龙榆生似乎有欲言又止之处。如果说仅仅是因为笔力的变化，那么又怎能和"沉郁顿挫"相联系上呢？解铃还须系铃人，对此还是需要从陈廷焯那里寻得答案。陈廷焯认为："作词之法，首贵沉郁，沉则不浮，郁则不薄。顾沉郁未易强求，不根柢于《风》《骚》，乌能沉郁？十三国变风、二十五篇《楚辞》，忠厚之至，亦沉郁之至，词之源也。"[1]读完陈廷焯的话，我们就非常清楚吴梅对《瑞龙吟》的分析，恐怕也不是龙榆生一句"近人吴梅对于此阕，有极详尽之说明，足验清真词技术上之精进"所能概括。为什么龙榆生不直接说周邦彦的词就是根源于《风》《骚》，而只是说他的技术和用笔如何好呢？难道是龙榆生不知道陈廷焯和吴梅这些分析背后的真正用意？恐怕未必。因为龙榆生明明在1942年写的一篇关于陈海绡的文章里写道："词为倚声之学，贵出色当行，故不得不于词内求之。词亦《诗》三百、《离骚》廿五之遗，故所重尤在内美，不没恻隐之义，故又不得不于词外求之。"[2]这些话和陈廷焯对于"词

---

[1] 陈廷焯《白雨斋词话》，上海古籍出版社，2009年，第6页。
[2] 龙榆生《陈海绡先生之词学》，《龙榆生词学论文集》，上海古籍出版社，1997年，第483页。

之源"的解释不就是如出一辙吗？那么龙榆生为什么欲言又止？

在解决这个问题之前，需要先回答在本章开头所说的那个问题，即龙榆生暗地里编织了一张网来对胡适的词学观点进行批评。无论从他们对苏辛词还是清真词的分析里可以看出，虽然网线不同，但是他们之间得以牢牢相连的线头是一样的，这就是龙榆生一再作为他判断一首词的好坏的标准——"诗之比兴"，也就是张惠言《词选》序里所说："《诗》之比兴，变风之义，骚人之歌。"有了这个最根本的东西，所以他才能够与胡适的词学见解形成潜在的对话。不过，也需要注意龙榆生在这里面留下了许多断裂的乃至自相矛盾的地方，就像蜘蛛织网一样，里面会有许多断开的丝头，有许多没有连接好的地方，但是整张网的威力已经足以捕捉到它所想要的猎物。

理解这张网上的断裂乃至自相矛盾之处的意义在于，之前一直在说龙榆生是暗地里在编织这张网，他为什么要暗地里编织？那些自相矛盾的地方怎么理解，它们是不是意味着龙榆生的"线头"本身就有问题，那张网本身就是一张破网？或许可以反问一句，如果"线头"真的是威力无穷，那么龙榆生为什么不直接讲出来和胡适对峙呢？所以，一直到这里才遇到了需要解决的最为困难的问题。此时需要来解答这一系列的"为什么"。上面已经提到了一些断裂，其实还不止这些。如果还记得的话，在提到龙榆生对张惠言解读温庭筠《菩萨蛮》表示不满，认为从温庭筠的个人品行来看绝对不会有那样的词，他还认为张惠言的"诗之比兴"法根本不能让别人相信。但是，前面也提到了龙榆生在分析辛弃疾词的时候就明确地用到了"诗之比兴"这个词。还有龙榆生在《唐五代词选注》里说:"清人张惠言把温氏保留在《花间集》中的十四首《菩萨蛮》,都说是'感士不遇'的一套完整组织,不免有些牵强附会。但也不能说它完全没有别的寄托;这只好让各人自己去体会了。"[1]似乎这里他又承认了张惠言的说法还是有点道理的。不过还是没有说服力。什么是"这只好让各人自己去体会了"?怎么在这里他反而宽于己而严于人呢?这当然不止龙榆生一人如此,与他同时代的詹安泰发表在《词学季刊》上的名文《论寄托》里的问题和龙榆生一模一样。詹安泰先说:"夫不使人从考明本事中以求寄托,则望文生义,模糊影响之谈,将见层出不穷,穿凿附会,又奚足怪!"但是詹安泰在文末说到王沂孙咏物词时则说:"《天香》咏龙涎香、《庆清朝慢》咏榴花、《水龙吟》咏海棠、咏白莲、咏落叶、《齐天乐》咏蝉第一首、《一萼红》咏红梅、《花犯》咏苔梅、《扫花游》赋秋声、赋绿阴、《眉妩》赋新月等,情缘物起,哀感无穷,皆应有所寄托。虽其事迹颇难考见,读者不可不作如是观也。"[2]

龙榆生在批评张惠言的见解时,还有一个比较关键的理由,就是温庭筠在史书上已经多次记载说这个人"士行杂尘,不修边幅",这样一个人怎么能写出具有《离骚》中那样高洁的士人情怀的词呢?不过对于五代词人冯延

---

[1] 龙榆生《唐五代词选注》,上海古籍出版社,2006年,第41页。
[2] 詹安泰《论寄托》,《词学季刊》第3卷第3号,1936年9月。

巳,龙榆生却换了标准。冯延巳的人品为人所非议,按照龙榆生的逻辑推理冯延巳应该不会写出忠义缠绵的词来。可是在龙榆生自己1935年写的《鹊踏枝》小序里说:"半塘老人谓冯正中《鹊踏枝》十四阕郁伊惝恍,义兼比兴,次和十阕,载在《鹜翁集》中。予转徙岭南,抑塞谁语,因忆不匮室赠诗,有'君如静女姝,十年贞不字'之句,感音而作,更和八章。以无益遣无涯,不自知其言之掩抑零乱也。"他不仅认同了王鹏运对冯延巳《鹊踏枝》的分析,而且还认真地按照这样的意思来仿作。龙榆生在谈到周邦彦词的时候也出现了类似的问题。刘熙载在《词概》里说:"论词莫先于品。美成词富艳精工,只是当不得一个'贞'字,是以士大夫不愿学之,学之则不知终日意萦何所。"龙榆生对刘熙载《词概》里面的"词品说"持批评态度,他说:"词以抒情为主,苟其言皆出于性情之正,即偏'软媚',何不贞之有?"[1]他也承认不能只看表面的用词来推断它的作者以及这首词的伦理内涵。其实他之前的冯煦、吴梅等人也都不赞同将词与人品相联系。冯煦说:"词为文章末技,固不以人品分升降。"[2]吴梅说:"世谓永叔词多淫艳语,顾如范文正《御街行》、韩魏公《点绛唇》亦何足累其人品哉!总之宋初之词未脱尽花间旧腔亦如初唐之诗不免六朝艳冶之习也。"[3]原因在于,无论是

---

[1] 龙榆生《清真词叙论》,《龙榆生词学论文集》,上海古籍出版社,1997年,第322页。
[2] 《介存斋论词杂著·复堂词话·蒿庵词话》,顾学颉校点,人民文学出版社,1959年,第62页。
[3] 吴梅《中国文学史(从唐迄清)》,《早期北大文学史讲义三种》,陈平原辑,北京大学出版社,2005年,第477页。

冯煦、吴梅还是龙榆生都受到常州词派理论的影响，常州词派理论一个重要的支点就是认为"将身世之感打并入艳情"，这正是诗骚以来的比兴传统的体现。如果按照词品与人品相等来说，常州词派理论不仅站不住脚，而且周邦彦的词也应该受到像刘熙载那样的批评了。可见，尽管杨慎、刘熙载在论词或者论诗时都持有儒家的观念，但是他们与常州词派的观点还是有差异的。在常州词派来说那种儒家的观念不是外在的，而是通过比兴寄托的方式内在于文字背后的。所以，虽然谭献、陈廷焯、冯煦等这些晚清常州词派的重要理论家对刘熙载《词概》大有褒奖，然而此处可以看出促使他们能够互相认同的背后渠道恐怕未必如刘熙载自己的原意。龙榆生自己对清真词为什么受到这么高的推崇的背后原因显然非常清楚："自常州词派出，而清真词始大显于清代。"[1]也正是在这里，我们还是那个疑问，为什么在龙榆生这里温庭筠就不能按照常州词派的比兴寄托来解释呢？如果他真的认为张惠言对温庭筠的解释完全是应该否定的，那么他也就不会在1957年《唐五代词选注》的那份遗稿里表现得那么暧昧。

如果想要这些矛盾得到一个合理的解释，也是有迹可寻的。实际上龙榆生自己已经说出来了："作者不必然，而要在读者'讽诵抽绎，归诸中正'，此常州词派之微旨，亦即其所以历百年而不敝者。"[2]只要龙榆生明确地站在这

---

[1] 龙榆生《清真词叙论》，《龙榆生词学论文集》，上海古籍出版社，1997年，第322页。
[2] 龙榆生《选词标准论》，《龙榆生词学论文集》，上海古籍出版社，1997年，第83页。

个立场之上,他就解决了这个矛盾。那么又是什么阻止他直接明了地说出自己的立场而只能暗地里或者不经意地将自己的立场流露出来。是他惧怕胡适吗?还是他遇到了什么不能明言的苦衷才会这样?龙榆生的这些断裂将会把我们带进历史的深处———一段从晚清开始就已经变动的学术史。

一、文学史与复古主义

龙榆生在批评胡适《词选》时说:"吾对于近世治中国文学史者,唯胡氏为素所服膺,而兹选关系于词学者尤大;辙就鄙见所及,妄肆批评……"[1]换句话说,龙榆生对胡适的中国文学史研究很佩服。这半句话未必全真,但是也未必全假。这句话有意思的地方在于,为什么龙榆生对胡适中国文学史的研究表示佩服,反倒对词史不佩服了?难道词不属于文学?对龙榆生这个看似简单的分裂,必须回到历史的语境中才能明白它的内涵。

文学史是随着西方的分科而进入到中国的,正如有学者所说:"中国以前没有一个统一的文化生产领域称之为'文学',只有一系列文体,每种文体都有自己的独特历史。"[2]文学史里面究竟应该写什么,这就涉及文学是什么的问题。在晚清对"文学"的热烈讨论与纯文学概念紧密相关。西方的纯文学的概念在晚清学术界树立起

---

[1] 龙榆生《论贺方回词质胡适之先生》,《龙榆生词学论文集》,上海古籍出版社,1997年,第306页。
[2] 宇文所安《史中有史(上)》,《读书》2008年第5期,第23页。

了一个绝大的权威，同时也挑起了丰富的对话，似乎以前沉睡的材料在这个西方纯文学概念的刺激之下全部都活跃起来。这正如后来梁启超所说："吾侪受外来学术之影响，采彼都治学方法以理吾故物。于是乎昔人绝未注意之资料，映吾眼而忽莹；昔人认为不可理之系统，经吾手而忽整；乃至昔人不甚了解之语句，旋吾脑而忽畅。质言之，吾侪所恃之利器，实洋货也。坐是之故，吾侪每喜以欧美现代名物训释古书，甚或以欧美现代思想衡量古人。"[1]例如章太炎与刘师培关于文笔之争的讨论，就是在西方纯文学的刺激之下所作出的回应。[2]

关于这个问题的讨论，从晚清开始就已经资料浩繁，这里仅略举几个例子，以窥见其大致的思路。王国维在《论哲学家与美术家之天职》（1905年）里说："戏曲小说之纯文学亦往往以惩劝为旨，甚有纯粹美术上之目的者，也非惟不知贵，且加贬焉。"[3]黄人在《普通百科新大辞典》里面"文学"一条说："兹列欧美各国文学界说于后，以供参考。以广义言，则能以言语表出思想感情者，皆为文学。然注重在动读者之感情，必当使寻常皆可会解，是名纯文学。……惟各国国民之性情思想，各因习惯，其言语之形式亦异。故各国文学，各有特色。以外形分，则有散文、韵文之别。而抒情诗、叙事诗、剧诗等（以上皆于

---

[1] 梁启超《先秦政治思想史》，天津古籍出版社，2003年，第17页。
[2] 参见木山英雄《"文学复古"与"文学革命"》，收入木山英雄《文学复古与文学革命》，北京大学出版社，2004年。王风《刘师培文学观的学术资源与论争背景》，收入陈平原主编《中国文学研究现代化进程二编》，北京大学出版社，2002年。
[3] 王国维《论哲学家与美术家之天职》，傅杰编校《王国维论学集》，云南人民出版社，2008年，第356页。

我国风骚及传奇小说为近),于希腊时代,虽亦随外形为区别,而今则全从性质上分类。要之我国文学,注重在体格辞藻,故所谓高文者,往往不易猝解,若稍通俗随时,则不甚许以文学之价值,故文学之影响于社会者甚少,此则与欧美各国相异之点也。以源流研究文学者曰文学史。或以种族,或以国俗,或以时代,种类甚多,颇有益于文学。而我国则仅有文论、文评及文苑传而已。"[1]由此可见,西方纯文学的概念具有一个非常关键的作用,就是将中国传统文学分成了像抒情的与政治的、功利的与非功利的这样两个种类。西方纯文学的概念也引起了文学史写作者的类比兴趣,促使他们在中国的固有文类里寻找和西方相对应的文类。一方面从形式上来说,诗歌和骈文当然受到特别的青睐。例如,1917年刘师培在北大讲授中古文学史,开宗明义:"俪文律诗为诸夏所独有,今与外域文学竞长,惟资斯体。"另一方面,如果将纯文学当作是一种文学观念的话,它就和某一种文类没有特别的关系。所以我们可以看到,不仅是诗歌而且小说、戏剧都可以是纯文学。王国维说:"美术中以诗歌、戏曲、小说为其顶点,以其目的在描写人生故。"[2]什么是王国维所认为的"美术"呢?他说:"物之能使吾人超然于利害之外者,必其物之于吾人无利害之关系而后可,易言以明之,必其物非实物而后可。然则非美术何足以当之乎?"[3]

---

[1] 转引自陈平原《晚清辞书视野中的"文学"》,《北京大学学报》(哲社版)2007年第2期,第69页。
[2] 王国维《〈红楼梦〉评论》,《王国维文学论著三种》,商务印书馆,2004年,第6页。
[3] 王国维《〈红楼梦〉评论》,《王国维文学论著三种》,商务印书馆,2004年,第4页。

西方纯文学概念重新塑造了中国文学，也成为对中国文学进行批评的一个标准。什么可以进入文学史，什么不能进入文学史，这个门槛的设定就和写作者如何回应西方纯文学刺激下的"文学观"有关。也正是这个原因，每位对文学史写作抱有浓厚兴趣的写作者都会在开头先要亮出自己的文学观。文学史的地图就和这个变动相关。但是关于文学史的讨论从新文化运动开始就发生了微妙的转变，那些曾经由西方纯文学带来的刺激被整合进一些新的问题里。经过新文化运动，相较晚清时候，文学史的概念发生了一个重要的变化。以前只有问是什么可以进入文学史，现在首先要问的是什么是文学史。

从朱希祖的变化可以感知到当时风气变化之一斑。朱希祖说："《中国文学史要略》乃余于民国五年为北京大学校所编之讲义。与余今日之主张，已大不相同，盖此编所讲，乃广义之文学，今则主张狭义之文学矣。以为文学必须独立，与哲学、史学及其他科学，可以并立，所谓纯文学也。此编所讲，徂述广义文学之沿革兴废也，今则以为文学史必须述文学中之思想及艺术之变迁。其他不同之点尚多，颇难缕陈，且其中疏误漏略可议必多。则此书直可以废矣。"[1]从朱希祖的变动可以看出新文化运动之后，除了"纯文学"的概念继续发挥重要作用外，还有就是由"徂述广义文学之沿革兴废也"到"今则以为文学史必须述文学中之思想及艺术之变迁"。"沿革兴废"和"思想及

---

[1] 朱希祖《中国文学史要略叙》，《早期北大文学史讲义三种》，陈平原辑，北京大学出版社，2005年，第241页。

艺术之变迁"有何不同?傅斯年在评论王国维的《宋元戏曲史》时说道:"研治中国文学,而不解外国文学,撰述中国文学史,而未读外国文学史,将永无得真之一日。以旧法著中国文学史,为文人列传可也,为类书可也,为杂抄可也,为辛文房'《唐才子传》体'可也,或变黄全二君'学案体'以为'文案体'可也,或竟成《世说新语》可也;欲为近代科学的文学史,不可也。文学史有其职司,更具特殊之体制;若不能尽此职司,而从此体制,必为无意义之作。王君此作,固不可谓尽美无缺,然体裁总不差也。"[1]傅斯年提出了一个新的问题——如何写作"近代科学的文学史"。在傅斯年的设计里,一种新的科学的文学史是以"外国文学史"作为标准的。他对王国维的《宋元戏曲史》大为褒奖,是因为王国维能够在"自然"的观念之下发现了中国以前的"非主流"的文学价值,"宋金元明之新文学,一为白话小说,一为戏曲。当时不以为文章正宗,后人不以为文学宏业",王国维却慧眼独具地看到了作为宋金元明新文学代表之一的元曲的价值所在。而胡适、傅斯年等人所积极提倡的白话文运动,就是要发现过去被正统文学压抑的真正有生命力的文学。为了达到这个目的,就必须用新的观念,将被压抑的有生命力的文学突显出来。王国维带给傅斯年的"震惊"一直延续到他留学欧洲归来:"十余年前所读书,当时为之神往者。此回自欧洲归,道经新加坡,于书肆更买此册,仍觉是一本最好之书,兴会为之飞也。民国十五年十月□□(按:

---

[1] 傅斯年《王国维著〈宋元戏曲史〉》,《新潮》第1卷第1期。

英文字不清楚）舟中。"[1]那么能不能说王国维和胡适他们的白话文学史观相同呢？我们先以刘师培和王国维为例，回到新文化运动之前看一看。当刘师培用西方的"美术"来突显中国的骈文价值并且认为骈文可以和外国的文学相竞争的时候，他其实是认为在这个共同的文学观念下中外是可以相竞争而且骈文也丰富了对于"文学"或者"美术"的内涵。

可是，王国维在赞赏《红楼梦》时，虽然同样借助于西方的美术概念，但是他不是侧重对哪一类文体的重新发现，他注重的是"描写人生之苦痛与其解脱之道"这样的作品，所以作为戏曲的《桃花扇》可以和作为小说的《红楼梦》相提并论。[2]这一类作品在中国文学里面是不多见的天才式作品，中国文学的特点在王国维看来："吾国人之精神，世间的也，乐天的也，故代表其精神之戏曲、小说，无往而不着此乐天之色彩：始于悲者终于欢，始于离者终于合，始于困者终于亨。"[3]《红楼梦》恰恰是中国文学的一个例外。可见，刘师培借助于"美术"的概念肯定了中国传统既有的一个文类的地位，作家和作品是属于文类的一个部分，而王国维则借助于新的观念要突显的是作家和作品，文类并不重要，重要的是他所认同的美学观念

---

[1] 这是傅斯年藏书《宋元戏曲史》上的批注，转引自王汎森《王国维与傅斯年》，贺照田主编《学术思想评论》，辽宁大学出版社，1998年，第474页。
[2] 罗钢在分析《人间词话》的时候也说："为什么王国维要不厌其烦地分别从先秦《诗经》、东晋陶渊明、五代冯延巳和北宋欧阳修这些不同历史时代的作家作品中为其搜求例证。因为只有通过这种方式，他才能证明这种'忧世伤生'是一种'通古今而观之'的形而上学的生活本质。"参见罗钢《历史与形而上学的歧途》，《北京师范大学学报》2009年第3期，第49页。
[3] 王国维《〈红楼梦〉评论》，《王国维文学论著三种》，商务印书馆，2004年，第13页。

以及能体现出那些观念的作家和作品。我们在这里看不到,无论是刘师培还是王国维有写作一部类似于胡适的文学史的兴趣:"文学史谈何容易! 要能见其大,要能见其小。小的是一个个人的技术,大的是历史上的大运动和大倾向。大运动是有意的,如穆修、尹洙、石介、欧阳修们的古文运动,是对杨亿派的一种有意的革命。大倾向是无意的,是自然的,当从民间文学白话文学里去观察。若不懂得这些大倾向,则林纾的时代和姚鼐的时代、和欧阳修的时代,直可谓无甚分别;陈三立的时代和黄山谷的时代也无甚分别。"[1]

白话文学史观所要提倡的是"平民文学"以及文学进化论,这里面有一个很强的历史目的论。刘师培未尝没有注意到"文学之进化",他在1907年时认为古代诗歌一开始都是咏事、征世,只有到"老庄告退,山水方滋"之后才开始有了非功利的"流连光景"以及追求"神韵"的特点。这些在刘师培看来正是"文学之进化随民智而变迁"。[2] 他通过斯宾塞的观点来观察中国文学的发展趋势:"上古之书,印刷未明,竹帛繁重,故力求简质,崇用文言。降及东周,文字渐繁;至于六朝,文与笔分;宋代以下,文词益浅,而儒家语录以兴;元代以来,复盛兴词曲:此皆语言文字合一之渐也。故小说之体,即由是而兴,而《水浒传》《三国演义》诸书,已开俗语入文之渐。陋儒不察,以此为文字之日下也。然天演之例,莫不由简

---

[1] 胡适致顾颉刚,《小说月报》14卷,1923年4月。
[2] 刘师培《古今画学变迁论》,《国粹学报》,1907年3月。

趋繁，何独于文学而不然？"[1]但是到正式登场讲授文学史的时候，刘师培的思路依然是传统的："文学史者所以考历代文学之变迁。古代之书，莫备于晋之挚虞，虞之所作，一曰《文章志》，一曰《文章流别》。志者，以人为纲也；流别者，以文体为纲者也。今挚氏之书久亡，而文学史又无完善课本，似宜仿挚氏之例，编撰《文章志》《文章流别》二书，以为全国文学史课本，兼为通史文学传之资。"[2]再来看王国维，虽然王国维在《宋元戏曲史》的开头就说："凡一代有一代之文学，楚之骚，汉之赋，六代之骈语，唐之诗，宋之词，元之曲，皆所谓一代之文学，而后世莫能继焉者也。"王国维背后的理由是元曲体现出了"自然"。王国维这里的自然是"西方有机论和生命主义的'自然'"[3]，但王国维也只是在阐释宋元戏曲史的时候运用了具有历史主义的"自然"概念，或者说他的这些阐释的运用都是在一个文类的内部使用，并没有扩展到文类之间的历史变化关系的描述上。同时，更为关键的是，王国维没有关注这些文类之间的递变关系，认为文学史当中存在着一个历史的目的论，一个无所不在、无所不包的"文学史的公式"。

不过，单独地看他的《宋元戏曲史》的确是书写了一个新的"近代科学的文学史"当中的一段，也就是傅斯年所说的"宋金元明之新文学"。在很多人看来，王国维

---

[1] 刘师培《论文杂记》，陈引弛编校《刘师培中古文学论集》，中国社会科学出版社，1997年，第226页。
[2] 刘师培《搜集文章材料方法》，陈引弛编校《刘师培中古文学论集》，中国社会科学出版社，1997年，第105页。
[3] 罗钢《王国维与泡尔生》，《清华大学学报》(哲社版)2005年第5期，第27页。

的观点和胡适不过一步之遥,胡适只是将之往前推了一步,变成了整个文学史的基本准则。换句话说,后人看王国维著述的时候无不带着新的文学史的眼光来阅读,所以发现了许多类似之处。浦江清认为王国维极端倾向于"白话":"先生之于文学有真不真之论,而胡氏有活文学死文学之论。先生有文学蜕变之说,而胡氏有白话文学史观。……先生论词,取五季北宋而弃南宋,今胡氏之词选,多选五季北宋之作。……故凡先生所言,胡氏莫不应之、实行之。一切之论,发之自先生,而衍之自胡氏。"[1]任访秋也说:"王先生为逊清之遗老,而胡先生为新文化运动之先导,但就彼二人对文学之见地上言之,竟有出人意外之如许相同之处,不能说不是一件极堪耐人寻味的事。"[2]胡适自己对此并不十分认同,他在回复任访秋的信中说:"我的看法是历史的,他的看法是艺术的,我们分时期的不同在此。"胡适所谓的"历史"倒不是历史的本身,如果是历史的本身的话,那么南宋词就应该作为历史的一部分存在。他的"历史"背后其实就是"进化论"的思想,正是在这样的思想指引之下,他才可能对南宋词的价值一概否认。胡适的否认是在一个历史与艺术相分离的现代学科视野里所作。这实际上还是认同了他们之间思路的类似,只不过是学科路径不一样而已。经历过白话文运动的那些学者读到王国维的著述时又惊讶又惋惜,惊讶的是一

---

[1] 浦江清《王静安先生之文学批评》,《大公报·文学副刊》第23期,1928年6月11日。
[2] 任访秋《王国维〈人间词话〉与胡适〈词选〉》,参见姚柯夫编《〈人间词话〉及评论汇编》,书目文献出版社,1983年,第73页。

位"封建遗老"居然有那么新颖的学术见解。例如胡适在1923年12月16日日记里就记录下他的惊讶:"静庵先生问我,小说《薛家将》写薛丁山弑父,樊梨花也弑父,有没有特别的意义?我竟不曾想过这个问题。希腊古代悲剧中常有这一类的事情。"[1]惋惜的是他的矛盾,其实浦江清已经看到了他的矛盾,他看到王国维明明在许多方面与胡适的白话文运动的观点都极为相似,但王国维却没有再进一步开启一场"白话文运动"。

浦江清打开此矛盾时又弥合上了这个矛盾,因为他根本没有将之当作一个问题来处理。他说:"提出历史、美学、伦理三点,以见先生文学批评之大,并详述先生'古雅'之说,以见世之谥先生以文学革命家者之未窥先生学说之全。"[2]在浦江清看来,王国维的文学批评简直就是包罗万象,新旧无所不包。不过,还是有人不会放过王国维的矛盾。王国维的矛盾似乎成了一个新学术自我历史叙述里重要的链条,王国维是一个过渡的人物,他身上必然新旧矛盾非常明显。他的矛盾正好证实了"新学术"的必然胜利。郭沫若在他的《中国古代社会研究》里的一段话就颇具有代表性:"王国维一生的学业结晶,在他的《观堂集林》和最近所出的名目实远不及《观堂集林》四字冠冕的《海宁王忠悫公遗书》。那遗书的外观虽然穿的是一件旧式的花衣补褂,然而所包含的却多是近代的科学内容。这正是一个矛盾。这个矛盾正是使王国维不能不跳水而死

---

[1] 曹伯言整理《胡适日记全编》第4卷,安徽教育出版社,2001年,第131页。
[2] 浦江清《王静安先生之文学批评》,《大公报文学副刊》第23期,1928年6月11日。

的一个原因。王国维研究学问的方法是近代式的,思想感情是封建式的。两个时代在他身上激起了一个剧烈的阶级斗争,结果是封建社会把他的身体夺去了。然而他遗留给我们的是他知识的产品,那好像一座崔巍的楼阁,在几千年来的旧学的城垒上灿然放出了一段异样的光辉。"[1]如果不把郭沫若"封建式的"理解成已经过于熟悉批判性的话语,那么经过一番解释,郭沫若的话还是道出了一些对王国维"矛盾"解释的真知灼见。只是必须理解王国维是在什么意义上曲折地表现出他的矛盾,才能明白他的矛盾不是一个抽象的所谓清朝到民国之间社会制度断裂的象征。因为我们至今和王国维依然共享着许多东西,所以理解他的"矛盾"才能更好地理解我们自己,理解那些历史起点处的许多被隐藏了的前提,我们建构起了矛盾或者同一性都是在不知不觉地忘记某些让我们"不愉快"的东西。从郭沫若的分析中,可以看到一个"诡计",对王国维矛盾的阐释不是为了对他进行批评,而是为了可以正大光明地去将他的研究,也就是郭沫若所说的"近代的科学内容"变成我们的新传统。这样王国维的矛盾被明显地放置在我们的面前,但是我们可以不必计较,因为我们都是民国之后的研究者了。

当浦江清和任访秋看到了王国维和胡适白话文学史观之间的类似之处时,王国维自己倒是不会认同他们的看法。1922年王国维曾经对胡适的《水浒传》以及《红楼梦》的研究表示欣赏,但是又对他提倡的白话文运动持否定

---

[1] 郭沫若《中国古代社会研究》,河北教育出版社,2000年,第6—7页。

态度。[1]王国维的矛盾很容易如前所述,会在一种抽象的"封建遗老"的政治思想批判的思路里被一笔带过。在我们看来,胡适对《水浒传》和《红楼梦》的推崇本身就内在于他的白话文学历史观里,王国维将之割裂开来不是矛盾吗?王国维对胡适的考证表示非常欣赏,在王国维这里不仅是一个简单的方法上的认同,而且有其背后的原因。在《〈红楼梦〉评论》里,王国维按照叔本华的美学理论认为:"《红楼梦》中所有种种人物、种种之境遇,必本之于作者之经验。"[2]这句话单独列出来觉得理所当然,但是在王国维这里却是经过一番仔细的论证,只有理解了这句话与叔本华美学理论的紧密联系,我们才能理解王国维随即所说的这句看似奇怪之谈:"《红楼梦》自足为我国美术上之唯一大著述,则其作者之姓名与其著书之年月,固当为唯一考证之题目。"[3]其中的两个"唯一",都是言无虚发,背后的理据真是脉络井井!王国维的思路并非是白话文运动的思路,在这里必须解释明白之间的貌同心异之处,才能看到王国维真正矛盾的地方。在白话文运动之后王国维对《红楼梦》、宋元戏曲的评价可以分散到新文学史的各个部分里,所以在谈到宋词时我们会引用《人间词话》,在谈到明清小说时我们会引用《〈红楼梦〉评论》,在谈到元曲时我们会引用《宋元戏曲史》等等,而这些文本在王国维那里的内在问题意识却消失了。王国维的矛盾

---

[1] 王国维致顾颉刚,《文献》1983年第4期,第206页。
[2] 王国维《〈红楼梦〉评论》,《王国维文学论著三种》,商务印书馆,2004年,第28页。
[3] 王国维《〈红楼梦〉评论》,《王国维文学论著三种》,商务印书馆,2004年,第29页。

和断裂仅仅被描述成新文化运动视野里的矛盾,所以他的问题成了作为白话文运动的"同路人"的王国维和反对白话文运动的王国维这样的矛盾。

白话文运动是通过对过去的传统文章之学和诗学的否定来肯定小说、戏曲等文类的,而王国维则是在"学术"的立场上走到对小说、戏剧等的重新评定上的。

王国维对"学术"有他自己独到的认识。他在《新学语之输入》里认为中国人与西方人不同之处在于:"我国人之特质,实际的也,通俗的也;西洋人之特质,思辨的也,科学的也,长于抽象而精于分类,对世界一切有形无形之事物,无往而不用综括(Generalization)及分析(Specification)之二法,故言语之多,自然之理也。吾国人之所长,宁在于实践之方面,而于理论之方面,则以具体的知识为满足,至分类之事,则除迫于实际之需要外,殆不欲穷究之也。"[1]但是王国维没有认为中国人与西方人之间的不同是一种平等的关系,相反他认为中国人缺乏一种抽象能力,造成了中国学术的不发达,也就是"我国学术尚未达自觉(Selfconsciousness)之地位也"。所以"学术"在王国维这里也有了非常独特的含义,他说:"乏抽象之力者,则用其实而不知其名,其实亦遂漠然无所依,而不能为吾人研究之对象。"[2]在另一篇给罗振玉的《国学丛刊》所写的《序言》里,他说:"学有三大类:曰科学也,

---

[1] 王国维《新学语之输入》,傅杰编校《王国维论学集》,云南人民出版社,2008年,第467页。
[2] 王国维《新学语之输入》,傅杰编校《王国维论学集》,云南人民出版社,2008年,第468页。

史学也，文学也。凡记述事物，而求其原因，定其理法者，谓之科学；求事物变迁之迹，而明其因果者，谓之史学；至出入二者间，而兼有玩物适情之效者，谓之文学。然各科学，有各科学之沿革。而史学又有史学之科学。如刘知几《史通》之类。若夫文学，则有文学之学如《文心雕龙》之类焉，有文学之史如各史文苑传焉。而科学、史学之杰作，亦即文学之杰作。故三者非截然有疆界，而学术之蕃变，书籍之浩瀚，得以此三者括之焉。"[1]在此王国维认为学术的内容就是科学、史学和文学可以完全涵括。因此，他认为在学术上区分中西、新旧和"有用""无用"都是错误的。他在文章的末尾说："夫天下之事物，非由全不足以知曲，非致曲不足以知全，虽一物之解释，一事之决断，非深知宇宙人生之真相者，不能为也。而欲知宇宙人生者，虽宇宙人生之一现象，历史上之一事实，亦未始无所贡献。"[2]西方的知识在王国维看来是在"学术"的范畴里面，不存在中西之辨。他不会去思考产生那一套知识与产生它们的社会政治运动之间的互动关系。不过在辛亥革命这场社会政治变动之后，王国维自觉到了自己的政治主体以及所要担当的政治伦理责任。

在1917年写作《殷周制度论》的时候，他在给罗振玉的信里写道："此文于考据之中，寓经世之意，可几亭林先生。"[3]但是这并不意味着他自己对于学术的理解有了

---

[1] 王国维《〈国学丛刊〉序》，傅杰编校《王国维论学集》，云南人民出版社，2008年，第488页。
[2] 王国维《〈国学丛刊〉序》，傅杰编校《王国维论学集》，云南人民出版社，2008年，第490页。
[3] 刘寅生、袁英光编《王国维全集·书信》，中华书局，1984年，第221页。

全面的反思，认为学术应该具有中西之辨。即使在《殷周制度论》里他对自己的政治主体的表达也是从抽象的"政治与文化之变革"入手，他的方法和顾炎武也绝不一样。有学者认为："其中并未引用任何西方学说，但全文以'政治与文化之变革'为基本概念，而统整无数具体的历史发现于其下，层次分明。如果不是由于对西学已探骊得珠，他根本不可能发展出如此新颖的历史构想。"[1]对于这种方法，王国维的好友陈寅恪可谓有充分的理解。他在《王观堂先生挽词并序》里的一段长言可以当作王国维这篇文章思路的说明："吾中国文化之定义，具于《白虎通》三纲六纪之说，其意义为抽象理想最高之境，犹希腊柏拉图所谓 Eîdos 者。……夫纲纪本理抽象之物，然不能不有所依托，以为具体表现之用。其所依托以表现者，实为有形之社会制度，而经济制度尤其最要者。故所依托者不变易，则依托者亦得因以保存。"[2]他的背后虽然还有"经世之意"，但是表达的方式是全新的了。他所表达出的主体不是一个历史性的主体，而是抽象的观念性的主体。钱穆在《国史大纲》里对王国维的判断提出了批评。和王国维将封建制度当作一种抽象的道德观念不同的是，钱穆虽然也不否定封建制度与宗法制度的关系，但是他强调必须首先要将封建制度放置在西周初年的政治语境里才能读懂，所以他认为观察西周封建制度必须要将政治、军事、宗法

---

[1] 余英时《"国学"与中国人文研究》，参见何俊编《余英时学术思想文选》，上海古籍出版社，2010年，第440页。
[2] 陈寅恪《王观堂先生挽词并序》，《陈寅恪集·诗集》，生活·读书·新知三联书店，2009年，第12页。

制度这三个方面结合起来才能理解。[1]可以看出来正是这种对于不断变化的历史语境的强调，使得钱穆不断有力量去相信中国文化本身的活力，而不会像王国维或者陈寅恪那样悲观地认为政治社会制度一旦消亡，那么那一套依托其上的文化观念也失去了效用。[2]如果不能理解这种变化，也就不能理解这种现象：如果说王国维自觉到了自我的政治性和伦理性，那么1920年代他对胡适的夸赞就非常有趣了。这里不是说王国维应该站在"封建遗老"的道德立场上对小说这样的"小道"予以批评，才算是具有了和他此时主体的同一性。所要提问的是如果他不是抽象地理解了中国文化的道德内涵，那么他应该对胡适的《红楼梦考证》予以批评才是。正如他自己知晓他写的《殷周制度论》的背后是寄寓了"经世之意"，是对辛亥之后的文化危机的回应。那么他也应该理解《红楼梦》背后所可能隐含的政治意涵，即使没有充分的理据来确证，至少在学术上他似乎更应该对所谓的"索隐派"更加亲切才是。

由此可见，王国维用抽象观念来阐释具体问题的方法是一以贯之的。他从来没有拒绝这种方法论的绝对普遍性。所以我们看到他在1920年代依然会和胡适谈论小说《薛家将》的悲剧性，向顾颉刚夸赞胡适的小说考证，这些背后的理据都来自他早年对西方哲学的研习。王国维丝毫没有觉得不妥。但是他在白话文的问题上止步了。这当

---

[1] 钱穆《国史大纲》（上册），商务印书馆，1996年，第38—47页。
[2] 钱穆与王国维、陈寅恪对于中国传统文化的态度当然都是充满敬意的，但是他们之间的学术差异亦不容忽视。如果将陈寅恪的《王观堂先生挽词并序》与钱穆的《中国今日所需要之新史学与新史学家》对照阅读，他们之间的差异就很明显了。钱穆文章参见《思想与时代》1943年1月第18期。

然可以解释成王国维的"封建士大夫"的主体身份。然而，如果这样抽象地去解释的话，也就是像郭沫若那样认为的"王国维研究学问的方法是近代式的，思想感情是封建式的"，这里恰恰隐藏了新文化运动所形成的对立——传统士大夫的立场与平民主义立场之间的对立。这个对立的彼消此长成为新文化运动之后很多知识分子思想变化的内在动力，如周作人就说自己身上有"绅士鬼"和"流氓鬼"这样两个"鬼"。新文化运动之后谈到小说、戏曲，必然就是和一种平民政治紧密联系在一起的。

对于王国维来说，他不是通过对平民文学的提倡来提升小说、戏曲等文类的价值，在他的世界里不存在这样区分的问题意识，认为只要提升小说、戏曲的地位就是在提倡平民文学，就是在认同这背后的一系列新的政治、伦理价值。他从来没有在自己的立场里分离出一个平民政治的立场。西方的知识在胡适和王国维那里都同样的重要，但王国维是在自己对"学术"的理解里处理这个问题的。而在新文化运动的发起者看来，西方的知识之所以可以成为我们的一部分并不是知识上的，而是意味着一种实践，并且必然和一种社会政治变革紧密相联。它们具有的能动性将引领我们去想象一种新的生活，做一个"新人"。之所以提出这种内在的差异问题，是因为在王国维的学术世界里中西依然是一个必须要回应的问题，只是他所采取的立场是强调学无中西。王国维的著述在新文化运动之后受到了极大的关注，无论是新文化运动阵营里的胡适、傅斯年、俞平伯等，还是对新文化运动持有一定批评态度的吴宓、浦江清等人，都无不对王国维推崇备至。这涉及新文化运动产生的一个影响深远的作用。新文化运动使得新旧的区分成为思想运动的一个基本动力。虽然新旧的具体内涵在不同的语境里会有不同的界定，但是基本上区分新旧的一个分野就是对待儒家的政治和道德伦理的态度。原本被它所笼罩和压抑的政治、道德、学术、文学等都要被新的政治、新的文学等所取代，虽然对于"新"可能有不同的取径，但是将儒家的政治伦理从"新"的设想当中剔除出去则是相同的。新旧的区分也就压过了中西的区分。

虽然在新文化运动之后，中西之争又成为重要的话题。不过正如同时代的一位观察者所分析的："当新文化进行方锐之际，对于本国旧有文化思想道德，每不免为颇当之抨击，笃旧者已不能无反感。欧战以后，彼中自讼其短者，时亦称道东方以寄慨。由是而东、西文化之争论遂起。"这位观察者随即通过对梁启超和梁漱溟的分析发现："于西方化之科学、民治，则根本皆无所反对。所谓东西方文化者，亦不能有严正之区分。"同时《学衡》派也不过是"以西洋思想矫正西洋思想"。[1]周作人也有类似的看法："现在有许多文人，如俞平伯先生，其所作的文章虽用白话，但乍看来其形式很乎常，其态度也和旧时文人差不多，然在根柢上，他和旧时的文人却绝不相同。他已受过了西洋思想的陶冶，受过了科学的洗礼，所以他对于生死，对于父子、夫妇等问题的意见，都异于从前很多。在民国以前人们，甚至于现在的戴季陶、张继等人，他们的思想和见地都不和我们相同，按张、戴的思想讲，

---

[1] 参见钱穆《国学概论》，商务印书馆，1997年，第341、345、349页。

他们还都是庚子以前的人物,现在的青年,都懂得了进化论,习过了生物学,受过了科学的训练。所以尽管写些关于花木、山水、吃酒一类的东西,题目和从前相似,而内容则前后绝不相同了。"[1]从中可以看出当西方的思想成为我们共同的思想前提时,如何再来区分中西,的确是一个值得不断思考的问题。

上面提到王国维虽然在学术上否认了区分中西的合理性,但是他非常清楚自己在中西对话的源头的地方修改了什么,隐藏了什么。[2]但是在新文化运动之后,随着中西问题成为新旧问题的一个部分时,王国维那种源头的问题意识和内在紧张就消失了。也正因此,对于王国维的矛盾的描述都是新旧的矛盾而不是中西的矛盾。只有此时王国维才能成为新学术里备受推崇的新经典。正如前文所述,其实新文化运动之后中西之辨仍然是非常重要的话题,在不同的政治语境里仍然不断地被作为一个中心问题。浦江清时时在提醒当时的研究者:"中国文学史的研究,在这过渡的时代里,不免依违于中西、新旧几个不同的标准,而各人有各人的见解和看法。"[3]然而他自己无论是在写作《王静安先生之文学批评》还是后来具体的文本分析《词的讲解》中,浦江清都不拒绝中西文学在理论上的相同之处,或者说不拒绝用西方的文艺理论的概念来解读和翻译

---

[1] 周作人《中国新文学的源流》,钟叔河主编《周作人散文全集》第6卷,广西师范大学出版社,2009年,第102页。
[2] 可以参考罗钢关于《人间词话》的系列研究。尤其可以参考《"七宝楼台,拆碎不成片断"——王国维"有我之境、无我之境"说探源》,《中国现代文学研究丛刊》2006年第1期。
[3] 浦江清《论小说》,《当代评论》1944年第4卷。

中国文学批评的概念。例如他认为"中国人的词多半可以落在纯诗的范围里",在分析温庭筠的《菩萨蛮》第二首时认为:"有今人所谓印象派或唯美派的倾向,给人以朦胧的美。"[1]

新文化运动对文学史以及"文学"的理解开始和更加广泛的社会思想运动联系在一起。虽然新文化运动强调的是平民的文学,强调的是白话文学,而西方的纯文学的观念无疑仍然带有一种精英文化的思想意识,但这种紧张却能够在新文化运动之后形成一种互补的关系。在文学上能够对白话文运动形成一定批评的,不会是"旧文学"里面的观念,而是一种西方的纯文学观念。这是因为在对文学要摆脱旧文学特别是儒家伦理的束缚上,西方纯文学和白话文运动所隐含的这个批评对象是一致的。同时天才、情感这些观念开始对中国文学史进行新的阐释。例如梁启超在《中国韵文里头所表现的情感》里说:"唯自觉用表情法分类以研究旧文学,确是饶有兴味。前人虽间或论及,但未尝为有系统的研究。"[2]在写到李商隐的时候,梁启超说:"近来提倡白话诗的人不消说是极端反对他了。平心而论,这固然不能算诗的正宗,但就'唯美的'眼光看来,自有他的价值。如《义山集》中近体的《锦瑟》《碧城》《圣女祠》等篇,古体的《燕台》《河内》等篇,我敢说他能和中国文字同共运命。……这些诗,他讲的什么事,我理会不着,扳开一句句的叫我解释,我连文义也解不出

---

[1] 浦江清《词的讲解》,《浦江清文录》,人民文学出版社,1956年,第126、141页。
[2] 夏晓虹编《大家国学·梁启超卷》,天津人民出版社,2008年,第87页。

来。但我觉得他美,读起来令我精神上得一种新鲜的愉快。须知美是多方面的,美是含有神秘性的。"[1]从梁启超对白话文运动的"补充"里,我们看到他以"唯美的"眼光肯定了被白话文眼光所忽略掉的部分。但是这个修正恰恰又掩盖了他们共有的前提。不得不说晚清以来的文学史讨论在这里向前拐了一个大弯,在新文化运动之前,至少旧文学的写作还没有失去它的合法性。但是在新文化运动之后,旧文学写作的合法性已经岌岌可危。在这之前虽然小说、戏曲随着西方纯文学观念的激荡地位提升,但是儒家的文学观念还是能够得到大多数人的认同。可是新文化运动之后,儒家的文学观的合法性已受到普遍质疑。新文化运动之后的文学史即使有争论也是在扫除了他们共同的"敌人"——儒家文学观念之后开始的。同时,儒学与中国传统文学之间的关系变得越来越抽象,他们越来越变成一个对象化的外在论述。

1920年代初,整理国故运动渐趋热烈,它将新文化运动的若干价值观转化进学术领域。虽然整理国故运动作为一个学术运动来看,和新文化运动一样无论在地域上还是在持续的时间都很有限,并不是一个遍布南北的全国性运动,但是它所引起的讨论和提供的一套新的话语,可以说在中国传统的文史领域引起了爆炸式的效果,而且影响深远。这场运动也规范了一些"新学术"。作为一个时代的思想话题,借助于现代报刊的传播文本的丰富性引起了可以想象的种种议论。这些规范在实际的议论中意义也不断

---

[1] 夏晓虹编《大家国学·梁启超卷》,天津人民出版社,2008年,第138页。

变化。这里仅从发表在《新潮》上的傅斯年《中国学术思想界之基本谬误》(1918年)、毛之水《国故与科学的精神》(1919年)和发表在《新青年》杂志上的胡适《新思潮的意义》(1919年)、顾颉刚的《中国近来学术思想界的变迁观》(1919年),一直到胡适的《〈国学季刊〉发刊宣言》(1923年)等文本中来概括新旧学术的区分。旧学术一般被认为是没有条理、没有系统、不科学的、主观的,相应的新学术应该是有条理的、系统的、科学的、客观的,这两者背后对应的是旧学者和新学者。当这些原则、词语等被一些学者用来整理、改造自己的学术领域时,所引起的各种反应才更为有趣。换句话说,或许只有在每一个具体的学科范围之内再来重新观察那些宏大的思想讨论,才是有意义的。

在新文化运动之后,谈论中西问题是在新旧区分的前提之下进行的,所以就文学来说需要排除的是旧文学,它的写作者的身份从一位士大夫的身份变成了一位现代意义上的作者,旧文学批评是主观的随意的,新的文学批评应该是客观的理性的。这些又影响到对文学史的看法,旧的文学史是文苑传,新的文学史应该是注重时代、分期,需要将文学历史看作一个"有机体"。用傅斯年的话来说就是:"文学史或者可和生物史有同样的大节目可观。"[1]这些观念成为新文化运动之后文学研究的主流态度。文学成为研究的对象,它作为现代学术的一个部分而出现。这带来的影响有:第一,传统的文学被对象化了,因为经过了

---

[1] 傅斯年《中国古代文学史讲义》,上海世纪出版集团,2008年,第9页。

白话文运动,其写作的合法性受到了挑战。朱自清曾在日记里写道:"振铎谈以五四起家之人不应反动,所指盖此间背诵、拟作、诗词习作等事。又谓论文当以现代为标准,如马致远凤推大曲手,远出关汉卿之上,然自今言之,马作多叹贫嗟卑,关作较客观,当多读关作也。"[1] 即使仍有新的写作者,但是所处的环境、所面临的挑战和以前已经大不相同了。第二,也正因为文学研究成为一个现代学科的时候,新学术的力量就在于通过塑造自己对手的方式来将其基本理念传播出去,那些寻求新旧调和的知识分子往往也是在新学术所设定好的原则之下来尽最大可能地表达自己的观点,也就是说他们心目中对问题的理解不管是不是符合新学术,都必须要通过新学术的价值将他们的意思"翻译"出来。第三,经过了新文化运动以及1920年代的整理国故运动,新学术界的表达方式已经发生了巨大的改变,人们想要区分新旧或许不难,但是要区分中西就不那么容易了。正如冯友兰回忆自己所写的《秦汉历史哲学》一文时所说:"这篇文章,是我于1933—1934年在欧洲的所见所闻的理论的结论,标志着我的思想上的转变,认识到所谓东西之分,不过是古今之异。"[2]

通过至少这三方面的变化,人们似乎逐渐遗忘了文学研究作为现代学术一部分本身所具有的文化政治意义——对于过去的文学的研究和新文化运动之后的"新人"想象是同构的。我们可以看到越来越包容性的论述,

---

[1]《朱自清全集》第九卷,江苏教育出版社,1997年,第298页。
[2] 冯友兰《三松堂自序》,人民出版社,1998年,第229页。

胡适的白话文学史里面所遗漏的作者被带回来了，正如我们上面所提到的梁启超所写的李商隐。胡适的白话文学史似乎是形成了一些空格，他的批评者似乎只要将那些空格填补上就可以了。胡适的白话文学史观固然单一，但是往往我们也有可能将反对或者批评胡适的一方给单一化。他们是在什么样的立场上对胡适形成批评的，这不同的通道以及其所提出的问题才是值得关心的。也正是在这里龙榆生对胡适的批评显得非常的独特。

二、回归的意义：南宋词及其他

宇文所安说："清朝词家和词选当中，有关价值的论争是很激烈的。……既然对词人的品评如此灵活多变，'五四'一代学者自然可以如他们的前辈一样对南宋词进行自己的价值判断。但是，问题在于他们的判断并非基于词学传统内部的辩论，而是基于对整个文学史的价值观。"又说："当胡云翼的词选首次出版的时候，一个对词感兴趣的读者可以很容易地在书店里面找到清朝的选本，甚至同时代人编选的符合清朝读者欣赏口味的选本。……词的例子是特别有趣的，因为清朝的词选和20世纪初叶代表了与'五四'批评家口味迥异的选本至今仍然可以买到，所以，如果只看参考书目，我们会觉得这里存在着对'五四'正统的挑战。"[1]他在这里描述了新文化运动之

---

[1] 宇文所安《过去的终结》，《他山的石头记》，田晓菲译，江苏人民出版社2006年，第275—276页。

后词这一文类的生命力。和很多学者的判断相类似,他对新文化运动的批评非常准确,他对传统词学的力量在新文化运动之后的表征也有敏锐的把握,但是不能认为南宋词的存在就是战胜了新文化运动。我们应该回到历史的语境当中去问南宋词又重新带回到被胡适所遮蔽的历史中来的立场是什么?宇文所安认为:"由于一批优秀的词学学者,代表了一个从清朝以来多多少少没有被中断的传统。在他们任教的学校里,在他们的学生当中,对南宋词的介绍对于一个'前现代'读者不会是完全陌生的。"[1]宇文所安没有注意到一个问题,是不是南宋词在那些"优秀的词学学者"那里承继下来的仍然延续着过去的阅读方式?那些改变的阅读方式能不能被理解成是一个传统内部的不同美学价值的争执?他们在那个传统与新文化运动之间是如何调和的?如果仅仅因为南宋词的存在,就认为传统的价值也会自然而然地存在,那岂不是又造成了新的幻象?

因为有了白话文运动的影响,所以南宋词的历史地位受到了极大的动摇。也正是因为有了白话文运动,对南宋词肯定的立场也不可能借助于过去词学传统内部的资源。胡适的观点在整理国故运动中受到了严既澄的批评,但是严既澄也没有说所有的南宋词作家都值得在宋词历史中占有重要的位置。[2]严既澄认为:"文学的作品,须

---

[1] 宇文所安《过去的终结》,《他山的石头记》,田晓菲译,江苏人民出版社 2006 年,第 276 页。
[2] 关于这个问题的讨论可以参看陈以爱博士论文《整理国故运动的兴起、发展与流衍》,第 60—61 页。

是抒情的作品,须是能唤起读者的同情和快感的作品。"[1]这和胡适他们的文学观点并没有冲突。在《驻梦词自序》里,严既澄说:"向者浙中词人某公尝为吾友言,吾词亦自佳,独惜了无寄托,不耐寻味耳。是殆年龄所限欤？不知常州诸子所谓主风骚,托比兴之言,余向目为魔道。温飞卿之好为侧艳,本传未尝讳言。而张皋文之俦,必语语笺其遥旨,绮罗芗泽,借为朝野君臣；荆棘斜阳,绎以小人亡国。自谓能探奥窔,实皆比附陈言。夫作家之处境万殊,其所作又安得咸趋一轨,偶然寄意,固不必无。即兴成文,尤为数见,又岂必人人工部,语语灵均,而后能垂诸久远耶。"[2]严既澄将常州词派看成是"魔道",这可看到在整理国故之后,传统文学批评的资源再也没有了绝对的权威。即便是在像严既澄这样一位对古典诗词有着非常同情态度的学者这里也是如此。那些资源成了可以按照自己的意思来批评的材料和研究的对象。严既澄对常州词派的批评和他对于文学的认知有关系。在他看来,文学是抒情的,判断它的价值标准在于能不能唤起"读者的同情和快感"。而常州词派将词进行政治道德化的解读当然就引起严既澄的不满。除严既澄外,在刘经庵的《中国纯文学史》里面,被胡适所遗漏的许多作家例如贺铸、姜夔、吴文英、王沂孙等都重新出现,但是评价和胡适如出一辙。薛砺若的《宋词通论》也是将两宋词家都罗列进来,没有明显的白话文学史观,但是落实到具体作家评价的时候,

---

[1] 严既澄《韵文及诗歌之整理》,转引自陈以爱《整理国故运动的兴起、发展与流衍》,第60页。
[2] 严既澄《驻梦词自序》,《词学季刊》1933年第1卷第3号。

可以发现他对像姜夔、吴文英的看法或者说肯定，不过还是从字面的用词用句的风格上来肯定的。所以从这个角度看，他还是觉得吴文英的词"有词意晦涩，不相连贯处"，但是他又认同吴梅的"运意深远，用笔幽邃"的评论。如果单从修辞来看，真不知他是否懂得了吴梅这句话的意思。进一步说，如果他懂得了吴梅的意思，那么他就不会在评论姜夔《暗香》《疏影》词的时候说："二词在词坛上则为极负盛名之作，甚至还有许多人说它都系影射时事，因而妄加臆说的。我想白石有知，亦当为之俯首一笑。他这种流弊，影响于后期及明清词人至巨。"[1]这些例子都与胡适的南宋词的观点不同，然而实际上并没有在根本上对胡适的观点产生动摇。特别是在对待姜夔、吴文英、王沂孙等作家的立场上基本还是延续了胡适的思路，唯一的差别就是部分地认同了那些词在风格和修辞上的价值。不过，那些认同也是极为模糊的，究竟看法怎样也未言明，其实这些看法正和将词以西方纯文学的观点来解释的观点相类似。

从之前的分析可以看到，龙榆生的观点和他们都不一样。龙榆生对胡适的批评主要是在苏辛词上和他正面相对，而在关键的南宋词上他往往闪烁其词。龙榆生虽然也会对胡适的一些看法予以认同，例如在《中国韵文史》里他对胡适的观点多有征引，在讨论到唐代诗人张籍时，他说张籍的诗有"反对资本主义者"，"有讨论妇女问题者"，"有反抗统治阶级者"。这些无疑都是很新颖的

---

[1] 薛砺若《宋词通论》，江苏文艺出版社，2008年，第243页。

看法。[1]不过，在词学上他很少引用胡适的观点。龙榆生将词学和中国文学史分开，有他自己的思路。在《我对韵文之见解》里他说："我与文学，非有甚深之造诣，好之而已，所有文学无不好，徒以精力所限，专攻乃在有韵之文。"[2]他又说："诗歌、词曲，幸因比附西洋之纯文艺，得列上庠，为必修之科。"[3]也就是说龙榆生站在词的立场上看到了一个新的"文学"概念所不能包括的地方。当王国维成为新文学史资源的时候，当胡适不断提问新旧文学问题的时候，龙榆生没有像俞平伯那样轻易地站在王国维的立场上去认同中西文学观点融合的合理性，更没有站在胡适的白话文学史观的立场上，像陆侃如、胡云翼等人那样将词史书写成白话文学史的一个部分。龙榆生也没有站在西方纯文学的立场上去修补胡适的白话文立场，因为如果修补必然会让他走向王国维的立场，一旦站在了王国维"纯文学"的立场之上，他是否要认同王国维和胡适经常使用的"天才"这样的对词人的评价？是否就要认同他们对姜夔、王沂孙、吴文英等南宋词人的评价？显然龙榆生对这些大有保留。例如龙榆生对王国维对于李璟的《摊破浣溪沙·菡萏香销翠叶残》的解释并不满意，他说："其词之哀婉，正见伤心人别有怀抱，南唐词格之高以此；固不仅如王国维所称：'大有众芳芜秽，美人迟暮之感'而

---

[1] 龙榆生《中国韵文史》，上海古籍出版社，2002年，第38页。
[2] 龙榆生《我对韵文之见解》，郑振铎、傅东华编《我与文学：文学一周年纪念刊》，生活书店，1934年，第240页。
[3] 龙榆生《晚近词风之转变》，《龙榆生词学论文集》，上海古籍出版社，1997年，第385页。

已也。"[1]对于王国维大力褒奖李煜的天才,龙榆生则说:"后主词之高不可攀,由多方面之涵濡与刺激,迫而自然出此,非专恃天才或学力者之所为也。"[2]此时,龙榆生遇到的不仅是新旧问题,而且还有中西问题。新旧问题还好处理,一旦涉及中西问题,龙榆生无疑是给自己设置了一个难题。龙榆生必须要追问究竟什么是传统,究竟什么是词学的传统。他的基本词学立场其实是常州词派的,但是上述显示他似乎又不像是常州词派的立场。常州词派理论是一种儒家的复古主义的理论。可以说,常州词派理论的开创者张惠言的《词选》在新文化运动之后已经不被重视。在新学术界里,不会再有人去认同《词选》里对温庭筠的解读是正确的,龙榆生对温庭筠的立场也很鲜明,原因就在于认同了张惠言对温庭筠的解释无疑是最直接地公开认同了儒家的比兴寄托说,认同了词这个在新文学看来的抒情文学居然还有儒家道德伦理的含义。这完全意味着站在旧文学的立场上和新文化运动以来的整个历史对抗。

这里需要注意到龙榆生是20世纪20年代末到30年代初这个时段始入现代学术中,对他来说,那时关于新旧学术的激烈讨论已经成为往事,什么是现代学术界的主流,什么是现代学术界的游戏规则,都已经比较清晰了。像龙榆生这样的年轻老师不管他是否愿意,他都必须在这样一个既有的语境里来表达自己的观点。所以即使他对词学有非常深刻的理解,但是他也无法像张尔田那样的老派

---

[1] 龙榆生《中国韵文史》,上海古籍出版社,2002年,第83页。
[2] 龙榆生《南唐二主词叙论》,《龙榆生词学论文集》,上海古籍出版社,1997年,第208页。

旧文人敢对胡适采取鲜明的反对立场。在面对张惠言对温庭筠的解读这个问题上，他曾经说："其谁信之。"这与其说是他对张惠言的批评，不如说是他的一次自我反问。他问自己的立场如何要让别人相信。这就不是一个自己认同的问题，而是要得到别人的认同，别的新学者的认同。而那时候的龙榆生是一位上海的青年教师，他不可能在经历过五四的学生面前去说温庭筠的词可以解读成是有"离骚初服之意"。

就这一点来说，他和胡适所面对的是同一个阅读群体，这个群体不再是清代统治下的士人，而是民国的新学生，他们是新的国民，文学教育不再是追寻微言大义，而是通过文学教育来陶冶情操，塑造一位新国民。他们所遇到的是类似于周一良这样的读者："我最早知道胡适之先生，是十六七岁时读了他的《中国哲学史大纲》上卷。我家居天津，长期在私塾里攻读《四书》《五经》。那时上海有一家用邮递方式出借五四以来新书籍的图书馆，我从那里借到此书。读了以后，感到既平易，又清新，似乎赋予了自己熟悉的那些古书以新的意义和生命。后来一位表兄来自上海，送我一本当时新出版的胡先生选的《词选》。这本紫红色硬封面的小书，启发了我对长短句的爱好，以后长久留在手边。"[1]同时龙榆生自己也不愿意将自己塑造成一个和旧文人关系过于密切的保守形象："我是抱定一生一世，要做学生的，只要人家有些特长，不管他是新旧人物，我总是虚心去求教，我总是服膺不释的。单

---

[1] 周一良《追忆胡适之先生》，《郊叟曝言》，新世界出版社，2001年，第1页。

就我的本行——勉强说是中国纯文艺吧——来讲，诗坛老辈如陈散原、郑苏戡、陈石遗诸先生，词坛老辈如朱彊村先生，国学大师章太炎先生，新文学家如鲁迅先生等，我都曾领教过，除了鲁迅先生比较生疏一点，其余都对我奖诱不遗余力，尤其是彊村先生，更是没齿难忘。"[1]从这段话里面可以了解，虽然他所获益最多的还是旧文人，但是又强烈地感受到他积极地将自己塑造成对新旧都没有偏见的学者。有了上面的背景，就能够理解龙榆生矛盾的部分原因，他为什么不能认同张惠言对温庭筠的解读，他必须放弃这个能够指示他背后词学立场的至关重要的标记。这样，可以回过头来去考虑究竟为什么龙榆生没有非常直接地对胡适的南宋词立场提出详尽的批评，因为无论像姜夔还是吴文英、王沂孙等人的词，这些人都是晚清颇受注重而龙榆生无疑是极为熟悉的词家。如果直接批评胡适，龙榆生必然会直接地面对常州词派所提倡的比兴寄托。而可想而知，在整理国故运动之后成长起来的现代学术界怎么能够相信比兴寄托来解读一首词的合法性。那么，龙榆生是不是就此放弃了自己的立场？如果没有，他又如何表达自己的立场呢？因为在他的语境里没有提供给他任何将比兴寄托当作一个论据使用的环境，除非他的对象是那些老辈词人。

在面对南宋词里所谓典雅派词人时，龙榆生的回应都比较模糊。例如在提到吴文英时，他说："以读白话词之目光论梦窗，其无当于理必矣。……乃胡氏仅录其《玉楼

---

[1] 龙榆生《记吴瞿安先生》，《风雨谈》1943年5月第2期。

春》、《醉桃源》二阕，则'词匠'之真实本领，亦被湮没无余。"[1]他在《中国韵文史》里评论姜夔词时说："至《暗香》、《疏影》二阕，最为世所称道；而多用故实，反令人莫测其旨意所在；此吾国文人之惯技，亦过崇典雅者之通病也。"[2]姜夔的《暗香》和《疏影》尽管在南宋就被张炎所推崇，但是真正被凸显为姜夔的代表之作则还是常州词派之后的事情，正是因为用比兴寄托之法来阅读这两首词才觉得不为表面的典故所拘囿，能够领会这两首词背后的"寄情遥远，所谓怨深文绮，弥得风人温厚之旨"（郑文焯语）。吴文英则更是如此，正是在常州词派的比兴寄托理论之下，吴文英的所谓"七宝楼台，眩人眼目，拆碎下来，不成片段"（张炎语）才得到重新的认识。周济、谭献、朱祖谋、郑文焯、况周颐、陈廷焯等都对吴文英的词推崇备至，能够看到吴文英词在所谓饾饤、獭祭等不足之外的更有价值之处。常州词派理论在此时可以说和王国维、胡适没有任何的交叉点，在一个新的学术圈子里这不能不引起龙榆生的警惕。龙榆生极少在公开场合讲姜夔、吴文英以及王沂孙的词究竟有多好。但是他通过其他的路径表达了自己的立场。

龙榆生在对胡适的《词选》提出批评的同时，他自己也在编辑一本词选，这就是1934年由上海开明书店出版

---

[1] 龙榆生《研究词学之商榷》，《龙榆生词学论文集》，上海古籍出版社，1997年，第100页。
[2] 龙榆生《中国韵文史》，上海古籍出版社，2002年，第103页。龙榆生在1960年代给上海音乐学院学生上课讲授词学的时候，他对这两首词背后的寄托其实非常地清楚，是历史环境带来的变化让他可以把这些讲述出来。参见龙榆生《词学十讲》，北京出版社，2005年，第167—168页。

的《唐宋名家词选》。龙榆生这本词选的选目来源虽然受到了朱祖谋和郑文焯的影响，但也说明他是认可他们的观点的。在这本词选里面，只要看一看选目就会发现，龙榆生一共选了吴文英的词38首，是所有词家里面选词最多的词人。龙榆生在几乎每一首吴文英的词后面都附有陈洵的《海绡说词》，他在1942年写的《陈海绡先生之词学》里特意提醒读者阅读这份讲稿的方法："特恐后之未窥微旨者，见翁专主梦窗，遂不思'惟其国色，所以为美，若不观其倩盼之质，而徒眩其珠翠'，且不复于词外求词，则难免转滋流弊。"[1] 龙榆生要读者不仅注意陈洵对吴文英词的结构篇章的分析，还要注意到吴文英词背后的"内容"。这样就可以读懂龙榆生为什么对胡适评南宋词不重视内容的不满。他当时举了吴文英的《八声甘州·灵岩陪庚幕府诸公游》作为例子："尽有苍凉、哀感缠绵而不能自已者。"他认为胡适用白话词的眼光当然读不懂了。这些话说得有点莫名其妙。那么这首词里面有什么"内容"呢？只要对照他在《唐宋名家词选》里面所引的陈海绡对这首词的解读就会知道："今更为推演之，盖惜夫差之受欺越王也。长颈之毒，蠡知之而王不知，则王醉而蠡醒矣。女真之猾，甚於勾践。北狩之辱，奇於甬东。五国城之崩，酷於卑犹位。遗民之凭吊，异於鸱夷之逍遥。而游艮岳幸樊楼者，乃荒於吴宫之沉湎。北宋已矣，南渡宴安，又将炱炱，五湖倦客，今复何人。一倩字有众人皆醉

---

[1] 龙榆生《陈海绡先生之词学》，《龙榆生词学论文集》，上海古籍出版社，1997年，第483页。

意，不知当时庾幕诸公，何以对此。"[1]原来龙榆生所说的苍凉以及哀怨缠绵这些情感的内容是对当时政局的忧心忡忡。这就是这首词背后所隐含的"寄托"。胡适似乎也不拒绝对词的"托意"的说法："凡咏物的词或诗，固然'最争托意'，但托意不是用典，也不是做谜。如陆游咏梅云：'零落成泥碾作尘，只有香如故'；咏杜鹃云：'故山犹自不堪听，况半世飘然羁旅！'这是托意，这是咏物词的正规。至如姜夔、吴文英、王沂孙的咏物词，以至朱彝尊的《茶烟阁体物集》等等，都只是做谜，都只是做八股，不是托意。"[2]但是，胡适并不理解这个"托意"的政治性，也就是他其实读不懂那些南宋咏物词背后的政治内容，特别是那些陈廷焯所推崇像姜夔《暗香》《疏影》那样的不可专指不可强附的词。

如果顺着这个思路看下来，原来龙榆生一再强调的对于一首词一定要注意写作者的时代和环境，对于词的历史的看法也要注意时代和环境，这些都具有深意。他说："前辈治学，每多忽略时代环境关系，所下评论，率为抽象之辞，无具体之剖析，往往令人迷离惝恍，莫知所归。此中国批评学者之通病，补苴罅漏，此后起者之责也。今欲于诸家词话之外，别立'批评之学'，必须抱定客观态度，详考作家之身世关系，与一时风尚之所趋，以推求其作风转变之由，与其利病得失之所在。不容偏执'我见'，

---

[1] 龙榆生《唐宋名家词选》，上海开明书店，1934年，第265—266页。
[2] 胡适选注《词选》，中华书局，2007年，第318页。

以掩前人之真面目,而迷误来者。"[1]类似的话几乎在龙榆生的许多文章里多次重复出现。这些粗看上去只不过是对1920年代以来新学术的若干基本准则的重复而已,但是结合前面的说法来看,龙榆生是不是用这样的方法隐藏或者说"翻译"了比兴寄托呢?将自己的观点"翻译"成一个大家都熟悉的话语,所谓"明修栈道,暗度陈仓"的方法在晚清以来的思想文本里屡见不鲜,但是需要仔细爬梳才能明白。例如在章太炎对《訄书》(重订本)里的《中国通史略例》一文修改的手稿中可以看到这样一些有趣的改动。他将这篇文章中的"进化"改成"文化","社会兴废"改为"民生利病","所谓史之进化者"改为"及以后更前者","必以古经说为客体,新思想为主观"改为"必以经说为材料,思慧为工宰","心理社会"改为"学术礼俗"等。[2]如果单看修订稿还不能一下发现章太炎这篇文章背后的思想来源原来完全是西方的进化论思想的翻版。"时代"一词在晚清中国学术里的地位与西方进化论思想是紧密联系在一起的。另外这还和新文化运动之后直接提倡的科学的方法相关。具体到文学上来看,在新文化运动之后,对于过去的文学历史的书写有两个话题引起了学者广泛的兴趣。一个是关于文学史的分期问题。只要翻开五四之后的任何一本文学史著述都会发现在开始部分对于这一问题的讨论。另一个是关于某一文类的起源问题。

---

[1] 龙榆生《研究词学之商榷》,《龙榆生词学论文集》,上海古籍出版社,1997年,第97页。
[2] 章太炎《訄书》(重订本),《章太炎全集》(第3卷),上海人民出版社,1984年,第333页。

在1920年代,许多人都非常乐意去做诸如"五言诗的起源""乐府诗的起源"这样的题目。正是因为有了将历史和文类看成生命有机体的新观念,有了科学客观的新观念,所以这些题目才盛行起来。龙榆生当然不可避免地要介入到这个潮流里。但是他没有接受一种文学的进化论,因为在《中国韵文史》里可以看到他对清词历史的由衷称赞。除此之外,他还编选了《近三百年名家词选》,并且写了像《晚近词风之转变》以及《清季四大词人》这样的专论。但他受到了科学实证主义的影响,没有这样的影响他不可能在《研究词学的商榷》一文里对现代的词学研究有那样一个大的规划。因此他对于温庭筠,无论是在新文化运动对儒家文化的批判思潮里,还是在实证主义的意义上,都不能够接受张惠言的看法。他也因此在这个意义上拒绝了对于儒家诗学里面的复古主义的积极性的认同。复古主义不仅仅是一种对词的重新理解,同时也将对两宋词史的阐释内在于自己当下的历史视野之中。当常州词派理论将词追攀到诗骚时,常州词派之外的很多人只理解到了尊体的策略这一层面,而没有看到另外更为重要的一面。也就是说通过这种词与诗骚关系的重构,他们不仅重释了什么是词,而且让今文经学话语成为新的文学理论语言。让这个复古理论变得不断具有能动性的原因在于,它在词里重新建构了写作者的主体身份,这个主体身份的核心就是儒家的士人精神,有了对写作者的政治性和伦理性的强调,陈廷焯所说的"交情之冷淡,身世之飘零,皆可于一草一木发之;而发之又须若隐若现,欲露不露。反复缠绵,终不许一语道破,匪独体格之高,亦见性情之厚"[1]，这样的判断才有可能被理解。用张尔田的话来说就是："大抵中国人无纯美之观念。中国人美之观念，无不与善之观念相连。此是受中国文化洗礼使然。"[2]如果张尔田的话过于抽象的话，那么放在这里就会有一个具体的认知。在这里会再一次发现为什么龙榆生在词的观点上不能认同胡适，他通过词这个具体的文类而发现了抽象的"文学"概念所带来的问题。他自己或许受限于现代学术领域里面的诸多法则，而不时有所妥协。但毫无疑问的是，龙榆生是触摸到了这两者之间某种界限的一位现代学者，他懂得"纯美"与常州词派理论之间的根本性的矛盾，在这里他不能有丝毫的妥协。

也正是受到科学实证主义的影响，他不能直接将两宋的词史按照常州词派那样的复古主义思路来描述，因为常州词派的复古主义里面一开始就将温庭筠的词当作一个巅峰，所谓"古今之极轨也"。这样温庭筠就成了词的好坏判断的一个价值标准。这对于熟悉和认同比兴寄托传统的人来说还容易理解，但龙榆生面对的是新文化运动之后的"新人"。他必须按照时代环境以及乐曲变化的思路来描述两宋词史的客观发展。这样，我们就会理解龙榆生对于词的历史里的一个断裂为何会如此看重。他多次提到这个断裂，在《唐宋名家词选》的自序里说道："自词与曲离，则声情之美全托于文字。于是操选政者，始各出手眼，专注于意格与结构。"[3]因为，这个断裂构成了他内在的紧张。

---

[1] 陈廷焯《白雨斋词话》，上海古籍出版社，2009年，第8页。
[2] 张尔田《历史五讲》，张芝联记录，《同声月刊》第4卷第2号。
[3] 龙榆生《唐宋名家词选》，上海开明书店，1934年，第265—266页。

不过，当时代和环境的概念不仅可以用来描述词的历史，而且还可以用它来解读作家作品时，对龙榆生来说，对常州词派理论的复古主义的放弃或许是值得的。因为将词人和词作拉回到时代和环境的时候，可以发现龙榆生所说的那些时代和环境不是抽象的，不是外在的，而是非常具体地内在于词人的词作当中。这样他就赋予了那些词人和词作一个历史性的限制。这是一个非常重要的限制，正是历史性的限制使得那些天才论、情感说等受到了间接的批评。这几乎贯穿在他所有词学论文当中。其中的例子很多，上面在他对苏辛一派词进行分析的时候已经有所涉及。还有他1936年出版的《东坡乐府笺》，看起来只是对苏轼词的编年校笺，其实背后有着深隽的用意。再举一个周邦彦的例子。龙榆生说："更检集中诸词，其有时地可考者，犹能藉以推知其环境改移，与作风转变之迹。"他认为周邦彦的词风是随着环境的变化而变化的，但是我们要注意的是，他对这种变化是从周邦彦词的编年以及具体词作的吟味细察中得出来的。公元1093年周邦彦任职溧水，此时周邦彦的词风发生了变化："斯时作品，如《鹤冲天》、《隔浦莲近拍》之清疏，《满庭芳》之幽咽，皆有时地可考，足见作风之转移。"龙榆生不是简单地只为考察周邦彦的生平，而是将他的作品当作是他个人历史的注脚，他的词就是他一个人的历史。而如果没有对常州词派理论的熟悉不可能得出这样的真知灼见。他于在1960年代给学生上课的备课讲义中，更好地说明了他强调时代环境背后的另一番用意："什么叫作'寄托'呢？也就是所谓'意内而言外'，'言在此而意在彼'。怎样去体会前人作品哪些是有'寄托'的呢？

这就又得把作者当时所处的时代环境和个人的特殊性格，与作品内容和表现方式紧密联系起来，予以反复钻研，而后所谓'弦外之音'，才能够使读者沁入心脾，动摇情志，到达'赤子随母笑啼，乡人缘剧喜怒'那般深厚强烈的感染力。例如李煜的后期作品，由于他所过的是'此间日夕惟以泪洗面'的囚虏生活，一种复仇雪耻的反抗情绪磅礴郁勃于胸臆间，而又处于不但不敢言而且不敢怒的环境压迫下，却无心流露出'林花谢了春红，太匆匆，无奈朝来寒雨晚来风'（《相见欢》）这一类的无穷哀怨之音，那骨子里难道单是表达着林花受了风雨摧残而匆匆凋谢的身外闲愁而已吗？又如爱国词人辛弃疾的作品中，几乎全部贯穿着'忧国'、'忧谗'的两种思想感情，有如《摸鱼儿》的'斜阳烟柳'，《祝英台近》的'层楼风雨'，《汉宫春》的'薰梅染柳'，《瑞鹤仙》的'开遍南枝'等等，都得将他的整个身世和作品本身紧密联系起来看，把全副精神投入其中，乃能默契于心，会句意于两得。"[1]如果不能结合龙榆生1930年代的一系列论文，是不能读出这其中的意味的，也只有理解了他所坚守的立场，才能去理解他那些变化妥协的地方。

多年以后，万云骏也极为不满刘大杰和胡云翼对南宋词的批评，他批刘大杰和胡云翼："只相信自己对词的阅读、欣赏能力，而不相信千年来无数读者对词的欣赏能力。难道作品的好坏，可以无视千年来广大读者对它的鉴

---

[1] 龙榆生《词学十讲》，北京出版社，2005年，第180—181页。

别、欣赏的艺术实践吗？"[1]这为姜夔、吴文英等南宋词人辩护的变化，显得有趣而又意味深长。万云骏的批评也只能在新时期一个去政治化的语境之中里才能说出来，那时候胡适早已不是对手，而对于传统的尊重似乎不再需要什么特别的辩护，所以他将刘大杰和胡云翼的观点归结为"文艺上'左'的倾向上"，他将比兴寄托解释成为："通过自然形象或爱情形象来寄寓身世之感、君国之忧，用美丽动人的艺术形象反映具有一定典型意义的社会生活。"[2]万云骏因为历史语境的变化将比兴变成了传统艺术的一部分，比兴成为一种艺术的手法，与形象思维相对应。如果用形象思维来说的话，姜夔的《暗香》《疏影》里面并没有一处提到梅花的形象，那么又何以用形象思维来对等呢？万云骏深受吴梅的影响，他当然知道姜夔、吴文英那些词人的价值，所以才对胡云翼、刘大杰等人的观点不满。但是某种意义上，他依然是在新文化运动的延长线上，因为无论是姜夔还是吴文英、王沂孙等，他们所写的词之所以受到常州词派理论的高度评价，一个重要的原因在于通过比兴的方式，将作为儒家知识分子所具有的天下兴亡的道德担当与自我联系起来，这里面有着重要的政治意涵。而这些政治意涵在万云骏这里不见了。在他的世界里"文学艺术是通过美来反映生活的"，这和王国维、胡适他们将文学与政治相分离开来的思路本质上是一样的。

---

[1] 万云骏《试论宋词的豪放派与婉约派的评价问题》，《诗词曲欣赏论稿》，中国社会科学出版社，1986年，第302页。
[2] 万云骏《试论宋词的豪放派与婉约派的评价问题》，《诗词曲欣赏论稿》，中国社会科学出版社，1986年，第306页。

我们或许可以想，也正是在"文革"之后的语境里，万云骏又怎么可能强调这些词背后的政治含义呢？如果这样的话，不又某种意义上走回到"文革"的文学与政治影射的思路里面去了吗？！尽管这两者之间有重要的差别。比兴寄托由一种理论此时变成了一种文艺方法，它失去了建立写作者与其时代之间伦理关系、政治关系的内在能力，而正是在绚烂复杂的字面之下隐藏着这些寄托，才让我们感到一首词的兴味悠长。在新时期更为宽松的学术语境里面，以前被新文化运动所压抑的传统都轻而易举地回到我们的世界，历史也似乎轻而易举地在一个新的语境里和解了，然而是得到了更多还是失去了更多，这是一个值得思考的问题。

复古显然不是一个简单僵化的模仿，而是重新赋予意义的过程，这个意义是与复古的提倡者和当下的历史对话紧密相联的。也正是如此，复古本身所生产出来的意义的深度就取决于提倡者与当下对话的深度。所以，我们可以看到同样在一个复古的时代里，在同一个复古的旗帜之下，不同的人所思考的深度不同，有的仅仅是一种教条，而有的却带来真正的活力。在现代，我们使用复古这个词基本是在一个负面的解释上使用的，所以我们在使用复古去指称一些过去的现象时，可能就不知不觉地将复古的某些现代意义上的批判作为一种前提予以认定了。这使得复古即使重新作为一个独特的现象被我们所注意，但也落入了一个令人尴尬的循环论证里。这种矛盾不仅仅出现在文学的领域，还出现在建筑史和美术史等领域。例如巫鸿在提到"复古与历史叙事"之间的关系时，他引用了梁思成的一个例子。他说:"梁思成的历史研究和建筑设计呈现出处理中国建筑史的两种不同路径。第一种路径体现在他写于1944年的《中国图像建筑史》中。这种叙事建立在实践考察的基础上,旨在揭示'中国建筑结构系统的发展,即风格演变'。为实现这个目标,此书主要叙述了中国木构建筑从唐以前直至19世纪的演变,也触及佛塔、墓葬、桥梁、亭台及宫阙等建筑类型的历史发展。此书的基本结构因此是类型式和时段性的。但当梁思成改换自己的身份,从一个建筑史学家变成一个建筑师时,这种进化论的历史叙述被他自己所否定。身为一个创造性的建筑师,他把自己对中国现代建筑的理想与一个更古老的历史阶段(即他的'豪劲'时期)相联系,有意识地排斥二者之间的中间阶段的建筑风格。"[1]龙榆生在词学里所避开的问题,将以另外的逻辑再一次回到他的世界。

三、从词人到作家

虽然前述一直在发现、追问以至于解释龙榆生的矛盾、坚持以及妥协,但是还没有回答一个问题:如果说有很多现代学术的规则让龙榆生不得不妥协,那么我们就要问又是什么让他不会直接和新文化运动对峙,就像张尔田那些旧文人一样?这个问题如果解决了,是否就能明白和它相关的一些问题,例如龙榆生为什么要坚持常州词派

---

[1] 巫鸿《中国艺术和视觉文化中的"复古"模式》,《时空中的美术——巫鸿中国美术史文编二集》,梅玫、肖铁、施杰等译,生活·读书·新知三联书店2009年12月第1版,第23—24页。

理论?

还是从龙榆生和张尔田的一次通信开始说起。张尔田原信主要内容如下:

> 《与龙榆生论苏辛词》:"尊论提倡苏辛,言之未免太易。自来学苏辛,能成就者绝少。即培老亦只能到须溪耳。苏辛笔力如锥画沙,非读破万卷不能。谈何容易。磊落激扬,不从书卷中来,皆客气也。以客气求苏辛,去之愈远。古丈学苏,偶一为之,半塘集中每多似辛之作,然绝不以辛相命。此意当会于言外也。"[1]
>
> 《再与龙榆生论苏辛词》:苏辛词境只清雄二字尽之。清而不雄必流于伧俗。仇山邨所谓腐儒村叟,酒边豪兴,引纸挥毫,如梵呗,如步虚,使老伶俊倡,面称好而背窃笑者也。弟才苦弱,望苏辛如在天上,亦只能勉强到遗山耳。知遗山与苏辛之不同,则知东坡稼轩之不可及矣。兄才之弱亦与仆同。此须读书养气,深自培植,下笔时自有千光百怪,奔赴腕下。不能于词中求也。尊论谓近日词日趋僻涩,性情襟抱,了不可得,此非词之病,乃人为之。二十年来,昔之有声坛者,大都降志辱身,老矣理故枝,复以此道自遁。《易》曰:"将叛者其词惭,中心疑者其词枝,诬善之人其词游,失其守者其词屈。"今之词流,殆兼而有之,后进承风接响,根底既漓,遂成风气,又安望其词之

---

[1] 张尔田《与龙榆生论苏辛词》,《词学季刊》1935年第2卷第3号。

艺耶。学梦窗如是，学苏辛又何独不然。磊落激扬，全在乎气，气先馁矣而望其强作叫嚣，亦与僻涩者相去不能以□耳。当此时期，如怨如慕，偶然流露一二壮语者真也，凡无病而呻，欲自负为民族张目者皆伪也，言为心声，当察其微。弟所以有尊体不如尊品之说。……述叔学梦窗者，其晚年词清空如话，中边俱彻，是真能从梦窗打出者。凡学梦窗而僻涩，皆能入而不能出耳。兄词不近梦窗然与无咎颇相似，固宜推重东坡也。[1]

在这两封信里，张尔田和龙榆生讨论的是苏辛词的问题，重点不是讨论苏辛词如何评价的问题，正如张尔田所说："苏辛词境只清雄二字尽之。"龙榆生无疑对此深为认同。他们讨论的是模仿苏辛词的问题。也就是说，张尔田在这里讨论的不是一个学术问题，而是一个写作问题。张尔田的信应该是针对龙榆生发表在《词学季刊》1935年第2卷第2号上面的《今日学词应取之途径》一文而发。在这篇文章里龙榆生首先做了一个区分，他认为："词学与学词，原为二事。"词学必须要态度客观，而学词的话则不必如此，因为学词的话则要求"贵有我，而义在感人，应时代之要求，以决定应取之途径"。那么，是不是说研究词学就应该"贵无我"，不应该"应时代之要求"？因为只有如此，才能符合龙榆生对于词学的客观主义的设想。但是又明明可以发现龙榆生的所谓客观主义的背后其

---

[1] 张尔田《再与龙榆生论苏辛词》，《词学季刊》1935年第2卷第3号。

实隐藏着常州词派理论的立场。在龙榆生的时代,一些从旧学术中成长起来的学者很敏感地能够意识到这之间的区别,虽然他们最终可能选择妥协于一个新的事物。例如胡小石就是这样,他说:"文学史与文学本身之关系与其他学术史与学术本身之关系迥然不同。因为他种学术史与其所叙述之学术的本身,都是客观的。文学史固然也是客观的,然而被它叙述的文学的本身,并不是客观的。文学家之所以异乎常人的,就是能将一切客观的事象,加以主观之解释。"[1]龙榆生为什么要坚持常州词派的理论立场呢?他同时代的许多学者都是在努力地认同胡适或者王国维的词学理论,那时候王国维的《人间词话》刚经由现代出版机构的助力而传播极广,成为现代学术里一部重要经典,龙榆生为什么要站在常州词派理论立场上,费尽气力地在背后对王国维和胡适提出批评呢?难道因为常州词派理论是词学的重要传统我们就应该坚持它,难道因为是朱祖谋的学生就要坚持师说?

他于1941年写就的《论常州词派》文章里,不再强调朱祖谋与常州词派的差异,而是能够直探本源,抓住了大的纲领。所以,他的心中形成了一个绵延不绝的常州词派理论传统:"清词至常州派尔体格日高,声情并茂,绵历百载,迄未全衰。"[2]他对这个传统的建构非常用心,不断地收集论据,例如在《忍寒漫录》里面他记录道:"予前草《论常州词派》一文,于常州作者之得失利病,妄有

---

[1] 胡小石《胡小石文史论丛》,南京大学出版社,2008年,第46—47页。
[2] 龙榆生《论常州词派》,《龙榆生词学论文集》,上海古籍出版社,1997年,第404页。

论列。旋读《复堂类稿》喜其先获我心。吾前以复堂《箧中词》实受常州影响。观此足证吾言尚非大谬矣。"[1]更为重要的是，他强调了朱祖谋《宋词三百首》背后的用意。虽然看起来朱祖谋的选目和常州词派不一样，但是他说："然渊源所自，终不可掩。徒以身经世变，感慨遂深，且所见既多，门庭益广，爰有'出蓝'之誉耳。"[2]对于晚清的词学为什么和常州词派理论紧密相联，龙榆生自己非常清楚，不是因为一个抽象的所谓的传统我们就应该继承，而是和晚清的世变紧密相关："逊清末叶，内忧外患，岌岌可危，士大夫于感愤之余，寄情声律，缠绵悱恻，自然骚辨之遗。鼎革以还，遗民流寓于津沪间，又恒借填词以抒其黍离、麦秀之感，词心酝酿，突过前贤。"[3]也因此他清楚像《庚子秋词》这样的词集看起来和周济所指示的周邦彦、辛弃疾、吴文英、王沂孙这"宋四家"的路径不一，然而在根本的大的旨意上完全一样，他们都强调词的比兴寄托。[4]在此可见，龙榆生一再强调晚清的词风与常州词派理论的关系，当然不是一个简单的学术研究，他之所以在自己的学术论文里不断通过各种方式在他所处在的现代学术的框架里坚持着常州词派理论的立场，在于他自己也处于和晚清同样的世变之中："且今日何日乎？国势之削弱，士气之消沉，敌国外患之侵凌，风俗人心之堕

---

[1] 龙榆生《忍寒漫录》，《同声月刊》第1卷第11号。
[2] 龙榆生《论常州词派》，《龙榆生词学论文集》，上海古籍出版社，1997年，第404页。
[3] 龙榆生《晚近词风之转变》，《龙榆生词学论文集》，上海古籍出版社，1997年，第381—382页。
[4] 龙榆生《晚近词风之转变》，《龙榆生词学论文集》，上海古籍出版社，1997年，第381页。

落,覆亡可待,怵目惊心。"[1]虽然他不是清代遗民,没有故国之思,但这种将自己与时代紧密联系起来的追求是一致的。

龙榆生认为词的写作在他的时代里也应该变化,"亡国哀思之音,如李后主之所为者,正今日少年稍稍读词者之所乐闻,而为关怀家国者所甚惧也"[2]。但哪些词值得学习呢?他认为应该是苏辛一派的词。例如他说:"稼轩死后,士大夫又竞为温婉之词;侵寻迄于宋亡,欲求横放激昂之作者渐不易得。名家如王沂孙、吴文英、张炎辈,不无故国之思,而凄厉音多,亦只如草虫幽咽,如怨,如慕,如泣,如诉,亦何补于艰危?弱者之呼声,虽自有其价值,究不若壮夫猛士,悲歌慷慨,足以唤起民族精神也。"[3]这看起来不会有什么问题,张尔田却提出了自己的担心。张尔田认为苏辛一派的词作为写词来说似乎不宜提倡。因为在他看来苏辛一派的词不是所谓的天才就能写出,他更强调才力:"苏辛笔力如锥画沙,非读破万卷不能。谈何容易。磊落激扬,不从书卷中来,皆客气也。以客气求苏辛,去之愈远。"他认为自己学苏辛只到元遗山,沈曾植学苏辛只到刘辰翁,而王鹏运虽然极为推崇苏辛词,但却不说自己追摹辛弃疾。这些在张尔田看来是因为苏辛词看似入手容易,其实无论是对学力还是才情要求

---

[1] 龙榆生《今日学词应取之途径》,《龙榆生词学论文集》,上海古籍出版社,1997年,第107页。
[2] 龙榆生《今日学词应取之途径》,《龙榆生词学论文集》,上海古籍出版社,1997年,第107页。
[3] 龙榆生《苏辛词派之渊源流变》,《龙榆生词学论文集》,上海古籍出版社,1997年,第283页。

都太高。学者很容易流于伧俗叫嚣。龙榆生认真地写了回信，大致是对张尔田的提醒表示认同，但从信里的字里行间仍然可以感觉到龙榆生对张尔田的过于矜持不太满意，他说："正惟世风日坏，士气先馁，故颇思以苏、辛一派之清雄磊落，与后进以渐染涵咏，期收效于万一。"[1]龙榆生尽管知道苏辛词不容易学，但是依然觉得当时学苏辛是合理的路径。如果说要用苏辛词来提振士气，这样的理由过于牵强。晚清时候国力衰弱，士气也同样消沉，那也不见晚清四大家说要用写词来提振士气。这里有一个重要的变化就是他认为现在词的作用在于能够符合时代要求，能够感动读者。他又说现在写词不能再像以前那样："只可自怡悦，不堪持赠君。"[2]这个要求是龙榆生所真心认同的，这也是他和他的师辈们一个重要的区别。

前文提及整理国故运动一个非常重要的作用就是将传统文学当作了一个研究领域，也就是说它预设了旧文学的结束，预设了旧文学的写作不再具有意义。这个问题其实在白话文运动时就已解决。它所产生的力量非常巨大，以至于即使想要恢复旧体诗词写作的学者也不能不顾及，虽然他们可以不认同胡适的白话文运动，但是他们不能不思考自己与旧体诗词之间的关系。那些写作者已经不是旧的士人而是新的知识分子，这一点他们与胡适是相同的。也正是这一点的相同，让新的知识人对于诗词的写作有了新的理解。他们也都基本认同旧体诗词要有变化，都极为反

---

[1] 龙榆生《答张孟劬先生》，《词学季刊》1935年第2卷第3号。
[2] 龙榆生《今日学词应取之途径》，《龙榆生词学论文集》，上海古籍出版社，1997年，第108页。

感雕饰的辞藻、晦涩的用典，和他们对于文学的理解相同，居于文学核心的是"情感"。夏承焘就说："灯下阅清真词，觉风云月露亦甚厌人矣。欲词之不亡于今日，不可不另辟一境界。近人谓词的时代已过去，其信然乎？"[1]就连抨击胡适白话文运动乐此不疲的吴宓也认为："以词而论，近世名家辈出，如王鹏运、郑文焯、文廷式、况周颐、朱祖谋诸氏，所作均能突过前人，卓然有成。其词中所表示者，亦身世之观感。不可谓非新材料，但非民国十七八年之情景事物。又仅能代表遗老，而不能代表此外各种人之思想感情经验。"在吴宓看来这是因为"以天才缺乏与不肯苦心精思之结果，其材料意旨则陈陈相因，其字句辞藻则互相抄袭，千篇一律，曾何足贵"[2]。以朱祖谋为例，虽然他的词以模仿吴文英取胜，用字绚丽，但显然朱祖谋之所以被推崇在于他的辞藻下面隐含着一个个的"本事"，所以老辈们读朱祖谋的词都觉得趣味盎然，深有感慨。不过，吴宓认为一首好的词或者诗应该写出"各种人之思想感情经验"，这无疑是一个新的标准。龙榆生当然不会像吴宓用一个新的标准来重新作为旧诗的标准，他仍然非常清楚词的好坏的标准就是比兴寄托，所以他才能够明白张尔田所说的与伧俗叫嚣相对的就是比兴寄托。但是问题恰恰就是发生在这里，比兴寄托要求作者有"天下兴亡，匹夫有责"的政治伦理的担当，同时也要求写作者对自己所要表达的内容不能直接表达出来，也就是"欲

---

[1] 《天风阁学词日记》，《夏承焘集》第5册，浙江古籍出版社、浙江教育出版社，1998年，第118页。
[2] 吴宓《评顾随无病词味辛词》，《吴宓诗话》，商务印书馆，2005年，第151页。

露不露，缠绵悱恻"。其实，只有写作者自觉站在比兴传统之内的时候，才能认同和体味到这样一种写作所具有的美感。这不单是能不能有内容的问题，常州词派理论的一个重要阐释者陈廷焯就说："终不许一语道破，匪独体格之高，亦见性情之厚。"[1]也就是说"性情之厚"是比兴寄托的题中之义。什么样的人才能认同这种"性情之厚"，也只有儒家传统里面的士大夫。例如张尔田在给王国维的信里说："古丈近词另写纸上。古丈此词本不欲发表，弟则以为外间恐无人能识也。"[2]还有况周颐说："曩余词成，于每句下注所用典，半塘辄曰：'无庸。'余曰：'奈人不知何？'半塘曰：'倘注矣。而人仍不知，又将奈何？矧填词固以可解不可解，所谓烟水迷离之致，为无上乘耶。'"[3]由此可见，他们都以自己的词能够"欲露不露"为最佳。但龙榆生却要求词要面对更多的现代读者，而龙榆生非常清楚这些读者对于儒学的态度，当然不可能接受这种被胡适斥责成"猜谜"的词作。所以，龙榆生要想词能被经过新文化运动洗礼的现代读者接受、认同，又要保留常州词派的词作与现实政治紧密相联系的传统，他必须要做出修正。

实际上，当龙榆生将词由私人领域带入到现代公共领域时，他写作的身份就不可能再是一个常州词派意义上的词人，而是一位现代意义上的作者了。田晓菲在《二十世

---

[1] 陈廷焯《白雨斋词话》，上海古籍出版社，2009年，第8页。
[2] 马奔腾辑注《王国维未刊来往书信集》，清华大学出版社，2010年，第261页。
[3] 屈兴国《蕙风词话辑注》，江西人民出版社，2000年，第26页。

纪中国诗歌的重新发明》中说:"二十世纪的中国诗有一种非个人化的素质,哪怕是那些赠给亲密朋友或者爱人的诗,听起来也好像是面对着黑压压的、没有面目的观众所发表的独白。"[1]可见,只有现代意义上的作者,才能够担负起以现代读者所熟悉的方式获得他们的认同。所以,1930年代龙榆生所说的词,某种意义上是继承了常州词派理论传统的词,不可能担负起民族政治动员作用的。只有像"假使我们不去打仗,/敌人用刺刀/杀死了我们,/还要用手指着我们骨头说:/'看,/这是奴隶!'"这样的左翼白话诗歌才能担负得起来。张尔田正是看到了这个问题。从私人写作角度来看,张尔田当然理解龙榆生喜欢苏辛词,但将学词作为一种号召时,张尔田就不能够予以认同。因为儒家传统在辛亥以后就已经遭受了极大的创伤,特别在新文化运动之后几乎被破坏殆尽,连真正能够体味到儒家学说并且践行的人都稀少了,更何况按照常州词派理论来写作的词人呢?!所以,这才导致他对词风进行抨击时,话锋一转直指问题之根源在人不在词。这是张尔田背后的用意。对于张尔田来说,要想更新词风,首先得有在理念和行动上践行儒家学说的人。而这正是龙榆生一直予以回避的问题,在词学里他是可以使得那些矛盾隐藏起来的。而从表面上来看他的词学论文,都在现代学术的大致框架以内。不过,如果词背离了比兴寄托,那么即使有现实政治的关怀也不能被承认,这就是他和张尔田都赞同的词不能成为为民族主义鼓吹的工具的原因。这样,在词

―――――――――

[1] 田晓菲《留白》,天津人民出版社,2009年,第80—81页。

学论文里可以一直保持某种暧昧的研究者的文化主体问题，在写词的时候就无处可藏了，原因正如龙榆生自己所说的——贵在要有一个"我"。那个"我"是一个什么样的"我"呢？正是这个问题带来了龙榆生的矛盾。当龙榆生成为一位写作者时，那些被隐藏的问题就全部返回了。

如果说龙榆生所有的矛盾都是为了他所认同的常州词派的理论立场，即他坚持并认识到其意义的比兴寄托。通过上述分析可以看出，如若他否定了比兴寄托的传统，那就否定了词的传统；如若跨过了这个比兴寄托的界限，也就跨过了词的传统。常州词派理论正是以自己特殊的视角将中国传统里源源不断的士人传统内在于自己，将诗骚的传统内在于自己。龙榆生在一个纷繁复杂的世变里看到了常州词派理论能够在自我与现实政治之间建构起来的勃勃生机的联系。在他的世界里面，比兴寄托不是一个固化的传统，而是不断能够与王国维、胡适这些新传统进行对话的活传统。他的苦心孤诣只能经过不断对他的文本的探索才能重见天日。有人或许会问，那么龙榆生的意义何在，直接去阅读常州词派理论不是更可以得到完整的表述吗？只有读懂了龙榆生文本里所刻录的这些裂痕，才有可能回到常州词派理论文本里。因为龙榆生提供给我们他坚守的东西以及他为了坚守这些东西所付出的代价，正是这些成为我们反思自己的一个绝佳机会。龙榆生比他之前和之后的两代人都要艰难，对于他的师辈来说是处于一个封建时代，他们几乎没有受到新文化运动的冲击。而他的后一辈人则处于一个更为宽松的语境里，无论是常州词派的理论还是新文化运动都成了我们的传统，可以随意去取。这样龙榆生曾经的那些裂痕似乎反而没有了意义。因为在我们看来，王国维、胡适和龙榆生的矛盾并不那么扎眼，甚至根本没有觉得他们之间存在着矛盾。或许时代在变，越来越有一种包容的文化身份，又或者学术真的如顾颉刚当年所希望的"学术社会"一样，成为一个封闭的共同体，而渐渐忘记了那么让人不高兴的矛盾以及形成这个共同体源头的政治性。只有再一次打开那个被时间和多变的历史所抚平的裂痕和源头的政治性时，才能真正找到重新理解历史的起点。

龙榆生的矛盾是一个时代的写照。他不能像他的师辈或者更远的常州词派理论的阐释者例如张惠言、周济、谭献等一样。他们是寒士文儒或者是地方官吏等，对于他们来说，写词或者研究词不是他们的专业和生计的来源，他们没有一个现代学术意义上的研究领域，他们更加没有必要说是因为词要担当一种现实政治的功能，所以要迁就读者，尽量让读者理解。这些在他们的世界里是不存在的。但对于龙榆生来说，研究词学是他的专业，是他在现代学术制度和教育制度里能够占有一席之地的根本，而那些学术与教育制度所依托的现代学校则是他生计的来源。他所面对的听众和读者已经不再是那些熟悉并且认同儒家经典的读书人，而是具有现代批判精神的五四青年。和传统士人不同，龙榆生不能孤芳自赏地在一个平民政治的时代让他的读者和听众来屈就于他。现代学院知识分子被既有的现代学术规范所制约，当那些规范越是和某种学术荣誉或者现实利益分配相联系在一起时，就越不敢有人逾越，因为如果逾越了那些规则，那么自身所处的现代学术的合法性也将受到极大的挑战,而那些无论是"象征资本"还是现实利益都面临着重新分配。还有如果逾越了那套规范,是不是有一套新的话语能够弥合龙榆生那些文本里面的裂痕?对此,只能用阿伦特一句颇有意味的话来回答:"无论我们能从以往历史中学得多少,都不能使我们预知未来。"

第四章

"本事"背后的"风人"

第四章 "本事"背后的"风人"

一、从《彊村本事词》到《乐府补题考》

1929年10月19日夏承焘接到一封别人转交给他的信，信来自上海暨南大学的龙榆生，信的内容是希望和他订交以及分工合作词人年谱的事情。当时浙江温州的学术气氛并不太浓厚，龙榆生的主动来信让夏承焘很兴奋。夏承焘也因此得到龙榆生的引介，开始和当时研究词学的老辈朱祖谋、张尔田等人相识。他们不仅都对两宋词人的词集感兴趣，而且对于晚清词人的作品也兴趣浓厚。

对于晚清词，胡适在《五十年来之中国文学》里面写道："这五十年的词都中了梦窗的毒，很少有价值的。故我们不讨论了。"[1]对于胡适以及和他一样在新文化运动里面成长起来的学者来说，晚清词当然是没有意义的。他们读不懂也不可能有兴趣去阅读晚清词。对于从事词学研究的龙榆生和夏承焘来说，那些老辈既是他们的师辈，也是

---

[1]《胡适文集》第3卷，北京大学出版社，1998年，第210页。

他们最为直接的学术资源，当然不可能轻易否定。但是，对晚清词的认同并不代表他们对胡适的白话文学史的思路绝对反对。他们之间的关系是复杂多样的。如胡适所说"这五十年的词都中了梦窗的毒"。在晚清词人当中，对梦窗词提倡相当用力的就是朱祖谋，胡适这句话当然有部分的意思是针对朱祖谋的。大概是觉得话说得不够公允，所以他在《五十年来之中国文学》日译本的序言里面又补充说："虽然没有很高明的作品，然而王鹏运、朱祖谋一班人提倡词学，翻译宋元词集都很有功的。王氏的《四印斋所刻词》、朱氏的《彊村所刻词》、吴氏的《双照楼词》都是极宝贵的材料，从前清初词人所渴望而不易得见的词集现在都成通行本了。"[1]也就是说，朱祖谋他们的作品没有价值，但是他们整理词籍还是为现代学术研究提供了"材料"。龙榆生却不这样看，他说："先生自称四十后，始从事倚声之学。于侪辈中学词最晚，而造诣乃最深。……先生亦自言，于梦窗之阃奥，自信能深入。……止庵所谓奇思壮采，腾天潜渊，为梦窗真实本领，殆亦先生所从证入，彼貌为七宝楼台，炫人眼目者，乌足于此耶？"[2]龙榆生和夏承焘都对朱祖谋词中的"本事"有兴趣，他们曾经商议一起笺注朱祖谋的词。在朱祖谋去世后，夏承焘还不断催促龙榆生将朱祖谋词的本事整理出来。龙榆生说："彊村先生四十始为词。时值朝政日非，外患日亟，左衽沈、陆之惧，忧生念乱之嗟，一于倚声发之。故先生之

---

[1]《胡适文集》第3册，北京大学出版社，1998年，第264页。
[2] 龙榆生《晚近词风之转变》，《龙榆生词学论文集》，上海古籍出版社，1997年，第381页。

词，托兴深微，篇中咸有事在。"[1]其实，对晚清诗词背后的本事的考证兴趣也不单是他俩，在辛亥革命之后，许多民国的笔记、诗话、词话等著述里面都有各种类似的对于诗词背后本事索隐的文字。兹举黄濬《花随人圣庵摭忆》为例，其中对晚清诗词背后的本事多有发明。例如，对陈宝琛的《感春》四首中每一首的本事都有说明，至于《落花》四首，黄秋岳说："此四诗亦有本事，先生未尝详述其寓意。以余测之，大抵皆为哀清亡之作，自憾身世，以及洵、涛擅权行乐，项城移国，隆裕晏驾之类。"[2]在谈到郑文焯《樵风乐府》的时候，黄秋岳认为："《比竹馀音》中，别有《杨柳枝》二十六首，悉咏本题。其第二首后二句云：'不见故宫眢井底，银瓶长坠断肠丝。'予意必指珍妃坠井事，……证以第五首'长条如带水萦环，难系离愁百二关。羡尔巢林双燕子，秋来暂客尚知还'，乃言西狩未归，兼以唐末黄巢之乱，春燕巢于林木为喻，则前说益信矣。"[3]不过对于龙榆生等人来说笺注朱祖谋词，一个非常大的困难就是："以词中本事，叩诸先生，先生多不肯言。一日执卷请益，先生就其大者有所指示……然欲叩其详，亦坚不肯吐。"[4]也就是说即使他们知道朱祖谋词里面有本事，但是如果没有朱祖谋自己的陈述，他们也不得而知。在朱祖谋离世之后，和龙榆生以及夏承焘来往非

---

[1] 龙榆生《彊村本事词》，《龙榆生词学论文集》，上海古籍出版社，1997年，第471页。
[2] 黄濬《花随人圣庵摭忆》，中华书局，2008年，第81页。
[3] 黄濬《花随人圣庵摭忆》，中华书局，2008年，第434页。
[4] 龙榆生《彊村本事词》，《龙榆生词学论文集》，上海古籍出版社，1997年，第471页。

常紧密的一位学者、词人是张尔田。张尔田从1930年代初开始对这两位年轻的词学研究者予以非常多的指点。可以说张尔田是朱祖谋之后,对龙榆生和夏承焘影响极大的一位老辈学者。龙榆生对朱祖谋词本事的考证有许多就来自张尔田。这里面还有一次颇有意味的张尔田对龙榆生的批评。

在《词学季刊》第1卷第4号中龙榆生编发了一则"补白"《谢榆孙记彊村先生广元裕之宫体鹧鸪天词本事》,这引起了张尔田的不满。这则"补白"的作者是谢榆孙,他自称曾经亲耳听过朱祖谋对自己所写的广元裕之宫体的本事做过说明,所以对之做了详细的解说,认为这些词是针对袁世凯复辟的事情而写。张尔田在给龙榆生的信里,对之进行了毫不客气的反驳:"补白中所载某君解古丈《鹧鸪天》效裕之宫体词,似与本事不合。此八首乃指宣统出宫之变,非咏项城称帝时事也。作词之年可考。当日曾由弟交吴雨僧,登载《学衡》杂志。有胡君者,偶忘其名,为题一词于后,标明本旨,古丈阅之,非无异辞。今某君谓之得之古丈自述,恐未可信。古丈作词向不与人谈本事也。古丈词名太盛,凡与之有缘者,无不思依附名望,贡献新闻,谬托知己,前屡与兄书,固早已虑及此矣。"[1]这件意外的"风波"引起了张孟劬很高的兴致,又写了三封信和龙榆生讨论朱祖谋词的本事。在《再与龙榆生论彊村词事书》中又论及龙榆生发表在《词学季刊》第1卷第3号上的《彊村本事词》:"尊撰《本事词》,大体甚

---

[1] 张尔田《与龙榆生论彊村词事书》,《词学季刊》1933年第1卷第4号。

是，似亦有一二不甚处。如《杨柳枝》四首第四章'不辞身作桓宣武，看到金城日坠时'，乃指李鸿章结孝钦一朝大事之局，非荣禄也。此等处须先涵咏本词，虚心体贴，然后再以事合之。不合则姑阙，不可穿凿以求合也。即如谢君解《鹧鸪天》词支离比附，殆类不知词者之所为，忠爱缠绵之意，全索然矣。此岂古丈所自言耶。项城称帝之事，古丈之所不屑道者，尚肯为之作词反宣称矣？此于古丈生平极不类。……古丈集中惟《夜飞鹊》乙卯中秋，是项城称帝时作。换谱韵天，点出本旨。'广寒宫阙怕嫦娥不许流连'，为宣统危之也。当时与仆同作。拙词不工未写稿。《语业》卷三，为宣统作者，殆居三分之二。兄可询之陈仁先，能详其本事。"[1]在这封信里面张尔田不仅指出了龙榆生的失误，而且张尔田提出了一个重要的观点，他认为谢榆孙那样解读朱祖谋的《鹧鸪天》是不懂词体的特点，如果像他那样支离比附，词本身的"忠爱缠绵之意"就没有了。在张尔田看来本事的发明与对词体的认识是紧密联系在一起的。如果不能认识词体的特点，就会在探寻本事上支离破碎，反过来，本事的发明恰恰是对词体的"忠爱缠绵"特点的一个证明。张尔田对词体的认识是常州词派的比兴寄托理论，他所站在的词学立场是常州词派理论。

在《三与龙榆生论彊村词事书》中张尔田又说："古丈《鹧鸪天》词，忠爱缠绵，老杜每饭不忘，仿佛似之，实一生吃紧之篇章也。谢君误解，意境全非。章山奇歌，

---

[1] 张尔田《再与龙榆生论彊村词事书》，《词学季刊》1933年第1卷第4号。

翻同秽史。……《鹧鸪天》第三首指□□□。'却绣长旛礼也尊',谓其信天主教也。'骑马宫门'句,昔尝微叩之古丈。言□在前清时曾赐紫禁城骑马,此事当一检宣统政纪,乃能证明。先之古丈词中本事,我辈只能言其大概。其细微处,尚有不及尽知者。古丈庚子以前,与戊戌党人关系最密,其与南海,学术不同,而政见未必不合。观集中往还之人,大半康派,亦可见矣。迨及晚年,与仁先愔仲,酬唱最多,曾一谒天津行在。虽未预帷幄之大计亦必与闻机密。此则古丈不肯言,而我辈亦不敢问者也。故笺注词事,当慎之又慎,宁缺毋滥,更须参以活笔,不可说成死句。"[1]和前一封信一样,张尔田强调朱祖谋《鹧鸪天》词的"忠爱缠绵",这里他所说的"更须参以活笔,不可说成死句",实际上就是陈廷焯在《白雨斋词话》里面所说的:"若隐若现,欲露不露,反复缠绵,终不许一语道破,匪独体格之高,亦见性情之厚。"如果为了单单笺注本事,句句比附,支离破碎,那么就失去了那种欲露不露、反复缠绵的特点。

龙榆生对张尔田的批评以及这些背后的意思,无疑是十分明白和认同的。所以他在《晚近词风之转变》里说:"张孟劬氏谓先生晚年所为词,似杜甫夔州以后诗,固又非梦窗之所能囿。"龙榆生没有说明张尔田说法的来源,但无疑与七年前张尔田和他的通信紧密相关。他不仅用比兴寄托的方式来读朱祖谋的词,也用如此的方式来读晚清词。例如对《庚子秋词》,他说:"虽中多小令,未必规摹

---

[1] 张尔田《三与龙榆生论彊村词事书》,《词学季刊》1933年第1卷第4号。

止庵标举四家者之所为，而言外别有事在，与周氏之尚寄托不谋而合。"[1]对于郑文焯的词，他也能够超越时人所见的与姜夔词之间的关系，能够看到郑文焯在甲午之后所写词的背后，寄寓的家国之悲。所以，他说："其踪迹由放浪江湖，而飘零落拓；其心境由风流潇丽，而怆恻悲凉；其词格由白石历梦窗，以窥清真、东坡，而终与南宋诸贤为近。吴瞿安先生以为'晚近词人之福，词笔直清，未有如叔问者'，吾未见其尽然也。"[2]龙榆生对吴梅的修正，正是着眼于郑文焯词在甲午之后所发生的变化而言。

和龙榆生将朱祖谋词本事的考证与常州词派的比兴寄托理论这样对于词体的新认识联系在一起不一样的是，夏承焘将本事考证与朱祖谋词的评价之间的关联似乎理所应当地分离了开来。夏承焘在1929年读朱祖谋《彊村语业》的时候认为朱祖谋词："小令少性灵语，长调坚炼，未忘涂饰，梦窗派固如是也。"[3]夏承焘和龙榆生对朱祖谋词的看法有所差异，夏承焘是从"性灵"以及修辞等方面来读朱祖谋的词，就是说那时候他没有发觉那些辞藻背后还隐含着本事，而这正是词人之用意所在，也是所谓比兴寄托的"风人之旨"。不过夏承焘后来又清楚地知道吴文英词并非只是以辞藻为特色，他在1935年给杨铁夫《吴梦窗词笺释》所写的《序言》里，就明确地说梦窗词"隐辞幽思，陈喻多歧"。在晚清时，因为常州词派比兴寄托理论

---

[1] 龙榆生《晚近词风之转变》，《龙榆生词学论文集》，上海古籍出版社，1997年，第381页。
[2] 龙榆生《清季四大词人》，《龙榆生词学论文集》，上海古籍出版社，1997年，第461—462页。
[3] 《夏承焘集》第5册，浙江古籍出版社、浙江教育出版社，1998年，第100页。

的影响,许多两宋词人得到了重新的评价,一些以前不为人注意或被人批评的词人作品也得到了重新彰显。例如对吴文英的推崇即是一个显例。在晚清,吴文英的词因为王鹏运和朱祖谋的校勘而显盛,也引起许多人的模仿。以至于当时即便是常州词派理论的支持者也不得不在批评张炎"七宝楼台"评语的同时,还要批评学习吴文英词的末流。为什么要对学吴文英的末流进行批评?这里面就涉及对朱祖谋词的理解,这和对吴文英词的理解是同一个问题。这种末流只是从字面修辞上学吴文英,如果这样理解吴文英也就不能理解朱祖谋词的真正胜场。夏承焘曾经写信请教张尔田,问他朱祖谋的词与王沂孙之间的关系,张尔田予以了详细的答复:"彊村词深于碧山,谓其从寄托中来也。学梦窗者多不尚寄托,彊翁不然,此非梦窗法乳。盖彊翁早年从半塘游,渐染于周止庵绪论也深。止庵论词以有托入,以无托出,彊翁实深得此秘。若论其面貌,则固梦窗也。此非识曲听真者,未易辨之。虽其晚年感于秦晦明师词贵清雄之言,间效东坡,然大都系小令。至于长调,则仍不尔。"[1]后来他又看到了张尔田类似的议论:"梦窗以清空为骨,而以辞藻掩饰之,初学词人不可学。前人谓周稚圭词全是起承转合,乃词中八股。其实为词不可不讲起承转合,近人学梦窗者,正坐不讲词,并无新意境,惟知猎取其字面,则词安得不伪。"[2]张尔田在这里其实明确地告诉了夏承焘,理解梦窗词与朱祖谋词之间的关系应该越

---

[1]《夏承焘集》第5册,浙江古籍出版社、浙江教育出版社,1998年,第437页。
[2]《夏承焘集》第6册,浙江古籍出版社、浙江教育出版社,1998年,第214页。

过字面的辞藻，理解背后的用意。但是夏承焘似乎面对面地与这些提示擦肩而过。他在回信里面说："碧山身丁桑海，故与彊老旷世相感。非如觉翁，羌无高抱。"[1]他读陈洵《海绡说词》时，认为陈洵附会太多。陈洵是站在常州词派的比兴寄托理论立场上读吴文英词的，虽然在具体的词作解读上有所牵强，但是其基本的用意还是得到了龙榆生、刘永济等人的认同。一直到晚年夏承焘依然是从字面辞藻上来理解朱祖谋和吴文英的词。[2]

张尔田对吴文英的理解和对朱祖谋的理解有一个共同的根基就是比兴寄托，而夏承焘虽然没有像胡适等新文化派一样完全否认吴文英词的意义，但是他认同的路径也和张尔田不一样。他对吴文英的读法恰恰是张尔田所批评的那种末流，他曾经花了很大的气力来做吴文英词的系年考证，难道他就不会发现吴文英词背后的意蕴？既然夏承焘非常清楚朱祖谋有些词背后有本事在，为什么他还是不能够将之与比兴寄托联系起来？似乎可以隐隐感觉到在夏承焘这里，对于本事的兴趣有可能仅仅是一个抽象的学术兴趣，和常州词派理论背景中的人对本事的理解不太一样。夏承焘对晚清诗词背后的本事有很高的兴趣。他在日记里记道："早作书寄孟劬先生，求笺注寐叟词之隐事及僻典，以为永久纪念。"[3]张尔田回信说："尝记在海上出一卷词，嘱为删去小令两首。叟曰：'此词诚可去，但其

---

[1] 《夏承焘集》第8册，浙江古籍出版社、浙江教育出版社，1998年，第261页。
[2] 参看夏承焘《瞿髯论词绝句》，《夏承焘集》第2册，浙江古籍出版社、浙江教育出版社，1998年，第586页。
[3] 《夏承焘集》第5册，浙江古籍出版社、浙江教育出版社，1998年，第484页。

本事颇欲存之。'问其事，亦不之言。又尝示以一诗，满纸佛典。曰：'此诗子能为我笺注。'余阅之曰：'诗中典故，我能注出，但本意则不敢知。'叟笑曰：'此亦当然。本意本非尽人能知者。'举此二事，则笺注其词，殆其难也。……又寐叟用典多不取原意，而别有所指。即使尽得其出处，而本意终不可知。如其诗'刘郎字未正邦朋'句，'邦朋'，出《周礼》。'刘郎正字'，则用刘晏事。两典合用，而其意则讥今之党人。其词亦然。……此亦如李长吉诗，凿空乱道，任人钦其宝而莫名其器，自是天地间一种文字。"[1]张尔田认为沈曾植的诗词的好处正在于让人不能够一下子探测其本事所在。1936年4月夏承焘将自己写的《乐府补题考》寄给张尔田，请他指正。夏承焘对于《乐府补题》的兴趣和他对吴文英系年考证的兴趣一样，都是得益于晚清词学的传统，无论他是否理解或者认同这个传统的真精神，至少对像王沂孙和吴文英这些人，他都不会像胡适那样直接简单地否认他们的存在价值。可以说正是"自然而然"地在这个传统里面，夏承焘反而不用面对新旧那么激烈的斗争，不过，这也和整理国故之后的学术氛围有关，他所从事的词人考证正是整理国故的题中应有之意，在新学术阵营里面的人理解考证当然就是科学客观，不含有价值判断。夏承焘是如何读懂《乐府补题》背后的本事？因为那些词作者并没有明言。虽然夏承焘征引了周密的《癸辛杂识》、谢翱的《古钗叹》、叶绍翁的《四

---

[1]《夏承焘集》第5册，浙江古籍出版社、浙江教育出版社，1998年，第486—487页。

朝闻见录》等笔记史料勾勒了《乐府补题》的写作语境，但是有一个至关重要的问题，这些如何与词的文本联系起来。他说："补题所赋凡五：曰龙涎香、曰白莲、曰蝉、曰莼、曰蟹。依周、王之说而详推之，大抵龙涎香、莼、蟹以指宋帝，蝉与白莲则托喻后妃。"这个勾连的基础就是"比兴寄托"，他说："补题托物起兴，而又乱以他辞者，亦犹林景熙之诗，必托为梦中作也。"[1]如果没有这样一个勾连，他依然没有办法将具体的词作和背后的本事联系在一起。张尔田对夏承焘的考证非常赞赏："碧山诸人，生丁季运，寄兴篇翰。缠绵掩抑，要当于言外领之，会心正复不远。然非详稽博考，则亦不能证明也。碧山他词如《庆清朝·咏榴花》，当亦暗寓六陵事，托意尤显。张皋文谓指乱世尚有人才，殊不得其解。得尊说乃可通矣。"[2]这里他虽然对张惠言有所批评，但只是针对具体的所指本事，他并没有否认张惠言用比兴来读王沂孙的方式。如果细读张尔田的意思，他应该是说王沂孙的词就应该在言外领会，只是要证明本事的话则需要详细考证，这两者之间是必须相联系在一起的。只有这样才能构成完整的对于王沂孙词的阅读。但是夏承焘的处理和张尔田有所不同，他在文章的开头就说："清代常州词人，好以寄托说词，而往往不厌附会；惟周济词选，疑唐珏赋白莲，为杨琏真伽发越陵而作，则确凿无疑"。[3]这句话看似没有问题，但是如果认真阅读的话，他将常州词派的寄托似乎单纯地理

---

[1]《夏承焘集》第1册，浙江古籍出版社、浙江教育出版社，1998年，第376页。
[2]《夏承焘集》第5册，浙江古籍出版社、浙江教育出版社，1998年，第443页。
[3]《夏承焘集》第1册，浙江古籍出版社、浙江教育出版社，1998年，第373页。

解成了一种索隐式的阅读，他的目的就是为了通过考证来证明常州词派说的是否正确。那么这种证明的意义何在呢？夏承焘没有说。不过可以看到夏承焘对常州词派比兴寄托的理解。夏承焘曾经批评晚清词家冯煦对冯延巳词的解读，他说："五代词本无寄托，冯氏以常州派说词，不免张皇。"几天之后他又修正说："细思唐五代词，若唐五代词，若唐昭宗、韩熙载亦有讽托。花间一集，不可概唐五代词，当详考之。"〔1〕也就是说夏承焘认为冯延巳是否有寄托或者说是否有本事，应该详细考证。其实如果对夏承焘的著述有所了解，就会发现这句话不过戏论而已。因为在1935年他刚刚完成了自己颇为自得的《冯正中年谱》，他自认为："近作各年谱，应以此为第一。夜为失眠。"〔2〕在史料上究竟能不能证明冯延巳的词是否有确切的本事，他应该是非常清楚这种可能性有多大的。他在写《乐府补题考》的时候认为超过朱彝尊的地方也正是在于："朱彝尊仅拟为骚人橘颂之遗，犹未详其隐旨也。"〔3〕他的意思是不能考证本事的，常州词派的寄托说就不能够成立。在这里夏承焘给自己设置了许多难题，产生了一系列的连锁反应。

　　夏承焘对于常州词派比兴寄托的理解，是非常有趣的。他倒置了考证本事与比兴寄托之间的关系。本来是因为考证本事，所以感到词体的比兴寄托，现在在夏承焘这

---

〔1〕《夏承焘集》第5册，浙江古籍出版社、浙江教育出版社，1998年，第442、443页。
〔2〕《夏承焘集》第5册，浙江古籍出版社、浙江教育出版社，1998年，第357页。
〔3〕《夏承焘集》第1册，浙江古籍出版社、浙江教育出版社，1998年，第375页。

里是因为常州词派说某首词有本事，所以他要求证究竟有没有。这样将一种主观的阅读变成了一种科学主义的客观阅读，将常州词派的比兴寄托由一种理论和原则相对化成为一个词学流派之一。如果他想完全通过实证的方法来论证一首词的本事有无的话，那么他似乎忘记了自己对于比兴方法的运用。如果单单凭几条笔记材料是不足以将词的文本背后的本事揭示出来的。正是比兴这样一种主观的阅读能够让他明白龙涎香、白莲、蕚等背后所指。这一点是无论如何也无法实证的。用黄侃的话来讲就是"九原不作，烟墨无言"。那么，夏承焘所依靠的只能就是儒家的比兴传统了。其实，关于这个问题只要夏承焘稍加注意，他对于冯延巳词的困惑也会解开。龙榆生在他催促之下完成的那篇《彊村本事词》就很好地为他解决了这个问题。这里其实可以试着替夏承焘想一个问题，他通过张尔田当然清楚朱祖谋、沈曾植的许多词都有本事在，虽然也并不是十分地清楚。例如朱祖谋《菩萨蛮》："茱萸锦束胡衫窄，乘肩倦态偎花立。回扇唤风来，春窗朱鸟开。　　压愁麟带重，多谢行云送。虬箭水声微，飘灯人不归。"这首词是为义和团"红灯照"所作。夏承焘可以试想千百年后的读者面对朱祖谋的这首词，和他面对冯延巳词时，不都是不能完全有史料实证，他既然能够明白朱祖谋自己不肯细说的词有本事，那么为什么处于高位，而又处于南唐复杂政治环境中的冯延巳词就不能有类似的寄托？千百年后的读者面对朱祖谋的词和他面对冯延巳不是一样吗？甚至这首词和咏物词还不一样，在这里朱祖谋完全是"若隐若晦"，能够让"红灯照"与这首词建立内在联系的、体会到词人的言外之意,不就是依靠的比兴传统吗?如果夏承焘不肯承认冯延巳有些词可能有寄托,那么我们完全可以用同样的问题来反问他。

前面提到夏承焘似乎没有注意到他考证本事不单单是一种史料考证,同时是一种读词的方式。其实,夏承焘也很清楚能够有比兴寄托的词是好词。在提到南宋词人刘辰翁时,他说:"刘须溪《须溪词》中有许多端午词,皆含恨悲哀的感慨,初读苦不得其解。后来翻寻《宋史》并取须溪诗文考之,始知皆为南宋故相江万里作。因为万里是辰翁的同乡,又是知己,元兵破饶州时,一家投水殉节,所以辰翁《端午词》云:'谁似鄱阳鸱夷者,相望怀沙终古'。另一首怀万里的《行香子》亦有'磓石魄,泪罗身'之句。得此本事,这许多词读来便亲切有味了。本来词之为体,比诗隐约,尤其南宋末年词,危苦之辞,皆具隐情。非有考证不可,现在张炎的《山中白云词》已有江昱的疏证,周密的《蘋州渔笛谱》也有江昱的考证,皆做得甚详细。其余若蔡松年的《明秀集》、辛弃疾的《稼轩长短句》虽有金人魏道明的注和近人梁启勋的疏证,但尚需补订。至如刘克庄的《后村别调》,元好问的《遗山乐府》,刘辰翁的《须溪集》,赵文的《青山乐府》等等,则尚未有注,统望后人也好好做这步工作。"[1]他不仅认为探明本事,能够让许多词读起来更加有味道,而且更为关键的是他认识了词体的特点——"词之为体,比诗隐约"。他不仅在读词上这样认为,在写词的时候他说:"三十左

---

[1] 夏承焘《如何读词书(上)》,李伯嘉编辑《出版周刊》,1937年第240期。

右,客授四明、严州,无书可读,乃复理词学。并时学人,方重乾嘉考据。予既稍涉群书,遂亦稍稍掇拾词家遗掌。居杭州数年,成书数种,而词则不常作。大劫以来,违难上海,怅触时事,其不可明言者,辄祜此体为之抒发。"[1]他将不可明说的事情一切寄托于词,这和张惠言对词体的认识,认为词特别适合寄寓"贤人君子幽约怨悱不能自言之言"是如出一辙的。

但是他对唐五代词和北宋词的看法却与这些完全相反:"唐末宋初的词选大都是唱本……我们不可以读宋以后选本的眼光读这些书。初读《花间集》每嫌唐五代词内容浅薄且多雷同。若知道词在彼时犹大半是歌筵的公用品而非个人抒情怀之作,便不致有这样的误会了。"[2]他又认为:"唐五代人词大半应歌,不以寄托身世。北宋人虽有写情言志之作,犹多明白无烦深求。惟南宋末年人,身丁桑海之变,故国之痛,不敢显言,词愈隐而情愈悲,此最不易读。"[3]夏承焘在这里又认为除了南宋末年的那些词之外,其他的词不能用比兴寄托的方式去读。夏承焘的这个区分是非常重要的。他将常州词派的比兴寄托理论变成了词的某一个类别。就是说在两宋词里有一部分是有寄托的,有一部分是没有。这两种不同的词应该用不同的方式来读。他的这种看法几乎可以在所有的现代词学研究者那里获得共鸣。这里无意去评价这种观点的对错。只想来分析对于夏承焘来说,这个问题的复杂性。

---

[1]《夏承焘集》第6册,浙江古籍出版社、浙江教育出版社,1998年,第383页。
[2] 夏承焘《如何读词书(上)》,李伯嘉编辑《出版周刊》,1937年第240期。
[3] 夏承焘《如何读词书(上)》,李伯嘉编辑《出版周刊》,1937年第240期。

在夏承焘民国时期日记中可以看到，他对许多新的学说和见解都非常地好奇，对于这些新知的接受无疑在相当大的程度上拓展了他的视野。他的阅读非常广泛，例如胡适的《白话文学史》《说儒》，鲁迅的《而已集》《朝花夕拾》，日本鹤见祐辅的《思想·山水·人物》，夏丏尊的《文艺论》，周作人的《永日集》，冯友兰的著作，刘永济的《文学论》，朱光潜的《文艺心理学》，《东方杂志》等等。此外，他对唯物主义的方法也甚为推崇，1942年他读一本马乘风写的《中国经济史诸家批判》时说："于顾颉刚攻击甚烈，谓胡适之、傅斯年倡历史偶然论，皆全不解唯物史观。马氏引摩尔干古代社会拉法格财产进化论诸书，以解老庄书中所述原始共产情形，甚为精当。知此意者，可为老庄作新注矣。"[1]在自己颇为熟悉的词学领域，夏承焘对于作词的态度也同样体现了包容的特点。他在读朱自清《中国新文学大系·新诗卷》的《序言》时，认为："彼辈论诗皆主自西洋来，无有从我国旧诗出者。尝讥卢君冀野所说以旧诗为体，新诗为用，其实卢之言不可厚非也"[2]，"予好以宋诗意境入词，欲合唐词宋诗为一体，恨才力不足副之"[3]。新的学问对于夏承焘有着极强的吸引力，但是涉及学术著述的时候，又很难说他能够明了那些著述背后的思路。这样的好处是他往往可以游走在一个非常宽阔的学术视野里面，但是弊端也是显而易见的，他常常就在日记里自责自己兴趣太广而不能深入。他曾有一段

---

[1]《夏承焘集》第6册，浙江古籍出版社、浙江教育出版社，1998年，第374页。
[2]《夏承焘集》第6册，浙江古籍出版社、浙江教育出版社，1998年，第258页。
[3]《夏承焘集》第6册，浙江古籍出版社、浙江教育出版社，1998年，第698页。

时间对宋史非常感兴趣,打算在这方面有一番作为,并且利用一切机会向别人请教研究宋史的法门。例如张尔田一再指示他从永嘉之学入手。不过夏承焘并未在意,他也没有真正转向宋史研究,倒是后来他又认真地向张尔田询问过研究佛学的方法,在1942年左右他阅读了大量的佛经。最终夏承焘也没有完成关于宋史和佛经方面的著述,他一生最为重要的著述还是他用力最勤的词人年谱考证。

另一方面,北京、上海的新的学术风气时时刺激着在浙江的夏承焘,这不是一时的影响而是基本贯穿他在整个民国时期的论学过程之中,只是不同时段遇到的问题可能不同而已。他在日记里写道:"阅现代名人传,屡有感动,我即不能为爱迪生、爱因斯坦、麦苏士,独不能为泰戈尔、甘地耶。日汩没其精神于故纸中,不能扩其目光于斯世。明年忽已三十,我其终为一乡一邑之人乎"[1],"年来沉醉故纸,怵目时艰,辄憬然自悔不能专心致志拯世之学,又素未肄业,恐终无一成,奈何奈何"[2],"徒废心血于故纸中,充其量不过为古人作功臣"[3],"年来治旧学嫌琐碎支离,无安心立命处,颇欲翻然改习新文学,又苦不解西方文字。年齿渐长,尚在旁皇求索中,愧惧交作。……严州学问空气太稀薄,屡欲弃之他适。明年拟在杭州图一教席,未知能遂愿否"[4]。他又说:"旧体文学已

---

[1]《夏承焘集》第5册,浙江古籍出版社、浙江教育出版社,1998年,第42页。
[2]《夏承焘集》第5册,浙江古籍出版社、浙江教育出版社,1998年,第49页。
[3]《夏承焘集》第5册,浙江古籍出版社、浙江教育出版社,1998年,第55页。
[4]《夏承焘集》第5册,浙江古籍出版社、浙江教育出版社,1998年,第94页。

不能抒写新思想、新事态，加之午社诸公应社之词，陈陈无思致。学生之作旧诗者，泛泛无新意。"[1]这些日记的内容是夏承焘自己心路历程最为直接的体现。不过在日记里最为生动的还是他记录的自己研究词学的想法。前面我们谈论到夏承焘对吴文英的词没有兴趣，但是这并不影响他在学术上做关于吴文英的一系列考证。他对周邦彦的词同样不太喜爱，他说："灯下阅清真词，觉风云月露亦甚厌人矣。欲词之不亡于今日，不可不另辟一境。近人谓词的时代已过去，其信然乎。"[2]他感到最为矛盾的还是自己所从事的考证之学。他感到自己所从事的考证研究没有意义的想法一直缠绕着他："虽自谓不轻心掉之，然究非第一等著作，当更为其精者大者，为安心立命处"[3]，"近作词人谱，尤虚费光阴于无用"，"年来为十种词人谱，如负重负，弃之可惜，为之又惜费精力过大，殊不值得"。又说："作二主、正中年谱，思为陈死人作起居注，复何益于今世。"[4]夏承焘不仅是在学术刚刚起步时这样认为，即使在他的词人考证的成绩受到老辈学人以及词学界同辈学者称誉之后，他依然不断地问自己做这些考证的意义何在，在他的心中这些琐碎的词人考证不能提供给他意义。

在老辈当中一直和夏承焘保持紧密关系的就是张尔田。他们之间经常就词学问题进行讨论，如在《乐府补题》问题上的讨论。在晚清词学大家里面，张尔田对况周

---

[1]《夏承焘集》第6册，浙江古籍出版社、浙江教育出版社，1998年，第257页。
[2]《夏承焘集》第5册，浙江古籍出版社、浙江教育出版社，1998年，第118页。
[3]《夏承焘集》第5册，浙江古籍出版社、浙江教育出版社，1998年，第323页。
[4]《夏承焘集》第5册，浙江古籍出版社、浙江教育出版社，1998年，第324、325、349页。

颐和王国维不太满意。在夏承焘向张尔田问学时,张尔田都曾明确提到过。他说:"《蕙风词话》标举纤仄,堂庑不高。重拙指归,直欺人语","蕙风词固自有其可传者,然其得盛名于一时,不见弃于白话文豪,未始非《人间词话》之估价者偶尔揄扬之力也。"[1]夏承焘曾经写了一篇论述《人间词话》里"隔"与"不隔"的文章给张尔田,张尔田对他说:"王静安为词,本从纳兰入手,后又染于曲学,于宋词本是门外谈。其意境之说,流弊甚大。晚年绝口不提《人间词话》,有时盛赞皋文寄托之说,盖亦悔之矣。"[2]王国维究竟有没有后悔自己早年的论述另当别论,但是在张尔田看来对王国维构成批评的就是常州词派的比兴寄托理论。对此,夏承焘似乎未知可否,未有申论。后来夏承焘读到王国维的词时说:"夕读静安、陈仁先诸家词,以哲理入词最妙,静安偶有之,造辞似不如仁先。"[3]他以"哲理入词为最妙"来读王国维,显然和张尔田以比兴寄托为标准来批评王国维是两个路数。夏承焘早年也有类似的观点:"思中国词中风花雪月、滴粉搓酥之辞太多,以外国文学相比,其真有内容者,亦不过若法兰西小说。求若拜伦《哀希腊》等伟大精神,中国诗中当难其匹,词更卑靡尘下矣。东坡之大、白石之高,稼轩之豪,举不足以语此。以后作词,试从此开一新途径。王静安谓李后主词'有释迦、基督代人类负担罪恶意',此语于重光为过

---

[1]《夏承焘集》第5册,浙江古籍出版社、浙江教育出版社,1998年,第433、435页。
[2]《夏承焘集》第6册,浙江古籍出版社、浙江教育出版社,1998年,第323页。
[3]《夏承焘集》第6册,浙江古籍出版社、浙江教育出版社,1998年,第334页。

誉。中国词正少此一境也。"[1]

张尔田在晚年告诉夏承焘，他一生最为看重的著述就是《清史列传》的《后妃传》和《玉谿生年谱会笺》两本书。在张尔田最为看重的著述里面，和夏承焘的学术最为接近的就是《玉谿生年谱会笺》。1941年12月，夏承焘写信给张尔田问他关于《史微》和《玉谿生年谱会笺》的写作动机和经过，可惜张尔田因为身体欠佳，没有回答这个问题。不过有一点能够引起我们的兴趣。张尔田的《玉谿生年谱会笺》是夏承焘非常熟悉的一部著述，他曾经引用和阅读过这部书。可以说这本书和他的论学方法是最为一致的，因为这本书也是采用考证的方法来做李商隐的年谱。我们知道张尔田对于考证之学是不太欣赏的，他曾经在1934年给夏承焘的信里就说："今考据破碎之弊，甚于空疏，且使人之精神，日益外移。"[2] 而且他自己对经史之学下过很深的工夫，正因此他和孙德谦以及王国维被沈曾植称为"海上三子"。张尔田将《玉谿生年谱会笺》当作自己最为重要的著述之一，原因不应该是张尔田所批评的考证，是不是另有原因？这是一个重要的疑问。和这个疑问联系在一起的是，夏承焘对自己的年谱考证一直觉得琐碎、不见其大，这恰好和张尔田形成对照。我们感到从《乐府补题》、王国维《人间词话》一直到《玉谿生年谱会笺》，虽然张尔田和夏承焘有数次讨论，然而在仔细阅读之后，他们之间好像总是隔着一些东西。那么隔着什么

---

[1]《夏承焘集》第5册，浙江古籍出版社、浙江教育出版社，1998年，第114—115页。
[2]《夏承焘集》第5册，浙江古籍出版社、浙江教育出版社，1998年，第334页。

呢？我无意在这里将之作为一个大时代的学者心态史的史料来对待。他的困惑和矛盾涉及现代学术史上更为要紧的问题。

二、"风人"：考证学视野中自我的政治

夏承焘一再困扰的"没有意义"，从学术之外的眼光来看，这是国难日深，书生报国无门的一种自怨自艾，但是从学术之内的眼光来看，他发觉自己所做的年谱考证之中没有一个"我"，不能成为"我"的一部分，也就不能为"我"提供一种意义。这里可以再举一个例子，夏承焘一生用力最勤的一位词人大概就是南宋词人姜夔。他在1943年1月4日的日记里说："发陈从周杭州书。嘱抄白石词各稿改易各条。世乱不可知，预写一别本藏之，以防散失。平生著述，此为最精。"[1]对姜夔词的研究几乎伴随着他整个学术生涯的终始。例如在他的《白石怀人词考》里记录下了自己研索姜词的变化过程。他开头便说："白石自定歌曲六卷，共六十六首，而有本事之情词乃得十七八首，若兼其梅柳之作计之，则几占全部歌曲三分之一。此两宋词家所罕见。"在读《浣溪沙·著酒行行满袂风》和《长亭怨慢·渐吹尽枝头香絮》，夏承焘非常坦率地承认自己以前读不懂这两首词，但是现在他觉得自己在仔细读了全部姜夔词之后，明白了自己当时读不懂的原因，是因为那两首词背后都有"本事"。经过考证，他认

---

[1]《夏承焘集》第6册，浙江古籍出版社、浙江教育出版社，1998年，第449页。

为这两首词都与姜夔的"合肥情事"有关系。他于是认为张炎对姜夔的"清空"的评论是未得要领,更重要的是他说:"至王国维'有格而无情',则尤为轻诋厚诬矣。"同时夏承焘说姜夔的《暗香》《疏影》写于1191年冬天,也正是这一年姜夔离开了合肥。所以他认为这两首词也是与"合肥情事"有关。由此他对王国维在《人间词话》里面说姜夔"无一语道着"提出批评,认为王国维是不知道里面的本事。夏承焘将姜夔词背后的本事都归之于"合肥情事",这是否妥当姑且不论。但是可以确定,夏承焘对自己这个考证的意义并没有什么特别的自觉。说得更加明确一点就是,他自己与姜夔词本事考证之间没有关系。如果说夏承焘是非常喜欢姜夔词的,这就是他们之间的关系,又未必确切。因为我们知道,清代的朱彝尊、厉鹗以及谢章铤他们都对姜夔词极为推赏,不能说不由衷喜欢,但是像谢章铤对姜夔的《暗香》《疏影》两首词却不屑一顾,认为:"白石极纯正娴雅,然此阕及《暗香》则尚可议。盖白石字雕句炼,雕炼太过,故气时不免滞,意时不免晦。"同样是喜欢,那么谢章铤他们怎么没有读出姜白石词背后的本事呢?姜夔词以本事来索解的是常州词派的比兴寄托理论,也正是在比兴寄托理论之下,姜夔词有了新的意义,《暗香》《疏影》两首词也受到了极高的推崇。那么夏承焘在此是不是对常州词派的比兴寄托理论有所认同呢?可惜的是夏承焘又错过了这一次机会。夏承焘无疑通过自己的考证或隐或显地批评了张炎、谢章铤、王国维对姜夔词的意见。但是他没有自觉到这样做的意义,他没有问这样的词是好词吗?这样的词如果是好词又为什么要这样写？他自己和姜夔本事词的考证之间是什么关系？夏承焘似乎对这些隐含在他考证之中的问题都视而不见。

我们再来看看夏承焘非常感兴趣的《玉谿生年谱会笺》。张尔田《玉谿生年谱会笺》大约成稿于民国初年。王国维在给张尔田《玉谿生年谱会笺》写的"序言"里说："君尝与余论浙东、西学派，谓浙东自梨洲、季野、谢山，以迄实斋，其学多长于史；浙西自亭林、定宇，以及分流之皖、鲁诸派，其学多长于经。浙东博通，其失也疏；浙西专精，其失也固。君之学固自浙西入，而渐渍于浙东者。"[1]在王国维看来张尔田的《史微》就是"以史法治经、子二学"，所以道出了许多前人没有看到的观点，而《玉谿生年谱会笺》也是在"周、汉治经之家法"。王国维是将之放在了经史之学的视野里来读这本年谱会笺的。那么张尔田自己的思路呢？张尔田没有回答夏承焘的问题，我们只有试着从现有的材料里面去理解张尔田的用心。张尔田曾经在对李商隐诗的批注里写道："采田束发受书，即喜观玉谿、飞卿、长吉三家诗，行走必以自随。当时识见未深，徒爱其结体森密，吐词铿锵，设彩鲜艳而已。"但是他后来对于李商隐的阅读体会加深了："复取六朝唐代诸专集籀之。始知古今诗家，写景述怀者多，诡词寄托者少。玉谿一派，实于天壤独辟一蹊径。观集中多假闺襜香清语，以寓其忧生念乱之痛，直灵均苗裔也。有唐名家，无一人可与抗敌。岂直奴仆命骚也哉？"[2]也正因

---

[1] 王国维《玉谿生年谱会笺序》，张采田《玉谿生年谱会笺》(外一种)，上海古籍出版社，2010年，第4页。张尔田又名张采田。
[2] 张尔田《玉谿生诗题记》，《同声月刊》1942年第7期。

为有了这样的体会,张尔田才认为:"义山诗趣,极深极博,不能细按行年,深探心曲,必有不解为何语者。"张尔田对李商隐的理解,是通过与冯浩的对话以及后来对纪昀等人的批评中形成自己的观点。用我们现在眼光来看,无疑冯浩和纪昀等人都是儒家传统里面的学者,张尔田与他们共享着同样的文化语境。也正因为有了这个先入之见,所以我们往往对这一类的考证著述的理解反而可能简单化了。这就需要将张尔田对冯浩、纪昀以及张尔田自己的自我修正结合起来看,才能理解其考证背后的意旨。

在这里先从张尔田对《锦瑟》理解的变化开始说起。在张尔田批点《李义山诗集》何焯、朱彝尊、纪昀三家评本时,他对《锦瑟》是这样解释的:"义山伉俪情深,然见之篇章,多以《无题》晦之,后人奈何加以轻薄也?此悼亡诗定论……"[1]但是在后来《玉谿生年谱会笺》里他开头就说:"此全集压卷之作,解者纷纭,或谓寓意令狐青衣,或谓悼亡,迄不得其真相;惟何义门云:'此篇乃自伤之词,骚人所谓"美人迟暮"也',其说近似。"[2]程千帆在《李商隐〈锦瑟〉诗张笺补正》里注意到了这个变化,他只是说在写成《玉谿生年谱会笺》之前张尔田做了两件事情,先是写了《玉谿生年谱补征》,然后批点了《三家评》,也就是后来吴丕绩辑录成的《李义山诗辩正》。他认为那是旧说,后来《玉谿生年谱会笺》里的解释才是定论。程千帆的文章是为了补正张尔田在会笺里的说法,

---

[1] 张采田《李义山诗辩正》,《玉谿生年谱会笺》(外一种),上海古籍出版社,2010年,第265页。
[2] 张采田《玉谿生年谱会笺》(外一种),上海古籍出版社,2010年,第199页。

自然不会关注这之间变化的意义。张尔田在批注三家评本的时候，无疑读到了何焯的评点，但是那时他更加倾向于冯浩的解释。这两者的差别在于前者将《锦瑟》解释成为一首简单的悼亡诗，而后者用《离骚》的"美人迟暮"的比兴寄托的方法将之读成了一首自伤之诗。而自伤之深情厚感都隐藏在李商隐自己的遭际之中。

张尔田批注三家评本的基本用意是批评纪昀对李商隐诗的解释，他认为纪昀的解释"未脱帖括习径"，又说："玉谿诗境，远宗楚骚，近追六朝，然后能于李杜王韦之外，自成流派，统观全集，香泽绮语，专以哀感顽艳擅场，此正作者高于诸家处，原不必规规摹仿李杜王韦始足称诗人也。乃纪氏不喜香奁，辄以同时李杜王韦之法律绳之。若然，则后人但抱李杜王韦四集足矣！"[1]从这段话我们可知，张尔田认为李商隐诗的胜处在于"远宗楚骚，近追六朝"，正是这一点使得李商隐可以和李白、杜甫等诗人区分开来，理解李商隐的诗也应该由此入门。所以他认为不能用读李白、杜甫的方法去读李商隐，而纪昀所犯的就是这样的错误。这是张尔田对于李商隐最为重要和核心的阐释立场，也是他的见识高远之处。张尔田读李商隐经历了从少年时代的欣赏其字句辞藻到此时对言外之意探求的一个变化过程。既然他在批注三家评本时，就是用比兴寄托的方法来索隐诗意，批评纪昀，那么为什么他没有注意到何焯之说的合理性呢？这个矛盾是不是和后来张尔田在《玉谿生年谱会笺》里处理一首未曾编年的《射鱼

---

[1] 张尔田《玉谿生诗题记》，《同声月刊》1942年第7期。

曲》时所说的一样:"夫同一诗也,此解之而通,彼解之而亦通,则无为定论矣。"[1]这里似乎有两种理由来解释张尔田的这个变化。一是张尔田本身具有一种模棱两可的立场,对《锦瑟》的阅读其实"悼亡说"和"自伤说"都可以。二是张尔田后来越来越倾向于一个"僵硬"的比兴寄托的立场之上,反而"死于句下"。然而,只要仔细思考一下,这两个假设的理由不仅没有说服力,而且模糊了张尔田的用意。如果张尔田是模棱两可的,那么他就不可能清晰意识到自己对于义山诗理解变化的轨迹,也不可能在批注三家评本时去批评纪昀的观点,因为纪昀对李义山的阐释也是说得通的。这里的唯一解释只能是,张尔田对站在比兴寄托立场上阐释李义山诗有一个不断深入的过程,他对冯浩、纪昀的批评都必须从这个大的方面去把握。这个深入的过程,是他对李义山所处的政治历史环境不断深入体会的过程,也是他不断能够"推己及人"地理解李商隐"心史"的过程。在这个过程里,他不仅理解了李商隐的用意,反过来也更加清晰地理解了李商隐在唐代诗歌史上能够自立的关键之处。张尔田对《锦瑟》理解的变化,不是否定了或者相对化了他对李商隐诗阐释的比兴寄托这个基本前提,恰恰是给予了我们一个得以理解他与比兴寄托之间关系的机会。正是在他这里,他用这样一个古老的比兴理论重新阐释了一位晚唐诗人,也赋予了一个限制在《诗经》的经学框架里的比兴以新的意义。

在解读李义山写于会昌三年的《赋得鸡》时,纪昀

---

[1] 张采田《玉谿生年谱会笺》(外一种),上海古籍出版社,2010年,第202页。

说："此刺怙势而不忠者。"张尔田对此批注道："纪氏亦知咏物托意，须言外得之，但恐纪氏不能于言外领之耳。玉谿名家，岂有比附粘带之诗哉！"[1]后来张尔田又发挥说："冯氏云：'刺藩镇利传子孙，故妒敌专权，而无勤劳王室之志。三句谓其自谋则固也。鸡取《战国策》连鸡之义，当为讨泽潞，宣谕河朔三镇时作。'笺曰：冯说殊妙，勿为子孙之谋，欲存辅车之势，卫公先见，足为此诗确证。结言恐惊梦稳，岂真禀承王命哉？不过冀朝廷不夺我兵权耳。阳鸟，日也，喻君。"[2]从这个例子可见，其实张尔田对纪昀的批评用意是很丰富的，纪昀作为一个儒家传统的学者，未尝不知道一些诗是可以用比兴之法来读，但是纪昀的读法是非常之肤浅的。张尔田对之语含讥讽，原因在于纪昀不能够认识到比兴寄托乃是理解李商隐最为根本的大纲大本，而不是细枝末节、偶尔用之的方法。同时纪昀对晚唐诗的理解也受到了张尔田的批评："晚唐诗格，虽异于中唐……且晚唐家派亦不同，不得一概无别。纪氏专守定坊刻《三百首》及宋后人集，随声附和，抹杀晚唐岂通论哉？"[3]虽然同一个儒家传统里的学者对古老的比兴寄托传统都不陌生，但是能不能将之和一个新的诗风相联系并且能够给予这个旧传统以新的活力却不是每一位身在这个传统里的学者

---

[1] 张采田《李义山诗辩正》，《玉谿生年谱会笺》（外一种），上海古籍出版社，2010年，第327页。
[2] 张采田《玉谿生年谱会笺》（外一种），上海古籍出版社，2010年，第98—99页。
[3] 张采田《李义山诗辩正》，《玉谿生年谱会笺》（外一种），上海古籍出版社，2010年，第314页。

都可以认同的，所以对于李义山的诗会产生很多的歧义。从某种意义上来说，比兴既是一种儒家知识分子都知道的旧的理论，同时也是一种新的理论，因为它需要不断面对新的对象，而不再仅仅是面对已经成为经典的诗骚。而这种认同需要在这个概念与新的对象之间建立起新的阐释关系。只有新的阐释关系建立，这个传统才能延续下来。这个传统在纪昀那里显然没有形成一个对李商隐诗的基本判断，张尔田却用它重新解释了晚唐诗里的某一种风格，也将李商隐推向整个诗歌历史的源头。我们还可以举一个黄侃的例子，黄侃无疑是一位对传统经学极为推崇的学者。在评点李商隐的《无题二首》时，黄侃认为："义山无题诗，十九皆为寄意之作，既云无题当时必有深隐之意，不能直陈者。此在读者以意逆志，会心处正在不远也。必概目为艳语，其失在拘；一一求其时地，其失在凿。此诗全为追忆之词，又有听鼓应官之语。其出于县尉，追想京华游宴之作乎？"[1] 但是他不能一以贯之，例如在评点《辛未七夕》时候只说："此诗纯以气势取胜。"[2] 我们可以对照张尔田对《辛未七夕》的说法："此补太学博士后，喜令狐意渐转圜而作。首二句反言之，实则深喜之。'清漏'句，旧好将合。'微云'句，属望尚奢。'岂能'二句，言博士一除，我岂不感激厚恩，而无知所得仅此，或者仙家故交迢递，以作将来之佳期，未可知也。用意极为深曲，然不详考其本事，

---

[1] 黄侃《黄季刚诗文钞》，湖北人民出版社，1985年，第439页。
[2] 黄侃《黄季刚诗文钞》，湖北人民出版社，1985年，第443页。

固不能领其妙趣。"[1]由这些分析，可以感觉到，张尔田和纪昀、黄侃之间的分歧不是具体的某些诗能不能用比兴寄托，而是说比兴寄托是不是理解李商隐的一个根本原则。除此之外，还有一个非常重要的方面是，这种根本原则不是抽象地说某一首诗有政治的寓意，而且还要在可能的情况下，通过各种史料来构筑起一个理解这首诗背后寄托本事的语境，这个语境的构筑与诗的解读之间，是一个对诗人用心不断靠近的过程。这个过程不是一个实证的过程，而是一个"推己及人"的过程，是一个体会到诗人幽微要渺的诗思过程，说到底也是一个对自我的政治伦理身份内涵不断自觉的过程，这个自觉是必须通过一种阐释的关系才能建立起来。这种自觉不仅是政治身份的，而且将一种新的诗体与自我的政治之间的关系也阐释清楚了。

张尔田和冯浩无疑有许多共同之处，他在写《玉谿生年谱会笺》时，对冯浩的评价是："于当日大臣之拜罢、党局之始终，尤致意焉，而后玉谿一生之事履，可以按籍而求矣。惟冯氏论诗，长于勾稽，短于意逆。"[2]冯浩对李商隐诗的比兴寄托也有一个理解的过程，他说："《无题》诸什，余深病前人动指令狐，初稿尽为翻驳，及审定行年，细探心曲，乃知屡启陈情之时，无非借艳情以寄慨。盖义山初心依恃，惟在彭阳；其后郎君久持政柄，舍此旧好，更何求援？所谓'何处哀筝随急

---

[1] 张采田《玉谿生年谱会笺》(外一种)，上海古籍出版社，2010年，第176页。
[2] 张采田《玉谿生年谱会笺》(外一种)，上海古籍出版社，2010年，第1页。

管'者,已揭其专壹之苦衷矣。"[1]冯浩也是在"审定行年,细探心曲"之后,真正理解到李商隐《无题》诗的用意。但是为什么张尔田还要说冯浩"短于意逆"呢?我们还是需要从一个具体的实例来说明问题。在解读李商隐《〈无题〉二首》的时候,冯浩说:"自来解《无题》诸诗者,或谓其皆属寓言,或谓其尽赋本事,各有偏见,互持莫决。余细读全集,乃知实有寄托者多,直作艳情者少,夹杂不分,令人迷乱耳。此二篇实属艳情诗……"[2]张尔田则提出了不同的意见:"此初官正字,歆羡内省之寓言也。首句点其时其地。'身无'二句,分隔情通。'隔座'二句,状内省诸公联翩并进,得意情态。结则艳妒之意,恐已不能厕身其间,喜极故反言之也。次章意尤显了,'萼绿华'以比卫公。……下言从前我于卫公可望而不可亲,今何幸竟有机遇耶!'秦楼客',自谓茂元婿也。观此则秘省一除,必李党汲引无疑。义山本长章奏,中书掌诰,固所预期。当卫公得君之时,藉党人之力,颇有立跻显达之望,而无如文人命薄,忽丁母忧也。此实一生枯荣所由判欤?"[3]他在解释完自己的理解之后,话锋一转说:"自赵臣瑗谓此义山在茂元家窃窥其闺人而作,于是解者纷纷,不知是年茂元方镇陈许,即开成四年义山释褐校书,茂元亦在泾州,踪迹皆不相合。冯氏亦知其不通,则又创为茂元有家在京之说,更引《街西池馆》等篇实之,义山不但无特操,且从此

---

[1] 冯浩《玉谿生诗集笺注》,上海古籍出版社,1979年,第822页。
[2] 冯浩《玉谿生诗集笺注》,上海古籍出版社,1979年,第135—136页。
[3] 冯浩《玉谿生诗集笺注》,上海古籍出版社,1979年,第92页。

为名教罪人矣。何其厚诬古人如是哉？"[1]张尔田和冯浩的歧义当然不在以比兴寄托来认识李商隐诗的这个前提，而是在于更为具体的一个问题考证与比兴寄托之关系上。需要注意的一点是，考证的目的不是单单为了实证某一首诗的用意和本事，而是为"逆意"准备的。张尔田之所以说冯浩"长于勾稽，短于意逆"，就是在于张尔田能够在冯浩的基础之上向前推进，他非常擅于将行年勾连进对寄托本事的探求上，而在这一点上冯浩的确显得比较拘谨一点。在阅读这两首诗时，张尔田非常大胆地将它们阐释成李商隐"此初官正字，歆羡内省之寓言也"。

这种关系的阐释是创造性的，但同时这种关系是建立在诗人的历史语境中的，也是建立在对诗人的"了解之同情"的基础之上的。非常关键的一点就是，表面上看起来是一首诗的寄托本事都要有行年考证来支持，实际上却是用比兴将这些确证的行年包容进诗之中。张尔田曾经在理解李商隐《无题》（"万里风波一叶舟"）上和陈寅恪发生分歧。陈寅恪在1935年的《历史语言研究所集刊》上发表长文《李德裕贬死年月及归葬传说辩证》对冯浩以及张尔田的看法提出异议，这篇文章陈寅恪显然极为看重，他不仅在学生的论文批注里面提及，而且一直到1964年还不断补充。张尔田则写了一篇《与吴雨僧论陈君寅恪李德裕归葬辩证书》回应。

陈寅恪和张尔田的具体问题的是非姑且不论，可他

---

[1] 冯浩《玉谿生诗集笺注》，上海古籍出版社，1979年，第92页。

们都从这首《无题》里读出了"言外之意"。值得注意的是，陈寅恪用意是在考史，而张尔田的思路看起来也是在对李商隐的行年事迹考证，但是思路和陈寅恪有所差异。在分析"碧江地没原相引，黄鹤沙边亦少留"一句时，张尔田质疑说："前半泛说李烨之事，后半方转到卫公，中间更无连锁，义山恐无此诗法。"这里他将对义山诗法的体会引入了对考证的判断之中。在《玉谿生年谱会笺》里他有同样的例子："冯谱于是年巴蜀之游，勾稽已费苦心，惟于一朝党局，未能参透，而泥于'早岁乖投刺'句……复取希冀李回之作，编入开成五年江乡之游时，以实其高错迁镇西川之说，遂使诸诗全失语妙。"[1]在这里，张尔田的方法非常特别。也就是他对李商隐的行年考证里渗入了他对李商隐诗法的体会。他对考证的运用背后是为了探求李商隐诗里的"寄托"。我们也只有在张尔田对"考证"的运用实践里才能理解"考证"在他那里的意义。当将问题落实在考证是否正确的问题上时，其实背后还有一个更为根本的问题，考证是内在于他对李商隐诗的"比兴寄托"的判断之中。只有如此，才能理解为什么张尔田会在没有证据的情况下还会认为一些诗是有寄托，才能够理解为什么张尔田在和陈寅恪讨论的最后忽然批评起考证学，他说："既无明文可以佐证，则不能不诉之于论理，此亦治学者一定之标准也。治学之法，全恃吾人综合事实上一种经验判

---

[1] 张采田《玉谿生年谱会笺》（外一种），上海古籍出版社，2010年，第143页。

断，不能以有证据了事，此非考据家所知。"[1]这是由于"考据家"将一个批评问题转换成了实证的问题。张尔田说："夫士之受知，犹女之相夫，苟非势处至难，安忍轻言弃绝？义山初愿，未尝不欲始终一党，徒以变关朝局，感兼身世，至不能保其特操。此种苦衷，不敢言而又不忍不言，不得已则托悠谬之词以达之。"[2]张尔田感受到了那些诗背后所隐含着这样一位在政治风波中激荡的政治主体。对于这一点陈寅恪无疑也深有感触，他于1964年时说："寅恪昔年于太平洋战后，由海道自香港至广州湾道中，曾次韵义山万里风波无题诗一首……足资纪念当日个人身世之感。"[3]如果没有新文化运动，张尔田对于李商隐诗的阐释和理解的意涵可能也就止于一种阅读的政治学。在《玉谿生年谱会笺》里不仅有张尔田对晚唐历史的孜孜探求，而且有他自己的影子在其中。这不仅仅是一种少年时代的对李商隐的喜爱，而且是由于个人之遭际以及清末之世变，让他感觉到一种"萧条异代不同时"，产生了强烈的共鸣。他在1909年农历二月的一个晚上写道："数年以来，人事拂逆。端忧无耶，生人道尽。每长夜不寐，愁绪烦乱之中，即借此书遣抱。盖玉谿一生不得志，幽怨馨芬之致，与余若默相感召者。故不觉好之笃也。"[4]显然张尔田不是一个抽象的研究者，对李商隐的阐释和他对一种晚唐诗的新风格的认识、他

---

[1] 张尔田《与吴雨僧论陈君寅恪李德裕归葬辩证书》，《学术世界》1935年第1卷第10期。
[2] 张采田《玉谿生年谱会笺》（外一种），上海古籍出版社，2010年，第143页。
[3] 陈寅恪《金明馆丛稿二编》，生活·读书·新知三联书店，2001年，第56页。
[4] 张尔田《玉谿生诗题记》，《同声月刊》1942年第7期。

自我的政治主体身份以及他的历史语境完全融合为一体。同时，正是因为有了新文化运动之后的变化，而张尔田又身在这个变化之中，所以他思路当中的意蕴就被不断地释放出来。

张尔田对"考据家"的批评，当然也是在新文化运动之后的语境里做出的。新文化运动之后，他对胡适等人所提倡的科学考证的方法极为不满，例如他曾经批评所谓的研究古人之心理。他说："吾恐研究之所得，非历史上人物之心理，而为研究者个人心理，则真滑稽之至矣。彼其所据以为材料者，不过自传及同时人信札与环境种种，此等断烂不完之残片，研究其人事尚且苦于单简，何况心理。"[1]在新文化运动之后，将心理学等自然科学的客观方法引入人文研究成为一股潮流。张尔田对这样的一种客观主义提出了自己的批评。不过他用力最勤、提及最多的还是对考证方法的批评。张尔田说："考据之学，自是一家，我辈生千载后，上读千载古人之书，比于郵焉。此特象胥之任耳。东原自诡舆夫，今误认舆夫以为乘舆者。……考证家所凭以判是非者，厥惟证据。然学之为道，固有不待验之证据，而不能不承认其成立者。印度古因明学，有所谓譬喻量者，不识野牛，言似象牛，又有所谓义准量者，谓法无我准知无常？如孔子答子路曰：'未知生，焉知死？'……此皆无需乎证据而又无从示人以证据。"[2]他又说："休宁高邮之术，为今日治国学者无上方法，殆所

---

[1] 张尔田《论研究古人心理》，《学衡》第71期。
[2] 张尔田《与人论学术书》，《亚洲学术杂志》1922年第1卷第4期。

谓能胜人之口,能易人之虑而不能服人之心者欤? 愚非谓考据果可废也。考据之所贵,在能定古书之音训及其名物度数之沿革。而诂其正义,偏重于彼而略于此。"[1]张尔田在《玉谿生年谱会笺》里的思路在新文化运动之后成为需要辩护的问题,那些隐含的前提在一个新的学术思潮里被重新提出来而走向前台,从中可以看到他对新文化运动之后成为学术主流的考证学非常敏感。他在《玉谿生年谱会笺》里所用的当然也是年谱考证的方法。如果理解了他是在比兴寄托的前提之下来对李商隐的行年进行考证的,那么就能够真正理解他为什么会对一个新的语境中的考证那么反感。不过,张尔田在新文化运动之后在不同的语境里对考证的批评,不能都简单地放在汉宋之争中来理解。因为在汉宋之争立场上对考据学传统进行批评的学者,未必认可考证与比兴寄托的关系,也就是考证本身所具有的文学批评意义。同时,在汉宋之争视野里对经史的考证到新文化运动之后,已经成为覆盖所有人文学科的一种普遍方法,不再局限在经史典籍的范围之内了。

张尔田经历了清朝向民国的转变,也经历了随之而起的新文化运动,在某种意义上站在了属于我们的历史的源头。他在民国初年写成的《玉谿生年谱会笺》,如果没有以上的那些历史的断裂、巨变,那么他的这本会笺是一个传统内部的争论,他和纪昀、冯浩等人的对话与他后来和陈寅恪的对话的语境是完全不同的。对于新文化运动之后的学者来说,纪昀、冯浩、张尔田等对于李商隐的观点都

---

[1] 张尔田《与人论学术书》,《亚洲学术杂志》1922年第1卷第4期。

是传统内部的不同争论而已。但对于张尔田来说，他对李商隐比兴寄托的诗法的认识不仅构成了对传统内部的像纪昀这样一路诗学思想的批评，而且在新文化运动之后形成了一种批判的立场。正是有了这两个向度上的批判性，所以对于张尔田来说，他不仅对于他的传统内部的多元选择有了一个整体性的立场和判断，而且这个立场和判断也变为"活的传统"，形成了与新文化运动的对话。这个传统不是多元和并列的，而是唯一的，这个传统就是比兴寄托的传统。张尔田对于这个传统的坚持与认可，不是抽象地从儒家诗学的立场出发而获得，而是经过了一个复杂的论辩的过程。同时，对于李商隐的阐释也是他个人的一段心史。对于这一点我们在前面已经有所提及。张尔田在和学生张芝联授课时曾说："美与不美之问题，本是哲学上一问题。但欲解决此问题，必先解决善与不善之问题。善与不善之定义，大都根据于其道德观念而来。《说文》曰：善者宜也。适当其可谓之宜。……何谓美与不美之标准？曰：合乎善之条件者则谓美。"他接着又说："文辞之美，意内言外。若赤裸裸之新诗，则中国弗尚也。"[1] 由此可见他对李商隐的阅读，对王国维、况周颐词的不满，对中国文辞之美的认识这些跨越了新文化运动之后不同时段的观点具有了内在的一致性。他将比兴寄托、意内言外，在新文化运动之后阐释成中国对于"美"的理解的独特之处。在这里需要特别强调的是，对于张尔田来说，"比兴寄托"不是抽象的一种儒家思想的本质主义的教条。如果离开

---

[1] 张尔田《历史五讲》，张芝联记录，《同声月刊》第4卷第2号。

《玉谿生年谱会笺》以及他对于王国维、况周颐的批评，仅从抽象的一面来理解张尔田在新文化运动之后的一系列对儒家传统诗学的态度，是很难得其真意的，也抹杀了张尔田的苦心孤诣。

通过上述分析，不难领会张尔田为什么和夏承焘通信时会对王国维、况周颐提出批评。因为张尔田站在了一个比兴寄托的立场之上看到了王国维、况周颐和白话文运动的"新诗"之间相似处。在张尔田看来，他们的作品都太直白，而没有比兴寄托的余韵。在谈到诗词异同时，常州词派的陈廷焯说："诗词一理，然亦有不尽同者。诗之高境，亦在沉郁，然或以古朴胜，或以冲淡胜，或以巨丽胜，或以雄苍胜。纳沉郁于四者之中，固是化境，即不尽沉郁，如五七言大篇，畅所欲言者，亦别有可观。若词则舍沉郁之外，更无以为词。"[1]张尔田对晚清的常州词派传统非常熟悉，他和龙榆生讨论彊村词的本事时说了一段话："古丈词，故国之悲，沧桑之痛，触绪纷来。一篇之中，三致意焉。有不待按合时事而知之者。笺注本事，勿以现代之见，抹杀其遗老身份。斯得之矣。……勿使瑶台梦雨，疑宋玉之微辞，庶几锦瑟华章，雪樊南之春泪。"[2]这一段话意蕴丰富。首先，正是因为站在比兴寄托的立场之上，所以张尔田对朱祖谋的词高度评价。我们也不会奇怪，为什么在谈到朱祖谋词时他会提到李商隐，因为在比兴寄托的观念之下，朱祖谋的词和李商隐的诗都是以"谬

---

[1] 陈廷焯《白雨斋词话》，上海古籍出版社，2009年，第6—7页。
[2] 张尔田《四与龙榆生论彊村词事书》，《词学季刊》第1卷第4号。

悠其词"的方式表达自己不能明说的政治情怀。其次,张尔田认为朱祖谋那些词的言外之意很多是抒发对清朝灭亡的忧叹,对沧桑世事的感慨,不一定要考证才能坐实。张尔田说:"笺注本事,勿以现代之见,抹杀其遗老身份。"笺注彊村本事的人对朱祖谋的遗老身份具有"了解之同情"才能更好地体会到词内的深意。这里不必固执在"清遗老"这一政治身份上,可以将眼光放宽,张尔田在这里提出的究竟还有其他什么问题。他在这里发现了一个主体之间的差异,就是他看到龙榆生在理解朱祖谋词时所可能存在的障碍。张尔田才特别强调要读懂彊村词就需要注意到词人既是一个写词的人也是一个政治和伦理的主体,这两者合二为一。而龙榆生只要站在一个比兴寄托的传统里,就能够理解朱祖谋词的言外之意,能够在体会词人所处的历史语境和词体的比兴寄托的特点上推衍词的本事所在。此时,朱祖谋的"遗老"身份反而不显得重要,因为不是只有遗老才能懂得遗老。比兴寄托的一个前提就是能够"推己及人"。阅读者通过比兴寄托,将自己内在于文本之中。同时,阅读者考证本事的过程、探索文本寄托所在的过程,也是重新自觉自己作为一个政治和伦理主体的过程。

张尔田对龙榆生的提醒,放在新文化运动之后的学术语境里看就有了特别的意义。其实,对于张尔田来说,比兴寄托是中国文辞的传统,无论阅读者是谁,认同了比兴寄托就是认同了传统,在读诗词的时候,放弃了比兴寄托这个底线也就自然不在张尔田所理解的传统之中了。或许有非常丰富的史料来论证张尔田的看法不过是一己之见,而传统本身是非常丰富的。我们完全可以将张尔田对诗词的理解相对化成许多种传统中的一种选择。这个问题也正是夏承焘所面临的问题。夏承焘是五四之后一位自学成才的学者,就词学而言,他成长在朱祖谋、张尔田、况周颐、夏敬观、王国维等这些不尽相同的词学传统里面。夏承焘是一位虚心的晚辈,他能够接受这些人不同的意见。虽然转益多师是好的,但是如果不明白那些观点和立场的背后用意,转益多师只能带来矛盾和困惑。钱穆曾经说:"学必有派,即是言一家学问之源流。言学术学派则必言师承,但言学派师承,却并不是主张门户。门户之见要不得,而师承传统则不可无。今人不明此意,如说专家,又言创造,则变成各自走一条路,更无源流师承可言。于是抬高方法,重视材料,一切学问只变成一套'方法',一堆材料而已,又要说客观,不许有主见,如是则那些做学问的人转不占重要地位。"[1]在五四之后,经史子集这些传统学术的传授发生了巨大的改变,像钱穆所说的"学派师承"已经非常难得。学派师承本身当然有利有弊,这一点无须强调,它的一个好处是"于无声处听有声",能够通过师承让学生明白研究的"弦外之音"以及用意所在。因为很多潜在的对话对象以及立场都不是显而易见的。夏承焘曾经写信向张尔田诉说自己的学术苦闷,说自己想研究宋史,张尔田表示赞成,热情地向他讲述南宋永嘉之学以至明清学术的流变,他说:"词至彊村,已集大成。后来殆不能复加,何如移此精力,多治有用之学,且多治古人

---

[1] 钱穆《中国史学名著》,生活·读书·新知三联书店,2000年,第249页。

未竟之学。"[1]张尔田是顺着夏承焘的愿望说的,在他的学术世界里,他指示夏承焘做经史之学的研究,这是对考证的超越。虽然如此,当夏承焘词学考证上的成绩被越来越认可时,他内心的紧张得到了缓解。夏承焘在1940年2月读《文史通义》时,写下:"其谓史考、史纂、史选、史评、史例,俱不足为史学,然其答客问上,解析其著述成家之史学,所谓异人之所同,重人之所轻,绳墨不得而拘,类例不得而泥,微茫秒忽之际,有以独断于一心,可以参天地、质鬼神云云,究嫌微茫秒忽,不易领会。由今言之,史考史例,何一非史学哉。实斋高语春秋,反堕混沌。"[2]可见,夏承焘对章学诚的批评和他当时对考证琐碎之学的紧张、张尔田所讲的永嘉之学形成了绝妙的对比。张尔田让他从事于"有用之学"的经史之学,对于夏承焘来说较为困难。1930年代的学术界,各类学术分科已经大致划定,对于夏承焘来说意味着从文学研究转向史学研究,如果说这还不算困难,那么更重要的是,张尔田所提供的学术思路虽然解决了夏承焘在学术上对于意义的追寻问题,但是夏承焘必须要承担这个思路之中所内含的对以胡适为代表的新学术的强烈批判。除非夏承焘能够意识到另一种思路,以新学术所认同的考据方法来寄寓经史之学,正如陈垣对《通鉴》胡注的研究、杨树达对《春秋》大义的研究等所做的一样。当然还有他很熟悉也极为推崇的陈寅恪关于唐代文史的研究,他对陈寅恪的元白诗考证

---

[1]《夏承焘集》第5册,浙江古籍出版社、浙江教育出版社,1998年,第334页。
[2]《夏承焘集》第6册,浙江古籍出版社、浙江教育出版社,1998年,第180页。

非常关注,曾经写过《读〈长恨歌〉——兼评陈寅恪教授之〈笺证〉》一文回应。夏承焘对陈寅恪《唐代政治史略稿》非常钦佩,他也是较早就知道陈寅恪要做关于柳如是研究的人,还替陈寅恪收集过关于柳如是的材料,他也曾读到过陈寅恪写《再生缘》的文章。从他在日记中的反应来看,我们发觉他对陈寅恪研究背后的寄托并没有特别的感怀。

张尔田对夏承焘的词人年谱考证很欣赏,他多次和夏承焘讨论这一方面的问题。例如他曾经对夏承焘考证温庭筠再贬方城事提出讨论。1954年夏承焘在修订《温飞卿系年》的时候,特意记道:"往年为此编,承张孟劬先生尔田贻书讨论;谱中定飞卿再贬方城在咸通间,即遵先生教也。"[1]夏承焘显然接受了张尔田的修正,对此张尔田自己也说:"其再贬方城,则在咸通间,此固别无佐证,不过一种怀疑而已。"[2]张尔田和夏承焘的讨论基本都是一些考证,从来没有正面提到过这些背后的思路。张尔田在和夏承焘论学的过程中,曾高兴地回忆起自己早年的研究:"弟少年于玉谿、樊川、长吉、金荃四家,皆拟为之补笺,仅成玉谿一种。"[3]但是他也没有点明自己的思路。张尔田也时时和夏承焘说到词体的问题,在谈到陈兰甫词时说:"兰甫经学大师,而其词乃度越诸子,则以词外有事在也。"[4]在评陈曾寿词时说:"论诗词究不同,陈苍虬

---

[1] 《夏承焘集》第1册,浙江古籍出版社、浙江教育出版社,1998年,第421页。
[2] 张尔田《与龙榆生论温飞卿贬尉事》,《词学季刊》1934年第2卷第1号。
[3] 《夏承焘集》第5册,浙江古籍出版社、浙江教育出版社,1998年,第317页。
[4] 《夏承焘集》第5册,浙江古籍出版社、浙江教育出版社,1998年,第326页。

好句皆是诗非词。"[1]张尔田在给龙榆生的信里对陈曾寿词的评价可为参证:"比阅近代词集颇多,自当以樵风为正宗,彊村为大家也。述叔、暎庵,各有偏胜,无伤词体。阳阿才人之笔,苍虬诗人之思,降而为词,似欠本色。"[2]除了这些,当然还有我们已经提到过的对王国维、况周颐的批评。这些背后的思路都是对词体与比兴寄托关系的强调。不过,张尔田和夏承焘多讲以诗证史的一面,对其背后的比兴寄托反而没有和夏承焘明言过。张尔田和夏承焘说:"弟学无似,独好谈史,而于诗之可以证史者,则尤好之。"[3]他举了吴梅村作为例子,说到自己最近读到的谈迁《北游录》的钞本里有不少材料可以补证吴梅村的诗,他也打算以后有机会再做吴梅村诗的笺谱。但张尔田在此和夏承焘所说只是他对吴梅村诗的看法之一,没有对吴梅村诗的评价。吴梅村诗在张尔田的诗人谱系中的位置究竟在什么地方,这些他都没有说。我们从王钟翰当年抄录的张尔田的藏书题识里,可以看到他的思路。张尔田在1928年批注的吴梅村诗集里写道:"集中诸作,要以长庆体为工。风骨不逮四杰,声情骀宕,上掩元、白,而苍凉激楚过之,或疑其俗调太多,实则此体正不嫌俗,但视其驱使何如耳。陈云伯辈效之,遂沦恶下。于此见梅村真不可及。五古若《清凉山》诸诗,亦堪继武,七律未脱七子窠臼,绝句则自郐以下矣。"[4]由此可见,虽然同寓史事,

---

[1]《夏承焘集》第6册,浙江古籍出版社、浙江教育出版社,1998年,第376页。
[2] 龙榆生《龙榆生词学论文集》,上海古籍出版社,1997年,第484页。
[3]《夏承焘集》第5册,浙江古籍出版社、浙江教育出版社,1998年,第318页。
[4]《张孟劬先生〈遯堪书题〉》,王钟翰《王钟翰清史论集》第4卷,中华书局,2004年,第2337页。

寄慨兴亡，但是吴梅村诗和李商隐诗法多用比兴寄托并不一样。张尔田对吴梅村的七律、绝句是不看好的，他所推举的是那些接近于"长庆体"的诗作。如果没有张尔田的指点，夏承焘大概是不能理解到张尔田在一个对吴梅村诗的"以诗证史"的思路背后还有着一个如此丰富的背景。将自我隐藏在笺注对象之中，对于中国传统学者来说并不陌生。杜甫、吴梅村以及陈寅恪的诗法和李商隐的诗法不一样，在处理前者的问题时可以和诗体本身的问题分开。余英时在分析钱谦益《列朝诗集》时说："牧斋本人关于'诗'之种种见解亦遍见于《列朝诗集》各家传记与诗评之中，如丁集十二评论钟惺、谭元春之诗（竟陵派）即其显证。但此是牧斋从纯粹文学观点论诗之作，与'诗史'之所谓'诗'不同科，而必须分别以观者也。"[1]然而，在笺注李商隐诗背后本事的过程，也是对李商隐诗比兴寄托的一个认识过程。换句话说，阅读李商隐诗背后本事的一个前提就是要对李商隐诗比兴寄托的诗法有所理解，否则不能够发现本事而融会贯通。这和杜甫、吴梅村的诗法是不尽相同的。

夏承焘在自己日记里也曾说："元遗山有《唐诗鼓吹》、陈沆有《诗比兴笺》，拟仿之作《宋词比兴笺》，与南宋词事同辑。"[2]他和吴眉孙一起看吴乔的《西昆发微》时，非常认同吴乔的唐诗多比兴的观点。[3]他说："予曩有宋词证史之作，眉孙为作南宋词事。若扩大尽收宋人诗

---

[1]《余英时文集》第9册，广西师范大学出版社，2006年，第50页。
[2]《夏承焘集》第6册，浙江古籍出版社、浙江教育出版社，1998年，第292页。
[3]《夏承焘集》第6册，浙江古籍出版社、浙江教育出版社，1998年，第296页。

词之与史事有关者，亦洋洋巨编。"[1]从这些想法看起来，他作词的本事考证，在心目中是有一个学术参照的，而不是一个单纯的考证兴趣。他有意按照陈沆的思路来做宋词的考证。如果他真的这样去做了，那么他走的是张尔田《玉谿生年谱会笺》的路数，他就能够懂得他自己对彊村词以及沈曾植诗词本事考索背后的意义，也就能够体会到张尔田和他谈论词时的背后思路。可是，这些打算只是难得的灵光一闪。正如在姜白石的考证里，夏承焘发现了王国维《人间词话》里对姜夔词的判断是错误的，还有他对《乐府补题》的考证，这些证明他已经触动了非常重要的问题。但是，要依靠夏承焘自己去体悟出来这些意义，是非常困难的，这个困难不仅仅在于夏承焘个人的学术感觉，而且更属于他所身处的时代、他所身处的那个学术语境。现代意义上的学者最为重要的特点之一就是平等、客观地处理过去所有材料，这里面不仅不能有价值判断，而且还要具有一种包容的观点。情感、心理是不带有价值判断的，而政治、伦理则是一种价值判断。但是他们没有意识到这种现代学者所谓的"客观"不过是历史的产物。我们可以发现他们所认为的"客观"之中的偏见，例如对于苏雪林所写的《李义山恋爱事迹考》，夏承焘的评价是："虽小品之作，无关宏旨，然依其说以读李诗，较胜旧注家冯浩辈之穿凿谈寓言。"[2]夏承焘在给杨铁夫的《梦窗词笺》作序时说："予以为古今注义山锦瑟诗者不一，而究

---

[1]《夏承焘集》第6册，浙江古籍出版社、浙江教育出版社，1998年，第288页。
[2]《夏承焘集》第5册，浙江古籍出版社、浙江教育出版社，1998年，第86页。

以悼亡之解为近正。"[1]为什么李商隐诗背后所指被解释成他的爱情事迹时就容易被接受,而被解释成为政治性寄托时就会不容分说地被否定?或者说当指认一首诗背后是政治寄托时要比指认背后是一个爱情故事时要负有更多的举证责任。又比如在解释姜夔《暗香》词时,夏承焘说:"自来谈白石词事者,以二曲有'昭君胡沙'之句,谓为徽钦后妃而发;然靖康之乱,距白石作此曲时,已六七十年,谓专为此作,殆未必然。"[2]夏承焘觉得将《暗香》《疏影》解释成与"合肥情事"相关更妥当些,他还打了一个比方:"此犹今人咏物忽无故阑入六十年前光绪庚子八国联军之事,岂非可诧。若谓石湖尝使金国,故词涉徽钦,亦不甚切事理。"[3]夏承焘的文章是写给新文化运动之后的读者看的,当然非常容易说服别人。其实为什么六七十年前的政治事件就不能重新进入姜夔的关注之中呢?同处于国势衰微的情境之中,姜夔作为一个士大夫对这个历史事件忽有所感不是也顺理成章吗?在这里无意争辩这首词一定要解释成郑文焯等人的解释才是正确的。举此例只想说明,在新文化运动之后,情感获得了新的重要地位。朱自清在1940年代完成的《诗言志辨》里对"诗言志"的讨论,也能说明这个问题。朱自清在书中说:"'诗缘情'那传统直到这时代才算是真正抬起了头。……这种局面不能不说是袁枚的影响,加上外来的'抒情'意念——'抒情'这词组是我们固有的,但现在的含义却是

---

[1] 《夏承焘集》第5册,浙江古籍出版社、浙江教育出版社,1998年,第410页。
[2] 《夏承焘集》第1册,浙江古籍出版社、浙江教育出版社,1998年,第452页。
[3] 《夏承焘集》第3册,浙江古籍出版社、浙江教育出版社,1998年,第79页。

外来的——而造成。现时'言志'的这个新义似乎已到了约定俗成的地位。"[1]这段话至少有两个重要的讯息。一个是"诗缘情"这个看法之所以在现代产生重要的影响，固然和我们传统中的一些资源有关，但更重要的是西方"抒情"观念的影响。他非常明确地告诉我们，我们所理解的"抒情"这个词，词是中国的，而它的含义是西方的。这是朱自清一个非常敏锐的论断。另一个讯息，"言志"的这个新义成了现代最为重要的主流。抒情成为新文化运动之后理解文学最重要的一个关键词。

刘永济在晚年的读书笔记《默识录》中"姜夔疏影词咏梅而用昭君胡沙说者多误"条特意回应了夏承焘对《疏影》的解释："范成大把玩此词不已，如白石但为合肥旧眷而作，恐未必能使范如此感动，更何得用昭君胡沙深宫等词，岂不更可诧！故夏君虽出新意，似不可从。"[2]如果刘永济想将问题推到实证的方向上去说服夏承焘这首词背后不可指向合肥情事，恐怕夏承焘也不会承认。因为夏承焘的看法也未必一定错。他们俩真正的分歧在于，夏承焘为什么更加愿意将之解释成合肥情事，而刘永济又为什么更愿意将之解释成"为徽、钦二帝作"？这两种不同的解释所隐含的不是简单的现代学术上的分歧，而是别有意义。这个问题暂且不表，谈到刘永济的时候再做回应。看不同学者对姜夔《暗香》《疏影》的解释，简直是在看一部微缩版本的20世纪词学史。沈祖棻于1947年在《国文

---

[1] 朱自清《朱自清说诗》，上海古籍出版社，1998年，第42—43页。
[2] 刘永济《文学论 默识录》，中华书局，2010年，第276—277页。

月刊》上发表了的《白石词〈暗香〉〈疏影〉说》一文，也提到王国维的观点："此二词托意，比兴深微，遂以为隔，以为无一语道著……《诗》、《骚》以还，借物托喻，触兴致情之作，虑难具举，例以国维之言，则均无一语道著，岂其然乎？"[1]沈祖棻比夏承焘更进一步的地方，不仅在于指出了王国维的问题，而且说出了为什么这两首词会"隔"的原因。她更加指出这是对《诗》《骚》传统的一个继承。但非常可惜的是，她和夏承焘都没有乘胜追击，他们究竟在什么意义上发现了王国维的错误。他们没有自觉到自己的立场，能够对王国维批评的不就是他们非常了解的常州词派理论中的比兴寄托传统吗？沈祖棻认为王国维读不懂姜夔词的原因是王不懂诗骚的比兴之义，这样的解释看似合理，但细想后，未必如此。在王国维给张尔田《玉谿生年谱会笺》作的序中，可见他对《诗经》的阐释传统非常之熟悉。为什么就连他们这些现代学者明显看出的问题，一位对传统学术有深刻理解的学者却读不懂？可见王国维读不懂或者说他对姜夔词的贬低，不是沈祖棻所说的原因。当然，此处目的不是寻找王国维贬低姜夔背后所依靠的真正资源[2]，而是想问另一个问题，无论是夏承焘还是沈祖棻他们都没有对王国维《人间词话》进行批评的原因所在？

这个足以动摇王国维《人间词话》根基的关键问题，

---

[1] 沈祖棻《白石词〈暗香〉〈疏影〉说》，《国文月刊》1947年第59期。
[2] 关于这一点罗钢在《本与末——王国维"境界说"与中国古代诗学传统关系的再思考》一文中已有精彩分析，《文史哲》2009年第1期，特别是第16—21页。

被他们当作了一个普通的错误处理了。不过，无论是夏承焘还是沈祖棻都没有说自己是站在常州词派理论的立场上对王国维进行批评的。他们似乎都在某一个关键的点上自觉不自觉地停止了思考的脚步。沈祖棻后来对常州词派的一段话，我想可以比较真实地体现出一位现代学者的想法："比兴只是历史悠久的和经常被使用的艺术表现方法之一，而决不是唯一的方法；沉郁也只是美好的风格之一，而决不是唯一的美好风格。……在词史上，可以看到，有很多的杰作是用赋体写的，它们的风格也是多种多样的。在这种大量存在的事实面前，陈廷焯等的看法就无法掩盖其片面性。"[1]这和她在《白石词〈暗香〉〈疏影〉说》对王国维进行批评时说的一句话可以互为参看："文学使事，古今所不废，……而表现之道，或隐或显，或曲或直，亦但视情事而施，难以成见轩轾。"沈祖棻在这篇文章里还引证了夏承焘对刘克庄《沁园春·梦中作梅词》和高观国《金人捧露盘·梅花》的理解，他们对这一类的词的好处都是非常清楚的。王国维非常重要的核心问题，在张尔田那里非常之清楚明白，而在夏承焘和沈祖棻这里却视而不见，不是后面两位学识不够，而是在他们的知识体系里面，张尔田所见的对峙性在他们那里被轻易地化解了。他们建构出一个更为包容的传统，比兴寄托不再是唯一的立场，而是许多艺术方法中的一种。这样，在王国维《人间词话》和常州词派理论中立场性的东西被改写成了一种方

---

[1] 沈祖棻《清代词论家的比兴说》，《宋词赏析》，中华书局，2008年，第308—309页。

法，立场背后的一系列问题意识在一个新的学术规则里被视而不见了。但这里有一个矛盾，在他们自己写词的时候，常州词派比兴寄托却还是一个核心的立场，一个努力的方向和评判的标准。

夏承焘在私下写作时也知道将不好明说的事隐藏起来用词来表达。这其实就已经包含了他对词体的一种认识，就是比兴寄托，那样词才有兴味。他对自己词作的定位是非常清楚的："早年妄意合稼轩、白石、遗山、碧山为一家，终仅差近蒋竹山而已。"[1]显然，他对自己词作的评价并不高。其实早在1931年他就有了这样一个看法："接榆生信。谓予词专从气象方面落笔，琢句稍欠婉丽，或习性使然。此言正中予病。自审才性，似宜于词。好驱使豪语，又断不能效苏、辛，纵成就亦不过中下之才，如龙州、竹山而已。"[2]夏承焘无论是清楚将不可明言之事用词来表达更为适合且有味，还是将自己的词作放在蒋捷的位置上，都说明在他的世界里常州词派是一个核心的对话对象、一个标准。夏承焘读完龙榆生写于1941年的《论常州词派》后，在日记里记道："复榆生，称其《论常州词派》一文。"[3]龙榆生这篇论文的一个基本判断就是常州词派"流风余沫，今尚未全衰"。[4]夏承焘的记录非常简单，但是无疑他对龙榆生这个判断一定深有同感。除了夏承焘之外，还有沈祖棻也存在这样的矛盾。她的《涉江词》多

---

[1]《夏承焘集》第4册，浙江古籍出版社、浙江教育出版社，1998年，第113页。
[2]《夏承焘集》第5册，浙江古籍出版社、浙江教育出版社，1998年，第214页。
[3]《夏承焘集》第6册，浙江古籍出版社、浙江教育出版社，1998年，第345页。
[4] 龙榆生《论常州词派》，《同声月刊》第1卷第10号，1941年9月。

用比兴寄托，例如她在抗战时期写的《临江仙》八首之一："碧槛瑶梯楼十二，骄骢嘶过铜铺。天涯相望日相疏。汉皋遗玉佩，南海失明珠。　　衔石精禽空有恨，惊波还满江湖。飞琼颜色近何如？不辞宽带眼，重读寄来书。"程千帆笺曰："此首写战局失利，汪精卫投敌。碧槛三句，喻沿海沿江名城沦陷，敌军长驱直入，流亡至后方之人民与故乡相距愈远也。骄骢，寇骑也。一九三八年十月二十一日，广州失守，越四日，武汉亦陷，故曰'南海失明珠'，'汉皋遗玉佩'。同年十二月，汪精卫叛变，由重庆逃往河内，发表宣言。响应日本内阁总理大臣近卫文麿调整中日关系三原则，引起国内外极大震动。汪少时从事民族民主革命，尝自比神话中欲衔木石以填沧海之精卫鸟，以示至死不渝之意。乃晚节不终，竟堕落为汉奸，故曰空有恨也。飞琼句，虑蒋介石难以承受此挫折，并望其不变抗战到底之初衷也。飞琼指蒋，颜色喻心情。寄来书指一九三七年八月十三日日本进犯上海，全面抗战开始后，国民党政府所发表之自卫宣言。此件发表已年余，故曰重读。不辞二句，谓己忧思之深，至腰围瘦损，革带移孔而不惜也。"[1]如果不是程千帆的这一番细致的解释，很难有人能够领会到这首小令背后隐含着这么丰富的意蕴和本事。

汪东在给沈祖棻的词写序时说："访我于石湖，杨柳绕屋，梅花侑尊，诵鹧鸪之词，继疏影之作，遂若与治乱

---

[1] 沈祖棻《涉江诗词集》，《沈祖棻全集》第1册，河北教育出版社，2000年，第11页。

不相涉者，而非由乱至治，不克有此。是退藏之愿，仍望治之心也。言近而旨远，祖棻其益进于词矣。"[1]汪东感受到沈祖棻写词的变化，他判断沈祖棻词进步的依据就是"言近而旨远"。沈祖棻自己的表述可能更加有助于我们来理解汪东的赞赏。她在自己的词序里说："每爱昔人游仙之诗，旨隐辞微，若显若晦。因效其体制，次近时闻为令词十章。"[2]又说："虽或乖列仙之趣，亦庶几风人之旨。"[3]这里值得注意的是沈祖棻以"风人"自称。夏承焘曾在日记里抱怨说自己所做的研究都是"为人"，很少"为我"，所以打算偏重于写词。他非常清楚写词和他所做的学术是两件不同的事情。在这一点上，夏承焘似乎和传统的老辈学者看法很一致。张尔田1944年在一封信中说："弟少年治考据，亦尝持一种议论，以为一命为文人，便不足观。今老矣，始知文学之可贵，在各种学术中，实当为第一。即以乙老而论，其史学佛学，今日视之已有积薪之叹，而其诗则自足千古异日之传，固当在此而不在彼也。夏映翁词，弟尝评为词中之郑子尹，有清一代，无第二手者。而近日忽喜作考据，欲与王静安协辈，当场赛走，可谓不善用其长矣。"[4]吴梅也是一个显著的例子，在我们看来，吴梅的《词学通论》《顾曲麈谈》《中国戏曲史》等皆为其重要的学术名著，但是在吴梅自己的心

---

[1] 汪东《涉江词序》，《沈祖棻全集》第1册，河北教育出版社，2000年，第4页。
[2] 沈祖棻《涉江诗词集》，《沈祖棻全集》第1册，河北教育出版社，2000年，第41页。
[3] 沈祖棻《涉江诗词集》，《沈祖棻全集》第1册，河北教育出版社，2000年，第79页。
[4] 钱仲联《张尔田论学遗札》，《文献》1983年第2期，第157页。

目中并不重要。在他托付卢前的信里写出了在他心目中最为重要的是《霜厓文录》《霜厓词录》《霜厓曲录》《霜厓诗录》，还有《霜厓三剧》。[1]这恰好和我们现在对吴梅的阅读相反，吴梅听任它们"自生自灭"的著述，恰恰是我们最为看重的，而他自己看重的，却是我们现在绝少去关注和阅读的。既然夏承焘意识到了写词才是"为我"，他似乎意识到了作为学者的他和写诗的他是两个不一样的自我。那么，是什么造成了这样的局面，是什么使得这两个自我分离，而且发生矛盾了？他所说的那个写词的"我"究竟是一个什么样的"我"呢？用沈祖棻在自己词序里的话来说，那个写词的"我"就是"风人"。蒋敦复在《芬陀利室词话》中说："词源于诗，即小小咏物，亦贵得风人比兴之旨。唐、五代、北宋人词，不甚咏物，南渡诸公有之，皆有寄托。白石、石湖咏梅，暗指南北议和事。及碧山、草窗、玉潜、仁近诸遗民，《乐府补题》中，龙涎香、白莲、莼、蟹、蝉诸咏，皆寓其家国无穷之感，非区区赋物而已。知乎此，则《齐天乐·咏蝉》，《摸鱼儿·咏莼》，皆可不续貂。即间有咏物，未有无所寄托而可成名作者。"[2]由此可见，在词中"风人"和比兴是紧密联系在一起的。程千帆在《涉江词》的后记里深情地写道："其为深于诗教，温柔敦厚，淑慎坚贞，笃于亲，忠于友。"在一个现代学术氛围里，程千帆能够用这样古典的词汇来评价沈祖棻，如果程先生的话不是一句客套之言刻意复古

---

[1] 参看吴梅《与卢前书》，《吴梅全集·理论卷》，河北教育出版社，2002年，第1135页。
[2] 唐圭璋编《词话丛编》第4册，中华书局，1986年，第3675页。

而是别有寄怀的话,他真可是沈祖棻的知心人。但奇怪的是,为什么无论是夏承焘还是沈祖棻这些写词的"风人",不能理解李商隐诗"多假闺襜香清语,以寓其忧生念乱之痛,直灵均苗裔也"?不能理解张惠言对温庭筠的解释?

无论是夏承焘还是沈祖棻无疑都对儒家文化有很深的感受,都对儒家传统有着一种文化自觉。夏承焘对邓广铭笺注稼轩词的帮助,还有在龙榆生困顿之际,他说:"沧桑之际,事有难言,古人如渊明之于殷晋安,少陵之于郑虔、摩诘,皆拳拳关爱,不以一时之误,忘平生之旧。昔贤宽恕之风,有关世教,不必援国法以衡私情。"这些事例可谓都是夏承焘为人具有儒者之风的典型体现,传统士人的一套行事准则对他依然有一种自觉的规范作用。然而必须注意的一点是,在做人以及生活的行为上是否认同儒家传统的一些规范是一回事,在学术上是不是传统的以及是一种什么样的传统则是另外一回事。就像胡适、傅斯年他们在为人处世上不能说没有传统儒家士人的风范,但不能说他们在学术上还依然是传统的。傅斯年曾经说:"孙中山有许多很腐败的思想,比我们陈旧多了,但他在安身立命处却完全没有中国传统的坏习气,完全是一个新人物。我们的思想新、信仰新;我们在思想方面完全是西洋化了;但在安身立命之处,我们仍旧是传统的中国人。"傅斯年这段话被胡适记录在自己的日记里并且深感认同。这段话再清楚不过地告诉我们,思想与"安身立命之处"是完全可以分开的,而且他们也不觉得这有什么矛盾之处。

夏承焘和沈祖棻的专业是文学，研究的对象是词。虽然夏承焘和沈祖棻赞同白话文运动，也写作白话诗，但是他们在学术里对儒家价值是认可的。在这里，他们和胡适、傅斯年这些学者当然有不同之处，他们不会在自己的专业领域里面对儒家文化采取一种完全批评的态度。问题就在于此，他们在学术里面所坚守的是一种什么样的儒家文化？儒家文化在五四之后被对象化之后，它要获得自己的价值必须经过一系列的"翻译"，例如可以看到儒家士人精神和一种现代的民族主义在某种意义上是完全可以对接起来的，特别是在抗日战争的语境之中更为如此。夏承焘面对日益紧迫的时局，对自己每天埋头"无益于世之词书"非常愧疚，也正是如此急迫的心情下讲起龙榆生和张尔田之间对于苏轼、辛弃疾这一类所谓豪放派词人的分歧，他对张尔田批评龙榆生颇有不满和不理解。[1] 辛弃疾词里无疑具有非常强烈的民族主义色彩，正好可以鼓舞国人的士气，这也是传统儒家士人的"天下兴亡，匹夫有责"的担当。他打算做辛弃疾词的笺注的想法也是在这个背景中形成的。夏承焘在1941年7月1日的日记里抄录了一首自己曾经写的白话诗，题名为《丢掉一个我》，以"我"———一个饿死在路边的流浪汉的口吻来写对这个现实世界的控诉："老爷们忙忙掉头，／太太们连连吐唾。／你这边嫌多的是人啊

---

[1] 参看《夏承焘集》第5册，浙江古籍出版社、浙江教育出版社，1998年，第394页。

人啊，/这算得什么，丢掉了一个我。"[1]这首白话诗和辛弃疾词里最能够体现出民族主义色彩的部分显然都有一个鲜明的心系民生疾苦、关心国家民族安危的抒情主体。在这里，新文化运动所造成的历史的断裂在抗战的语境里、在一个民族主义的语境里握手言和了。儒家士人所讲求的对民生对国家的担当意识也得到了延续。这实际上是要求新学者重新担当起公共的道德和政治责任。抗日战争期间钱穆在《新时代与新学术》里写道："近百年来之学术，长久郁塞，亦自有故。乾嘉与欧美（此非指目前欧美言），比较皆在升平盛世，而我侪则局身动乱之中。……吾侪乃以乱世之人而慕治世之业。高搭学者架子，揭为学问而学问之旗号，主张学问自有其客观独立之尊严。"[2]钱穆重新定义了新学者身份，钱穆强调的是对"本国以往历史之温情与敬意"，注重的是新学者应该如何在学术里注入伦理道德的担当。从这里也可以明白，夏承焘为什么在追问自己所从事的学术意义时最先自然想到的是经史之学？就是因为作为和现代学术相对抗的，在当时的学术语境里显然是传统经史之学。也正因此，夏承焘读到钱穆《水利与水害》以及《跋康熙丙午刊本方舆纪要》等文章时非常欣羡。对于前一篇文章，他说："此文实有关世运，不虚读书，拟奉一函，以道钦仰。"[3]不能不说在这一点上儒家文化的一部分被成功地

---

[1] 《夏承焘集》第6册，浙江古籍出版社、浙江教育出版社，1998年，第316页。
[2] 钱穆《新时代与新学术》，《文化与教育》，生活·读书·新知三联书店，2009年，第52页。
[3] 《夏承焘集》第5册，浙江古籍出版社、浙江教育出版社，1998年，第404—405页。

翻译成现代的东西。这些可以被翻译、被现代观念所认同的是属于"士人"的公共性的部分，也就是说强调的是他们的天下情怀，他们对道德的担当。无论是苏轼、辛弃疾还是经史研究的学者，他们都是以一个"士人"的形象出现的。从晚清特别是新文化运动以来，"士人"作为一个阶层出现在一个新的危机里，社会阶层的剧烈变动使得它被放在一个特殊的位置上，好像在舞台上的聚光灯下，"士人"这个群体忽然显得非常的突出，以至于"士人"成为一个主题内在于不同的思想和政治运动之中。对于那些想发挥传统士人积极价值一面的人来说，在这样的一个背景下，"士人"内部不同的特殊性就不太重要，重要的是需要不断地建构出它们之间的共同性。借用一句章太炎的话就是："若在百年前、五十年前，却不应该这样讲。但是现在，却不能不这样讲，因为已经很急了。"[1] 对夏承焘和沈祖棻来说，虽然他们在自己的学术研究里面保持了儒家文化的关怀，但是他们所面临的分裂、矛盾一点也不比胡适、傅斯年他们少。如果他们的专业是经史研究，他们的分裂可能会小一点。在经史研究里面，在一个现代学者身份的背后，完全可以隐藏着一个传统士人的关怀。此时，他们所面临的仅仅是现代学者与传统士人这一层可能存在的矛盾。但是，他们的研究对象是词。在这里，他们将会遇到一次困难的选择，是将"风人"泛化成"士人"还是将"士人"再

---

[1] 章太炎《说新文化与旧文化》，《章太炎：历史的重要》，秦燕春考释，山东文艺出版社，2006年，第52页。

特殊化成"风人"。更具体地说，他们面临的是这样两种可能的选择：一种选择是，为了寻求作为研究词学的现代学者与私下写作时的"风人"相一致，他们需要自觉到自己虽然是一位现代意义上的学者，但是也有"风人"这一层意思在其中，这样常州词派理论自然就会成为词学研究之中的一个标准；另一种选择就是他们选择对一个宽泛的"士人"传统的认同。当他们在词学研究中将过去的"词人"翻译成更为宽泛的"士人"的时候，那么他们私下写作时判断写作优劣的标准比兴寄托就被相对化了。因为"风人"可以被包含进"士人"，但是"士人"未必明白"风人之旨"。他们似乎很自然地在词学研究中选择了第二种道路。

"风人"在中国源远流长的关于诗骚的经典论述里有许多界定，借助于现代数字检索的方法，以此为关键词可搜索出无数的文献，这种方法可以描述出一些关于"风人"的变化，但是无疑将问题抽象成一个对于"关键词"的兴趣。作为一种现代学术研究的方法，昆廷·斯金纳在对雷蒙·威廉斯的《关键词》的批评中已经对这一种方法论提出了有力的质疑。[1]有必要在此将"风人"做一个界定。这里的"风人"是和词这种文类联系在一起。这是从常州词派理论出现之后才有的一种新传统。张惠言在《词选序》里就说："极命风谣里巷男女哀乐，以道贤人君子幽约怨悱不能自言之情。""风人"是一个非常独特的自

---

[1] Quentin Skinner, "The idea of a cultural lexicon", *Visions of Politics: Regarding Methodisions of Politics*, Cambridge University Press, 2002, pp.158-174.

我，这个自我不能简单地外化在一个儒家道德和政治的概念里。它和一般直接诉诸儒家政治道德观念的传统意义上的"士人"一个最为重要的不同，就在于"风人"是将自我内在于比兴寄托之中。例如，无论是冯延巳还是苏轼，在常州词派理论中他们都是"风人"。在冯煦的眼中，冯延巳在词作里是这样一个自我："翁俯仰身世，所怀万端，缪悠其辞，若显若晦，揆之六义，此兴为多。若《三台令》《归国遥》《蝶恋花》诸作，其旨隐，其词微，类劳人思妇、羁臣屏子郁伊怆怳之所为，翁何致而然耶？周师南侵，国势岌岌，中主既昧本图，汶暗不自强，强邻又鹰瞵而鹗睨之，而务高拱，溺浮采，芒乎芴乎，不知其将及也。翁负其才略，不能有所匡救，危苦烦乱之中，郁不自达者，一于词发之。其忧生念乱，意内而言外，迹之唐、五季之交，韩致尧之于诗，翁之于词，其义一也。世訾以靡曼目之，诬已。"[1]而苏轼则是："夙负时望，横遭馋口，连蹇廿年，飘萧万里，酒边花下，其忠爱之诚，幽忧之隐，磅礴郁积于方寸之间者，时一流露。若有意，若无意，若可知，若不可知。"[2]从冯延巳和苏轼的例子里，可以看到在词里"风人"不再是一个简单地直接对现实政治发表看法的士人，也不将自己的看法诉诸某一个儒家政治伦理观念的回应。他是通过谬悠其词将自己不能明说的部分，将自己的幽怀隐藏起来。所谓"其旨隐，其词微"，

---

[1] 冯煦《阳春集序》，施蛰存主编《词籍序跋萃编》，中国社会科学出版社，1994年，第17页。
[2] 冯煦《重刻东坡乐府序》，《蒿庵类稿续稿》卷三，《近代中国史料丛刊》，台北文海出版社，1969年。

第四章 "本事"背后的"风人"

所谓"意内而言外",这个被隐起来的"旨",这个"意",就是那个隐藏起来的"风人"之"旨"和"意"。"风人"也是无法被翻译成现代思想一部分的,因为它将"士人"再一次特殊化了,在新文化运动之后对传统士人激烈批评的一个思想和历史的语境里,多数想调和新旧学者的办法就是竭力将过去和现代可以相对接的部分讲述出来,而不可能再在一个公共的领域里将自己的身份再特殊化。"风人"实际上通过比兴寄托,在这里也就是通过"词"这个文类把一个宽泛的普遍的"士人"内涵予以重新界定了。在"风人"的视野里,政治、文学、伦理是不可分离的,但在现代学术当中,这三者之间的一种内在关系没有了,文学和政治、伦理被分开担当不同的功能。不管传统本身有多少资源可以转化成为现代的一个部分,这个转化的前提是现代本身所设定的。例如一旦在现代学术意义上的文学与政治的视野里去分析辛弃疾词,辛弃疾被看作一个民族主义词人,在这个意义上辛弃疾作为一个政治主体跨越了南宋到民国的历史长河。民族主义文学成为一个新的分类方式,辛弃疾词的内在标准消失了。这一种分析让传统转变成现代的资源,但是同时失去了政治与文学的内在关系。如果在民族主义的观点下,像《永遇乐·京口北固亭怀古》《南乡子·登京口北固亭》这样的词会被称赞,但是它遮蔽了常州词派理论在比兴寄托上对这一类词的批评,消除了词作为一个文类的独特性的思考,更为关键的是比兴寄托作为一种表达自我的政治方式被遮蔽了。我们是接续下来一些东西,但同时需要交换出去一些东西。为什么交换会成立呢?为什么交换会被认同?原因就在于它满足了现代学术的分类方式，我们在交换的过程中把一种传统的特殊性交换出去了。在词里政治伦理本身也是文学的，这在"风人"那里是很容易理解的，但是现在"风人"泛化成"士人"时，出现了一种和现代学术文学、政治、伦理独立的分类相一致的分析。词出现在了一个新的结构里。同样，从夏承焘、沈祖棻对王国维解读姜夔词的例子可以看出，本来比兴寄托不是一个类的划分，不是说哪些词有寄托哪些词没有寄托，而是包括着对于词体的判断，并且以此将词的高下区分出来。比兴本来是内在于"风人"的，但是它成为一种艺术的手法、一种修辞方法时，它背后的主体——"风人"被抽空了。现代学术通过将文类的特殊性变成一种普遍主义的"文学"，它形成了自己的话语。当比兴成为一种修辞时，对主体的自觉就没有了，对于自我的政治性的想象也变得单一了，所以夏承焘无法在词学考证里找到"我"。比兴作为一个立场在现代学术里消失了，但是作为普遍的文学修辞留存下来了，既然"风人"消失了，夏承焘和沈祖棻在现代学术平等话语里对应地也会将王国维那里作为立场性的东西当作一个普通的错误。前面提到，张尔田的学术思路其实指示给夏承焘两种在现代学术里面寻找意义的途径。一种就是从事永嘉经制的研究，这样夏承焘得以摆脱一个"为学问而学问"的路子。另一种就是夏承焘并不要放弃自己所从事的词学研究，他完全可以像张尔田那样完成类似于《玉谿生年谱会笺》一样的著述。但是后一条路数，要求夏承焘意识到词学考证里也可以有一个自我，这个自我就是"风人"。然而，夏承焘一直在考证里无法找到一个"我"和他不能在现代学术里自觉到自己可以成为一个"风人"是一致的。如果说现代学术给"士人"提供了媒介,让他们当中的一些价值观念可以带入进来,但是对于"风人"来说,他所意识到的文学、政治、伦理之间的内在性是无法被转译的。然而,这不意味着它会消失在历史里。只要夏承焘对自己词学考证的困惑依然存在于历史中,只要他和张尔田论学之间交流的"障碍"依然存在于历史中,就说明夏承焘那些问题背后的丰富意蕴就依然鲜活地存在于历史之中。当比兴寄托不再是碎片的、修辞的而是成为一种立场,成为一种对于自我的新的想象,夏承焘内心的困惑和他那些与现代学术不太和谐的见解将连接起来,然而可惜的是夏承焘一直未曾将那些散落的虚线连成一条明晰的实线。不知道是不是值得感慨,也正是那些夏承焘在日记和著述里坦率地留下的那些不安和不自觉的沉默,让我们看到这些原来都是一个不熟悉的东西在背后起着作用。这里经由夏承焘以一种特别的方式接近了那个不熟悉的"风人"以及比兴寄托,在夏承焘那里没有成为自觉的"风人",在这里会不会成为自觉而让历史焕然一新?

再补充一点,上述提及的陈寅恪和张尔田、夏承焘关于李商隐、柳如是的一些话题。陈寅恪在1950年给学生李炎全学士论文《李义山无题诗试释》评点时说:"李商隐《无题》诗自来号称难解。冯浩、张采田二氏用力至勤,其所诠释仍不免有谬误或附会之处。近有某氏专以恋爱诗释之,尤为武断。"在这里,陈寅恪对苏雪林将李商隐的《无题》诗解释成恋爱作品尤为不满,然而这确是现代学术中阐释李商隐诗的主流意见。也就是在四年后,他写成《论〈再生缘〉》，写的是一位清代女性弹词作者陈端生，同年他开始写作《柳如是别传》，这才有了让夏承焘去寻找柳如是信札手迹的因缘。同样知道《柳如是别传》的好友吴宓在日记里面写道："寅恪之研究'红妆'之身世与著作，盖借以察出当时政治（夷夏）道德（气节）之真实情况，盖有深意存焉。绝非消闲风趣之行动也。"[1]吴宓平时论诗说文颇以情为重，但在这里倒是读懂了陈寅恪的用意，他反倒提醒别人不能将之理解成"消闲风趣"，这里面其实是"有深意存焉"。当《柳如是别传》1980年8月由陈寅恪的弟子蒋天枢第一次出版之后，对于陈寅恪这本书的意义议论纷纷。据说当时一些老辈的文史学者不明白陈寅恪写一个妓女传记的用意，然而后来许多研究者又纷纷自然而然地探测《柳如是别传》的用意，他们好像预设了《柳如是别传》是有用意的。相比较而言，那些坦率地表达自己不明白《柳如是别传》用意的学者的反应，倒是非常真实可贵地反映出了一些现代学术内部的绝对的差异性。

我们往往以现在的眼光或者过于囿于当时人的表面陈述，非常便利地描述出哪些是旧的，哪些是新的，又有哪些是新旧融合的。现在的问题可能不是先去将新旧的问题复杂化，而是要去思考我们究竟如何去找到讨论复杂性的入口。旧的一代似乎总是轻易地看到新的一代的退步，而新的一代又似乎总是轻易地看到旧的一代的落后，有一条界线让新旧分隔在不同基调的世界。然而总有一些在他们

---

[1]《吴宓日记续编》第5卷，生活·读书·新知三联书店，2006年，第163页。

互相交流时的视而不见、沉默与误解,被历史覆盖,这些是他们历史中无法消化的部分,同时也正是这些让我们看到一些立场、分界线,而重新发现这些立场、分界线的意义可能有助于我们重新对新旧问题进行审视。

第五章

如何读懂一首词

缪钺晚年在谈到南宋词人姜夔著名的《暗香》《疏影》两首词中的《疏影》一词时说："张惠言谓《疏影》词，'此章更以二帝之愤发之，故有"昭君"句。'(《词选》)郑文焯谓，'此盖伤心二帝蒙尘，诸后妃相从北辕，沦落胡地，故以"昭君"托喻，发言哀断。'(郑校《白石道人歌曲》，转引自唐圭璋《宋词三百首笺注》)两家之说虽中肯綮，但语焉不详。近人刘永济先生所著《微睇室说词》对此二词有更详密的阐释。"[1]接下来缪钺就完全根据刘永济之说来理解姜夔的词。也不单是缪钺，沈祖棻也对刘永济《疏影》一词的解读深表认同，她在手批的四印斋刻本的《双白词》中写道："刘弘度丈则举徽宗北行道中闻番人吹箛笛声口占〔眼儿媚〕词中'春梦绕胡沙。家山何处？忍听羌笛，吹彻《梅花》'诸句，其中分明有'胡沙'、'梅花'之语，以为即姜词所指，其说尤为可信。"[2]

---

[1] 缪钺《常州派词论家"以无厚入有间"说诠释》，《四川大学学报》（哲社版）1988年第2期，第65页。
[2] 沈祖棻《唐宋词赏析》，河北教育出版社，2000年，第164页。

正如缪钺所提到的，在刘永济之前张惠言和郑文焯对《疏影》这首词已有所评点。张惠言对《疏影》一词在《词选》里的评点是："此章更以二帝之愤发之，故有昭君之句。"郑文焯后来继续发挥："此盖伤心二帝蒙尘，诸后妃相从北辕，沦落胡地，故以昭君托喻，发言哀断。……近世读者多以意疏解，或有嫌其举典，拟不于伦者；殆不知其浅暗矣。"他又说："寄情遥远，所谓怨深文绮，得风人温厚之旨矣。"[1]这样看来，在这首词的理解上刘永济和张惠言、郑文焯之间连绵一线，一脉相承。唐圭璋在《朱祖谋治词经历及其影响》里说："刘君永济对屈赋及《文心雕龙》均深有研究，近见其所著《宋代歌舞剧曲录要》《词论》《唐五代两宋词简析》诸书，知其于词学研究，功力亦深。其自作《诵帚龛词》两百余首，自序谓早年曾在沪上从朱、况二先生学词，宜其词之深造有得，不同凡响。"[2]刘永济早年受到朱祖谋和况周颐的影响，对常州词派的比兴寄托理论当然比较容易接受，在阅读姜夔这首词时，对张惠言以及郑文焯的观点有所认同，似乎也就不令人奇怪了。这似乎也的确印证了对现代词学的一个普遍的判断，就是认为从晚清到新文化运动，词这个文类成了唯一一个没有受到白话文运动冲击的文类，它依然保持了自己的传统。刘永济和朱祖谋、况周颐的关系无疑代表了这样一种传承关系的延续。可是，正如我们在第四章已经提到的，对姜夔这首词的评价在现代学术史上存在着一个

---

[1] 郑文焯《大鹤山人词话》，孙克强、杨传庆辑校，南开大学出版社，2009年，第101页。
[2] 唐圭璋《词学论丛》，上海古籍出版社，1986年，第1025页。

分裂。王国维在《人间词话》里说："白石《暗香》、《疏影》格调虽高，然无一语道着，视古人'江边一树垂垂发'等作何如耶？"王国维的观点得到了胡适以及胡云翼等人的认同。但是，王国维的观点也受到了像龙榆生、沈祖棻、唐圭璋、万云骏等学者的批评。例如早在唐圭璋发表的《评〈人间词话〉》里就说："余谓王氏之论列白石，实无一语道着"，"《暗香》、《疏影》两词借梅寄意，怀念君国，尤为后世所传诵。或谓'昭君不惯胡沙远，但暗忆，江南江北'与梅无关，不知唐王建诗云：'天山路边一枝梅，年年花发黄云下。昭君已没汉使回，前后征人谁系马。'白石正用王建诗，并非无关。且江南是偏安王朝，江北是沦陷区，白石'但暗忆，江南江北'，亦岂无因？宋于庭谓'白石念念君国，似杜陵之诗'，谭复堂亦以为'有骚辨之余'，皆非虚言。"[1]可见，唐圭璋的观点完全是对郑文焯观点的直接引用。除了唐圭璋之外，万云骏对王国维的观点进行了更为系统的批驳。王水照记录下万云骏1987年在复旦大学助教进修班上对于王国维的批评，同年万云骏还发表了《对王国维"境界说"的两点疑问》和《王国维〈人间词话〉"境界说"献疑》两篇文章，但是王水照说："均不及讲演之直率、酣畅。他用二元对立的简洁形式，把双方观点的分歧表达无遗。"[2]万云骏的观点是这样的：

---

[1] 唐圭璋《评〈人间词话〉》，《斯文》第1卷第21、22期，1941年。
[2] 王水照《况周颐与王国维：不同的审美范式》，《文学遗产》2008年第2期，第9页。

一、宗尚：重显（鲜明之美，直觉型）轻隐（朦胧之美，品味型）。其表现为：（甲）轻比兴贵赋体；（乙）轻密丽尚疏淡；（丙）斥琢炼尚自然；（丁）贬"间隔"主直露。其结果为：（甲）扬韦抑温，尊后主；（乙）扬欧秦苏辛，抑贺吴王张，于周前后矛盾；（丙）尚晚唐五代北宋，抑南宋。

二、根源：（甲）独尊小令而贬抑长调；（乙）重炼句而忽视炼章；（丙）重词中有画，而忽视词中之"画中有诗"。（参见叶燮诗论）

三、矛盾：（甲）理论与鉴赏的矛盾；（乙）观点与观点之间的矛盾。

四、参考：（甲）只取明白如话，不取惨淡经营；（乙）只取放笔直干，不取曲折回环；（丙）于爱国词，只取抗金恢复，不取黍离麦秀。[1]

可见无论唐圭璋还是万云骏，都发觉到《人间词话》在论及姜夔时的问题。可是，唐圭璋和万云骏没有自觉站在一种立场和王国维发生论辩，现在似乎可以说无论唐圭璋还是万云骏都属晚清朱祖谋、况周颐这一脉的词学传统里的。他们当然不会承认王国维对《疏影》一词的评价，但为什么他们自己从来就没有明确说过，他们是站在常州词派理论传统上对王国维进行批评的吗？对此问题的回答可能是，既然他们都承认了常州词派理论对于姜夔《暗

---

[1] 王水照《况周颐与王国维：不同的审美范式》，《文学遗产》2008年第2期，第8—9页。

香》《疏影》的解读,都提到了比兴寄托,那何需怀疑他们不是受到常州词派理论影响呢?这似乎成了一个多余的问题。这里,继续以刘永济为例。在上面提到的几位现代学者那里,刘永济无疑是最为用心于姜夔《疏影》词的解读。他对《疏影》词的理解,在张惠言以及郑文焯的基础上,又往前推进了一步。这是唐圭璋以及万云骏都未曾注意的。但是激起我们兴趣的是,就是这样一位被唐圭璋认作为彊村词学传人的学者,居然没有像唐圭璋、万云骏等人一样看出王国维《人间词话》里的问题。王国维对姜夔的批评和他的"境界说"有极为紧密的关系,罗钢就认为:"王国维的批评并非无的放矢,姜夔的《暗香》《疏影》均以梅花为歌咏的对象,但词中无一语直接及于梅花,也没有对梅花形态的任何具体描写,只是一连串关于梅花典故的连缀,因此王国维批评它们'无一语道着'。尤其使王国维不满的是,两首词竟然没有提供一幅梅花的形象画面,难怪王国维要举出杜甫咏梅的诗句'江边一树垂垂发'来加以对比,因为后者才真正做到了'语语都在目前'。"[1]刘永济不仅没有对《人间词话》这一问题进行深入的批评,居然还对王国维的"境界说"大为推崇。在提到王国维不能理解《暗香》《疏影》的"题外之致"时,刘永济只是淡淡地说,王国维不过是犯了一个历史上其他人像刘公勇一样的错误而已。[2]如果按照王水照的看法,况周颐和王国维属于两种不同的审美范式,那么在刘永济

---

[1] 罗钢《本与末——王国维"境界说"与中国古代诗学传统关系的再思考》,《文史哲》2009年第1期,第17页。
[2] 参看刘永济《词论》,中华书局,2007年,第160页。

这里，他们之间不仅没有矛盾，而且可以互为通融。他说："所谓词境、意境、境界者，况君之言最微妙，王君之言最明晰，合参自见。"[1]这是刘永济留给我们的第一个问题。或许通过这个问题可以重新理解究竟在什么意义上，刘永济能够说是常州词派理论的一个继承者。

跟着刘永济对《暗香》《疏影》的解读追索下去，又将发现他留给我们的另一个问题。刘永济在《默识录》里面认为夏承焘在《暗香》《疏影》的解读上有点节外生枝，他说："近人夏承焘复侈一说，谓：'白石此词亦与合肥别情有关，如'叹寄与路遥'、'红萼无言耿相忆'、'早与安排金屋'等句，皆可作怀人体会。又二词作于辛亥之冬，正其最后别合肥之年。（自注：时所眷者已离合肥他去，参前秋宵）范成大赠以小红，似亦为慰其合肥别情。"[2]夏承焘的好朋友龙榆生晚年给学生讲授词之比兴时，也提到了夏承焘对《暗香》《疏影》的考证和解释。他说："我们试把张惠言、邓廷桢、郑文焯、夏承焘诸人的说法参互比较一下。我觉得《暗香》'言己尝有用世之志'，这一点是对的。"他接着又说："至于《疏影》一阕，为'伤心二帝蒙尘，诸后妃相从北辕，沦落胡地'（郑文焯语）而发，我认为是无可怀疑的。"[3]可见龙榆生对夏承焘非常得意的白石词考证在某种意义上是有所批评的。不过，在这两首词上和夏承焘发生直接对立的还是刘永济，因为夏承焘在考证中对刘永济的说法是提出了直接批评的。这一

---

[1] 刘永济《词论》，中华书局，2007年，第137页。
[2] 刘永济《文学论　默识录》，中华书局，2010年，第276页。
[3] 龙榆生《词学十讲》，北京出版社，2005年，第167、168页。

点在前面已有提及，这里就不再赘述。刘永济对夏承焘的批评回应说："夏君谓靖康之乱去白石作词时已六七十年，不应涉及，而以今人咏物，忽入光绪庚子八国联军之事为可诧，则甚不可解。白石《扬州慢》词，亦不忘旧事而作。靖康之乱，在当时士大夫稍有心者，无不引以为深耻。六七十年便可忘之邪？即如今人游颐和园，咏园中花木亭台，而涉及英法联军焚圆明园事（1860年），亦极自然，原无可诧。"[1]这是刘永济晚年的一段笔记，在他生前并没有公开发表。他和夏承焘之间的分歧究竟是一个平常的学术论争，还是有他们自己各自隐蔽的理路？夏承焘和刘永济能够读出《暗香》《疏影》的"言外之意"，认为它们的确是经典之作，这样看来无论他们是不是自觉，在面对这两首词时，他们都是站在常州词派理论立场上的。我们好奇的是，如果说夏承焘读这首词是用常州词派比兴寄托理论来读的，而刘永济也是用常州词派比兴寄托理论来读的，那为何两个人读出来的东西不一样？这个分歧不可能仅仅是一个考证问题，看刘永济还是夏承焘哪一个人考证得更加准确。问题到了这里其实就是逼着刘永济去考虑背后的东西。然而，在这里，刘永济并没有直接指明到比兴寄托上，来说明他自己最为根本的理由。

这些疑问连接上一个他与《人间词话》的奇妙关系，是不是在告诉我们一些历史的故事，那些故事在一种极为宽容的古今中外互为通融的学术语境里反而被遮蔽了，留下这些细微的断裂和缺口让我们去寻找由此开始的另一种

---

[1] 刘永济《文学论　默识录》，中华书局，2010年，第276页。

历史。为了理解这些疑问，我们不得不走向历史的纵深处去寻找可能的答案。

一、阅读的现代性

钱穆在1935年11月发表了一篇长文《近百年来诸儒论读书》，在文章的开始他写道："每一时代的学者，必有许多对后学指示读书门径和指导读书方法的话。循此推寻，不仅使我们可以知道许多学术上的门径和方法，而且各时代学术的精神、路向和风气之不同，亦可借此窥见。"[1]中国的现代性与晚清以来的读书运动关系紧密，而读书运动背后涉及的又是诸如政治、思想、文学教育这样的话题。在20世纪东亚国家里，无疑很少有一个国家像中国一样，有如此丰富的历史文献和经典，并且在晚清的历史转折时刻充分调动起了各种文献的能动性。在对于它们的重新阐释里，也包含了中国现代性的特殊性，很多问题就是从这些重新的阅读中产生出来的。罗伯特·达恩顿认为阅读能够改变历史的进程，他列举了路德对保罗的阅读、马克思对黑格尔的阅读以及毛泽东对马克思的阅读："那些时刻在一个更为深广的进程中显得非常突出——人们总是永无休止地去寻找他周围世界以及内心世界的意义。如果我们能够理解一个人是怎样阅读的，那么我们就能够更进一步弄懂他是如何理解生活的；同时，通过那种历史的方式我们甚至也能够满足我们自己对于某些意义的

---

[1] 钱穆《近百年来诸儒论读书》，《学龠》，九州出版社，2010年，第85页。

探求。"[1]中国现代性一个非常重要的特点就是通过对过往的各种经典重新阅读来实现的。钱锺书回忆自己少年时阅读小说的经历:"商务印书馆发行的那两小箱《林译小说丛书》是我十一二岁时的大发现,带领我进了一个新天地,一个在《水浒》《西游记》《聊斋志异》以外另辟的世界。我事先也看过梁启超译的《十五小豪杰》、周桂笙译的侦探小说等等,都觉得沉闷乏味。接触了林译,我才知道西洋小说会那么迷人。我把林译里哈葛德、欧文、司各特、迭更司的作品津津不厌地阅览。假如我当时学习英文有什么自己意识到的动机,其中之一就是有一天能够痛痛快快地读遍哈葛德以及旁人的探险小说。四十年前,在我故乡那个县城里,小孩子既无野兽电影可看,又无动物园可逛,只能见到'走江湖'的人耍猴儿把戏或者牵一头疥骆驼卖药。后来孩子们看野兽片、逛动物园所获得的娱乐,我只能向冒险小说里去追寻。"[2]显然,如果讨论钱锺书对于林纾翻译的评论时,仅仅局限在一种文本阐释上,无疑就忽略了其背后丰富的历史语境。钱锺书说的"我故乡那个县城""接触了林译,我才知道西洋小说会那么迷人""商务印书馆发行的那两小箱《林译小说丛书》",这些都包含了单纯的林译小说文本之外的丰富的历史讯息。

重新阅读不是一个单纯的阐释问题,而是一个丰富的

---

[1] Robert Damton, 'History of Reading', Peter Burke ed. *New Perspectives on Historical Writing*, The Pennsylvania State University Press, 2001, p.178.
[2] 钱锺书《林纾的翻译》,《七缀集》,生活·读书·新知三联书店,2002年,第80—81页。

社会、思想、历史等诸多资源互动的过程，是一个挑战以往权威的过程，不断提出新问题、不断打破原先的预设以及对原先的预设提出或隐或显的挑战过程。我们可以有非常多的角度来讨论晚清以来的这个变化，例如许多以前边缘的文本成为读书人以及学者的阅读研究对象，像《山海经》在晚清的重新"出现"就是一件极为重要的事情，罗志田就曾写过一篇长文《〈山海经〉与中国近代史学》，"通过考察近代中国学人对《山海经》这一带争议的旧籍是否可以（及怎样）用为史料的态度转变，初步探讨民国新旧史料观的错位、传统观念怎样在'现代'学术里通过转换表现形式而延续，以及与此相关的学术传统之中断与更新等问题"[1]。不过在所有变化之中最为重要的还是经典位置的变化，这个变化的过程极为复杂，不可能一两句话就能简单概括。例如《诗经》在古人看来当然是重要的经学著作，但是在新文化运动之后的《古史辨》的作者们看来，《诗经》就绝对不是一个经学著作，他们所要破除的就是这个观念，在他们看来《诗经》应该是史料、是文学等等。王汎森在以廖平和蒙文通为例子，讨论现代学术里经向史过渡转变问题时，就提及一个促成这种改变的因素："斩断纲宗，丢掉经学所蕴含的正统观念。"他说："陈寅恪的《陈垣〈元西域人华化考〉序》云：'近二十年来，国人内感民族文化之衰颓，外受世界思潮之激荡，其论史之作，渐能脱除清代经师之旧染，有以合于今日史学

---

[1] 罗志田《〈山海经〉与中国近代史学》，《中国社会科学》2001年第1期，第181页。

之真谛。'此处所谓'脱除清代经师之旧染'的主要内容之一便是丢掉经师的正统观念,这种观念所包括的范围很广,尊三代、尊周、尊孔、尊经、尊伦理纲常都是,这是一张无形的网,但却是一张有力的网。"[1] 上面所举的只是经学的例子,除此之外还有更为广泛的例子。具体到我们所议论的主题上来,最为值得仔细探究的无疑就是晚清开始的一场重建古文学的阅读传统的运动。这里所说的运动,不是一个自觉的"运动",而是指晚清以来无处不能感受的这样一种趋向,这个趋向终于在新文化运动达到它的高潮。在这个重建的过程中,不会是一帆风顺的,它受到或明或暗的抵制,但是这些抵制并没有造成"回到传统"的事实反而让问题更加复杂。似乎可以这样说,对于文本如何被阅读的历史重新进行探究,这样一种工作的意义在于通过一种深入的刻画可以重新描绘出历史更为深层次的问题,而这些问题可能已经被一层层的历史认知模式遮蔽或者被视而不见太久了。只有通过一种对于这个历史过程的重新深入的刻画,那些抽象的历史背景、社会语境以及政治思想等才能被真正赋予一种历史的理解,也真正地内在于我们自己的历史当中。

重建古文学的阅读传统,为什么要重建?如果一切都没有变化,就没有重建的必要。然而,在新文化运动之后,文言与白话、文人与平民、中西以及新旧成为所有人必须面对的基本问题。在这个基础之上,过去的文学作品呈现在我们面前的方式不可能和过去一样了,古代纷繁复

---

[1] 王汎森《近代中国的史家与史学》,香港三联书店,2008年,第133页。

杂的文学批评典籍也不可能在原来的语境里，被当作五四之后的古文学阅读的资源。同时，古文学的经典也必须要接受重新的挑选，阅读不可能再在士大夫传统以及传统政治伦理的框架下进行。1932年2月至4月间周作人在辅仁大学讲授"中国新文学的源流"，在课程的末尾他说道："由于西洋思想的输入，人们对于政治，经济，道德等的观念，和对于人生，社会的见解，都和从前不同了。应用这新的观点去观察一切，遂对一切问题又都有了新的意见要说要写。然而旧的皮囊盛不下新的东西，新的思想必须用新的文体以传达出来，因而便非用白话不可了。"[1]周作人说的是白话文与时代的关系，但是同时也点明了过去的古文学的处境。

在新文化运动之后的"后经典时代"，什么样的文学作品可以进入课堂，怎么样阐释，都引起了极多的讨论，例如教材编辑、作品选目、读经是否必要等，几乎每一步的变动都会被讨论。如果说新文化运动之后在古文学经典与现代白话文教育之间有着一个巨大的空白，那么能不能说将新文化所打倒的对象恢复了，新文化运动就得到了修正？显然，我们不可能用新旧或者中西简单地去区分这当中的复杂性，或者用"传统创造性转化"来讲述传统到现代的变化过程。我们需要去仔细探寻传统是谁的传统？哪些被认定为传统，又有哪一些被排斥在传统之外？正因为在一个预设的新旧、中西、传统与现代的立场上去看问题会带来混乱，难道赞成文言的就是旧，赞成白话的就是

---

[1] 周作人《中国新文学的源流》，华东师范大学出版社，1995年，第64页。

新?难道用了新名词的就是新,用传统学术概念的就是旧?所以有必要回到当时的语境,看看那些耳熟能详的新旧、中西等这些词在当时被作为一个相互区分的方式时背后隐藏了怎样的问题意识。此外,课堂上的教学实际上背后隐藏的仍然是授课教师背后的学术思路,这两者不是简单的对应,相反这里面有很大张力,有矛盾,有调整。这里面的史料丰富,可以讨论的空间大,可惜至今仍然没有被认真地清理。

朱自清在《诗言志辨》里说"诗言志""比兴""诗教""正变""这四条诗论,四个批评的意念,二千年来都曾经过多多少少的演变"。言下之意就是这四个"批评的意念"一直活跃在这两千多年的历史里,这是一个非常敏锐而重要的观察,一直到晚清它依然是一个非常具有活力的实践理论,在新文化运动之后它虽然还很重要,但是其思想语境已经发生了复杂的变化。在此以陶渊明作为例子,陈沆在《诗比兴笺》里以古体诗为例来讲重新恢复一种比兴阅读的重要性,他在讲到陶渊明时说:"读陶诗者有二蔽:一则唯知《归园》《移居》及田间诗十数首,景物堪玩,意趣易明。至若《饮酒》《贫士》,便已罕寻。《拟古》《杂诗》,意更难测,徒以陶公为田舍之翁,闲适之祖,此一蔽也;二则闻渊明耻事二姓,高尚羲皇,遂乃逐景寻响,望文生义,稍涉长林之想,便谓采薇之吟。岂知考其甲子,多在强仕之年。宁有未到义熙,预兴易代之感?至于《述酒》《述史》《读山海经》,本寄愤悲,翻谓恒语。此二蔽也。宋王质、明潘璁,均有《渊明年谱》,当并览之。俾知蚤岁肥遁,匪关激成,老阅沧桑，别有怀抱。庶资论世之胸，而无害志之凿。"[1]到了晚清郑文焯这里显然依然强调的是和陈沆一样的思路。他在读陶渊明时说："世士尝谓有不平之感，但诵靖节诗，自然心平气和，然玩索其意内之言，如《饮酒》《拟古》《杂诗》及《咏荆轲》《读〈山海经〉》《读史述》诸作，风力沉雄，骨气奇逸，令人惧然发乎忠愤，止夫幽贞。盖其自高者固穷之节，而其隐切者故国之悲，汤文靖所谓既无所托以行其志，每寄情于首阳、易水之间，惟忍于饥寒之苦，而后能存节义之间，危行言逊，可以深悲其志也。吾愿读者以贞苦哀之，勿徒以淡泊高之。"[2]在另一则标明写于"辛亥十月"的批注里，郑文焯说："昔以风致自况者，今不幸而身世更共之恨，无刘遗民辈相从于南村烟水间，一醉不知人间何世。"[3]但是到了新文化运动之后，情况发生了一些耐人寻味的变化，仅以朱自清和朱光潜的观点作为例子来说明"比兴"在新文化运动之后是怎样变得复杂的。

朱光潜在《诗论》里面《陶渊明》一章里说："他心里痛恨刘裕篡晋，这是无疑的，不但《述酒》《拟古》《咏荆轲》诸诗可以证明，就是他对于伯夷、叔齐那些'遗烈'的景仰也决不是无所为而发。"[4]在这里看来朱光潜似乎是自觉到比兴与陶渊明诗之间的联系了，其实未必。他

---

[1]《诗比兴笺》咸丰五年刻本，《魏源全集》第20册，岳麓书社，2004年，第492页。
[2] 郑文焯批白鹿斋刻本《陶渊明全集》，上海图书馆古籍部藏，参见周兴陆《上海图书馆藏郑文焯手批〈陶渊明全集〉》，《文献》2005年第4期，第254页。
[3] 郑文焯批白鹿斋刻本《陶渊明全集》，上海图书馆古籍部藏，参见周兴陆《上海图书馆藏郑文焯手批〈陶渊明全集〉》，《文献》2005年第4期，第253页。
[4] 朱光潜《诗论》，上海古籍出版社，2004年，第184页。

在这里不过是将之当作陶渊明"情感生活"来处理的。在提到陶渊明诗时，朱光潜说："渊明在中国诗人中的地位是很崇高的。可以和他比拟的，前只有屈原，后只有杜甫。……渊明则如秋潭月影，澈底澄莹，具有古典艺术的和谐静穆。"[1]他对陶渊明诗的评价是"静穆"，丝毫未及比兴。倒是他在讨论到"诗与谐隐"时说了这样一段话："中国向来注诗者好谈'微言大义'，从毛苌做《诗序》一直到张惠言批《词选》，往往把许多本无深文奥义的诗看作隐射诗，固不免穿凿附会。但是也不能否认，中国诗人好作隐语的习惯向来很深。屈原的'香草美人'大半有所寄托，是多数学者的公论。……阮籍《咏怀诗》多不可解处，颜延之说他'志在刺讥而文多隐避，百世之下，难以情测'。这个评语可以应用到许多咏史诗和咏物诗。陶潜《咏荆轲》、杜甫《登慈恩寺塔》之类作品各有寓意。我们如果丢开它们的寓意，它们自然还是好诗，但是终不免没有把它们了解透彻。"[2]结合这段话来看，朱光潜似乎明白了《述酒》《咏荆轲》等诗的"言外之意"，但是他绝对没有将这个作为评价陶诗的一个艺术标准，觉得这样的诗就是好诗。所以，他说："我们可以说，读许多中国诗都好像猜谜语。"[3]既然如此，以比兴说诗的陈沆在《诗比兴笺》里对《述酒》进行分析时，不仅详细地说明了这首诗背后具体的所指以及用意，而且最后还说："陈祚明谓此诗作《离骚》、《天问》读，不必求解，岂非未逆其志

---

[1] 朱光潜《诗论》，上海古籍出版社，2004年，第192页。
[2] 朱光潜《诗论》，上海古籍出版社，2004年，第31页。
[3] 朱光潜《诗论》，上海古籍出版社，2004年，第32页。

欤?"[1]这些显然不可能得到朱光潜的认同了。可以再举一个更为直接的例子来说明朱光潜对于比兴的理解,朱光潜曾经写了一篇《读李义山〈锦瑟〉》,在这里面他说:"一首诗的意象好比图画的颜色阴影浓淡配合在一起,烘托一种有情致的风景出来。李义山和许多晚唐诗人的作品在技巧上很类似西方的象征主义都是选择几个很精妙的意象出来,以唤起读者多方面的联想。……诗的意象有两重功用,一是象征一种情感,一是以本身的美妙去愉悦耳目。这第二种功用虽是不切题的,却自有存在的价值。"随即他就用了《诗经》"兴"的例子来说明,他说:"《诗经》中的'兴'大半都是用这种两重功用的意象。"[2]而我们知道同样是以比兴说诗,用比兴来理解这首李商隐《锦瑟》的张尔田却说:"'沧海''蓝田'二句,则谓卫公毅魄久已与珠海同枯,令狐相业方且如玉田不冷。卫公贬珠崖而卒,而令狐秉钧赫赫,用'蓝田'喻之,即'节彼南山'意也。"[3]在张尔田这里这些朱光潜所说的"意象"不是促成读者联想的美感,而是脉络井井,意有所指。其实他们之间的分歧就在于,此比兴已经不是彼比兴了。在朱光潜这里,比兴已经是西方近代美学的某种例证了。所以,朱光潜对陶渊明诗虽然明明知道《咏荆轲》背后的政治含义,但是也不得不说,不知道这一层对诗的美感也没有妨碍,认为"读许多中国诗都好像猜谜语"。

---

[1] 《诗比兴笺》咸丰五年刻本,《魏源全集》第20卷,岳麓书社,2004年,第488页。
[2] 《朱光潜全集》第8卷,安徽教育出版社,1996年,第409页。
[3] 张采田《玉谿生年谱会笺》(外一种),上海古籍出版社,2010年,第199页。

朱自清对浦江清说："今日治中国学问皆用外国模型，此事无所谓优劣，惟如讲中国文学史，必须用中国间架，不然古人苦心俱抹杀矣。即如比兴一端，无论合乎真实与否，其影响实大，许多诗人之作，皆着眼政治，此以西方间架论之，即当抹杀矣。"[1]朱自清对比兴背后"着眼政治"是非常清楚的，但是他在评论古直《陶靖节诗笺定本》时却说："陶诗里可以确指为'忠愤'之作者，大约只有《述酒》诗和《拟古》诗第九。……至于《拟古》诗第三、第七，《杂诗》第九、第十一，《读山海经》诗，本书（指古直《陶靖节诗笺定本》——引者注）也都以史事比附，文外悬谈，毫不切合，难以起信。大约以'忠愤'论陶的，《述酒》诗之外，总以《咏荆轲》《咏三良》及《拟古》诗、《杂诗》助其成说。……其实'三良'、'荆轲'都是诗人的熟题目：曹植有《三良诗》，王粲《咏史》诗也咏'三良'；阮瑀有《咏史》诗二首，咏'三良'及荆轲事。渊明作此二诗，不过老实咏史。未必有深意。"[2]一直到1947年给萧望卿《陶渊明批评》写序时，朱自清也不曾提起陶渊明诗与比兴的关系，只是淡淡地对陶渊明诗的"平淡"和"质直"的特点予以了强调，而不提及"忠愤"。这也难怪他说："'比兴'的解释向来纷无定论；可以注意的是这个意念渐渐由方法变成了纲领。"却又在后面补充道："文中解释'赋''比''兴'的本义，也只以关切《毛诗》为主。……《毛诗》的解释跟作诗人之意相

---

[1]《朱自清全集》第九卷，江苏教育出版社，1997年，第213页。
[2] 朱自清《陶诗的深度》，《朱自清说诗》，上海古籍出版社，1998年，第231页。

合与否,我们也不论。因为我们要解释的是'比兴',不是诗。"[1]他在《诗言志辨》里说:"《楚辞》的'引类譬喻'实际上形成了后世'比'的意念。后世的比体诗可以说有四大类。咏史,游仙,艳情,咏物。"[2]这显然是一个非常精当的对于四类比体诗的概括,然而这些精妙的理解,在他自己的阅读世界里却不能够和作品相结合。结合他上面说的话,我们就不会奇怪了,因为他说他要解释的是"比兴",不是诗。

无论是朱自清还是朱光潜在读旧诗的时候,发生了这些变化不是没有缘由的。在解释《古诗十九首》时,朱自清在日记里写道:"晚访叶、俞,余示以《古诗十九首》之新评注,似新意无多。"阅读当中新意的缺失,并不是因为对于古诗的材料占有不足带来诗的典故以及字词的阐释困难。阅读的新意是对于阅读的创造性的追求。这是古文学的阅读变成一个新教育和新学术之后的产物。这又和两个重要的变化相关联。一个变化是,对于阅读的新意的追求是西方近代美学进入中国后产生的一个新问题。朱光潜说:"真正的欣赏都必寓于创造,不仅是被动的接受。诗都以有限寓无限,我们须从语文所直示的有限见出语文所暗示的无限。这种'见'需要丰富的想象力。所谓'想象'就是把感官所接受的印象加以综合填补,建立一个整个的境界出来。"[3]也就是说阅读的新意其实背后所对应的就是西方近代美学里"想象"的概念。想象成为阅读的新

---

[1]《朱自清说诗》,上海古籍出版社,1998年,第4、5页。
[2]《朱自清说诗》,上海古籍出版社,1998年,第83页。
[3] 朱光潜《研究诗歌的方法》,《国文杂志》1945年9月第3卷第4期。

意的来源。另一个变化就是阅读一首诗或者一首词在新旧知识分子那里的不同。朱自清的学生王瑶在1947年给清华大学中文系讲授"汉魏六朝文"时就说:"传统的研读诗文的动机却大半都是欣赏和模仿习作的兴趣。……新文学发展起来以后,模仿的兴趣大大减少了,甚至消灭了;于是研读旧诗便只剩下了欣赏的兴趣。"[1]同时他还说:"现在人并不需要工于古文辞,所以愿意学习的人自然应该改换态度。我的意思是说如果学习的话,应该要培养一种历史的兴趣;这样才可以使他有研读的心理支持,不至于索然无味。所谓历史的兴趣其实就是研究了解的兴趣和欣赏作品的兴趣底综合。"[2]正是因为"研读旧诗便只剩下了欣赏的兴趣"和"现在人并不需要工于古文辞",所以才需要"历史的兴趣"和追求一种阅读的新意。而在传统里并不存在这样阅读新意的问题。以黄节为例,黄节在当时笺注了大量的汉魏诗,他阅读那些诗是为什么呢?说起来是非常老套的没有任何新意的,比如他花了大量的力气去笺注阮籍的《咏怀》诗:"余亦尝以辨别种族,发扬民义,垂三十年。甚于创建今国,岂曰无与?然坐视畴辈及后起者,借口为国,乃使道德礼法坏乱务尽。天若命余重振救之,舍明诗莫繇。天下方毁经,又强告而难入。故余于三百篇重振救之,以文章之美,曲道学者,蕲其进窥大义。不如是,不足以有诗也。"[3]他在清华大学中文系的课

---

[1] 王瑶《谈古文辞的研读》,孙玉石编《王瑶文选》,北京大学出版社,2011年,第80页。
[2] 王瑶《谈古文辞的研读》,孙玉石编《王瑶文选》,北京大学出版社,2011年,第81页。
[3] 黄节《阮步兵咏怀诗注自序》,《学衡》1926年第57期。

堂上还讲:"嗣宗实一纯粹之儒家也。内怀悲天悯人之心,而遭时不可为之世,于是乃混迹老庄,以玄虚恬淡,深自韬晦,盖所谓有托而逃焉者也,非嗣宗之初心也。此点自来无人见得。"[1]对于黄节来说费尽了气力去笺注阮籍的诗,目的就是在其中爬梳出背后的儒家思想。他的笺注也不是简单地将儒家的诗教生硬地套用在阮籍的诗上,而是经过他仔细阅读后的心得。在黄节看来这时候阅读阮籍的诗不仅是表彰其背后的儒家思想,同时还是对新文化运动的回应,是他自己对于晚清民族主义一以贯之的坚守。也就是说在黄节这里的阅读不仅是一位旧诗人的阅读,不仅是一位学者的笺注,也是一种政治伦理的行为,是带有价值判断的行为,这就是他笺注阮籍诗的意义,也是他阅读阮籍诗的意义。可是在新文化运动之后过去的文学是作为一种文化的,同时也是作为一种非功利的审美观念开始占据了主流,所以朱自清不可能再像过去那样读诗,同时也不可能将过去的各种笺注的罗列辨析与一首诗的阅读之间建立起积极的意义。他觉得"新意无多",因为新意在他的语境里面只能是借助于西方近现代的文艺批评和美学理论作为后盾,在一个文学与人生、情感这样的框架里展开联想和想象。对一首诗的阅读能不能有创造性,就看阅读者在考证的基础之上的想象与联想的能力了。

刘永济同样身处于重建古文学的阅读传统的历史现实之中,他也注意到了比兴的重要性。比兴作为一个关键词不断地出现在他的著述里。可以这么说,刘永济论学的领

―――――――
[1] 萧涤非《读诗三札记》,《萧涤非文选》,山东大学出版社,2006年,第402页。

域屡有变化，但是这里面有一条线就是比兴。他和许多现代学者都发现了"比兴"是中国文学的一个核心概念。不过，也正是这个词，在他那里所起到的许多微妙的作用将他带入到多重的历史之中。

刘永济曾在清华预备留美学校学习，打算出国学习森林专业，在海南岛还参加过反清起义，他很早就写过一本《文学论》。在考察现代中国文艺学学术历史时，出版于1922年的《文学论》当然是一本非常重要的书。这本书的理论性其实并不强，和那个时代的写作"文学概论"潮流中的诸多著述相比，没有十分出众的地方，但是这本书对于我们理解刘永济自己的学术思路颇为重要。这本在结构上非常趋新的书，似乎成了刘永济自己新旧学术之间的一个桥梁。他通过这个"文学论"的桥梁，将自己对于传统文学的理解呈现在现代学术领域之中。他学术的起步和《学衡》杂志有很重要的关联，但是和吴宓等人不同的是，他似乎从来没有感觉到来自新文化阵营的思想挑战。我感觉这和他的学术位置有一定的关系，一位在湖南长沙明德中学任教的中学老师和处于学术中心的南京以及北京的《学衡》诸人在设定自己对话对象上当然稍有差异。刘永济在《文学论》的一开始就写道："二十世纪之学术甚繁，其造诣之精，或可称为空前。然即以为绝后，则徒为有识者所窃笑。因人类文化之发展，莫不由含糊而渐近明晰，由简略而渐进圆满，由武断渐趋精确。今日之明晰圆满精确者，异日或更以为含糊简略武断，亦不可知。"[1]那

---

[1] 刘永济《文学论 默识录》，中华书局，2010年，第5页。

么,刘永济所说的"异日"的学术比"今日"的学术又凭借什么而更加"明晰圆满精确"呢?他认为:"盖学术之分科愈细,则所研究者愈精,其结果亦愈确。集合无数最精之研究,最确之结果,而后宇宙间之真理,不难见其全体穷其究竟矣。"[1]刘永济相信学术分科越细化就越有利于学术研究的进步。这是一个重要的新观念,认为学术的进步依赖于不同学科的进步。但是中国传统学术观念则是强调政、教、学的合一,强调的是通变的学术而不是专深的研究,或者换句话说一门一科的专深研究并不是中国传统学者的最高追求。晚清学者张尔田在给王国维的一封信中说:"中国学术本系政、教、学三者合成,教其精神,学其血脉,而政譬则躯壳也。自政忧以来,躯壳亡矣。躯壳亡精神始无所丽,既无精神则血脉又安能灌输?"[2]张尔田这里的紧张恰恰体现了中国学术开始失去一种整体性。不过,对于民国学术界来说,像刘永济这样持有学术进步的新观念才是主流。傅斯年在他关于《诗经》的讲义里说:"'诗三百篇'自是一代文辞之盛,抑之者以为不过锥轮,扬之者以为超越李杜,皆非其实。文学无所谓进步,成一种有机体发展则有之。故一诗之美,可以超脱时间并非后来居上;而一体之成,由少而壮,既壮则老,文学亦不免此形役也。《诗经》之辞,有可以奕年永世者,《诗经》之体,乃不若五、七言之盛,则亦时代为之耳。欣赏之盛,尽随主观,鸠摩罗什有言,嚼饭与人,令人作呕。

---

[1] 刘永济《文学论 默识录》,中华书局,2010年,第5页。
[2] 马奔腾辑注《王国维未刊来往书信集》,清华大学出版社,2010年,第245页。

故讲习《诗经》最宜致力者，为文字语言之事……"[1]刘永济不会像傅斯年走得那么远，认为"欣赏之盛，尽随主观"而去依赖一种现代语文学的方法去推动一种新研究。但是，刘永济依然借助于西方学术的眼光来观察中国的学术，我们在讨论龙榆生的时候已经涉及这个问题，某种意义上刘永济依然是在王国维所谓"中西二学，盛则俱盛，衰则俱衰。风气既开，互相推助"这一学术观点的延长线上。他说："盖近世学者，于一事一物皆思明其原因，知其性质，不肯含糊武断，故实事求是之风日盛，而哲学科学因之先后自拔于宗教，文学及其他艺术亦确然有以自见于世。欧洲之文艺复兴，其明证也。"[2]

刘永济从不同的方面形成了他的"文学论"。他从学识之文与感化之文来理解文学的功能，从"文学的体制"来认识"文学之内部"，他说："解剖文学之内部，乃分析文学，观其如何组织之事也。……体制之分，即由文学之内部组织完全发达而成。"[3]他又从写实派与浪漫派来理解近代文学的两个派别，认为这两个派别的区分在于"学识"与"情感"的彼此消长。刘永济的看法非常丰富，例如他说："彦和论文，重于情感，工于图写，明于内外，文质并称，声形俱要，文学之大概已是。其形文、声文、情文之说，则颇与黑吉尔（Hegel）目艺、耳艺、心艺之论暗合。盖文学与绘画、雕刻、音乐初实同源，后乃分

---

[1] 傅斯年《〈诗经〉讲义稿》，《傅斯年全集》第2卷，湖南教育出版社，2003年，第137页。
[2] 刘永济《文学论 默识录》，中华书局，2010年，第8页。
[3] 刘永济《文学论 默识录》，中华书局，2010年，第21页。

立,故皆属于艺(art)。"[1]他对刘勰《文心雕龙》的看法虽不是如此简单,但是这无疑成为他把握刘勰文学思想的一个基本框架。他相信西方文学里的一些看法有助于来理解、整理我们自己的文学,所以他说:"统观我国历代文学之观念,不可谓于学识、感化之界,无知之者。然而名不立者义不彰,虽心知其义,而语焉不详,此所以终多混淆也。"[2]除了他以黑格尔与刘勰作类比之外,他在探讨文学体制的时候对摩尔顿(Richard Green Moulton)的学说也很服膺。他说:"今欲持总而御繁,则芝加哥大学文学教授毛尔登之说为精。毛尔登之言,虽为西方文学说法,而此事自有公共之性,亦可以借他人为鉴也。"[3]不过,刘永济也不是完全拘限在一个西方的文学架构里面,就在讨论"我国文学体制构成之源"的时候,他征引了章学诚《文史通义·诗教》的观点:"章实斋《文史通义·诗教》上篇,谓后世之文,'其源出于六艺,其体皆备于战国。'而战国之文,又皆出于六艺而源于诗教。"[4]刘永济认为章学诚:"穷源究委之功甚深。"[5]然而,我们又总会感到刘永济提出的像章学诚《文史通义·诗教》这些在当时的学术语境里应该是非常珍贵的看法,好像总是在被提出来的同时,随即又被淹没在他那个非常松散的关于文学的论述里。本来应该是一个非常丰富的议题,可以不断被阐发出新的意蕴,却总是在关键处被他笔锋一转进入到一

---

[1] 刘永济《文学论 默识录》,中华书局,2010年,第19页。
[2] 刘永济《文学论 默识录》,中华书局,2010年,第19页。
[3] 刘永济《文学论 默识录》,中华书局,2010年,第21页。
[4] 刘永济《文学论 默识录》,中华书局,2010年,第27页。
[5] 刘永济《文学论 默识录》,中华书局,2010年,第29页。

个简单化的框架里面。例如,刘永济说:"大抵六朝以前,言志之旨多;唐宋而来,明道之谊切。老庄谈玄而文多韵语,《春秋》记事而体用主观,此学识之文而以感化之体为之者也。后世诗人,好质言道德,明议是非,忘比兴之旨,失讽喻之意,则又以感化之文为学识之文之用矣。"[1] 他在这里实际上是将"比兴"当作了观察中国文学历史变化的一个坐标,这里面本来有非常大的阐释空间,通过这个观察反而可以形成一种独特的"文学史观",但是他明显受限于"感化之文"与"学识之文"这样一个简单的分类方式之中,将一个复杂问题简单化了。同时,我们也没能够感觉到刘永济那些对文学的看法有一个潜在的对话对象,一个背后的用意。像他那样一位专门研究古典文学的学者在新文化运动之后居然在论学思路里没有一点紧张。就是说他没有意识到自己的学术遇到了什么样的挑战和"障碍",和前面提到的龙榆生不同,龙榆生深深地意识到以胡适为代表的白话文运动对他所身处的词学传统所提出的挑战;也和夏承焘不同,夏承焘似乎没有懂得和他一起论学多年的老辈张尔田背后的一些学术思路,而刘永济真的在新旧之间游刃有余。即使同一个阵营里和他关系比较亲密的陈寅恪、吴宓等人,虽然也持有会通中西的学术理想,但是至少他们对白话文运动持有一定异议,在刘永济这里居然没有成为一个问题。他说:"诗无新旧,惟其是。"[2]

---

[1] 刘永济《文学论 默识录》,中华书局,2010 年,第 19 页。
[2] 刘永济《文学论 默识录》,中华书局,2010 年,第 463 页。

讨论刘永济的这本少作,想强调的是,从《十四朝文学要略》到《文心雕龙》研究再到研究屈赋、唐人绝句、宋词、元曲等,虽然刘永济具体的论学对象多有变化,但是其早年的"文学论"思路依然如影随形。他对于比兴的阐述也是在"文学论"的框架里呈现出来的。刘永济认为:"古人所谓比兴,皆文学之方法也。所谓言外之意,即文字所不能表现之自然也。此不能表现之自然,借比兴而使人领悟无余。故不必全表现之,而表现已全。此等处于诗词中用之更多,且必如此而后能温柔敦厚。"[1]又说:"比、兴、赋为古人作诗三法……亦我国文学之原质也。其体制之变迁,则亦由三者分合分合所致也。"然后他就以摩尔顿的方法来解说比、兴、赋:"比为索物以托情,描写之事也。以比明实际之事理,则属于学识类;以比抒中心之情绪,则属于感化类。兴为触物以起情,反射之事也。因所触起实际之理,则属于学识类;因所触动心中之情,则属于感化类。赋为叙物以言情,表演之事也。所叙为实际之事,则属于学识类;所叙为想象之事,则属于感化类。"[2]在校释《文心雕龙·比兴》时,他说:"比者,著者先有此情,亟思倾泻,或嫌于径直,乃索物比方言之。兴者,作者虽先有此情,但蕴而未发,偶触于事物,与本情相符,因而兴起本情。前者属有意,后者出无心。有意者比附分明故显,无心者无端流露故隐。"[3]甚至在 1960 年代讲到"文学作品有无中间性的问题"这个文

---

[1] 刘永济《文学论 默识录》,中华书局,2010 年,第 59 页。
[2] 刘永济《文学论 默识录》,中华书局,2010 年,第 32 页。
[3] 刘永济《文心雕龙校释》(上册),中华书局,2007 年,第 127 页。

学理论的题目时,他还举出李商隐《登乐游原》说:"李商隐《乐游原》的二十个字,从表面上看似寻常,他说:'向晚不适意,驱车登古原。夕阳无限好,只是近黄昏。'他这诗中的无限好是指什么?与黄昏相近的夕阳和黄昏又指什么?他的意不适是为了什么?这二十字虽是就眼前景物说,何以与意不适相联?这样一追究,便不是毫无关系的作品了,也就是不寻常了。(程梦星注即以武宗事说之,谓商隐此诗为武宗忧也。)"[1]暂且不论他所举的例子与阶级意识的中间性问题是否牵强,但是他举的例子倒是非常特殊,他读出了或者说认同了李商隐这首诗不是一首简单的对人生抒发情感的诗,而是有所寄托,其中的夕阳和黄昏都有所指。不过他在《唐人绝句精华》中对这首诗的说明还不是非常愿意按照程梦星的说法,而更偏向于纪昀所说的:"百感茫茫,一时交集,谓之悲身世可,谓之忧时事亦可。"他认为:"纪说最妥,程氏指实为武宗忧,亦非不可,特专从帝王个人作想,实乃封建文士之习使然,诗人当时未必便如此,不如纪说概括性较大,意味较深也。"[2]虽然刘永济用新的文艺观阐释比兴寄托可以说是毫无障碍,但我们会看到"文学论"将成为一道道墙,当他每有一个想法时,就会自然形成一道墙,阻止着那个想法继续生长,以至于连成一条清晰可见的线条,与那些实际上它所否定的批评的历史直接对质。

关于"文学论"的表达能够让刘永济站在一个新的

---

[1] 刘永济《文学论 默识录》,中华书局,2010年,第242—243页。
[2] 刘永济选释《唐人绝句精华》,人民文学出版社,1981年,第220页。

立场上去与前辈竞争，但这是一把无形的"双刃剑"，让他获得新知的同时，也遮蔽了一些东西。同时，"文学论"紧密相连的还有文化这一新的视角的引入。在《文学论》里面，可以看到刘永济是这样构建起它们之间的关系的："文学者，民族精神之所表现，文化之总相也，故尝因文化之特性而异。"[1]可以这样说，在刘永济的学术世界里，文学论是他的文化论的一个产物。在现在看来，刘永济非常重要的文章是他的文学史以及词曲研究的一系列的著述，那些关于《楚辞》《文心雕龙》以及宋词的研究已经成为相关研究的经典之作。他关于文化的观点可能会显得并不那么重要。这里的区别在于，如果直接无条件地将他预设为某个具体研究领域里面的重要一员，那么那些和具体研究不相关联的论述当然可以单独地剥离开来，但是一旦将他作为从1920年代走过来的一位学者来看待时，他的那些著述与那些关于文化的论述就是紧密相连。只有读懂它们之间的内在关系，才能理解刘永济的意义究竟是什么，也才能将他的著述当作一个他辽阔的思想背景中的产物。刘永济说："年来虽国粹、国故之说尝闻于耳，而其所谓'国粹'，究未必便粹；其所谓'国故'，又故而不粹，故亦无甚影响。此则时会未至，非一二人之力所能为也。"[2]他又说："近日之咎我国文化者，或病其静止，或其笼统，或且谓其无用，欲拉杂而摧烧之。而美之者，又称其富独立之精神，秉中和之德行。"[3]同时，他也观察到

---

[1] 刘永济《文学论 默识录》，中华书局，2010年，第97页。
[2] 刘永济《文学论 默识录》，中华书局，2010年，第97页。
[3] 刘永济《文学论 默识录》，中华书局，2010年，第98页。

在辛亥革命产生的政治变革之后，在文化思想等方面不但没有焕然一新，而是歧义纷呈。他看到："豢养星相杂流者而侈谈读经，提倡大刀拳术者而高唱尊孔，膜拜喇嘛活佛者而维护礼教，醉心声色势利者而尚论关、洛，黩财好货予智自雄者乃假慎终追远之谊以夸耀乡里，谲诈无行依附权势者，乃托敬老崇贤之说以簧鼓愚蒙。以穿凿附会治古学而古学日晦，以浅见肤闻保国粹而国粹日亡。"[1]1920年代以后，对于文化的谈论已经非常普遍，上海的《学灯》以及南京的《学衡》等都从文化入手，但同时有一种对于"文化"的理解方式却被忘记了。正如有论者在分析《学衡》对"文化"一词的运用时所说："《学衡》素以'文化'为本位，而刻意与政治拉开距离；这与《新青年》注重密切结合'文化'与'政治'，试图通过'文化运动'而推进'社会运动'的观念大不相同。"[2]文化作为一种政治话语，曾经是很清楚的，例如章太炎在《中华民国解》里说："故欲知中华民族为何等民族，则于其民族命名之顷而已含定义于其中。以西人学说拟之，实采合于文化说，而背于血统说。华为花之原字，以花为名，其以之形容文化之美，而非以之状态血统之奇，此可以假借会意而得之者也。"汪晖在分析1910年代的"思想战"时说："将政治问题纳入文明问题中加以处理，亦即将政治、经济、军事、制度和技术等问题收摄于'文化'、'文明'或'思想'问题之内加以展开；由此，对战争的反思与对

---

[1] 刘永济《文学论 默识录》，中华书局，2010年，第416页。
[2] 张源《从"人文主义"到"保守主义"——〈学衡〉中的白璧德》，生活·读书·新知三联书店，2009年，第196页。

共和危机的探索也全部被汇集到有关新旧思想与东西文明的反思之中。"[1]但是，在1920年代文化与政治的关系发生了微妙的变化。文化开始具有自己一套从西方知识论里面形成的论述。例如梁启超的文化论述就是在新康德主义的影响下形成的，但是梁启超也不得不面临着和新康德主义同样的矛盾。正如施耐德（Axel Schneider）所分析的："一方面，他强调个别历史中固有的意义是人类自由意志的表达，它同时为中国认同提供基础。另一方面，他寻求能将中国纳入世界历史的普遍一致性，以供今人借鉴和指出未来的方向。"[2]刘永济所面对的那些"文化"的各种不同立场的论争其实也就产生于这个背景之中。但是，刘永济不仅没有深入地介入到那些论争当中，而且他将那些论争简单地处理成一种"态度"问题而超然其上，完全不去细查那些论争的内在意涵。那些论争本来产生了非常丰富的问题，那些所产生的新问题恰恰是构成刘永济讨论文化问题最为直接的思想语境，他却认为中西文化的论争某种意义上来说根本没有必要，被他当作一种偏颇的态度而取消了。他认为那些认为"文化"不能相通的人是因为"进化论"与"循环论"之间的矛盾："进化说者，谓文化之发展，如螺旋焉，其进无止。循环说者，谓文化之发展，如环周焉，终而复始。论者遂以进化归美西方文化，而转病东方文化为循环。惟其进化，故常动而前迈。惟其循

---

[1] 汪晖《文化与政治的变奏——战争、革命与1910年代的"思想战"》，《中国社会科学》2009年第4期，第134页。
[2] 施耐德《真理与历史》，关山、李貌华译，社会科学文献出版社，2008年，第252页。

环,故常止于一境。于是又以静止之义,释东方文化。"[1]
这种对于文化这一视野的有限理解和它所生产出来的"文学论"一起让刘永济面临许多问题。

刘永济在上海曾经受到况周颐的亲自指点,他对况周颐的词学颇为服膺。对于况周颐的词学,他的好友朱祖谋对《蕙风词话》非常赞赏,按照龙榆生的说法:"彊村先生推为千年来之杰作。"[2]不过朱祖谋的话未必可以当真。朱祖谋性格温润对人向不批评。倒是和况周颐、朱祖谋都有交往的张尔田对《蕙风词话》的批评值得注意,因为从张尔田的话更加能够看出一些我们现在已经不大注意到的晚清词学内部的分歧。张尔田的观点见于他和夏承焘的通信之中。在给夏承焘的信中,他直接指出《蕙风词话》"标举纤仄":"愚昔年即不以为然。而彊老极推之,殊不可解。彊老与蕙风合刻所为词曰《鹜音集》,愚亦颇持异议。尝有论词绝句,其彊村、蕙风两首云:'矜严高简鹜翁评,此事湖州有正声。临老自删新乐府,绝怜低首况夔笙。''少年侧艳有微辞,老见弹丸脱手时。欲把金针频度与,莫教唐突道潜师。'即咏其事。彊老当日见之,颇为怃然。"[3]除了张尔田,夏敬观也曾在1942年发表《〈蕙风词话〉诠评》一文对况周颐有所点评,不过他评论的立足点是在对学词者的指点,因此主要还是围绕写词的技法的讨论上发表极为精细的议论。夏敬观在对《蕙风词话》的

---

[1] 刘永济《文学论 默识录》,中华书局,2010年,第422页。
[2] 龙榆生《龙榆生词学论文集》,上海古籍出版社,1997年,第436页。
[3] 《夏承焘集》第5册,浙江古籍出版社、浙江教育出版社,1998年,第433—434页。

评点里有两条评点应该注意。因为他评点到况周颐一条非常重要的词话，况周颐在《蕙风词话》里说："词贵有寄托。所贵者流露于不自知，触发于弗克自已。身世之感，通于性灵，即性灵，即寄托，非二物相比附也。横亘一寄托于搦管之先，此物此志，千首一律，则是门面语耳，略无变化之陈言耳。于无变化中求变化，而其所谓寄托，乃益非真。昔贤论灵均书辞，或流于跌宕怪神，怨怼激发，而不可为训。必非求变化者之变化矣。夫词如唐之《金荃》，宋之《珠玉》，何尝有寄托，何尝不卓绝千古；何庸为是非真之寄托耶？"[1]夏敬观评论说："此论极精。"但是夏敬观或许忘记了他在同一篇文章里面所说的另一段话："文辞至极高之境，乃似有神经病人语，故有可解而不可解之喻。然非胡说乱道，其间仍有理路在，但不欲显言，而玄言之。不欲径言，而迂回以言之耳。又往往当言不言，而以不当言者衬之。其零乱拉杂，只是外表觉得难喻，而内极有序，非真零乱拉杂也。此境为已有成就而能深入者道，初学者勿足以语此。"[2]夏敬观显然不是完全同意况周颐的观点。只是因为担心初学者误入歧途，所以强调要先有感触才能作词。关键是，他没有说"即性灵，即寄托"可以作为评判一首词好坏的标准，而仅仅是作为对初学者所指示的法门而已。不过刘永济对况周颐这段话的解释就不一样了。他说："自毗陵张皋文氏以意内言外释词，选词二卷，以指发古人言外之幽旨，学者宗之，知词

---

[1] 屈兴国《蕙风词话辑注》，江西人民出版社，2000年，第246页。
[2] 夏敬观《〈蕙风词话〉诠评》，《同声月刊》1942年第2卷第2号。

亦与古诗同义，其功甚伟。然张氏但知词以有所寄托为高，而未及无所寄托而自抒性灵者亦高，故介存斋有空、实之辨也。"[1]这里他不仅明确说"自抒性灵者亦高"，而且还将之与周济的"无寄托"等同起来。和刘永济同时的另一位词家詹安泰就曾经对周济的"无寄托"说有一个说明："世固有貌为寄托而中无所有之词，未有真诚有所寄托而绝不用意者。（情感流露于不自知者有矣；意有所属，而谓不自知，其谁信者？）"[2]詹安泰所说的应该是一个常识，刘永济只要认真考虑一下，就不会不认识到这个问题。

然而重要的是，在刘永济这里不是认真考虑的事情，而是他将"无寄托"当成一个独立的概念提出来了。他说："作者当性灵流露之时，初亦未暇措意其词果将寄托何事，特其身世之感即存在于性灵之中，同时流露于不自觉，故曰：'即性灵，即寄托'也。……由其性灵兼得其寄托，而此所寄托，即言其言外之幽旨也，特非发于有意耳。"[3]况周颐的这句"即性灵，即寄托"在常州词派的理论框架里是非常容易处理的，张尔田对他的批评就很明显。为什么这句话会在刘永济这里特别地放出光芒？他为什么会对"有意"与"无意"如此在意？或许可以在一些概念上看到刘永济这种区分在传统文学观念上有一个非常强劲的脉络，而认为是一种传统的延续，又或者看到这是受到西方文学思想的影响，我们很难在文本上找到一个印

---

[1] 刘永济《词论》，中华书局，2007年，第138页。
[2] 詹安泰《论寄托》，《词学季刊》第3卷第3号，1936年9月。
[3] 刘永济《词论》，中华书局，2007年，第139页。

证的依据，但这的确是一种风气的变化。刘永济并没有像他的朋友朱光潜走得那么远，朱光潜在他最得意的学术著作《诗论》里对中国传统诗学概念的理解背后隐藏的是他西方美学的学术背景，但在刘永济这里，我们看不到他对哪一位西方美学家有着精深的专研。用刘永济自己的话来说，可以将他一些新的变化看作是一种"风会"。他是这样提出"风会"这个概念的："文艺之事，言派别不如言风会。派别近私，风会则公也。言派别者，则主于一二人，易生门户之争；言风会，则国运之隆替、人才之高下、体制之因革，皆与有关焉。"[1]这种"风会"的变化，因为它本身具有的一定的模糊性对人文学术研究提出了挑战，但这似乎又是中国传统文史中一个习见的重要概念。[2]波科克（J.G.A.Pocock）在讨论18世纪晚期欧洲思想史的时候提到："1789年前后，这个急速成长的世界被打进了一个楔子，我们冷不防开始听到对商业社会的大声贬斥，因为商业建立在无情的理性计算和培根、霍布斯、洛克和牛顿的冷酷的机械哲学基础之上的。这种战略上的倒转是怎样发生的？这个问题到现在也没有完全弄清楚。这可能与一种行政观念学的兴起有关，在其兴起的过程中，孔多塞、哈特利（Hartley）和边沁试图在一种高度还原主义前提的基础上建立一门立法科学。"[3]波科克在这里说的也是一种"风会"的变化。这种变化非常复杂以至

---

[1] 刘永济《词论》，中华书局，2007年，第119页。
[2] 参考王汎森《风：一种被忽略的史学概念》，《执拗的低音》，生活·读书·新知三联书店，2020年。
[3] 约翰·波科克《德性、权利与风俗——政治思想家的一种模式》，应奇、刘训练编《公民共和主义》，东方出版社，2006年，第55页。

于现代学术的实证研究可能无法完全描述这个问题的复杂性。

在说到况周颐的"词境"以及王国维的"境界""写境""造境""有我之境""无我之境"等概念的时候，刘永济似乎不费吹灰之力地将这些都吸纳在一个心与物、情与理的框架里去解决："盖神居胸臆之中，苟无外物以资之，则喜怒哀乐之情无由见焉；物在耳目之前，苟无神思以观之，则声音容色之美无由发焉。是故神、物交接之际，有以神感物者焉，有以物动神者焉。以神感物者，物固与神而徘徊；以物动神者，神亦随物而宛转。迨神、物交会，情、景融合，即神即物，两不可分，文家得之，自成妙境。知此，则情在景中之论，有我、无我之说，写实、理想之旨，词境、意境之义，皆明矣。"[1]就这样那些丰富的概念被一个抽象的心与物的关系所概括了。在谈到词学历史上的"清空""质实"问题时，他的思路也和前者一样："清空、质实之辨，不出意、辞之间。盖作者不能不有意，而达意不能不铸辞。"由此可见，本来在不同语境里富于意义的区分，在刘永济这里被一个抽象的讨论所取代了。他所承接的这股"风会"，就是我们在前面所提到的他所热衷的"文学论"。已有学者注意到了刘勰的《文学雕龙》与刘永济《词论》之间的关联[2]，然而我们所需要做的可能恰恰不是认同而是反思。周勋初在回忆1950年代的大学文学课堂的时候说："汪辟疆先生教韵文选，

---

[1] 刘永济《词论》，中华书局，2007年，第137页。
[2] 参看陈水云《刘永济〈词论〉与〈文心雕龙〉之相关性考辨》，《中国韵文学刊》2004年第1期。

讲到韩愈、李商隐的诗时，可以立即写一首韩诗风格、玉谿生诗风的诗来给学生看看，但在讲解时，却无法说清，因而学生大为不满，反对他来上课。"[1]他所要反思的是1950年代的苏联文艺理论对于古代文学研究的影响。在另外一篇文章里，周勋初还提到当时编写由文学理论家以群审定的《文学的基本原理》一书："这书以毛泽东《在延安文艺座谈会上的讲话》为纲，可在论及文学的特点时，仍然不脱前此理论的范畴，大谈形象等等，而这是西方学界总结19世纪小说、戏剧的创作经验提出来的。"[2]周勋初所指出的问题不仅在1950年代，这在1980年代以至于现在的古典文学研究里面依然听到它的回响。其实，即便用中国文学本身的理论资源也不一定代表更为传统，像刘永济这样用《文心雕龙》的框架来解释词学理论的努力是不是也同样包含有更为隐秘的西方影响呢？晚清以来的新旧学者无论对于传统的经史子集著述的性质有多么不同的论述，但是对于《文心雕龙》无疑是分歧最小。章太炎辛亥前曾经在日本"国学讲习会"讲授《文心雕龙》[3]，他的弟子，在文学观念上和刘师培更接近的黄侃也曾在北大的课堂上讲授《文心雕龙》。作为新文学重要资源的章太炎和刘师培虽然对于《文心雕龙》的阐述各不相同，但是有一个特点，他们是在构建一个新的"文学"传统里来展开对《文心雕龙》的阐述的，这和后来将之当作一个普遍的

---

[1] 周勋初《馀波集》，南京大学出版社，2008年，第309页。
[2] 周勋初《重视中国古典文学研究的特点》，《文学遗产》2006年第2期，第5页。
[3] 参见周兴陆《章太炎讲解〈文心雕龙〉辨释》，《复旦大学学报》（社科版）2003年第6期。

文学（文化）理论的经典是不一样的。但是，我们也可以看出骈散两个不同的文学流派都将之作为一部经典之作。新文学的旗手胡适更是明白清楚地说："我们可以说这两千年中只有七八部精心结构，可以称做'著作'的书，——如《文心雕龙》、《史通》、《文史通义》等，——其余的只是结集，只是语录，只是稿本，但不是著作。"[1] 梁启超1924年在给范文澜《文心雕龙讲疏》所写的序言里也毫不吝啬对这本书的褒奖："吾国论文之书，古鲜专籍。东汉之桓谭《新论》、王充《论衡》、杂论篇章，时有善言，然《新论》已佚，而读者不过数言，《论衡》虽存，而议论或涉偏激。自此以后，挚虞《流别》，李充《翰林》，为论文之专籍矣；而亦以搜辑残缺，难窥全豹，学者憾之。若夫曹丕《典论》号为辨要，陆机《文赋》，亦称曲尽；然一则掎摭利病，密而不周，一则泛论纤悉，实体未赅。求其是非不谬，华实并隆，析源流，明体用，以骈俪之言，而有驰骤之势，含飞动之采，极瑰玮之观者，其惟刘彦和之《文心雕龙》乎！"[2]《文心雕龙》成为一部"文学论"的著作，对于诗文词曲赋等文体具有理论指导的权力，这是一个具有现代性意义的事件，也就说中国文学本身也有一个抽象的认识框架。无论中国传统文学的文本资源多大意义上参与了这个框架的建立，有一点是无疑的，那就是中国文学资源是在一个西方的认识框架下进行

---

[1] 胡适《五十年来中国之文学》,《胡适古典文学研究论集》, 上海古籍出版社, 1988年, 第123页。
[2] 参看王运熙《范文澜的〈文心雕龙讲疏〉》,《江苏大学学报》(社会科学版) 2003年第2期, 第73页。

分配、重组的。这个西方的认识框架未必是一一对应的具体理论，而是在《文心雕龙》于新文化运动之后被经典化的过程中展示出来的。这里面体现了一种新的不同与传统对《文心雕龙》的阐释结构。刘永济将《文心雕龙》与词学的勾连无疑在这个阐释结构之中。除了所提到的受到新的"文学论"资源的影响之外，刘永济也处于这样一个时代风会之中，就是辛亥革命之后的一系列政治上思想上的影响。这使得他不可能再从政治上去认可儒家的价值，说得更加清楚一点就是，在他那里必然开始遇到一个区分，将儒家的价值从政治制度上剥离开来，而形成一种文化的视野。刘永济也是有意无意地将文学的变化放置在晚清政治变化以及其后续的脉络里来观察的。《文学通变论》首先谈的不是文学本身，而是晚清以来的政治变化，并且指出这里趋新的思想潮流主要表现在"提倡科学"和"改革政治"。[1]周勋初在分析黄侃的《文心雕龙札记》时有一段话非常有趣："季刚先生早年参加革命，曾为民国的建立作出过贡献。他的思想，虽然不能说已经形成了完整的资产阶级思想体系，但从他与封建专制主义政权的斗争中，却也可以看出他的思想有其民主主义的一面。文学思想上的自然观，正是政治思想上进步因素的反映。"[2]这些话从1980年代以后的学术界看来，差不多是在当代中国前三十年浓郁的政治气氛里成长起来的学者所持有的学术语言，因此这些带有很强政治性的分析只被当作一种"惯

---

[1] 刘永济《文学通变论》，中华书局，2007年，第414页。
[2] 周勋初《周勋初文集》第6卷，江苏古籍出版社，2000年，第20页。

性"的表态而被忽略；但是对于黄侃强调文学的真实情感的来源问题上，这是一个有说服力的解读，它的关键之处是将一种文学理解与政治革命相勾连。在那个风云变幻的革命年代，很多青年的政治意识被激起，刘永济也是如此，他不仅参加了1911年左右清华留美预备学校的一次抗议活动并因此退学，而且在辛亥革命时"由北京赶到海南岛，动员和协助任琼崖道道台地四哥滇生起义"[1]。如果说这是一种时代的风会，我们大致可以看到"情感"重新居于文学问题中的一个显眼位置，未必只是一个单一的知识论问题，它和理论资源、政治革命有着微妙的互动，它有时候只是一种囿于时代的政治意识的表征。

如果刘永济像我们前面所分析的这样，他对于"文学论"以及文化的论述，都落实在他自己的时代语境里，即使他坚守了一些基本的传统文学观念，但似乎不过是经过新的解释而已，那么刘永济只有一些简单的学科史上的意义而已。然而，刘永济在1949年以后完成的关于唐五代两宋词的两种讲义让我们看到了一些特别的东西。这两本讲义就是在他身后出版的《唐五代两宋词简析》和《微睇室说词》。在武汉跟随刘永济多年的程千帆，给这两部讲义做过简明扼要的说明。程千帆说："先生早年讲词选，曾编《诵帚庵词选》四卷，选录较多。到了老年，由博返约，又撷唐宋词的精华，写成《唐五代两宋词简析》"，"1960年，先生为青年教师讲授南宋婉约派词，以吴文英为重点，并前溯周邦彦、姜夔、史达祖，后及王沂孙、周

---

[1] 程千帆《忆刘永济》，《桑榆忆往》，上海古籍出版社，2000年，第72页。

密、张炎,以见此派源流,撰成《微睇室说词》二卷"。[1]他在讲义里所展示出的特质不应该是一句传统方法就可以打发的。如果刘永济是传统的,那么他为什么还出现了前面提到的矛盾。如果说他又是受到所谓现代学术影响的,那么是不是就要将之解释成为中西会通呢?刘永济在这两本讲义里所展示出的问题远比我们在抽象的传统与现代的视野里所看到的问题丰富得多。

二、两种传统的矛盾

如果按照刘永济所认为的"未及无所寄托而自抒性灵者亦高",可是他对词体的特质却有一个明确的看法:"它是以比兴为主的,不如用赋体的可以明显叙说。因此,我们如果要知道词中所包含的人民生活和社会意义,有时要从它表现的反面,或者从它的文字之外去体会,以作者所处的时代去印证。以前文论家所谓'言外之意',所谓'言在此而意在彼',便成了读词的方法。"[2]这两者之间难道不矛盾吗?刘永济的这个观点看似非常平允,他的学生辈沈祖棻也有类似的看法:"比兴只是历史悠久的和经常被使用的艺术表现方法之一,而决不是唯一的方法;沉郁也只是美好的风格之一,而决不是唯一的美好风格。……在词史上,可以看到,有很多的杰作是用赋体写的,它们的风格也是多种多样的。在这种大量存在的事

---

[1] 程千帆《忆刘永济》,《桑榆忆往》,上海古籍出版社,2000年,第76页。
[2] 刘永济选释《唐五代两宋词简析》,中华书局,2007年,第9页。

实面前，陈廷焯等的看法就无法掩盖其片面性。"[1]如果再往上推衍，不用太远，我们可以发现吴梅也有类似的看法，吴梅在《词学通论》里面说："余谓词本于诗，当知比兴固已。究之《尊前》、《花外》，岂无即景之篇？必欲深求，殆将穿凿。皋文与止庵，虽所造之诣不同，而大要在有寄托，尚蕴藉，然而不能无蔽。故二家之说，可信而不可泥也。"吴梅《词学通论》是他的授课讲义，其中绝大多数的词学观点都来自晚清词家陈廷焯的《白雨斋词话》。在这里争论吴梅是常浙合流还是常州词派是没有意义的。这里需强调的是一种差异，吴梅对张惠言、周济的修正和刘永济对他们的修正是不能放在一个意义上去理解的，虽然两者在表述上似乎是完全一致的。如果将之理解成完全是对等的，那么就不能理解吴梅在评论温庭筠时说的："唐至温飞卿，始专力于词。其词全祖风骚，不仅在瑰丽见长。……飞卿最著者，莫如《菩萨蛮》十四首。……今所传《菩萨蛮》诸作，固非一时一境所为，而自抒性灵，旨归忠爱，则无弗同焉。张皋文谓皆感士不遇之作，盖就其寄托深远者言之。即其直写景物，不事雕缋处，亦复绝不可追及。"[2]而无论刘永济还是沈祖棻都没有坚持张惠言的观点，即这个常州词派理论上最容易引起争议的温庭筠《菩萨蛮》的问题。刘永济在读《菩萨蛮·小山重叠金明灭》的时候只是说："全首以人物之态度、动作、衣饰、器物作客观之描写，而所写之人之心情乃自

---

[1] 沈祖棻《清代词论家的比兴说》，《宋词赏析》，中华书局，2008年，第308—309页。
[2] 吴梅《词学通论》，国立第一中山大学出版部，1927年，第64页。

然呈现。"[1]沈祖棻则对李冰若《栩庄漫记》里的话颇为认可："张惠言《词选》欲推尊词体，故奉飞卿为大师，而谓其接迹《风》、《骚》，悬为极轨。以说经家法，深解温词。实则知人论世，全不相符。温词精丽处，自足千古，不赖托庇于《风》、《骚》而始尊。"[2]其实张惠言读温庭筠的依据就是中国传统的比兴寄托，而要推到"知人论世"的层面上，那么沈祖棻对姜夔《暗香》《疏影》的解释也不一定站得住。不管吴梅对常州词派理论做出了什么样的"补充说明"，但是有一点他非常明确，在温庭筠等作家作品的评论上与常州词派理论是若合符节的，即使在论述清代词人蒋鹿潭的时候说他："尽扫葛藤，不傍门户，独以风雅为宗，盖托体更较皋文、保绪高雅矣"，在具体的写作上更是独步，"鹿潭不专尚比兴，《木兰花》、《台城路》，固全是赋事；即一二小词，如《浪淘沙》、《虞美人》，亦直本事，绝不寄意怫闷，是真实力量，他人极力为之，不能工也"。[3]这个也不代表他否定了常州词派理论对于整个词史的重构："以《国风》、《离骚》之旨趣，重铸温、柳、周、辛之面目。"沈祖棻对于宋词的阅读基本上遵守了自己的看法，除了姜夔《暗香》《疏影》这样几首少数的词之外，她在阅读实践中使用常州词派比兴寄托的理论时保持极大的克制。但是刘永济则不同，他一方面在文学论以及文化论的框架里面对比兴做出解释；另一方面，他在两本讲义里所展开的阅读实践对比兴显然是做出了新的

---

[1] 刘永济选释《唐五代两宋词简析》，中华书局，2007年，第12页。
[2] 沈祖棻《清代词论家的比兴说》，《宋词赏析》，中华书局，2008年，第291页。
[3] 吴梅《词学通论》，国立第一中山大学出版部，1927年，第212页。

解释。

在阅读唐五代两宋词的时候，刘永济可以说是胜义纷呈。举几个例子来说明。他在读牛峤《忆江南》《前调》两首时说："凡咏物之词，非专止描写物态，必须寄托人情。"[1]在读冯延巳《谒金门》词时说："冯词首句，无端以风吹池皱引起，本有讽意，因中主已觉，故引中主所作闺情词中佳句，而自称不如，以为掩饰。意谓我亦作闺情词，但不及陛下所作之佳耳。二人之言，争锋相对，非戏谑也。试以史称冯作相时，不满于'人主躬亲庶务，宰相备位'之语证之，二人言外所指之意，自然分明。此虽词家故事，而吾人读词之法亦可于此得之。"[2]从这些阅读实践可以看到，刘永济那些在文学论框架里面对比兴的解释，可以说在这些具体的解释实践里都被他自己的阅读实践推翻了。但是他从来没有在这些阅读实践里面，对比兴概念做出新的说明。一个大胆的解释是，刘永济大概不觉得这里存在着什么问题，也就是说他的矛盾在他那里没有成为一个问题。他也没有像浦江清那样将自己"文学论"的知识结构中形成的比兴说带入到阅读实践当中。以温庭筠在现代词学历史中被重新发现为例，温庭筠的词被重新发现，浦江清等新派学者有充分的自信来驳斥张惠言在《词选》里对温词的解读，[3]这不能不说浦江清除了处于整理国故之后现代学术的科学化大潮之中获得的话语权

---

[1] 刘永济选释《唐五代两宋词简析》，中华书局，2007年，第17页。
[2] 刘永济选释《唐五代两宋词简析》，中华书局，2007年，第31页。
[3] 参看浦江清《词的讲解》，《浦江清讲古代文学》，凤凰出版社，2010年，第64—65页。

便利之外,一个更为重要的原因是受到了西方文学理论的启发。用浦江清的话来说就是:"古人认为诗词只可以意会而不能求甚解者,因为诗词的语言是特殊的,需要读者特殊的修养。现代的诗学理论家以及从事于形而下的文法、修辞、章句的分析者,用意即在帮助读者的修养。"[1]这里可以看到在过去不会被充分阅读的词句现在可以铺陈说明,讲得绘声绘色。例如,在读温庭筠《菩萨蛮》之中"小山重叠金明灭,鬓云欲度香腮雪"一句时,浦江清说:"朱孟实先生在《诗论》里说:绘画是空间的艺术,故主描绘而难以描述,其叙述也化动为静,在变动不居的自然中抓住某一顷刻。诗是时间的艺术,故长于叙述而短于描绘,其描写物体亦必采取叙述动作的方式,即化静为动。如'巧笑倩兮,美目盼兮','池塘生春草','塔势如涌出,孤高耸天宫','鬓云欲度香腮雪','千树压西湖寒碧',皆是其例。此说本德人莱森之诗画异质说而推阐之者。"[2]浦江清的新见无疑是受到了朱光潜的启发,追根溯源,也就是德国美学家莱辛"诗画"说的影响。他不仅不拒绝西方美学的概念,而且非常认同。不过,浦江清在分析第二首中"水晶帘里颇黎枕"时说:"因中文可省略述语,故描写静物静景较易,上引莱森之《诗画异质说》及朱孟实先生之《诗论》,谓诗人描写景物,必须采取动作的方式,化静为动者,按之中国诗词又不尽然了。"[3]他还说:"中国之艺术,有共同之特点,如山水画之不讲透视,

---

[1] 浦江清《词的讲解》,《浦江清讲古代文学》,凤凰出版社,2010年,第64页。
[2] 浦江清《词的讲解》,《浦江清讲古代文学》,凤凰出版社,2010年,第70页。
[3] 浦江清《词的讲解》,《浦江清讲古代文学》,凤凰出版社,2010年,第72页。

词曲不论观点,皆不合科学方法,而为写意派之作风。"[1]尽管浦江清好像在讲述一种中国传统的特殊性,其实这只是一种"类别"意义上的区分,在实践中从来就不曾妨碍过他用西方的学术资源来具体地分析中国古典作品以及对中国自身的概念系统进行"暗度陈仓"的转换。

在现代词学历史中,对温庭筠《菩萨蛮》十四首的解读可以说几乎很少见到出浦江清之右的论述。作为一位从东南学术语境之中成长起来的学者,他对新文化运动后所形成的新学术不是一味地赞成,所以他在对古典诗词进行阅读的时候,从未忘记或者放弃中国古典诗学里固有的资源,特别是"比兴""情景交融"等。然而,不得不注意的是,那些固有的概念已经是在西方学术资源的照耀之下重新阐释的了,这样,即使他所强调的中国诗学自身特点的前提也是以西方理论的眼光来提问和实践的。同样是依据比兴寄托来解释温庭筠的《菩萨蛮》,张惠言读出的与浦江清读出的截然不同。原因就在于浦江清对传统的"比兴"的理解。他认为:"比兴也是一个思想的跳跃,是根据类似或联想以为飞度的凭借,这是属于思想因素本身的,不关于语言的。比兴在诗词的语言里有代替逻辑的作用,比兴是诗词的思想的一个逻辑。"[2]又说:"诗词主抒情,但如只是空洞地说出那情感,作者固有所感,读者不能领略那一番情绪。作者要把这情绪传递给别人时,必须找寻一个表达的艺术。假如他能把触发这一类的情绪的

---

[1] 浦江清《词的讲解》,《浦江清讲古代文学》,凤凰出版社,2010年,第86页。
[2] 浦江清《词的讲解》,《浦江清讲古代文学》,凤凰出版社,2010年,第55页。

事物说出，把引起这一类的情绪的环境烘托出来，于是读者便进到一个想象的境界里，自然能体验着和作者所感到的那个相同的情绪，所以诗词里有'赋'，有'比'，有'兴'。"[1]正是这些对传统比兴的重新阐释并且作为一种方法论来阅读温庭筠的词，温庭筠才被浦江清阐释成属于传统的一部分，而又看到了和传统不同的部分。如果跳出文学的领域，把目光放大到整个现代人文学术，就不得不承认这样一个基本事实，现代学术的形成相当大的程度上得益于西方相关学术资源。用余英时的话来说，就是："现代'国学'与传统考证之间的一大区别即在'概念化'（conceptualization）之有无或强弱。'概念化'是达到'纲举目张'的不二法门，系统的知识由此而建立。"[2]无疑在文学里面，比兴作为一个传统诗学的关键词被提出来，然而这个比兴是一个现代学术的概念。在这个似旧实新的观念里，传统诗词的阅读方式被重新调整，而看起来那些调整不过是在尊重传统的前提之下进行的。在浦江清看来，比兴只是一种抒情方式，不存在什么需要深求的地方，是非常清楚的共有的一种人生的情感。要想体会出来，浦江清以为似乎并不难。而在前面论述过的张尔田、龙榆生等这些学者看来，需要艰难地求索的过程，无疑刘永济在他的阅读实践中也是这样认为的。又比如郑文焯曾经说到王鹏运阅读吴文英《贺新郎·陪履斋先生沧浪

---

[1] 浦江清《词的讲解》，《浦江清讲古代文学》，凤凰出版社，2010年，第50页。
[2] 余英时《原"序"：中国书写文化的一个特色》，《中国文化史通释》，生活·读书·新知三联书店，2011年，第143页。

看梅》:"半塘先生云:初读此词,不得其解。后见说部中谓沧浪为韩蕲王别墅,始知君特意之所在。词中多感咏当时遗事,藉看梅以发思古幽情,良有以也。"[1]王鹏运难道不知道比兴寄托的理论,但是他仍然不懂这首词。只是在反复研索之后才豁然开朗。这也就是说只有在阅读实践之中,比兴寄托才能不断地成为一种价值选择,一种阅读原则,一种活的传统。同时,刘永济的阅读实践里面对比兴寄托的运用不是单纯的概念阐释,还传递了一个重要的讯息。刘永济在一条名为"诗人托兴之言不可泥看"的笔记里面写道:"诗词中有托物寄兴之辞,每变化无方。晏殊有《踏莎行》二首,皆用春风、行人、杨柳,而意有别。其一曰:'垂杨只解惹春风,何曾系得行人住。'其一曰:'春风不解禁杨花,濛濛乱扑行人面。'二词皆有春风、行人,所指者同,唯一用'垂杨只解惹春风',一用'春风不解禁杨花',一用'何曾系得行人住',一用'濛濛乱扑行人面',二语迥然不同。盖皆托意韩琦、范仲淹被谪事,非泛泛咏杨花、垂杨也。曰'垂杨只解惹春风'乃指言官虽有谏阻人君者,终难救谪去之人。曰杨花'濛濛乱扑'而'春风不解禁'之,则此杨花乃进谗之人,观'濛濛乱扑'可知。"[2]这段话说明刘永济深得比兴寄托之三昧。这无疑是说即便能够知道比兴寄托作为一种理论原则也不代表能够将之在一种阅读实践里展开。在刘永济关于唐五代两宋词的阅读实践中,最为特别的地方是他将比兴真的作

---

[1] 郑文焯《大鹤山人词话》,孙克强、杨传庆辑校,南开大学出版社,2009年,第189页。
[2] 刘永济《文学论 默识录》,中华书局,2010年,第282页。

为一种阅读原则，不断地去探索那些闺情、咏物等词之外的寄托。无论是龙榆生还是夏承焘，都没有像他那样在具体的词作阅读实践上走得那样的遥远和坚定。例如他对晏几道《前调·二月和风到碧城》的解读："此词通首咏柳，细味之皆含讽意。……作者意中必有所指之人，必系权势煊赫于一时者。"随即他引证《宋史·吕夷简传》的材料认为："此词所讽，当指吕氏。"[1] 像这样的阐释在他的讲义里可以说是触目皆是。如果只是大而化之地用所谓常浙合流来解说刘永济或者民国词学的发展，那么就忽略了刘永济最为核心的一个特点，就是他守住了常州词派的立场。这个他没有明说，他也不可能明说，他也不愿意承认，相反按照他的认知他不仅不能说自己是站在常州词派立场之上的，而且还得有意识地让自己站在一个客观的标准上去看词学历史。但是，在他的阅读实践里，可以看到他最为重要也最为核心的地方还是对常州词派传统的认同。

刘永济这种阅读实践中对于比兴原则的处理，对于我们来说还有更多意义。它构成了对于现代学术研究思路的一个反思。这里以李商隐为例子来说明问题。常州词派的比兴寄托与李商隐诗歌所提出的问题是同质的。这一点在讨论龙榆生与胡适时做出过说明。宇文所安在他关于晚唐诗的著作里，谈到李商隐诗歌复杂性问题时说："中国传统社会后期占主导的阐释传统是从诗人生活中找到诗篇中最终指向人类的以历史为根基的特定价值。现代评论

---

[1] 刘永济选释《唐五代两宋词简析》，中华书局，2007年，第47页。

家在否定根据推测的传记背景做出早期阐释时,常常说诗篇缺乏'深意'。即使这些评论家在否定清代一些牵强附会的阐释时显然很正确,但失去那样的阐释便使诗篇失去了传统意义上的'严肃性',从而丧失了更重要的价值。"[1]但是宇文所安不想再在"艳情"与"比兴"之间选择了,他说:"研究李商隐朦胧诗的最好方法,不是去试图评价某种特定参照结构,无论是艳情的还是政治的,也不要试图为特定诗篇构建场景,而是详细分析这样一首诗如何既指向一个隐藏的所指,又阻止一种轻易的连贯性。也就是说,我们应该搁置某种最终的经验所指对象的问题,将诗歌视作意义形成的一个过程。"[2]那些帮助宇文所安摆脱争论的新的历史场景的建构,其实也是宇文所安所主观选取的。不过,在那些新意之外,重新回到那些"复古"的"没有新意"的阅读上去的时候,在这样的语境里亦未尝不构成与新学术的一种内在的对话方式。宇文所安提倡构建一些历史背景的东西,也就是历史细节的东西,例如他很敏锐地强调唐代诗歌传播的问题,强调诗歌抄本这一物质形式的问题。他带来新鲜视角的同时,在处理具体诗篇时也无疑犯了一个历史主义的错误,他巧妙地躲避了历史上无法解开的争论,对于过去的中国传统的阅读者来说,无非是选择用比兴或者艳情来处理李商隐诗歌里面的一些作品,并且将之作为李商隐的特点之所在。从

---

[1] 宇文所安《晚唐》,贾晋华、钱彦译,生活·读书·新知三联书店,2011年,第340页。
[2] 宇文所安《晚唐》,贾晋华、钱彦译,生活·读书·新知三联书店,2011年,第356页。

来没有一个阅读者想到去逃避,他们的阅读本身就是要将自己置身于历史之中,要去寻找到作者的意图,而不是在一个巧妙的对阅读史的评论之中获得"研究"的意义。但是这些对宇文所安来讲又不会构成一种负担,在说到断代史的写作问题时,他回应道:"我不想批评这种观念,因为这是一种历史真实,而现在人的思维也同样是历史真实。从这种角度看,我不用承担这样的历史,所以我更自由些。"[1]宇文所安避免在阅读实践中依托一种意义判断,这只是现代学术里面客观化追求的一个表征而已。悖论的是,这种追求同样出现在构成对这一种思路批评的刘永济那里。

在阅读王沂孙的《齐天乐·咏蝉》时,刘永济对端木埰的解读提出了批评:"虽似可比附,实非可尽信。"这个批评倒是平情合理,关键是刘永济紧接着说:"盖端木生当清末,目睹朝廷于庚子八国联军入京之后,仍然歌舞升平,心有感触,故于读此词时一发泄之,遂不免掺入个人主观感觉也。"[2]端木埰的解释见于王鹏运的四印斋《花外集跋》,端木埰的解释在现代词学史中非常著名,他对王沂孙的这首词固然有句句比附的不足,但是这并不妨碍后来者像詹安泰等人对它的肯定。对于端木埰来说,读王沂孙这首词的意义无疑正是在于对自己所处政治语境的一个回应。刘永济这里批评端木埰的特殊之处是,他将这个意义作为主观的不合理的成分给否定了。类似的问题存在于

---

[1] 《宇文所安谈文学史的写法》,《东方早报·上海书评》2009年3月8日。
[2] 刘永济《微睇室说词》,中华书局,2007年,第236页。

刘永济那里的还有：常州词派有何意义，它在现代学术语境里需要面临什么问题？这些问题被刘永济以一个普遍主义的"文学论"取代了，尽管这个"文学论"并没有用一个绝对的西方文化资源或者绝对的中国传统文化资源来建构它。他说："文艺之事，析之有三端焉：一者，人情；二者，物象；三者，文词。文词者，人情、物象所由之以见者也；人情、物象者，文词所依之以成者也。三者之相资，若形、神焉，不可须臾离也。故偏举之，则或称意境，或称词境；统举之，则浑曰境界而已。"[1]刘永济只将注意力放在了一种科学的阅读方法上，他曾经说："盖研诵文艺，其道有三：一曰，通其感情；二曰，会其理趣；三曰，证其本事。三事之中，感情、理趣，可由其词会通，惟本事以世远时移，传闻多失，不易得知。"[2]他在这里非常特别地将"本事"列为"研诵文艺"的重要项目之一，其实是他一贯的思路，在《十四朝文学要略》里他就说："诗贵婉讽，文或隐避，语有本正而若反，词有意内而言外。苟非生与同时，游与同处，将何从探其用心，得其本事耶？"[3]他列举了《郑风》二十一首、《离骚》、阮籍《咏怀诗》、李白《蜀道难》、韦应物《滁州西涧》、温庭筠《菩萨蛮》、苏轼《卜算子·缺月挂疏桐》作为例子说："雁山辽水之间，锦帐熏笼之侧，江湖魏阙之地，蒹葭白露之时，荆棘禾黍之中，衡门宛丘之下，忧喜之事万端，而啼笑之情无两。所以思君怀友之作，可托之男女怨

---

[1] 刘永济《词论》，中华书局，2007年，第137页。
[2] 刘永济《词论》，中华书局，2007年，第138页。
[3] 刘永济《十四朝文学要略》，中华书局，2007年，第37页。

慕之词;爱国忧时之心,可寄之劳人思妇之事。"[1]还比如在分析史达祖《双双燕》的时候说:"邦卿《咏燕》余语皆题中精蕴,惟'红楼归晚,看足柳昏花暝',得题外远致。读之觉所咏之物与咏物之人融而成一,而'柳昏花暝'四字中,包含无限之事,此无限之事,或不能说,或不忍说,或不敢说,而又不能不存之胸中,不能不形之笔墨,而'昏暝'二字,适足以尽之。"[2]他对"柳昏花暝"还有一个更为细致的说明:"考史为韩侂胄中书省堂吏。凡韩有所作为,史无不知者,其间不少'昏'、'暝'之事,皆所'看足'者。史虽'看足'韩之'昏'、'暝',而不早引退,卒之韩败,史亦遭黥面之辱。"[3]从中可以看到他用比兴寄托来读史达祖这首词,真是非常之精彩。但是,看不到他自己与这些"本事"的探索以及用比兴寄托来读那些作品有什么关系?这个问题在端木埰那里不会构成一个问题,因为对于端木埰来说,那么不厌其烦地细析王沂孙的词,对其言外之意进行研索,这个过程是双重意义的,既读懂了王沂孙词本身,又赋予自己这个阅读本身以意义。在端木埰对王沂孙词的分析里面,在"蝉"这个物的后面不仅有王沂孙在,还有他自己这个"萧条异代不同时"的端木埰在。然而,对于刘永济来说,在他心中始终横亘着一个现代学术的框架。他因为这个框架区分了比兴寄托的主观部分和客观部分,甚至他将文学纳入了一个普遍主义的阅读规范当中。"本事"也就与他所一直强调

---

[1] 刘永济《十四朝文学要略》,中华书局,2007年,第39页。
[2] 刘永济《词论》,中华书局,2007年,第159页。
[3] 刘永济《微睇室说词》,中华书局,2007年,第219页。

的"以意逆志"联系在一起，无论是在讲到屈赋还是讲到吴文英词时，他都不厌其烦地重申他对于"以意逆志"的理解。刘永济将它当作一种现代学术研究"方法"，而不是一个不断地在变化的历史语境里面能够生产出"意义"的方式，在这里刘永济将自我从阅读当中抽离出来，这必然导致他既可以接受现代文艺的方法，又可以接受传统的比兴寄托理论。既然如此，回到前面所提到的两个矛盾，他当然不会站在常州词派的比兴寄托这样一种政治阅读的价值立场之上去反驳夏承焘，也不会看出王国维的问题。万云骏在谈到周邦彦词时有一段论述："'倚楼一霎酒旗风，任扑面、桃花雨。'(《一落索》)'梅风地溽，虹雨苔滋，一架舞红都变。'(《过秦楼》)'渭水西风，长安乱叶，空忆诗情宛转。'(《齐天乐》)'风雪惊初霁，水乡增春寒。'(《红林檎近》)这四季节序的变化，'岁有其物，物有其容，情以物迁，辞以情发。'这些不但词中作为自然环境而存在，不但作为物我交融的抒情手段而存在，而且也常常寄托着身世之感、家国之思于其中。我们对此不宜逐句比附穿凿，破坏词的形象的完整性，但在古代比兴传统影响下的唐宋词人，在唐代特别是在晚唐，'以艳情寓慨'创作实践影响下的唐宋词人，能够说他们在写闺房花草之中绝无寄托吗？"[1]万云骏在这里的论证显然有点急迫了，但是谁说"古代比兴传统影响下的唐宋词人"这句话是可以得到客观论证的呢？谁又说"他们在写闺房花

---

[1] 万云骏《清真词的比兴与寄托》，施蛰存主编《词学》第2辑，华东师范大学出版社，1983年，第4—5页。

草之中"就必有寄托呢?[1]刘永济没有发觉王国维的问题和万云骏没有真正说清楚自己的理据是同一个问题。在现代学术的框架之内这些问题都是无法解决的,当他们踏入现代学术的游戏规则场域里时,就注定了他们是一个"失败者"。他们没有人敢掀翻现代学术的规则,说比兴寄托就是"我"的立场,"我"就是如此来阅读词的。

不过,刘永济也并没有说让阅读本身失去意义,他依然在他的现代文艺的知识谱系里加入了"文化"这个具有价值判断的视角。但是,将他自己从一个主体问题上抽离出去时,这个"文化"本身也是非常抽象了,变成了一个纯粹的知识立场的展示。刘永济也将温柔敦厚、比兴等作为文化的一部分来思考。这种特殊性的建构本身是值得反思的。就像宗白华对于中国画的特殊性的描述,就引起学者的反思:"以游移式的视点来画出一种'无穷的空间和充塞这空间的生命[道]'。这种论点在20世纪30年代的中国文化界中相当流行。它固然是对中国绘画的形象在主张绘画革命者的各种恶评中稍微有所补济,将一般西人所持的'中国画无透视'之刻板印象修正为'中国画有另种不同于西方的透视',但其得失之却还值得争论。"这个争论就是:"中国方面的论者虽然援引了西方的论点,认识到中国绘画中特有的'另一种'透视观与空间意识,但是,如此一来实无异于放弃了传统反对以'形似'论画的基本立场,而改以西洋画的'再现'议题为根本的论

---

[1] 这种犀利的质问可以参看林玫仪对罗忼烈的批评,林玫仪《论清真词之寄托》,《宋代文学与思想》,台湾大学中文研究所主编,台湾学生书局,1989年,第327—361页。

述中心。"[1]可恰恰是那样的一种文化论可以在新文化运动之后，赋予刘永济的学术视野以意义和价值。在这一点上，他和陈寅恪、朱自清的思路是一样的。过去的文学经典在现代学术框架之内如果要寻求意义的途径，只能是人文主义的或者说文化民族主义的表述方式，在这里阅读主体的历史性和独特性、特殊性显然就没法被认可也无法被描述。朱自清认为："经典训练的价值不在实用，而在文化。有一位外国教授说过，阅读经典的用处，就在教人见识经典一番。这是很明达的议论。"[2]他也曾经和陈寅恪讨论过关于大学国文的选文，他在日记里面说："上午陈寅恪先生来谈，选文应能代表文化，普鲁士教育部曾选希腊文选一部，由委员会选定，历多年而成，牛津大学即采用之。"[3]那时候陈寅恪刚写了一篇《吾国学术之现状及清华之职责》，文章里说："国文则全国大学所研究者，皆不求通解及剖析吾民族所承受文化之内容，为一种人文主义之教育，虽有贤者，是不能不以创造文学为旨归。殊不知外国大学之治其国文者，趋向固有异于是也。"[4]然而，人文主义教育的这个角度则有可能依然是一种西方普遍主义的论述的翻版。如果说"选文应能代表文化"，那么是不是像朱自清、浦江清他们在阅读实践当中所展现出来的就是一个样板？如果那样的话，的确看到了许多矛盾。可以

---

[1] 石守谦《对中国美术史研究中再现论述模式的省思》，范景中、曹意强主编《美术史与观念史》第4卷，南京师范大学出版社，2007年，第6页。
[2] 朱自清《经典常谈》，生活·读书·新知三联书店，1980年，第5页。
[3] 《朱自清全集》第9卷，江苏教育出版社，1997年，第263页。
[4] 陈寅恪《吾国学术之现状及清华之职责》，《金明馆丛稿二编》，生活·读书·新知三联书店，2001年，第362页。

说从《学衡》开始,就追求一种人文主义的价值目标。至今无论在中国还是西方,人文主义还是阅读和人文学术研究的核心追求,罗蒂认为文学阅读当中一旦失去了一种浪漫主义的质素,一种启示价值,那么:"人文学科的学习将会继续产生知识,但是它可能不再产生希望。人文主义教育可能变成19世纪70年代的改革以前牛津和剑桥大学里的情况:仅仅是用于准许进入上层社会的旋转门。"[1]此外,他还认为:"我们应该高兴地承认,经典书目是暂时的,检验标准是可代替的。但是,这不应该使我们丢弃经典观念。我们应该认为文学经典是伟大的,因为它们启发了许多读者,而不是认为文学经典启发了许多读者,因为它们是伟大的。"[2]然而,在探讨我们自己阅读历史的时候,不能简单地接受西方人文主义教育的话题。首先考虑的可能不是文学经典是不是能产生希望,能不能变成一个"想象的共同体"的中介物,而首先需要去清理我们自己在新文化运动以来,在西方人文主义论述的启发之下形成的一套处理过去文学经典的方式以及其内在的矛盾。如果说人文主义的话语,曾经在应对新文化运动造成的文化断裂上起到了将一部分传统价值保留下来的作用,但是不是也应该重新去探讨那个过程中出现的问题来形成对这个知识谱系的反思。前面所分析的刘永济的内在矛盾,给予我们重新认识这些问题提供了一个历史性的视野。

---

[1] 理查德·罗蒂《文学经典的启示价值》,范欣译,理查德·罗蒂《哲学、文学和政治》,上海译文出版社,2009年,第123页。
[2] 理查德·罗蒂《文学经典的启示价值》,范欣译,理查德·罗蒂《哲学、文学和政治》,上海译文出版社,2009年,第123页。

最后，还想再强调一下刘永济在 1960 年秋天讲授吴文英词的讲义。在这个讲义里，刘永济没有回应新文化运动以来对于梦窗词的质疑，也没有将他的文学论带入到梦窗词的文本分析当中，他讨论的对象主要是陈洵的《海绡说词》里对于梦窗词的分析。他和陈洵一样在非文学论框架的比兴寄托的理念之下，研讨梦窗词的结构以及其言外之意。在此刘永济似乎像是一位没有受到过新文化运动影响的旧学者，没有受到过任何现代学术的挑战。他不需要去问读它们的意义，也不需要去思考学术以及历史语境的变迁给这种阅读带来的变化。这样看来，的确可以看到陈洵和刘永济这两代人之间内在的本质联系，常州词派的比兴寄托作为一个"活的传统"在他们之间没有改变。在这里阅读一首词就是阅读一首词本身，它不再去回应文学论框架中的问题，不再去考虑是否具有阅读的新意和创新性，不再考虑是否要担当起文化的人文主义的意义。刘永济说："借此将吴词细读"，"因为要讲授，就与个人自己欣赏不同。自己欣赏，遇着难于理解的，常常用陶潜'不求甚解'或杜甫'读书难字过'的话自恕了"。[1] 这里刘永济所说的"不求甚解"，令人丝毫不觉得是一种文人式的潇洒姿态，而是对词之比兴寄托深有兴味之言。用陈廷焯的话说就是："意在笔先，神余言外，极虚极活，极沉极郁，若远若近，可喻不可喻，反复缠绵，都归忠厚。"[2]但是，只有看到了之前的变化才能理解这里不变的东西，

---

[1] 刘永济《微睇室说词》，中华书局，2007 年，第 121 页。
[2] 陈廷焯《白雨斋词话》，上海古籍出版社，2009 年，第 190 页。

因为那些理所当然的前提，用现代学术语言来说就是那些政治的、伦理的前提以及历史的主体都已经发生了变化，换句话说就是："一切都必须在理性的法庭面前为自己的存在作辩护或者放弃存在的权利。"虽然在上面描述了这种不变的在变化中的意义，但似乎还是不能在现有学术框架里直接去复述刘永济那个阅读实践本身所包含的丰富意涵。退一步说，或许所能做的仅是为我们的阅读文学经典提供一种新的可能性，并且理解获得这个新的可能性背后所背负的新文化运动以来的那段历史。

毫无疑问的是，刘永济一生都在追求建立文化的连续性。但是，他不像吴宓具有鲜明倔强的态度，也不像陈寅恪那样在学术里时时存有那样一种抱负和关怀。他似乎一直在最大限度地将自我的价值追求从学术之中抽离出来，他无疑是他那一代词学家里最为大胆地在阅读实践当中展示出比兴寄托活力的学者，但是他没有自觉到那种实践所显示出来的东西和他本身的历史语境形成了怎样的批判关系与对话形式。洛维特在分析布克哈特时说："连续性的意义就在于自觉地延续历史传统，因为针对不断更新的革命意志，必须保持传统。布克哈特的基本体验就是自法国革命以来欧洲身处其中的那种传统的迅速崩溃，面对眼前那种与欧洲传统中一切有价值东西决裂的畏惧，则是他对自己的历史任务的自我理解的基础。他的历史研究和对连续性的近乎拼命的坚持，是对他那个时代的革命潮流的一种强烈的反应。"[1]显然，像布克哈特那种连续性的自

---

[1] 洛维特《世界历史与救赎历史》，李秋零、田薇译，生活·读书·新知三联书店，2002年，第28页。

觉意识是刘永济所不具备的。吴宓在 1961 年南下看望陈寅恪，路经武汉，他在 8 月 26 日的日记里记录下了他和老友刘永济聊天的感受："与弘度兄谈，知弘度兄等生活之供应，心情之舒畅，改造之积极，对党之赞颂与佩，皆远在宓之上者也。"[1] 吴宓用这一连串的排比句记录下当日的感受，显然这和几日之后在广州见到陈寅恪的感受不大相同。这样一种对于现实政治的处理，代表刘永济对自己一种文化连续性追求的处理方式，不知道那是否有他性格上的原因，然而从他一生的学术历程来看，似乎这才是刘永济，这看似矛盾的东西是他学术理路的内在逻辑的合理展开。

三、比兴的旅行

把词作作为一个文本，某种意义上是现代教育制度的产物。现代的课堂教学基本要求需要让学生懂一首词的好处，知道一首词的结构等等，而不能仅仅是吟诵和模仿。同时与现代课堂要求相同步的是整个现代人文学科的客观化、科学化趋势，传统的词话自然也不缺少对于词的赏析，但是因为其批评话语的模糊性而备受诟病，例如什么是"勾勒"，什么是"留"等，都带有个体的经验特质，无法获得公共性和普遍性，都需要用现代学术语言去重新阐释。而西方文艺理论话语自 19 世纪末以来在中国的流播，赋予了研究对象天然的客观化和科学化的身份和方法

---

[1] 《吴宓日记续编》第 5 卷，生活·读书·新知三联书店，2006 年，第 151 页。

路径。俞平伯的《清真词释》、浦江清的《词的讲解》,之前提到的刘永济以及沈祖棻等的著作就是这一脉络中典型的代表文本。在这个脉络之中,叶嘉莹也是一个值得分析的例子。叶嘉莹对中国古典诗词的知识积累很大一部分来自她的老师顾随的引导以及她对《人间词话》的研习。在她的身上记录着20世纪新学术面对中西文化问题时的某一种完整的思路。这条思路从现代中国一直延宕到现在,就是希望在传统派和西化派之间走出一条既能认同中国文化传统之精髓,又能吸取西方优秀文化的学术和文化观念的道路。在叶嘉莹的晚年,她重新开始了与中国传统词学理论最重要的代表常州词派的积极对话,并且对常州词派的比兴寄托说有了"了解之同情"。如果说并不存在一个本来的既得的传统,而传统都是我们在具体的语境当中不断建构起来的,也是在我们和过去的对话中形成的,那么这中间的复杂性就值得重新探知。现在似乎不能草率武断地认为与传统已经不可对话,或者倔强地认为我们与传统之间可以直接地对话,而是应该重新对我们所熟悉的"传统"本身提问,是什么样的历史、政治以及理论资源让一些东西被归纳进传统而另一些东西则被排除在了传统之外。如果将叶嘉莹这个词学上的变化过程不断地往后推进一个历史的场景里,在这个场景之中的叶嘉莹会向我们讲述更多的东西。

叶嘉莹完成《王国维及其文学批评》以后,作为对于王国维认同的逻辑上的必然,她写了一篇批评常州词派的文章。但是,在1980年代和缪钺合作《灵谿词说》之后,她开始系统地重新思考自己的词学见解,也就是在此时她又一次走近了常州词派。这一次她对常州词派的词学理论有了新的理解。在分析周邦彦以及他之后的南宋慢词的时候，王国维《人间词话》中批评南宋词的立场显然失去了效用，不可作为分析的依凭。在叶嘉莹看来，王国维是用读五代北宋那些直接感发的令词的方法来读这一类慢词，当然是不能发觉它们的好处，她提出了一个"赋化之词"的分类。同时，也正是在阅读这一类慢词时，是她在理论和文本上离常州词派最近的机会之一。在读周邦彦以及他之后的慢词时，叶嘉莹大量征引了常州词派的论述和评点，表示了欣赏、赞同。不过她所提出的"赋化之词"真的能够解释清楚周邦彦之后慢词的好处吗？常州词派的理论家周济在评柳永的《雨霖铃·寒蝉凄切》时说："清真词多从耆卿夺胎，思力沉挚处，往往出蓝。"按照叶嘉莹的理解，周邦彦的词是因为一种所谓的赋体写作方式来写词而造成了一种思力上的出色。这里所谓的"思力沉挚"仅指一种铺叙写法上的变化？为了讨论其中的原委，就先从"千古词宗"周邦彦的一首代表作《兰陵王》开始分析。

> 柳阴直，烟里丝丝弄碧。隋堤上、曾见几番，拂水飘绵送行色。登临望故国，谁识、京华倦客。长亭路、年去岁来，应折柔条过千尺。　闲寻旧踪迹，又酒趁哀弦，灯照离席。梨花榆火催寒食。愁一箭风快，半篙波暖，回头迢递便数驿，望人在天北。　凄恻，恨堆积。渐别浦萦回，津堠岑寂，斜阳冉冉春无极。念月榭携手，露桥闻笛，沉思前事，似梦里、泪暗滴。

对于词的第一部分,叶嘉莹认为:"此词之开端数句,表面虽似乎仅为对柳之物态的铺陈叙写,并无直接感发之力,然而一加思索,便可以体会出其意味之无穷。"[1]而第二部分则上启第一部分的送别之情,下启第三部分的别后之情。[2]虽然叶嘉莹似乎非常赞同周济、陈廷焯对于周邦彦的评点,对于词的言外之意有所体悟,但正是他们在言外之意的理解上的分歧,让我们看出了叶嘉莹与常州词派貌合神离之处。在叶嘉莹看来,这首词的好处在于用一种赋笔或者说铺陈描摹的曲折笔法来写离别之情和宦场沉浮的感喟,让人感觉到一种言外之意、意蕴深厚的美感。在常州词派的陈廷焯看来是因为周邦彦为自己的淹留之故"欲露不露",而只写淹留之苦、淹留之感所以让人觉得兴味无穷,非常深厚。同样觉得兴味无穷,那么这两者有何不一样的地方呢?

现在将目光放置在叶嘉莹对于《兰陵王》结尾的理解上。对于这首词的最后一句:"沉思前事,似梦里、泪暗滴",叶嘉莹认为这句话的儿女私情与这首词的第一段所寄予的宦场沉浮的感喟并不合拍,她以柳永的《八声甘州》为例,认为这是"婉约词人的一般特色"。她曾经在分析"长亭路,年去岁来,应折柔条过千尺"句时,引用过陈廷焯的一则词话:"美成词极其感慨,而无处不郁,令人不能遽窥其旨。"对陈廷焯的评点叶嘉莹是引为知音的:"这话不失为对周词的吟味有得之言。"这则词话曾被

---

[1] 叶嘉莹《唐宋词名家论稿》,北京大学出版社,2008年,第167页。
[2] 叶嘉莹《唐宋词名家论稿》,北京大学出版社,2008年,第168页。

她在对周邦彦词的分析中大幅引用过两次。可是就在这一则词话里,陈廷焯对《兰陵王》的结尾明确地大为褒奖:"遥遥挽合,妙在才欲说破,便自咽住,其味正自无穷。"是什么造成了叶嘉莹对于陈廷焯这句极为重要的评点的"视而不见"而得出一个和陈廷焯完全相反的结论呢?我们可以再读一遍被叶嘉莹所称赞的这一则《白雨斋词话》:

> 美成词极其感慨,而无处不郁,令人不能遽窥其旨。如《兰陵王》[柳]云:"登临望故国,谁识京华倦客"二语,是一篇之主。上有"隋堤上,曾见几番,拂水飘绵送行色"之句,暗伏倦客之根,是其法密处。故下接云:"长亭路,年去岁来,应折柔条过千尺。"久客淹留之感,和盘托出。他手至此,以下便直抒愤懑矣,美成则不然。"闲寻旧踪迹"二叠,无一语不吞吐。只就眼前景物,约略点缀,更不写淹留之故,却无处非淹留之苦。直至收笔云:"沉思前事,似梦里、泪暗滴。"遥遥挽合,妙在才欲说破,便自咽住,其味正自无穷。

问题就在于这个"旨"字。叶嘉莹以为"长亭路,年去岁来,应折柔条过千尺"或者整首词里所隐藏的"旨"就是"年年岁岁无尽无休的送行离别,也就是无尽无休的宦海沉浮"。而陈廷焯说得非常清楚,这句词是写"久客淹留之感",用陈洵的话来说就是这句词的上一句和下一句都是为"'京华倦客'四字出力"。(《海绡说词》)陈廷焯所说的"不能遽窥其旨",其实就是"若隐若现,欲露不露,反复缠绵,终不许一语道破"的意思,这正是清真词的妙处所在。在陈廷焯看来这个"旨"本来就是"欲露不露",正因为这样才使得整篇词显得沉郁、兴味无穷。就这首词来说"旨"就是"淹留之故",但究竟是什么作者始终不明说,这就造成了一种反复缠绵的兴味,处处都似乎有了一种吞吐之致。一直到词的结尾,似乎刚要直接说出"淹留之故"却又收住,从而造成了一种"其味正自无穷"的审美感受。只有理解了这个"旨"才能够真正把握和理解这首词内在的结构和深厚味道所在。叶嘉莹理解的"旨"和陈廷焯的"旨"显然不一样。在陈廷焯这里"旨"也就是比兴寄托,他认为这首词是有寄托的,但是周邦彦表现得"欲露不露",所以难以猜测究竟,这是造成这一首词缠绵悱恻的根源。可是叶嘉莹显然觉得这个"旨""不能遽窥"的原因不在于周邦彦有什么特别的事情或者寄托欲露不露,而是周邦彦的一种赋体的写作方式的特色,读词的人只需要以一种思索去体会它的言外之意,就可以体会到周邦彦的"旨",这个"旨"不是寄托而是一种情感,一种在铺陈描摹中隐晦表达出的宦海沉浮之感喟。既然有了这样的认识,叶嘉莹就只能通过语言形式的分析来建立《兰陵王》和词体的幽微要眇的审美特质之间的关系,所以她解读起来就颇为顺畅。她轻易地从这首词的第一句就一下子把握住了整首词的意蕴,基本上每一句词都指向对于宦海沉浮的感喟。在结构上无非是从写别前之情到写别后之情,一直到词的结尾"念月榭携手,露桥闻笛,沉思前事,似梦里、泪暗滴",叶嘉莹才发现按照她的解释文本出现了断裂。她感觉到"结尾数句的写情之语,似不免过于直叙,缺少了冯、李、晏、欧诸家词写情时之意象环生的感发之力"。即便她又接着说如果用思索去探求的话,最后这几句词"极为沉痛深挚",这种解释其实非常勉强和随意了,说明她不清楚这个"旨"的真正意思。就在同一则词话里陈廷焯说道:"大抵美成词一篇皆有一篇之旨,寻得其旨,不难迎刃而解。否则病其繁碎重复,何足以知清真也。"叶嘉莹恰恰就犯了陈廷焯所批评的错误。叶嘉莹在评论周邦彦的词之后,还推荐了俞平伯所写的一篇旧文《辨旧说周邦彦〈兰陵王〉词的一些曲解》(1961年)。阅读完俞平伯的文字,我们惊讶地发现在那篇文章里俞平伯说:"他(陈亦峰)就不得不承认自己看不懂,所谓'不能遽窥其旨'。这里可见他有了根本的误会,否则不会看不懂。……其实写了这么一大篇的歌词,始终'不写'、'不说破',从文学的技巧上恐怕也是不容易办到的。"[1]和陈廷焯如此相异的词学见解能够被叶嘉莹同时接纳,结合上面的分析,就不值得奇怪了。

分析到这里,可以回答一开始的疑问了:叶嘉莹觉得赋体这种写作手法是造成周邦彦《兰陵王》幽深要眇的原因,而陈廷焯认为比兴寄托才是产生这首词兴味无穷的原因,既然源头不一,那么对于"兴味无穷""幽微要眇"的内涵当然也就貌合神离,以致在整首词的内在结构和情韵的理解上都最终南辕北辙。不过任务到这里还远没结

---

[1] 俞平伯《辨旧说周邦彦〈兰陵王〉词的一些曲解》,《文学评论》1961年第1期。

束，我们需要溯源追本，究竟是什么让叶嘉莹修改了这个"旨"的意思，还让她感觉到自己对常州词派对于南宋词的评点的理解觉得合理。这样想来，她与常州词派的关系就不能不引起我们进一步分析的兴趣。叶嘉莹对于常州词派的重视源于她要去探寻诗与词这两个文类的区别究竟在哪儿？她对于诗与词的区别曾经在不同场合多次提到，下面是她比较典型的一段论述：

> 中国的诗之妙处，外国要从语言学，从外表、从技巧、从手法来分析；而中国是讲兴发感动的，只说这个人，如杜甫是忠爱缠绵。但是忠爱缠绵不代表他的诗好，中国真正的好诗是要有忠爱缠绵的内涵，并能用语言把忠爱缠绵的内涵恰如其分地表现出来。所以中国诗一定注重的是兴发感动，这是毫无疑问的。而且不管哪一派的诗家，不管是严沧浪的兴趣、王渔洋的神韵，主要重视的都是诗歌本身兴发感动的作用，所以诗人的本质是重要的，你有了好的东西如何表现。而词不是诗人言志的，不能够用读诗的方法来欣赏和评述词。所以当词一出现，这些诗人文士就感到困惑了，不知道什么样的作品才是好词。[1]

她认为诗歌是言志抒情、注重兴发感动的，而词则主要是一种幽微要眇的、引人生言外之想的审美特质。她关

---

[1] 叶嘉莹《清词在〈花间〉两宋词之轨迹上的演化》，《南京大学学报》（哲社版）2009年第2期，第105页。

于诗词之别的想法在张惠言那里都找到了回应,这也是她对张惠言的《词选》有了重新理解的重要缘由。在《对常州词派张惠言与周济二家词学的现代反思》(1996年)中,她对自己1970年代初的一篇文章《常州词派比兴寄托之说的新检讨》进行了补充:"张氏说词的许多误谬和拘限,可以说乃是完全由于受到传统文论比兴寄托之说限制的缘故,至于他所提出的'意内言外'之说,则既掌握了词之美感的一种特殊品质,而他所提出的'兴于微言'之说,则也显示了他对于词之语言符号之作用的一种敏锐的感受和掌握的能力。"[1]叶嘉莹在这里对张惠言的观点所作出的评论,应该说放弃了张惠言最核心的概念"比兴"说。也就是说相隔近二十年,叶嘉莹的看法有一个根本的一致性就是对张惠言的比兴寄托大为不满。我们还可以从她对常州词派另一位理论家周济常被称引的一段词话的分析中看出她对否定比兴寄托说的坚持。周济在《介存斋论词杂著》里说:"感慨所寄,不过盛衰:或绸缪未雨,或太息厝薪,或己溺己饥,或独清独醒,随其人之性情、学问、境地,莫不有由衷之言。"[2]叶嘉莹认为:"周氏此一则词说所提出的虽是寄托之内容的问题……却无一不是属于贤人君子幽约怨悱的感情心态,而这其实也就正涉及了词在美感方面的一种特殊的品质。"[3]在此她非常明确地将词的幽约要眇的审美特质定位在"贤人君子幽约怨悱"的感情心态上而不是寄托的内容上。周济还提出了"有寄托"

---

[1] 叶嘉莹《词学新诠》,北京大学出版社,2008年,第140页。
[2] 参见《清人选评词集三种》,尹志腾校点,齐鲁书社,1988年,第192页。
[3] 叶嘉莹《词学新诠》,北京大学出版社,2008年,第143页。

与"无寄托"的说法:"初学词求有寄托,有寄托,则表里相宣,斐然成章。既成格调,求无寄托,无寄托则指事类情,仁者见仁,智者见智。"[1] 她明白虽然周济的"无寄托"说似乎"补救"了张惠言《词选》里面以寄托之内容来说词的比附方式,但是这个"无寄托"还是来自"有寄托",这未免让叶嘉莹觉得十分遗憾。如果我们把叶嘉莹对于周济的批评从正面来理解的话,叶嘉莹倒是在一个相反的方向上把握住了常州词派最根本的理论纲领——比兴寄托说。可惜,叶嘉莹是在和这个纲领分道扬镳时发现它的。其实,早在《论词学中之困惑与〈花间〉词之女性叙写及其影响》(1991年)这一篇长文里,叶嘉莹就对张惠言之后常州词派里最为重要的两位理论家周济和陈廷焯提出了认同和不满,这段长言对于探明叶嘉莹和常州词派的关系很重要,引用如下:

> 周、陈二氏之说,当然不失为对小词之富含感发作用与多层意蕴之特质的一种体会有得之言。至于他们所犯的错误,则就其明显之原因言之,乃是因为他们都受了张惠言的比兴寄托之说的影响,因此遂将读者所引发的偶然之联想,强指成了作者有心之托喻。而如果就其根本的内在之原因言之,则实在乃由于他们对小词中之女性叙写所可能造成的双性人格之作用未能有清楚的认知。[2]

---

[1] 参见《清人选评词集三种》,尹志腾校点,齐鲁书社,1988年,第193页。
[2] 叶嘉莹《词学新诠》,北京大学出版社,2008年,第93—94页。

读完上面一段话就比较清楚，她对常州词派的认同在于，她认为常州词派的理论家都体会到词体的一种幽微要眇、言外之意的审美特质，但是那些理论家错误地将比兴寄托作为这种审美特质的源泉。既然如此，那么叶嘉莹必须重新来解释究竟是什么才是产生了词体这种幽微要眇美感的源头？同时又是什么样的自信心和理论立场让她对常州词派理论家能够既认同又批评？这两个问题有着同一个答案。她通过对于西方女性主义著述的研读，以"近世倚声填词之祖"《花间集》为例认为，词和诗相比具有独特的幽微要眇、引人生言外之想的原因在于：第一，《花间集》里的女性形象是无家庭伦理身份的"本无托喻之心，而极富象喻之潜能的女性形象"；第二，词的女性化语言，所谓"诗庄词媚"；第三，《花间词》包含有"由男性作者使用女性形象与女性语言来创作所形成的一种特殊的品质"。[1]这样，作为词体之祖的《花间集》所具有的雌雄同体的性质一直从《花间集》为代表的歌辞之词、苏轼为代表的"诗化之词"影响到周邦彦为代表的"赋化之词"，正如她自己所言后两种词"虽然不再完全保有《花间》词之女性与双性的特质……却都各自发展出了一种虽不假借女性与双性，却仍具含了与《花间》词之深微隐富含言外意蕴之特质相近似的、另一种双重性质之特美"。[2]叶嘉莹由此"成功"地重新阐释了比兴寄托说，并且倒置了

---

[1] 对这三点的详细阐述可以参见叶嘉莹《词学新诠》，北京大学出版社，2008年，第67—86页。叶嘉莹多次在文章里面反复阐述自己的这个思路，和这里的阐述基本相同，其不同之处也仅在于阐述上的繁简之别。
[2] 叶嘉莹《词学新诠》，北京大学出版社，2008年，第100页。

常州词派内部的理论上的逻辑关联。在常州词派看来是一首词本身所内含的比兴寄托带来了一首词的低回要眇。她却倒置过来认为："张惠言所提出的兴于微言，以相感动之说，就正表示张氏的比兴寄托之说，原是由微言之兴发感动而产生的。"[1]比兴寄托由产生词体审美特质的原因，变成了叶嘉莹所阐释的词体审美特质来源的结果。就是在这里她和常州词派发生了一个最为关键性的分叉。她将为这次对于常州词派的理论改写做出很多支离破碎的弥补工作。

从上述叶嘉莹的观点来看，张惠言、周济、陈廷焯等这些常州词派的理论大家虽然体会到了非常关键的词体的审美特质，可没有弄清楚源头所在。既然常州词派的词话是传统词学里最重要的评论来源，那么他们根据"比兴寄托"所写的一系列词话还有价值吗？叶嘉莹认为是可以的，如果说在"歌辞之词"和"诗化之词"里用比兴寄托的方式来说词作者的有心寄托是大谬不然的，那么在"赋化之词"有心寄托的一部分词里常州词派终于得到了救赎。用她的话来说就是"张惠言的比兴寄托之说特别适用于第三类赋化之词之有心安排托意的一些作品"。也就是说，在"赋化之词"里叶嘉莹终于和常州词派站在了一起，全面地认同了常州词派的价值，不管是对于词体的认知还是比兴寄托的说词方式。传统词学里面的最有价值的一部分好像看起来在一位现代学人的学术工作里得到了继承。

---

[1] 叶嘉莹《词学新诠》，北京大学出版社，2008年，第139页。

叶嘉莹大致认为在两方面常州词派的理论特别有价值。第一，对词体的一种幽微要眇的审美特质的体会。第二，是对于词与世变之间的关系的阐述。她在《论词之美感特质之形成及反思与世变之关系》里写道："常州词派之后继及其影响之深远，并非是一些偶然的机缘，而是与清中叶以后以至晚清之世变，有着密切之关系。……周氏之说（即周济的'诗有史，词亦有史'）实在可以说是对词之特质的一种深有体会之言。"[1]对于后一点叶嘉莹极为重视，她对于世变与词的历史发展关系可以说完全受到常州词派的理论启发，她写了多篇从"词史"说来分析晚清史词、汪精卫词、陈曾寿词的文章。不过，基于上面分析周邦彦的代表作《兰陵王》的经验，我们还是怀疑叶嘉莹是真的明白了常州词派的本意了吗？为了打消这个疑问，还是从她解读的一首周邦彦《渡江云·晴岚低楚甸》开始看起。这篇解读的文章收入在叶嘉莹自己认为"我所出版过的各种论词之作中论说最具系统、探讨也最为深入的"《唐宋词名家论稿》一书中。在一开始她就旗帜鲜明地表示对俞平伯父亲俞陛云的《唐宋词选释》里的解读不满，认为"未能得其真义"。俞陛云认为这首词"善写客愁"，叶嘉莹则采罗忼烈的说法"当是入都途中水路过荆南作"，认为这首词是有寄托的，上半阕写的是政局的转变，而下阕写的是新旧党争之多变。不过奇怪的是，为什么对于周邦彦词最有心得的周济、陈廷焯、朱祖谋、陈洵等诸位词家对于这首词都没有予以注意呢？难道是叶嘉莹自己发现

---

[1] 叶嘉莹《词学新诠》，北京大学出版社，2008年，第212、215页。

了这首词的独特艺术价值？叶嘉莹之所以将这首词当作周邦彦的一首代表作提出来，一个重要的原因是这首词确有寄托，其作用在于确证周邦彦词写作上的一种隐微曲折的赋体风格。周邦彦这首词虽有寄托，但是整首词看起来显得辞意浮露缺少深厚的兴味，不是周词当中的佳者，例如里面的"愁宴阑、风翻旗尾，潮溅乌纱"即是如此，和常州词派推尊周邦彦的期待相距甚远，所以几乎所有常州词派的诸大家都不会注意这首词。问题还是在于叶嘉莹她虽然读懂了这首词的寄托之意，认为不了解这首词的寄托之意有些地方就不可以理解，这些知识资源都是来源于常州词派，但不是凡有寄托的词都是好词，陈廷焯在《白雨斋词话自序》中就说："夫人心不能无所感，有感不能无所寄，寄托不厚，感人不深，厚而不郁，感其所感，不能感其所不感。"也就是说为什么常州词派会讲"寄托"，是简单地指明作者的用意，是将词的释读当作一种简单的考证？寄托与文本的关系究竟是在比兴上还是一种写作修辞的变化上？说到这里，我们可以再联系上面对于周邦彦《兰陵王》的分析，叶嘉莹不承认那首词有寄托，但又认同陈廷焯的分析，所以带来了一系列的误会和歧义。那么，现在她又主动认为王沂孙的词是最符合常州词派的比兴寄托说的，我们当然会怀疑这一正一反的背后会不会隐藏着同一个不变的观念？为了更加清楚地说明这个问题，继续看她对王沂孙著名的《天香·孤峤蟠烟》的解释：

> 孤峤蟠烟，层涛蜕月，骊宫夜采铅水。汛远槎风，梦深薇露，化作断魂心字。红瓷候火，还乍识、

冰环玉指。一缕萦帘翠影,依稀海天云气。　　几回殢娇半醉,翦春灯、夜寒花碎。更好故溪飞雪,小窗深闭。荀令如今顿老,总忘却、樽前旧风味。谩惜馀熏,空篝素被。

和常州词派的庄棫、陈廷焯等人的看法相同,叶嘉莹认为这首词在字面之外隐含了易代之悲。对于这首词,庄棫、陈廷焯认为是因谢太后事而发,对此王国维已经证明这个考证不准确,经过夏承焘在《乐府补题考》里的考证认为《乐府补题》是因杨琏真伽发宋陵之事而作,庄棫、陈廷焯和夏承焘虽有不同,然而他们都认为这首词是因事而发,不单单是宽泛的对于南宋覆亡的悲慨。叶嘉莹在阅读这首词时,已经非常明显表示对于夏承焘考证的认同,但她还是不愿意明确地说这首词的题旨就是因宋少帝赵昺崖山之事而发,而只愿意说这是写士大夫的亡国之恨。现代学者对于常州词派解读宋词的方法常有批评,认为其中常常有不合史实的地方。叶嘉莹对于此类论说当然早有所知,所以她在早年的《常州词派比兴寄托之说的新检讨》一文里对此申说甚详,认为要言出有据,不可妄加比附。这看法单独看起来当然是极为正确的。但是在这里,夏承焘的考证明明已经得到了她的认同,她为什么还是动摇去寻找亡国之痛这样一种似乎更为宽泛的说法呢?使她发生动摇的原因是什么?这充分说明原因不是在于词的本事能否得到考证的问题,这不过是一个追求"客观科学"的普遍主义的现代意识形态的幌子,一定另有他因造成了她另外的选择。在此陈廷焯的一段话值得认真对待:"《词选》

云：碧山咏物诸篇，并有君国之忧。自是确论。读碧山词者，不得不兼时势言之，亦是定理。或谓不宜附会穿凿，此特老生常谈，知其一不知其二。古人诗词有不容凿者，有必须考镜者，明眼人自能辨之。否则徒为大言欺人，彼方自谓超识，吾则笑其未解。"然而，在以清楚明白、科学客观为价值标准的现代意识形态之下，常州词派所追求的那种"沉郁""烟水迷离"的审美感受在现代学术里就变得困难重重。

叶嘉莹或隐或显地流露了她在这里与常州词派的不同："以碧山之时代和身世，就其所用之词汇、典故以及作品中的意象，所可能引起的一些有关托意的联想而已。我们的这种解说方式，是完全以诗歌本身所具有之感发的力量为依据的，也就是说就诗歌本身所表现的感发之力而言，已足够提示我们，作者在写作时很可能更怀有一种表面之文字以外的感动，这种感动才是写寄托之词的一种基本要素。"[1]是什么让她那么觉得"已足够提示我们"？是一首词里面的词汇、典故和作品中的意象。那么这和她所理解的"寄托"有什么关系呢？这就又涉及她对"比兴"的理解。叶嘉莹认为："比与兴二种写作方式，其所代表的原当是情意与形象之间的两种最基本的关系。比是先有一种情意然后以适当的物象来拟比，其意识之活动乃是由心及物的关系，而兴则是先对一种物象有所感受，然后引发起内心之情意，其意识之活动乃是由物及心的关系。前者之关系往往多带有思

---

[1] 叶嘉莹《迦陵论词丛稿》，北京大学出版社，2008年，第193—194页。

索之安排，后者之关系则往往多出于自然之感发。像这种情意与形象之间的关系，可以说是古今中外之所同然。"[1]她在这里将"比兴"当作两种不同的写作方式来看待，而其中的"比"在她看来是等同于常州词派的比兴寄托的，常州词派的"寄托"在这里被解释成"感动才是写寄托之词的一种基本要素"。然而，在常州词派的理论里，比兴与寄托之间是互相依存的关系。正如詹安泰所说："有寄托之词，大抵体属比兴，而矢口直陈不与者，既无所假借，其盘郁于中者，举宣泄乎外，一望了然，固不关乎寄托者。"[2]为什么常州词派要逆推词的寄托所在，就是因为不如此则不能体会词的"比兴"。所以对于词之"本事"的发明就不单单是一种历史的考证，而是领会一首词的"烟水迷离"的妙处，感受到兴味无穷必要的途径。在常州词派里也就经常比兴寄托连用。从上面的叶嘉莹与常州词派的对比中，可以看到在叶嘉莹这里，本来常州词派理论里的寄托与比兴的关系也就是"意内而言外"的关系没有了，变成了直接的"情与物"的关系。物只是情的一个媒介，情与物的关系实际上是独立的。既然咏物词的"寄托"是一种情意，而这种情意在叶嘉莹看来是通过一种思索的方式表现出来的，所以只要弄懂了词汇、典故以及意象就可以联想起"情意"，也就可以把握一首词的"寄托"了。这样看来，上文提到的叶嘉莹的动摇就可以理解了：叶

---

[1] 叶嘉莹《词学新诠》，北京大学出版社，2008年，第32页。
[2] 詹安泰《詹安泰词学论集》，汕头大学出版社，1997年，第224页。

嘉莹既然没有觉得杨琏真伽发宋陵这个"本事"与词的文本本身所具有的一种"比兴"上的关系，那么她当然对夏承焘这条非常重要的考证表现的兴趣仅仅是一种表面的史学的认知，其作用仅仅是一种佐证，这种佐证的意义在于在物与情之间建立一种实证的联想关系。

情与物的关系由常州词派的内在的比兴关系变成了一种联想的关系。所以我们看到的叶嘉莹的解说始终是一个"摆脱"文本的过程，一个不断联想到情感离文本而去的过程。叶嘉莹对于南宋的咏物词的"情与物"的关系有一个区分，这个区分对于我们理解她对于"比兴寄托"的看法也很有帮助。她认为周邦彦的咏物词是"脱离诗化而真正达到词化的一位作者""为后来南宋词人咏物者开启了无数变化的法门"[1]，可是她没有详细解释过她所褒奖的周邦彦的咏物词而是全部引用了常州词派对他的评论，但是她倒是说清楚了另一位南宋咏物词的大家姜夔词中"物与情"的关系："在姜氏词中之物，往往只是其一己观念中某些时、空交错之情事中的一种提醒和点染的媒介。"[2] 她举了《疏影·苔枝缀玉》为例："昭君、胡沙、深宫等字样，遂更可以使读者生一层托喻之想，以为可以暗寓北宋之亡，徽、钦二帝被虏，诸后妃相从北去之感慨。……不过，姜氏还只不过是字面上有此点染暗示而已。"[3] 这个解释看起来没有什么问题，也讲清楚了字面以外的意思。然而我们可以对比一

---

[1] 叶嘉莹《唐宋词名家论稿》，北京大学出版社，2008年，第286—287页。
[2] 叶嘉莹《唐宋词名家论稿》，北京大学出版社，2008年，第288页。
[3] 叶嘉莹《唐宋词名家论稿》，北京大学出版社，2008年，第291页。

下郑文焯对于这首词的解释："此盖伤二帝蒙尘，诸后妃相从北辕，沦落胡地，故以昭君托喻，发言哀断。"前者是由昭君等词想到了北宋之亡，而后者则是先有"伤二帝蒙尘，诸后妃相从北辕，沦落胡地"，再以"昭君"为托喻，这看起来是无关紧要的一正一反而已，但是在叶嘉莹这里显得非常重要，因为恰恰可以看出叶嘉莹对于"比兴寄托"的理解与常州词派的差异：前者显然是一种联想的关系，而后者则是"意内言外"，点出了这首词的"比兴寄托"的手法。

在这里随即还有一个问题值得讨论，叶嘉莹一再说到"联想"，那么这里的"联想"是不是自然生成的？显然是因为她预先受到了常州词派对于王沂孙词的解释的影响。可是，她在解释"比兴"的时候就已经去除了从文本内部来理解常州词派意义上的"比兴"的可能性，那么只有借助于联想的方式来架构起常州词派这种解释的合理性。此时，叶嘉莹采取了一种"倒放电影"的方式来说王沂孙的咏物词，好像她从一开头就和常州词派站在了一起，本来这一切都应该是天衣无缝的，然而正是在她讨论的过程中露出了破绽。因为寄托由产生比兴的原因，在这里成了一种"联想"的结果。这里还可以举两个例子来说明她知道了常州词派的结论却用另外的方式来推导所带来的问题。第一个例子，重新回到上面引用的王沂孙那首词。其中有一句词"荀令如今渐老，总忘却尊前旧风味"，叶嘉莹认为是："一笔翻转，遂将前面所写的春夜剪灯之种种温馨美好之情事，蓦然全部扫空，使人顿生无限悲欢今昔之感，这正是王沂孙在以思索安排为主之铺陈中，仍能富于直接之感发之又一证明。"[1]而陈廷焯则认为这句词："必有所兴。但不知其何所指。读者各以意会可也。"也就说这句词不是简单的字面的感发，而是运用了比兴寄托的手法。此外，陈廷焯曾经将同在南宋末年的家国巨变之中的张炎和王沂孙比较，认为："玉田词感伤时事，与碧山同一机轴，只是沉厚不及碧山。"如果果真如叶嘉莹所说"感动是寄托之词的一个基本要素"，那么同在词里感伤时事的张炎和王沂孙怎么会有高下之分呢？显然这里叶嘉莹将寄托仅仅解释成"感动"或者一种情感是站不住脚的。

现在可以清楚叶嘉莹对于比兴寄托的理解，这也可以回答在上文提到的叶嘉莹为什么会将常州词派比兴寄托说的合理性牢牢地限定在南宋的咏物词上。因为只有在南宋的咏物词里，最能够找到她所理解的"比"的对应物，这也是她引用周济"咏物最争托意"（《宋四家词选序论》）这句话的原因所在，倒不是说她真的理解了周济这句话的意思，因为周济说"最争托意"但是没有说只有咏物词才是有托意的。这样，她读不出论文一开始所引用的周邦彦《兰陵王》那首词的托意也是情理之中的事情。

转了一个很大的圈子，才回到叶嘉莹词学理论的一个基柱上来，但是这一圈是很有必要的。通过这些分析可以看到那么多破碎的矛盾，促使我们不得不重新来反思她的一些根本的论点。因为单独地看起来或者说抽象地看起来，她似乎的确可以展现出一个关于文本诠释的乌托邦。然而就在文本的实践中，最美好的东西失去了

---

[1] 叶嘉莹《唐宋词名家论稿》，北京大学出版社，2008年，第297页。

它朦胧的一面，传统的理论中真正不可化约的地方开始显示出某种力量，而传统的真正力量就在于它总是在被我们以为获得它征服它的地方提出它的问题和抵抗。叶嘉莹认为"赋化之词"里还有一个高下之分，例如王沂孙就不比周邦彦与吴文英。她曾经说过这样一句话："词学中之比兴寄托之说，遂也从五代北宋之本无托意而可以引人生比附之想的情况，转入为一种纵有喻托之深意，而却以使人难指说为美的情况了。"这是对周济的无寄托以及陈廷焯所说的"极虚极活，终不许一语道破"的认同。看起来她已经完全和常州词派站在了一起。不过通过上面的分析，不能不怀疑这只是一个理论的乌托邦。

上面的讨论还需要有一点补充，叶嘉莹对于"比兴"的阐释实际上就是为了融合常州词派和王国维的两种不同的词学理论。如果说常州词派的比兴寄托说对应的是她对于"比"的解释，那么王国维的"境界说"就正好对应着"兴"的解释。她将词分成歌辞之词、诗化之词和赋化之词同样是为了调和常州词派和王国维之间的不同。然而王国维的"境界说"实际上与西方哲学家叔本华的"直观说"紧密相关，王国维曾经将中国的比兴概念对等于叔本华的"直观"[1]。叶嘉莹虽然没有像王国维那样站在叔本华的哲学立场上非常彻底地将"直观"作为文学作品的最大优点，这使她避免了王国维那样的明显错误，不过这样的避免只能说是一种幸运，因为她并不清楚王国维

---

[1] 参见罗钢《本与末——王国维"境界说"与中国古代诗学传统关系的再思考》，《文史哲》2009年第1期，第20—21页。

那种错误的原因。所以王国维思考问题的基本结构还是牢牢地掐在了叶嘉莹的思考之中。就在叶嘉莹将王国维的"境界说"与"兴"联系起来的时候,也将内含于这个概念中的"直观"留存了下来。所以,当她用"形象与情意"来调和王国维和常州词派时,那些促成王国维将"形象""情""景"作为自足独立概念来使用的背后,那套西方知识资源开始暗暗地起作用了。除非能够有机会再重新回到王国维的"本源",否则仍然和王国维共享着最为本质的东西。其实不仅是叶嘉莹,很多阅读过王国维《人间词话》并浸淫在旧学之中的学者都或多或少批判地继承了王国维的想法,例如黄濬说:"静庵所举隔与不隔之义精,然须知不隔者,仅为毕篇之精粹,即清真亦不能首首皆如'叶上初阳干宿雨'也。"[1]虽然他不会像王国维那样认同"不隔"的词是好词,但是他很欣赏这个分类方式。所以这里的问题已经不仅是对王国维的"不隔"的批评而是涉及当《人间词话》开始作为一种理论经典的合法性建立的时候,传统的诗词忽然出现了一类叫作"不隔"的作品,但是在过去的批评话语的框架里这一类作品是自然而然被压抑的。这个分类不是中国传统本身的划分,而是来自被隐藏的叔本华理论。所以,一旦将这个分类不知不觉地和中国传统诗学一起互用的时候,所隐含的矛盾将和上面提到的"境界说"一样将会一触即发。类似的例子还有,胡适在《词选》里说:"这时代的词侧重咏物,又多用古典,他们没有情感,没有意境,却要作词,所以只好咏物。这

---

[1] 黄濬《花随人圣庵摭忆》上册,中华书局,2008年,第31页。

种词等于文中的八股，诗中的试帖，这是一班词匠的笨把戏，算不得文学。"叶嘉莹认为是因为胡适提倡白话，不知道所咏之物的情事以及对于其中的典故没有耐心探究的缘故。但是在面对端木埰对王沂孙《齐天乐·蝉》的释读的时候，叶嘉莹似乎又和胡适站到了一个立场上，认为胡适对于端木埰观点的评论"信口开河，白日见鬼"是可以说得通的。[1]是什么让他们殊途同归？一个最为简洁明了的解释就是他们都对中国传统的比兴内涵有了不同程度的陌生和摒弃。这可以看出一些现在被认为最为坚持传统的学者是如何地在调和不同立场中不知不觉地面对着一个个没有觉察的分裂，这些没有觉察的分裂正是整个近代以来中国文化所处困境的写照。

最后，再以沈祖棻为例说明比兴的旅行在她那里呈现的一些样态。沈祖棻在写作赏析文字时同样不仅仅是自我欣赏，而是力求对词作进行科学理解并且将其中的一些内容讲授给现代大学中的学生。但是与俞平伯、浦江清等多依托于西方文艺理论知识来阐释不同，她力求在传统文化的框架之内做出现代的阐释。这与其他单一地追求阐释新意者不一样，俞平伯和浦江清等人对于词的讲解时时都要追求一种传统中的人讲不出来的新意，过于从现代人立场去读词，例如俞平伯和浦江清对温庭筠《菩萨蛮》的解读即是如此，用意象、修辞等现代的方法构建起完全不同于传统的阐释系统，对清人张惠言等人的阐释进行了价值批判，重构了客观的、去价值化

---

[1] 叶嘉莹《迦陵论词丛稿》，北京大学出版社，2008年，第192页。

的阐释。但是,沈祖棻对于宋词的阐释则往往注意用西释中,尊重和认同传统阐释的基本价值。例如对贺铸《芳心苦·杨柳回塘》的阐释,虽然她的确用了联想、比喻等现代文艺修辞语言来讲解这首词,注意到作者在咏荷花时巧妙的艺术手法,但是这些阐释的基本指向没有将荷花的命运解释成为某一女子的命运,尽管这样的阐释更加符合现代人的趣味,符合新教育语境中对于阅读新意的追求。沈祖棻的阐释虽然看似客观化、科学化,其实内在有着自己的文化立场,就是这不是简单地将荷花譬喻为女子,而是作者的自况。这样她用现代修辞学的说理方式把诗骚阐释传统包装起来,实际上认同的是传统的比兴寄托阐释,而只有这样去阐释这首词才能更加深切地理解它的含蓄之美。

在将宋词文本化的过程中,沈祖棻特别注意通过对文本中的关键用字和结构来阐释其意义和价值。例如在对周邦彦《拜月星慢·夜色催更》的解释时,沈祖棻为了讲清楚清真词在结构上的精妙,她紧紧抓住其中的关键字词"谁知道""念荒寒"等将这首词叙事结构上层层递进的奥妙庖丁解牛式地解释得非常清晰,这里没有什么过多的文本之外的阐释,而是紧扣文本本身的脉络。而文本之外的过多阐释恰恰是现代学者在说词时候非常容易出现的偏好,正如朱自清在听顾随对辛弃疾词的讲演之后感觉到,顾随对文本讲解不多,而对文本之外的东西讲得比较多。沈祖棻的这一努力不仅贯穿于她的宋词阐释,而且贯穿于她对古典诗词阐释的整个韵文阐释学之中。对于用字的关注可以说是沈祖棻和程千帆的共同特点，在他们学术盛年曾经共同署名出版了《古典诗歌论丛》（上海文艺联合出版社，1954年），从其中收入的篇目即可看到他们对于从字词来阐释古典诗词及其理论有着很深的兴趣。也正是在这本书的绪论和后记当中，他们第一次正式地把"古典诗歌的研究，从语言开始"作为一个基本原则和方法论提了出来，成为他们共同的学术追求。

沈祖棻与传统词论的对话最有价值的部分体现在对于传统词话的再阐释，在她对宋词文本的阐释中，非常典型地体现出这个特点。这与她曾处在的学术语境相关，她在南京这个抵抗新文化运动甚力的文化空间中成长起步，深受汪东等师辈的器重，她对黄侃、汪东和刘永济等师辈词学观点的接受，证明她是自觉地将自己放置在晚清词学四大家的学脉之中的。在对秦观《满庭芳·山抹微云》的阐释中，她将周济《宋四家词选》中的"将身世之感打并入艳情"一句拈出，整篇就是围绕阐释论证这句评论的内涵，也只有理解了周邦彦的这层深刻用意才能更好地理解他在词的篇章结构上的精湛技艺。还有况周颐在《蕙风词话》中对晏几道《阮郎归·天边金掌露成霜》有评论云："'绿杯'二句，意已厚矣。"这句评论究竟如何理解？沈祖棻用了较多的篇幅阐释了这两句词，"写作客心情，吞吐往复，情感真挚"，这样就加深了我们对于传统词论价值的理解和认同。

沈祖棻的《清代词论家的比兴说》与詹安泰的《论寄托》一样，虽然是在不同历史背景下写成的，但是都不太敢直接肯定传统比兴寄托的根本价值，这里有社会政治环境的原因,也有思想话语规范性的影响,导致她似乎在处处立意,可又随时处处设防,生怕自己的立论滑向了清代词论家一边。这种阐述上的徘徊使得她将比兴说作为词的艺术方法之一,而没有上升为词的根本艺术特征的理论高度。但是,在艺术创作实践中沈祖棻显然是认同于比兴寄托的,这从程千帆的笺注可以见出,只是她缺少一种理论上的自觉和理论话语将这种立场用现代学术语言表达出来。这是她那一代新旧之间的学者基本相似的共同特点。程千帆曾说:"我国古代文学批评中的多数著作,具有省略过程,直抒结论,因而显得短小精悍的特色。它们远源于先秦诸子论道讲学,晋世清谈和唐宋儒家佛徒的语录。流风及于后世,产生了评点之学。其中不乏精论。但由于措辞过简,往往有使人难以了悟之处。将这些恍惚依稀的话作出平正通达的解释,也是今天研究古代文论的任务之一。"这段话平实准确,现在仍不失为阅读古代文学作品及评论的不二法门。但是,怎样"解释",又如何穿越纷繁的解释传统的丛林,找到一个深具"了解之同情"的立场,至少从以上的阅读史中的一些实践看来还不是那么容易达到的事情。

余 论
抵抗的学术史

一

晚清以来特别是新文化运动之后,现代中国人文研究与西学之间的关系问题一直是学术思想领域的核心议题,最容易引起争论也最容易吸引知识分子的讨论,例如国粹运动、整理国故运动等。这些学术思想运动以及围绕它们的一系列思想议题、政治争论、学术变迁构成了我们现代思想历史的一个重要部分。我们现在重新捡起人文研究的中西问题,无疑要面对、要承担那些纷繁芜杂的讨论以及其背后的历史本身。我们不能简单对接百年来的有关中西的各种论述,而是需要深入地发现我们与西方学术之间的历史性关系。当意识到西方已经成为我们现在学术话语的一部分时,意识到西方和我们的现代学科存在已经形成了血肉联系的时候,将"抵抗的学术史"的历史事实和理论思考打开并且引入到当下的人文研究的中西讨论中来就尤为必要。所谓"抵抗的学术史"就是将一种具有文化自觉意识的传统话语脉络发掘出来,对其进行语境化的分析并且进行价值判断。在"抵抗的学术史"问题意识中,什么是传统,传统内部的复杂性,这些问题需要重新讨论。"传统"在晚清以来的思想结构里之所以吸引人,就是因为借助于此,人们可以表达出对于现实的思考。然而,对于我们来说,最需要的不仅是将传统作为一个能动的政治性概念,而是将之限定在某一个学科领域。只有如此,我们才能有所依傍,有的放矢地探讨中西文化关系的历史性生成。也就是说,关于现代人文学术中的文化自觉的讨论,在目前的历史语境中,不需要急于直接对接历史上已有的关于中西的各种话语资源——中体西用、全盘西化等,而是需要重新在学术的框架内,打扫战场、梳理相关学术话语的历史形成,理解已有的中西问题如何深刻地进入自己的历史无意识之中。

此外,人文学科内部存在着差异,各自所要清理的问题和学科历史也不尽相同。提出写作一系列的人文学科内部的"抵抗的学术史",或许有人说,当接受现代学术分科的时候,就已经在传统之外了。我们认为,也只有在一个矛盾的语境之中,在一个不预设什么是传统、什么是现代的框架的讨论中,才能推进和展开人文学术的中与西的历史性的分析。

二

正如书中所分析的,在近现代词学中围绕姜夔《暗香》《疏影》的评价问题上或隐或显地存在着两个词学传统的碰撞,一个是以王国维为开端的传统,一个则是批评王国维的传统。前一个传统已经是我们的"读词常识",毋须详述。沈祖棻、万云骏、唐圭璋这些古典文学的重要学者,在对《人间词话》中关于这两首词的阐释进行批评的时候,一些文本内部的空白、矛盾和断裂引起了我们的兴趣。[1]例如,唐圭璋1938年在《斯文》杂志上发表《评〈人间词话〉》一文,对王国维批评姜夔表示不满。他说:"王氏之论列白石,实无一语道着。"沈祖棻在1947年《国文月刊》上发表了一篇《白石词〈暗香〉〈疏影〉说》,也提到王国维的观点:"此二词托意,比兴深微,遂以为隔,以为无一语道着……《诗》、《骚》以还,借物托喻,触兴致情之作,虑难具举,例以国维之言,则均无一语道着,岂其然乎?"[2]万云骏则批评属于王国维词学传统的刘大杰和胡云翼:"只相信自己对词的阅读、欣赏能力,而不相信千年来无数读者对词的欣赏能力。难道作品的好坏,可以无视千年来广大读者对它的鉴别、欣赏的艺术实践吗?"[3]表面上看来,能够构成他们对王国维批评的理论立场就是常州词派的比兴寄托传统,如果他们完全站在常州词派的立场,就不会存在他们词学论述之中的矛盾。然而实际上事情的面目并非如此清晰。如果问题在传统与现代的框架下轻易地被解释,那么就不能清晰地理解他们坚持的东西和放弃的东西,以及这些坚持与放弃的背后原因。只有理解了、解开了他们坚持的是什么、放弃的

---

[1] 关于此一问题的详细讨论,参见本书第四、五章。
[2] 沈祖棻:《白石词〈暗香〉〈疏影〉说》,载沈祖棻《唐宋词赏析》,河北教育出版社,2000年,第278页。
[3] 万云骏:《试论宋词的豪放派与婉约派的评价问题》,载万云骏《诗词曲欣赏论稿》,中国社会科学出版社,1986年,第302页。

是什么以及其背后的原因,我们才能真正打开历史深处的逻辑。万云骏他们在为自己的立场有意地辩护,又难以说清自己的理由。这说明了身在不同传统中的学者虽然意识到了某一种问题,但总有一些东西在阻止他们躬身自省。这些矛盾不仅不是负面的,而且非常真实地刻画了中西对话的过程史。

首先,建立抵抗的学术史研究框架,不是在现代学术话语中形成的新旧、中西的二元框架下建立讨论问题的坐标,因为那样的"旧"未必就是传统,而那样的"中"也未必是真的"中"。我们应该要去寻找到历史深处的有意识以及无意识的争论和矛盾。浦江清说:"在我们这一辈人,把中西分别得很清楚,但是,中西合流的新文化里所培养出来的青年,他们对于原来的'中'、'西'已不复能区别,在意识里只感觉到古今新旧的区分,以及纯文学与非文学的区别。"[1]他们在意识到自己在某种程度上属于传统、了解传统的时候,其实他们所理解的那个传统已经是在某些观念的指引下被修正过的传统。无论是浦江清还是朱自清,在阅读实践中都无法将他们所意识到的"中"贯彻到底,反而由此又衍生出所谓的中西糅合的方式。

其次,建立抵抗的学术史研究框架,需要我们在理论与实践的框架里,重新提出中西在具体实践中的问题,发现某种对抗的结构性。对于一些概念,不仅要分析它的西学来源,而且要能够弄清楚这个概念在运用过程背后的我们自己的"无意识"的历史。只有将一个概念的

---

[1] 浦汉明:《浦江清文史杂文集》,清华大学出版社,1993年,第241页。

运用，当作一个历史运动的过程细化出来，才能不抽象地理解，进而反思我们的知识结构。即使是一个中国本身的概念，也需要理解它在实际运用中的意义。如比兴寄托这个概念，在实践的运用中不是一个支离的可以混搭的批评方法，而是一个诗学原则、一种立场，围绕着这个立场形成了一个新的历史阐释结构。

第三，建立抵抗的学术史研究框架，需要寻找到可分析的最小的概念。在分析比兴理论的时候，用传统士人这个主体概念就远远不够（这恰恰是在传统与现代的框架结构里产生的传统话语），而必须要落实到一个不能再简化的概念——"风人"之上。例如，对刘永济的词学著述进行研究时，他的词学立场中的西学因素与中学因素交织在一起，在阐释中西文化因素背后的主体时，将刘永济仅仅作为一个具有某种传统文人特质的现代知识分子就远远不够。刘永济的复杂性在新旧、中西之间去描述似乎都不得要领。他强调比兴，意识到比兴的重要性，但是在《词论》等著述中，又用一种新的文艺学的话语来阐释。他赞成王国维，但又和夏承焘辩论姜白石词的寄托之意，是政治的而非姜白石私人情感的。这些矛盾都映射出只有通过"风人"这个文化主体才能深描出现代中国中西文化深层次的复杂性。

三

虽然我们无法判定上述提到的问题，会在今后对传统文学研究的反思中处于一个什么样的位置，形成一种什么样的力量。但是,历史本身就是充满着各种竞争和对话。这些已经被打开的矛盾、抵抗的复杂性,既然是我们无法回避的,那么它们就应该形成新的学术研究的起点。上面提及的一些新文化运动之后,不大被放到整个现代学术思想脉络里去考察的词学学者,他们有意或者无意透露出的矛盾,实际上形成了一个独特的学术视野。让我们从他们各不相同的坚持、矛盾和放弃中,看到对内在于我们的"现代学术"这个大题目,有了重新提问的可能性。"不识庐山真面目,只缘身在此山中",有时候或许正是对既往同在"此山"中的学者的重新阐述,倒让我们有机会见到"庐山真面目"。现在诸多著述甚至包括不断变化、与时俱进的各类通论性质的教材,已经让那些曾经被遗忘的学者及其著述回到现实中来,进入到研究者或者普通的读者视野里;同时各种资料汇编将不同时期的史料平行地并列在一起,无论是讲述一个学术不断进步的故事,还是谦虚地将古人和现代人的见解做出某种意义上的融汇,它们无疑提供了很多的资源。我们往往交错在不同的历史表述里面,从那些描述里得到滋养。尽管如此,还是必须去自觉反思自己所担负的立体多面的历史,为"抵抗的学术史"的建立奠定坚实的基础。

第一,重视对"过去的整体化"方式的讨论。有两种整体化的理解:一种是在晚清不断出现的对于历史的概括性看法,这得益于一些西学概念的引入而重新整理和简约化历史。《国粹学报》所启示的许多道路是一个典型案例,还有后面大量的国学概论等。需要补充的是,"过去的整体化"的方式虽然在传统学术系统里像清代的汉宋和今古文似乎已经给予一个梳理，但是其后面还未曾有一个西方学术的理念型分析概念。[1]还有一种整体化的意识就是整个生活本身的整体性。例如，词不仅作为一个文体，而且作为一种生活的方式和社会结构的一部分时，如何恢复这种生活的整体性？这个问题是许多研究民国旧文人的学者所面临的困惑，虽然新文化史理论已经在很大程度上大大减轻这个焦虑，但没有消失。

第二，重视社会科学的方法。吕思勉强调历史学是一种社会科学，这里暗含着晚清以来的一些学术上的潜在变动，将文化的话题放置在社会科学的视野中去重新理解。例如，费孝通曾经说了社会的两种理解方式。[2]费孝通的这两个理解，虽然很容易将人和社会结合在一起，但是要在学术范式之中糅合在一起则是极难的，这就是费孝通所说的他和钱穆之间的一堵墙，这一堵墙的跨越非常不易。社会科学的新知不断带来新的角度看待世界、自我和过去，从社会科学的角度，产生了很多对中国历史结构的新的分析，例如陶希圣、瞿同祖、冀朝鼎等，又如战国策派的国际政治的视野，就连钱穆的第一篇文章也是论及外交问题的。还有夏鼐的燕京大学时期的日记里对于"五四"的分析等都是例子。如果上推到清代——清代其实是我们

---

[1] 这种通过某个社会科学的概念来进行整体化的方式，正如费孝通所说："在具体现象中提炼出认识现象的概念，在英文中可以用 Ideal Type 这个名词来指称。Ideal Type 的适当翻译可以说是观念中的类型，属于理性知识的范畴。它并不是虚构，也不是理想，而是存在于具体事物中的普遍性质，是通过人们的认识过程而形成的概念。这个概念的形成既然是从具体事物里提炼出来的，那就得不断地在具体事物里去核实，逐步减少误差。"参见费孝通《乡土中国》，上海人民出版社，2013年，第4页。
[2] 费孝通：《个人·群体·社会》，载费孝通《文化的生与死》，上海人民出版社，2013年。

许多问题的源头——经世的知识结构与儒学意识形态之间的关系值得再梳理。例如曾国藩、左宗棠和胡林翼分别得益于《通鉴》《通考》以及《读史方舆纪要》，这是一种经世之学与意识形态的内部更新的双重工作。

第三，学术与政治的关系要分两层来看。一层是要充分注意到一位学者一生著述与行事具有的有机性，往往因为形象的历史塑造，容易只是截取其中的一段或者一面，这往往限制了我们看问题的方式。例如孟森是日本政法专业出身，在到北大之前有许多政论，这些政论与他的明清史研究构成了一个整体。另一层则是涉及研究者自身的政治立场问题。常常可以看到学者的一些看法和一般人的常识类似——所谓知识分子也是人，其实这就是一个时代的情感结构。也正因为对于现状的判断，历史叙事才可以呈现出粗线条。

中国知识分子延续着传统的士人精神，但是对现实进行文化角度的批判而非实际政治事务的处理成为现代学院知识分子的主要任务。此外，知识分子精神传统中的政学关系也因为大众舆论的产生，因为社会分工的变化，使得批判越来越具有专业分工的性质。以学术参与现实，更应将之看成一个现代性的现象。一些学者在论述历史问题的时候，常或真或假地表达出现实需要的紧迫感和首要性，这是社会思潮本身的激荡所致。但是，为了吸取历史的教训，我们即便是将史观放置于首位，那么也至少应该体现出自我反省。

第四，在"五四"之后，如何去阅读过去，面临着纷繁的问题。不同的人去重新阅读背后的动力都不一样，即便是所谓一个传统内部的也不一样。例如张尔田和黄节，这两位在"五四"之后坚守传统，对新文化运动都有所批评，回到传统，某种意义上就是回到儒家，但是儒家传统在他们学术思想内部的结构方式不会是单一的。张尔田对进化思想，对宗教、哲学的学术区分也不是不认同，但是不能只看到他有新的部分，或者说他实际上只是一个新旧杂陈的学术人物，而是需要探索那些所谓新的因素渗入传统学术背后的意图。在这个意义上，简单的新旧之分就不一定再具有特别的意义。黄节在注解阮籍诗歌时就说，他"重注"阮籍诗的缘由在于："惟诗之为教，最入人深。"不过同样值得注意的是，黄节"重注"的事业（包括为谢灵运、鲍照等做注），又不单单是注重儒家的义理，这里面涉及他对于诗之比兴的理解。如果细研他的"重注"，可以看到他是如何在一种实践中将诗之比兴这个"纲领"，与儒家义理以及他的历史语境勾连起来的。

换句话说，要理解黄节对儒家传统的坚守，不能仅仅描述他的一些对儒家道德价值观的直接陈述，必须去理解他将笺注与儒家文化的能动性，是如何在一个现实的文化语境中勾连在一起的。钱穆在《读〈诗经〉》里也描述了他对于比兴的理解，但是可以注意到他的理解基本是受限在朱熹的视野里，而且他将比兴推衍得非常广泛，变成了他的"文化论"的一个表征。他的讲法和黄节不同，和张尔田也不同，虽然他们都可以宽泛地归结到一个"五四"之后反传统的脉络里。只有清理他们的各自问题，阅读过去的不同方式，然后再跳出他们的思路，经过这样的一个迂回，大概才能跳出过去的语境里所形成的理解现代学术思想的一些范式,去寻找一个新的具有政治性的历史观。最后,现代学术得以产生的一个前提就是与过去的断裂意识。需要对这种现代学术的断裂意识有新的探索。现在所谓的激进与保守、新与旧等区分,在某一个历史意识形态的场景里当然有其理论意义,但不能用碎片化的历史事实来完全代替一种理论化的思考。如果以片面的历史事实来质疑一种总体性的论述,未必能够提出具有深度的问题。不过从另一个方面来看,如果没有那些细微的碎片的对于新的历史事实的发现,可能也不能产生出新的理论表述,产生出新的历史运动。问题是,不能满足于对于所谓历史边缘者或者新的历史材料的发现,关键是在这些新的材料对于既往历史观或者研究范式提出挑战时,是否能够将之理论化。

费孝通曾经说:"我的《生育制度》的话题还没有讲完,中国社会的活力在什么地方,中国文化的活力我想在世代之间。一个人不觉得自己多么重要,要紧的是光宗耀祖,是传宗接代,养育出色的孩子。把这样的社会事实充分地调查清楚,研究透彻,并且用现在的话讲出来,这是我们的责任。要让陈寅恪、顾颉刚这一代人做这样的事情,恐怕不行。我们这一代人的长处是接触了这个现代化的世界,我们的语言可以 communicate with the world,可以拿出去交流,人家可以懂得。我叫它 cross-cultural communication,我们这一代接受新学教育的人才能做到这一点。这是我们的长处。上一代人的长处是对传统文化钻得深。为了答复中国文化特点是什么的问题,上下两代人要合作,因为要懂得中国文化的特点,必须回到历史里边去。我们这一代人中还要有人花功夫,把上一代人的东西继承下来。不能放弃前面这一代人的成就。这条线还要把它理清楚,加以发挥、充实。"如何理解中国文学的传统,如何形成对于中国文学传统的文化自觉,费孝通所说的这段话颇为值得重视。这也是这本小书所想努力的一个方向。

参考文献

期刊

《词学》

《词学季刊》

《出版周刊》

《大公报·文学副刊》

《国粹学报》

《国文月刊》

《国文杂志》

《申报·文史周刊》

《斯文》

《同声月刊》

《新潮》

《小说月报》

《学术世界》

《学衡》

《亚洲学术杂志》

论著

曹伯言整理:《胡适日记全编》,安徽教育出版社,2001年。

陈水云:《清代词学发展史论》,学苑出版社,2005年。

迟宝东:《常州词派与晚清词风》,南开大学出版社,2008年。

陈平原主编:《中国文学研究现代化进程二编》,北京大学出版社,2002年。

——《触摸历史与进入五四》,北京大学出版社,2005年。

——《早期北大文学史讲义三种》,北京大学出版社,2005年。

——《中国现代学术之建立》,北京大学出版社,1998年。

陈引弛编校:《刘师培中古文学论集》,中国社会科学出版社,1997年。

陈廷焯:《白雨斋词话》,上海古籍出版社,2009年。

陈寅恪:《金明馆丛稿二编》,生活·读书·新知三联书店,2001年。

——《陈寅恪集·诗集》,生活·读书·新知三联书店,2009年。

程千帆:《桑榆忆往》,上海古籍出版社,2000年。

傅杰编校:《王国维论学集》,云南人民出版社,2008年。

傅斯年:《中国古代文学史讲义》,上海书店出版社,2008年。

——《傅斯年全集》,湖南教育出版社,2003年。

范景中、曹意强主编:《美术史与观念史》,南京师范大学出版社,2005年。

冯友兰:《三松堂自序》,人民出版社,1998年。

冯浩:《玉谿生诗集笺注》,上海古籍出版社,1979年。

顾学颉校点:《介存斋论词杂著 复堂词话 蒿庵词话》,人民文学出版社,1959年。

高阳:《高阳说诗》,辽宁教育出版社,1998年。

郭沫若:《中国古代社会研究》,河北教育出版社,2000年。

贺照田主编:《学术思想评论》,辽宁大学出版社,1998年。

黄侃:《黄季刚诗文钞》,湖北人民出版社,1985年。

黄濬:《花随人圣庵摭忆》,中华书局,2008年。

黄志浩:《常州词派研究》,中国社会科学出版社,2008年。

胡适选注:《词选》,中华书局,2007年。

——《国语文学史》,安徽教育出版社,2006年。

——《胡适文集》,北京大学出版社,1998年。

——《胡适古典文学研究论集》,上海古籍出版社,1988年。

胡小石:《胡小石文史论丛》,南京大学出版社,2008年。

况周颐著,屈兴国辑注:《蕙风词话》,江西人民出版社,2000年。

刘永济:《文学论 默识录》,中华书局,2010年。

——《文心雕龙校释》,中华书局,2007年。

——《唐人绝句精华》,人民文学出版社,1981年。

——《唐五代两宋词简析》,中华书局,2007年。

——《微睇室说词》,中华书局,2007年。

——《词论》,中华书局,2007年。

——《十四朝文学要略》,中华书局,2007年。

刘禾:《跨语际实践》,生活·读书·新知三联书店,2002年。

龙榆生:《词学十讲》,北京出版社,2005年。

——《唐宋名家词选》,上海开明书店,1934年。

——《中国韵文史》,上海古籍出版社,2002年。

——《龙榆生词学论文集》,上海古籍出版社,1997年。

梁启超:《先秦政治思想史》,天津古籍出版社,2003年。

罗志田主编:《20世纪的中国:学术与社会》(史学卷),山东人民出版社,2001年。

罗森著,孙心菲等译:《中国古代的艺术与文化》,北京大学出版社,2002年。

洛维特著,李秋零、田薇译:《世界历史与救赎历史》,生活·读书·新知三联书店，2002年。
鲁迅：《鲁迅全集》，人民文学出版社，2005年。
马奔腾辑注：《王国维未刊来往书信集》，清华大学出版社，2010年。
木山英雄：《文学复古与文学革命》，北京大学出版社，2004年。
理查德·罗蒂著，范欣译：《哲学、文学和政治》，上海译文出版社，2009年。
彭玉平：《人间词话疏证》，中华书局，2011年。
浦江清：《浦江清文录》，人民文学出版社，1956年。
——《浦江清讲古代文学》，凤凰出版社，2010年。
屈兴国：《蕙风词话辑注》，江西人民出版社，2000年。
钱穆：《中国史学名著》，生活·读书·新知三联书店，2000年。
——《八十忆双亲 师友杂忆》，生活·读书·新知三联书店，1998年。
——《国史大纲》，商务印书馆，1996年。
——《国学概论》，商务印书馆，1997年。
——《文化与教育》，生活·读书·新知三联书店，2009年。
——《学籥》，九州出版社，2010年。
——《晚学盲言》，生活·读书·新知三联书店，2010年。
钱锺书：《七缀集》，生活·读书·新知三联书店，2002年。
《宋代文学与思想》，台湾大学中文研究所主编，台湾学生书局，1989年。
孙康宜：《词与文类》，北京大学出版社，2004年。
孙玉石编：《王瑶文选》，北京大学出版社，2011年。
孙克强：《清代词学》，中国社会科学出版社，2004年。
——《清代词学批评史论》，上海古籍出版社，2008年。
沈祖棻：《宋词赏析》，中华书局，2008年。
——《沈祖棻全集》，河北教育出版社，2000年。

施蛰存主编:《词籍序跋萃编》,中国社会科学出版社,1994年。

施耐德著,关山、李貌华译:《真理与历史》,社会科学文献出版社,2008年。

唐圭璋:《词学论丛》,上海古籍出版社,1986年。

——《词话丛编》,中华书局,1986年。

谭新红:《清词话考述》,武汉大学出版社,2009年。

吴梅:《吴梅全集·理论卷》,河北教育出版社,2002年。

——《词学通论》,国立第一中山大学出版部,1927年。

吴宏一:《清代词学四论》,台湾联经出版事业公司,1979年。

——《温庭筠[菩萨蛮]词研究》,台湾清华大学出版社,2009年。

吴宓:《评顾随无病词味辛词》,《吴宓诗话》,商务印书馆,2005年。

——《吴宓日记续编》,生活·读书·新知三联书店,2006年。

巫鸿著,梅玫、肖铁、施杰等译:《时空中的美术——巫鸿中国美术史文编二集》,生活·读书·新知三联书店,2009年。

王国维:《王国维文学论著三种》,商务印书馆,2004年。

王钟翰:《王钟翰清史论集》,中华书局,2004年。

王汎森:《中国近代思想与学术的系谱》,吉林出版集团有限责任公司,2011年。

——《近代中国的史家与史学》,香港三联书店,2008年。

万云骏:《试论宋词的豪放派与婉约派的评价问题》,收入氏著《诗词曲欣赏论稿》,中国社会科学出版社,1986年。

魏源:《魏源全集》第20卷,岳麓书社,2004年。

汪晖:《现代中国思想的兴起》,生活·读书·新知三联书店,2008年。

萧公权:《康有为思想研究》,新星出版社,2005年。

徐志啸:《华裔汉学家叶嘉莹与中西诗学》,学苑出版社,2009年。

夏晓虹编:《大家国学·梁启超卷》,天津人民出版社,2008年。

夏承焘:《夏承焘集》,浙江古籍出版社、浙江教育出版社,1998年。

谢桃坊：《宋词辨》，上海古籍出版社，1999年。

薛砺若：《宋词通论》，江苏凤凰文艺出版社，2008年。

萧涤非：《萧涤非文选》，山东大学出版社，2006年。

杨旭辉：《清代经学与文学：以常州文人群体为典范的研究》，凤凰出版社，2006年。

尹志腾校点：《清人选评词集三种》，齐鲁书社，1988年。

余英时著，邵东方编：《史学研究经验谈》，上海文艺出版社，2011年。

——《现代危机与思想人物》，生活·读书·新知三联书店，2005年。

——《余英时文集》，广西师范大学出版社，2006年。

——《中国文化史通释》，生活·读书·新知三联书店，2011年。

叶绍钧选注：《苏辛词》，商务印书馆，1927年。

叶嘉莹：《词学新诠》，北京大学出版社，2008年。

——《迦陵论词丛稿》，北京大学出版社，2008年。

——《唐宋名家词论稿》，北京大学出版社，2008年。

姚柯夫编：《〈人间词话〉及评论汇编》，书目文献出版社，1983年。

刘寅生、袁英光编：《王国维全集·书信》，中华书局，1984年。

宇文所安著，田晓菲译：《他山的石头记》，江苏人民出版社，2006年。

——贾晋华、钱彦译，《晚唐》，生活·读书·新知三联书店，2011年。

应奇、刘训练编：《公民共和主义》，东方出版社，2006年。

子安宣邦著，陈玮芬译：《福泽谕吉〈文明论概略〉精读》，清华大学出版社，2010年。

卓清芬：《清末四大家词学及词作研究》，台湾大学出版中心，2003年。

钟叔河主编：《周作人散文全集》，广西师范大学出版社，2009年。

周一良：《追忆胡适之先生》，《郊叟曝言》，新世界出版社，2001年。

周作人：《中国新文学的源流》，华东师范大学出版社，1995年。

周勋初：《馀波集》，南京大学出版社，2008年。

——《周勋初文集》，江苏古籍出版社，2000年。

周茜：《映梦窗凌乱碧——吴文英及其词研究》，广东教育出版社，2006年。

郑文焯：《大鹤山人词话》，孙克强、杨传庆辑校，南开大学出版社，2009年。

陈以爱：《整理国故运动的兴起、发展与流衍》（未刊稿），台湾政治大学历史系研究部，2002年。

朱光潜：《诗论》，上海古籍出版社，2004年。

——《朱光潜全集》，安徽教育出版社，1996年。

朱自清：《经典常谈》，生活·读书·新知三联书店，1980年。

——《朱自清全集》，江苏教育出版社，1997年。

——《朱自清说诗》，上海古籍出版社，1998年。

——《朱自清古典文学论文集》，上海古籍出版社，2009年。

朱德慈：《常州词派通论》，中华书局，2006年。

朱惠国：《中国近世词学思想研究》，上海古籍出版社，2005年。

张宏生：《清词探微》，上海古籍出版社，2008年。

张仃著、李兆忠编：《笔墨乾坤》，山东画报出版社，2011年。

张源：《从"人文主义"到"保守主义"——〈学衡〉中的白璧德》，生活·读书·新知三联书店，2009年。

张采田：《玉谿生年谱会笺》（外一种），上海古籍出版社，2010年。

章太炎：《章太炎全集》（第3卷），上海人民出版社，1984年。

——《章太炎：历史的重要》，山东文艺出版社，2006年。

张旭东：《全球化时代的文化认同》，北京大学出版社，2006年。

郑振铎、傅东华编：《我与文学：文学一周年纪念刊》，生活书店，1934年。

詹安泰：《詹安泰词学论集》，汕头大学出版社，1997年。

Shuen-Fu Lin. *The Transformation of Chinese Lyrical Tradition*. Princeton

University Press. 1978.

Quentin Skinner. *Liberty before Liberalism*. Cambridge University Press. 1998.

Quentin Skinner. *Visions of Politics: Regarding Method* . Cambridge University Press. 2002.

Peter, Burke ed. *New Perspectives on Historical Writing*. The Pennsylvania State University Press. 2001.

附录一

作为思想话题的国文

五四运动无疑已经成为20世纪中国具有事件史意义的历史分期标准,它最重要的划时代意义之一在于塑造了一系列现代中国人的思想模式。王汎森认为:"'五四'这种改变历史的重大运动,它摇撼了每一面,把每一块石头都翻动了一下,即使要放回原来的地方,往往也是经过一番思考后再放回去。而且从此之后,古今乃至未来事件的评价、建构方式,每每都要跟着改变。"[1]在国文问题上当然也不例外。国文在晚清以来成为一个不断被讨论的问题。对于国文这个名称,叶圣陶在建国后曾经解释:"把口头语言和书面语言连在一起说,就叫语文。这个名称是从一九四九年下半年用起来的。解放以前,这个学科的名称,小学叫'国语',中学叫'国文',

---

[1] 王汎森《思想史与生活史的联系》,《政治思想史》2010年第1期,第22页。

解放以后才统称'语文'。"[1]带着"国字头"的名称，都某种意义上避免不了自带民族主义的意义，国文也正是在这个意义上被锚定其基本意义和价值的。1909年蒋维乔就观察到："爱国、救国、合群、自立等名词，摇笔即来，几于无一题不用，无一篇不同。"[2]学生、青年、读者、国民和现代人等在某种意义上是可以互相转换的概念，这些词语在后五四时代被赋予了一种与旧时代告别的意义。在很多人的思想世界里面，国文的教育不仅仅是担负着具体的知识授予，而且涉及立人的问题。夏丏尊说，"曾在心中主观地描绘过一个理想的中学生，至今尚这样描绘着。他是一个中国人，能知道中国文化及思想的大概"，"他又是一个世界上的人，一个二十世纪的人"。[3]

虽然从晚清开始国文就已与国民等现代性概念相关联，但国文被吸纳进中西、文白等意识形态符号成为普遍的社会思想议题是五四之后的事情。后五四时代各种关于国文教育的讨论都在这些成对出现的思想概念中展开，使得国文教育超越了一般意义上的教育范畴，而具有一种公共文化的意义。在大学分科前作为普通公民来说，中小学国文和大一国文是在学校制度中所能够接受的所有国文教育，而其中大一国文的意义更为特殊，大

---

[1] 叶圣陶《认真学习语文》,《叶圣陶教育文集》第三卷，人民教育出版社，1994年，第183页。
[2] 蒋维乔《论小学校以上教授国文》，李杏保、方有林、徐林祥主编《国文国语教育论典》上册，语文出版社，2014年，第21页。
[3] 夏丏尊《关于国文的学习》,《夏丏尊论语文教育》，杜草甬、商金林编，河南教育出版社，1987年，第30页。

一国文虽不能涵盖整个国文教育问题，但因为大一国文涉及之前的中学国文教育问题，所以大一国文实际上成了从未成年阶段到成年阶段的国文教育的一个枢纽。用魏建功的话说就是："在初高中以后来到大学一年级，几乎是最末了的一年的训练语文。"[1]

从思想的角度来看，后五四时代文言与白话、中国与西方、传统与现代等这些成对出现的思想概念与人们思考的问题如影随形。林毓生认为19世纪90年代和20世纪初的两代知识分子的一个共同点就是"借思想文化以解决问题的途径"。[2] 国文教育之所以具有了思想史意义，是因为作为事件的五四运动所塑造的一系列意识形态必须通过一系列的中介才能完成对新的思想主体的询唤。而国文作为教育的一部分，是最具有公共性的中介之一，每一个现代教育的主体都可以与之发生关联进而阐释自我和塑造自我。

后五四时代关于大一国文问题的讨论，映照出五四的话语力量，同时也映照了五四的一系列思想概念在后五四时代下沉到不同文化空间时候的变迁。某种意义上，通过国文教育问题我们可以看到后五四时代整个思想史的复杂面向。

---

[1] 魏建功《答朱孟实先生论大一国文教材兼及国文教学问题》，《高等教育季刊》1943年第二卷第三期，第56页。
[2] 林毓生《中国意识的危机》，穆善培译，贵州人民出版社，1988年，第45页。进一步的讨论可以参见罗志田《走向"政治解决"的"中国文艺复兴"——五四前后思想文化运动与政治运动的关系》，《近代史研究》1996年第4期；汪晖《文化与政治的变奏——战争、革命与1910年代的"思想战"》，《中国社会科学》2009年第4期。

一、思想空间中的文言写作

在后五四时代,白话文运动似乎是胜利了,1920年北洋政府通令全国中小学使用白话文教材具有非凡的象征意义。不过,象征意义是一回事,现实情况又是另一回事,实际上像文言写作、读经等不仅没有消失,而且是一直被讨论的公共话题。教育部门的大纲对文言文的写作依然有规定,例如1929年教育部《中学课程暂行标准》中对初中的要求"能以语体文作充畅的文字,无文法上的错误"[1]。对于高中的要求则是"能自由运用语体文及平易的文言文作叙事说理表情达意的文字"[2]。关于文言写作,既是大一国文中重要的问题,其实也是整个国文教育中普遍性的问题。它构成了对于后五四时代文化思想的一个独特观察角度。关于它的讨论显示出后五四时代言新容易、言旧则很难的思想状态。同时,文言写作又与新的文化政治紧密关联。作为思想话语的文言写作,我们可以看到作为事件史的五四形成了巨大的约束力量,在这个层面上文言写作的存在理由实难自圆其说,但是另一方面无论是现实多元的政教空间还是社会现实的需求,都给予文言写作以不言自明的存在理由。这两个因素使得文言写作讨论本身始终包含着一个思想与现实相互矛盾的差异空间。

在后五四时代关于国文教育的讨论虽然在选文、教法

---

[1] 夏丏尊《关于国文的学习》,《夏丏尊论语文教育》,杜草甬、商金林编,河南教育出版社,1987年,第33页。
[2] 夏丏尊《关于国文的学习》,《夏丏尊论语文教育》,杜草甬、商金林编,河南教育出版社,1987年,第33页。

等方面争议很多,但基本是围绕文言与白话的争论。正如蔡元培所说:"国文的问题,最重要的就是白话与文言的竞争。"[1]梁启超与胡适之间曾经就中学国文教育中的小说问题有过争论,[2]这场争论颇具有代表性,是后五四时代国文教材如何处理文言文与白话文在态度、比例和标准上紧张与矛盾的表征。作为白话文运动的参与者,例如周作人、胡适等都非常清楚,从单纯的写作技术上来说,文言文的修养对于白话文写作的重要性,[3]但是在思想层面上,则情愿表现得激进一些。[4]

以《新青年》同仁的史料来看这个问题,往往看到的是他们在面对作为思想议题的文言与白话进行表态时的慎重和紧张,但如果我们对史料的运用,跳出新文化运动那些"代表人物"的言论,那么可能看到的是后五四时代一个层峦叠嶂的国文教育图景。我们可以看到在湖北王葆心对于国文教育的设计,[5]在上海交通大学唐文治对于国文教育的设计,[6]在光华大学吕思勉对于国文

---

[1] 蔡元培《国文之将来》,《蔡元培教育论著选》,高平叔编,人民教育出版社,2011年,第250页。
[2] 参见梁心《胡适关于中学国文教育的三次讲演——侧重第三次讲演》,《社会科学研究》2009年第1期;瞿骏《新文化的"到手"与"入心"》,《文汇报·文汇学人》2016年8月12日。
[3] 朱自清后来通过对报考西南联大的学生国文考卷观察,认为:"诵读和写作,尤其是文言的诵读和白话的写作,并不是一回事。"参见朱自清《再论中学生的国文程度》,《朱自清论语文教育》,中央教育科学研究所编,河南教育出版社,1985年,第61页。
[4] 参见陈平原《八十年前的中学国文教育之争——关于新发现的梁启超文稿》,《中华读书报》2002年8月7日第5版。
[5] 王葆心在1920年代湖北国学馆开设附属校外国文讲习班。参见叶贤恩《王葆心传》,崇文书局,2009年,第126—129页。
[6] 参见唐文治《唐文治国学演讲录》,张靖伟整理,上海交通大学出版社,2017年。

教育的设计，等等，都不一样。[1]郭绍虞对后五四时代大一国文的"诸侯割据"状态也有所描绘："大学一年级的国文，在各大学中向成问题，学生之需要不一致，学校各方面之期望不一致，即在国文系各教员之主张也往往不一致，顾此失彼，难求两全，所以有的大学索性根本取消第一年的国文，有的大学虽有第一年国文而国文系不负此责任，一听各学院各学系之各自为政。"[2]而私塾的存在更是一般的中小学体制所覆盖不到的，而这其实还占据了相当的比例，还有类似林纾在家中对子女的作文批改这样的情况。更不用说像萧楚女、陶行知、谢觉哉和费孝通等强调语言文字的社会科学特质，像大学国文系中针锋相对的思想斗争，[3]像延安1942年为革命干部编的《文化课本》强调"革命道理"、革命干部的养成与文章之间的关系，这些存在也是后五四时代国文问题潜在的一条线索，它们已经远远超越了五四时期的思想格局。

　　大一国文中关于文言写作的讨论在五四时期文白之争的大背景下展开，同时关于它的讨论也与中学国文相关联在一起，因为大一国文本身就是中学国文的一个延伸。在不同的学校里面，对大一国文的文言写作态度也不尽相同。辅仁大学大一国文明确文言写作："国文每周二小时，

---

[1] 参见吕思勉《基本国文选》，《文学与文选四种》，上海古籍出版社，2010年。
[2] 郭绍虞《大一国文教材之编纂经过与其旨趣》，《语文通论》，开明书店，1941年，第140页。
[3] 例如中山大学容肇祖与古直的争论，参见刘小云《学术风气与现代转型：中山大学人文学科述论（1926—1949）》第二章《"中大读经"》，生活·读书·新知三联书店，2013年。

隔周作文一次，文必文言，先生必择其佳者，公布于男女两校中，以后留作成绩。"[1]关于国文选与文言写作训练的关系，陈垣在家书中说："《左传》、四书教法，应注重文章，不能照经书讲，总要说出使人明白而有趣为主。我近亦在《论》《孟》选出数十章（目另纸），令学生读之烂熟，涵泳玩索（每一二句），习惯自然，则出口成文，可免翻译之苦。作文是作文，翻译是翻译。今初学作文，辄先作成白话，然后易为文言，此翻译法也。本国人学国文不须此。学本国文贵能使言文一致，今以《论》《孟》为言文一致之标准，选出数十章，熟读如流，不啻若自其口出，则出笔自易。"[2]在陈垣这里，言文一致具有了新的含义，他将《论语》《孟子》作为典范。

郭绍虞在《语文通论·自序》中说："文言中正因不用标点的关系，不分段分行写的关系，所以在通篇组织上，又自有比较固定的方法，遂也不易容纳复杂的思想。"[3]他对文言的不足有足够的自觉，但是又从音节的角度肯定文言的意义，通过"文言取其音节，于白话取其气势"的方法来消除国文教学中的文白之争。被郭绍虞当作《学文示例》"序言"的《语文通论》是在开明书店出版的。值得注意的是朱自清的一个评论。郭绍虞说："我以为施于平民教育，则以纯粹口语为宜；用于大学的国文教学，则不妨参用文言文的长处；若是纯文艺的作品，那么即使稍偏欧化也未为不可。"朱自清对此评论道："这篇

---

[1] 袁一丹：《陈垣与辅仁学派》，《中国文化》2017年第1期。
[2] 陈智超编注《陈垣来往书信集》，上海古籍出版社，1990年，第647页。
[3] 郭绍虞《语文通论》，开明书店，1941年，第3页。

序写在三十年。照现在的趋势看,白话文似乎已经减少了欧化而趋向口语……文言的成分是少而又少了。"[1]朱自清对文化与政治的关联,对时代的形格势禁颇为敏感,这使他容易从新的趋势观察问题和理解问题。例如发表在《一般》1928年第4卷第3期上的《哪里走》就表现出他对于时代转折点的特别注意。国文教育本来就是随着政治的变化而变化,对此朱自清有着清醒的认识。这个思路使得他的思想底色非常具有政治性。虽然他还在用陈曾则《古文比》和郑奠《文镜》与《学文示例》做比较,认可其对于培养古文学欣赏能力的重要性,但是关于文言文写作讨论的语境竟然在短短不到十年的时间里发生了决定性的转折,即使如郭绍虞这样的调和之论也被认为是不必要的了。郭绍虞这样调和文言与白话的写作和阅读的设想,随着当时政治文化空间的变化而失去了进一步实践的可能。

西南联大大一国文明确反对以文言写作,杨振声在《新文学在大学里》中说:"大学里一年的国文训练——别忘了他们还有社会科学、自然科学及一年级必修的种种课程。能不能使他们用古文表现他们的意思?即使能,又是不是表现的能像他们所想的那样确实恰当?再干脆说:他们不能。"[2]杨振声在五四思想的延长线上,特别将语言文字与现代文明嫁接在一起:"近代的文明国家,莫有不

---

[1] 朱自清《中国文的三种型》,《论雅俗共赏》,北京出版社,2012年,第100—101页。
[2] 李宗刚、谢慧聪辑校《杨振声文献史料汇编》,山东人民出版社,2016年,第341页。

是语文一致的……欧洲的近世文明，谁都承认是起源于文艺复兴。而文艺复兴的基本精神是敢于承认现代，敢于承认自己的思想与情感，敢于以现代人的语言表达现代人的思想与情感。其实这就是希腊精神，也就是吾国周秦庄子的精神。有了这种精神才有现在，才能充实现在而创造未来……让我们继承古人的精神，不要抄袭古人的陈言，让我们放开眼光到世界文学的场面，以现代人的资格，用现代人的语言，写现代人的生活，在世界文学共同的立场上，创造现代人的文明。"[1]在西南联大大一学生里面有没接受过白话文写作训练的，张世英是1941年秋天到西南联大的，他回忆："在联大的'大一国文'课堂上，我第一次用白话文写文章。这是西南联大的特殊规定，我不习惯，问李先生是否可以写文言文，李先生说'应该改一改了'，没有多作解释。"[2]文言写作的问题到1940年代发生的变化透露出，其实只要国文承担着民族文化的符号功能，那么它就会不时被放置在更宽广的视野中被思考，也就是被放置在农业社会（乡土中国）往工业社会（现代化）的社会变迁中被审视。陈独秀说："常有人说白话文的局面是胡适之陈独秀一班人闹出来的，其实这是我们的不虞之誉，中国近来产业发达，人口集中，白话文完全是应这个需要而发生而存在的；适之等若在十三年前提倡白话文，只需章行严一篇文章便驳得烟消灰灭，此时章行严

---

[1] 李宗刚、谢慧聪辑校《杨振声文献史料汇编》，山东人民出版社，2016年，第342页。
[2] 张世英《归途——我的哲学生涯》，人民出版社，2008年，第18页。

的崇论宏议有谁肯听？"[1]而这个造成五四时期国语运动与文学运动的社会结构变动在后五四时代并没有结束，所以一旦这个结构所依托的政党政治发生变化的时候，国文将会被重新像五四时期的以文化解决政治问题一样被赋予新的使命。

文言写作的问题，既是思想议题，也在文化实践上与当时教育制度的地方空间形成呼应。像陈寅恪给清华入学考试国文试题出的对对子就是一个文言写作的特殊案例。陈寅恪甚至说："今日学校教学英文，亦须讲究其声调之高下，独国文则不然，此乃殖民地之表征也。"[2]而这次偶然的讨论最值得关注的其实并不是陈寅恪的自我辩解，而是作为另一方的考生的出场，他们的思路完全呈现出后五四时代思考文化问题与阶级话语相关联的新趋向。[3]

现代中国除了学校之外还有许多其他的教育形式存在，即便是学校也未必都是以白话文教学为主体，浦江清说："各地的中学各有各的作风，或注意文言，或注意语体，要看地方的风气、校长教员的嗜好以为转移。"[4]例如在五四之后不久胡适与梁启超讨论中学国文时，梁启超认为："我们教中学学生作文，不但希望他识字及文理通顺便了，总要教他如何整理自己的思想，用如何的

---

[1] 陈独秀《答适之》，胡适《胡适文存》第二卷，华文出版社，2013年，第158页。
[2] 陈寅恪《与刘叔雅论国文试题书》，《金明馆丛稿二编》，生活·读书·新知三联书店，2001年，第253页。
[3] 参见罗志田《无名之辈改写历史：1932年清华大学入学考试的作文题争议》，《近代读书人的思想世界与治学取向》，北京大学出版社，2009年。
[4] 浦江清《论中学国文》，《浦江清文存》，江苏人民出版社，2016年，第307页。

技术来发表他，简单说，我们要教他以作文的理法。《水浒》《红楼》固然是妙文，但总要通看全部，最少也拿十回八回作一段落，才能看出他的妙处。学校既没有把全部小说当教材的道理，割出一两回乃至在一回里头割出一两段，试问作何教法？用什么方法令学生在这一回或一段里领略全书的真价值且学得作文的技术？"[1]其实，就连胡适也是表示同意的："试作古文，最好乃将白话文译成古文。"只是文言的范文标准不一而已。

在解释白话文运动之后文言写作为什么还存在的问题时，程千帆用文学史上的现象来佐证："五言诗已经很流行了，而汉晋的郊祀歌诗却仍是四言或杂言的先秦旧体；'古文'已经很流行了，而唐宋的诏诰章奏却仍是骈四俪六的六朝旧体。"[2]进而他指出了文言写作的社会实用性："任何机关（边区政府和其同类机构在外）现在还没有一个因为来了一个不会写文言的人，就破例让他作语体公文。"[3]但是，朱自清却是相对消极地看文言写作这一社会现象："报纸是大宗，其次是公文，其次电报和书信……这些年来，除了电讯和新闻还守着文言的阵地外，社论、通讯、特写等等，都渐渐在用白话了。公文加标点符号，也是改白话的先声。而政府文告……已经全用白话……书信已经有用白话的，但因文言信有许多程式，可以省事，中年以上的人还是用文言的多些。这

---

[1] 梁启超《中学国文教材不宜采用小说》，陈平原主编《现代中国》第3辑，北京大学出版社，2003年，第2页。
[2] 程会昌《论"文言"的习作》，《文史杂志》1942年第5卷第1—2期，第2页。
[3] 程会昌《论"文言"的习作》，《文史杂志》1942年第5卷第1—2期，第2页。

里可以看出，白话没有能普遍的应用，程式化不够这一层关系很大。"[1]其实早在《新文化运动与国民党》一文中胡适就批判说："到了今日，我们还不得不读骈文的函电，古文的宣言，文言的日报，文言的法令！"[2]叶圣陶在《中学生》杂志上发表的《国文试题与科举精神》里谈论的也是同样的事情。但是胡适和朱自清的立场是明显的新文化立场，现实的状况的确如程千帆所看到的复杂。这些文言写作的社会存在的确与国民政府的文化政治紧密关联，具有其存在的政治无意识。但是，单一地从文化角度来看，这种存在又不自觉地形成了一种独特的现代文人文化，周勋初曾回忆1958年与自己短暂同事的文史馆两位老先生时写道："陆先生是国民党副总统李宗仁的秘书，冯先生是政学系首脑张群的秘书，视其头衔，即可知非等闲之辈……因为国民党政要在官场上活动时，还是要用文言来应酬，秘书经常要做一些寿序、贺词等文，这些例用骈文写作，平时还要代拟一些诗文参与酬唱。因为他们代表的是最上层的人物，在传统文化的修养上，自必要有很高的水平。"[3]这种文言写作的社会功能随着政党政治的变迁而消失，但是并不意味着其自身所保存的文化形式就失去了生命力。当中西文化中的文化主体性重新成为时代主题时，那些文言写作的经验将从抽象的中西文化优劣的意识形态中解脱出来，

---

[1] 朱自清《中学生的国文程度》，《朱自清论语文教育》，中央教育科学研究所编，河南教育出版社，1985年，第54页。
[2] 胡适《新文化运动与国民党》，欧阳哲生编《容忍比自由更重要：胡适与他的论敌》下册，时事出版社，1999年，第532页。
[3] 周勋初《当代学术研究思辨》，北京大学出版社，2013年，第291页。

得到重新的阐释和认识。[1]

在1940年，浦江清就已看到后五四时代的中学生在知识和写作能力上的差异很明显："以前的中学生诚然是'孤陋寡闻'，但是他们的文字倒还通顺，对于古书的了解力也比现在的中学生强。现在的中学生眼界广了，老早就要知道'雍岐获鼎''洹阳出龟''和阗古简''鸣沙秘藏'（罗振玉文中语），转注假借之理，知行合一之教，墨子《小取》，庄子《齐物》等等（都在复兴高中课本内），结果是文章十分不通。"[2] 浦江清强调写作能力的训练，同时强调不要将国文读本变成中国文学史读本或者国学读本。特别是浦江清觉得文言写作的训练依然有其必要性："文言的词汇比语体文广，现在有许多学生犯词汇贫乏之病……文言有特殊的文法、句法、虚字用法、文气和声调，只读不写，不会熟悉，也不能体会。现在有许多学生读古书不知句读，不能标点，就是因为他们少作练习之故。至于我们要希望中学生能把文言运用自如作发表自己的思想和感情的工具，那是做不到的，不但中学生做不到，大学校文科学生也不全能做到，但不能因为他们达不到这样一个标准，而不教他们练习。"[3] 朱自清在《论教本与写作》中对浦江清的观点有所回应，他不赞成中学对文言的训练，但是不得已依然要实行，因为教育部门的课程大纲有要求，但是他在浦江清推荐的文言教材之外推荐了

---

[1] 关于文化的历史性和社会性问题，可参见费孝通《关于"文化自觉"的一些自白》，《文化的生与死》，上海人民出版社，2013年。
[2] 浦江清《论中学国文》，《浦江清文存》，江苏人民出版社，2016年，第304页。
[3] 浦江清《论中学国文》，《浦江清文存》，江苏人民出版社，2016年，第309页。

梁启超的《常识文范》和蔡元培的《蔡孑民先生言行录》两本，原因是这更加贴近当时报纸上的"文言的白话化"的趋势，比《古文观止》更加实用，另外从文体上来说，这两部书里面是议论文和说明文，可以弥补"古文不宜说理"的缺陷。

某种意义上，对文言写作的讨论成了后五四时代的思想装置。通过对文言写作相关问题的讨论，与五四散播开来的一系列价值理念形成对话。通过对话我们可以看到，五四的话语起到不断繁衍生长的作用，并不是通过激烈的斗争形式，反而是通过复杂的对话以及利用不同的地方空间的文化政治所形成的，正是一些对话性的场域的存在，才使得文白的问题不单单被意识形态符号化和简单化，而是在思想化与文化实践张力之间对之进行各种阐释。

把国文与国语的文化与政治势力并置思考，体现了五四以来新派常见的思维方式。就像罗素来华演讲，胡适也是从政治角度来分析，赵元任回忆胡适和其他人对他说："梁启超和张东荪领导的进步党，请我做罗素的翻译，他很快就要到中国来演讲……不要给进步党利用了，给他们提高政治上的名誉，达到他们的政治目的。"[1]这样就不奇怪，随着国共在文化领域中斗争的展开，像开明书店的"开明国文"系列显示出新的文化风向，而随着革命文化逻辑进一步确立了白话文的位置，国文从一种公共文化的位置上逐渐收缩到单一的知识层面上。而另一方面，从公共文化的角度来看待国文教育，像燕京大学大一国文教材

---

[1] 赵元任《赵元任早年自传》，季剑青译，商务印书馆，2014年，第213页。

《学文示例》、辅仁大一国文,这样有自己立场而不那么容易普遍使用的教本就会因不可复制性而缺乏长远的生命力。但是,有时候回过头来,历史值得令人重访的部分,恰恰是那些不太被历史运动变化所化约掉的"碎片"。

二、关于1942年大一国文的讨论

从1940年到1942年国民党政府教育部组织魏建功、黎锦熙、朱自清、卢前、伍俶傥和王焕镳六个人讨论出一份"部颁大学国文选目",这份都是文言文的选目引起了广泛关注。罗常培说得很尖锐:"把语体文删得连影儿都没有了!我认为这不是一件小事,这正是新旧文学消长的枢机!"[1]其实在"部颁大学国文选目"之前,辅仁大学的大一国文就全部是文言文。校长陈垣的参与感极强,从选文到考试出题都亲自过问,启功说:"大一国文课各班的课本是统一的,选哪些作品,为什么选它,它的重点是什么,通过对它的讲授要达到什么目的,陈校长在事前都有周密的考虑,并向我们这些年青的老师讲解清楚。学年末全校的大一国文课要统一'会考',由陈校长自己出题,统一评定分数,这既考了学生,也考了老师,很有'竞争'的味道,大大调动了我们的积极性。"[2]陈垣的校长威信加上又是辅仁自己使用,所以没有什么异议。这次以教育部的名义颁布,影响范围和示范意义就不一样。

---

[1] 罗常培《中国人与中国文》,新星出版社,2015年,第18页。
[2] 启功《启功丛稿·题跋卷》,中华书局,1999年,第4—5页。

朱自清的立场最为人注意，因为他既负责西南联大大一国文课的教学，又参与了"部颁大学国文选目"的编选。这个选目在他以及朋友之间引起的讨论几乎成了他们这一代人在国文教育上最后一次深入地共同讨论国文教育问题，可以说这场讨论意味着后五四时代国文作为一个思想话题的终结。

围绕"部颁大学国文选目"的讨论单独看每一篇的意见，都自圆其说，只有他们观点交锋的时候，才能看出问题所在。这场讨论主要是由朱光潜的一篇文章《就部颁"大学国文选目"论大学国文教材（附表）》引起的。他认为："大学国文不是中国学术思想，也还不能算是中国文学，他主要地是一种语文训练。"[1]朱光潜反对的其实不是文言，而是对大一国文的定位有自己的理解。朱光潜指出大一国文的对象是"受过高等教育的中国人"，这非常清楚地指出了国文对象的普遍性，而不是中文系的范畴，同时他认为写作是最重要的，所以他甚至推荐了一本文言写作的范文："比较易模仿的还是唐宋以后的文章，因为规模法度比较明显，技巧比较浅近，就大体说，姚姬传的《古文辞类纂》所示的路径是很纯正而且便于初学的。"在五四之后，推荐这样的一本书是需要勇气的。

本来应该也参与大一国文选目的黎锦熙亦发表了自己的看法，但是他避开了争论的焦点："大一国文，纵使尽选近代文言文，也不能降低程度，减少距离；我的意思，

---

[1] 朱光潜《就部颁"大学国文选目"论大学国文教材（附表）》，《高等教育季刊》1942年第2卷第3期，第49—52页。

以为用不着多费心力来推敲这五十篇教材的适宜与否，应该在教法上力谋补救。"[1]他在选目的基础上提出了编《国文辞类纂》的思路，将《国文辞类纂》分成学术思想、社会科学、文艺、自然科学和应用科学五个大类与大学的学科分类相匹配。还根据自己的经验提出了以"国内共推为最精洁最丰硕的报纸一种"为国文补充教材的设想。有意思的是当其他人对这份"倒退"的选目表示异议的时候，这位国语运动的重要参与者表现出的反而是更加淡定的文化姿态。

为了准备制定"部颁大学国文选目"，1940年魏建功对当时国内的大一国文基本情况，特意做过一次比较详细的数据分析。其中有一份关于选文数据的排名：

1.韩愈四十九篇2.欧阳修三十六篇3.曾国藩三十一篇4.苏轼二十六篇5.《史记》(司马迁)二十六篇6.柳宗元二十六篇7.王安石二十四篇8.左传二十二篇9.《汉书》(班固)十八篇10.文心雕龙(刘勰)十八篇11.姚鼐十八篇12.归有光十四篇13.章炳麟十四篇14.礼记十三篇15.孟子十二篇16.顾炎武十二篇17.论语十一篇18.战国策十一篇19.荀子十篇20.管子十篇。[2]

---

[1] 黎锦熙《大学国文之统筹与救济》，黎泽渝、马啸风、李乐毅编《黎锦熙语文教育论著选》，人民教育出版社，1990年，第242页。
[2] 魏建功《大学一年级国文的问题》，《魏建功文选》，北京大学出版社，2010年，第248—249页。

虽然这个数据本身需要结合其在样本中分布数据的分析才能更精准地说明问题,但是从这个数据本身,我们可以看到,彼时全国大一国文的氛围是偏保守的,这也说明部颁的选目出台是与这个基本语境分不开的。魏建功的意思很明确,从他所见的"事实"入手,形势比人强,现在的大学生国文水平是"无论文言和白话,根本没有做成一篇文章"[1]。关于没有一篇白话文的指责,魏建功回应道:"把文言和语体分划得很严,而没有把中间真的分别处弄清白,造成一种皮相的新旧观念:于是教的人可以难懂而偷懒不讲,学的人就随从着认为难懂,既可不讲便不必学,更进而教学的双方把文言的读物共同送上古董的山架上去了!"[2]他认为解决现实问题比抽象讨论来得更为务实,所以讨论到了教育性质的分化、课时分配和课程性质等现实问题。魏建功在回答朱光潜的时候非常明确:"我把大一国文问题看作是中学国文教学实施效果的问题乃至于是本国语文教育的根本问题,其实际现象与理论中间都是脱节的。"[3]但是,此时究竟是直面"问题"的见子打子还是讨论抽象的"主义"更能解决问题,显然意见并不一致。

将大一国文定位在语文的训练上,朱光潜与郭绍虞有着差不多的想法,朱自清认为这个看法其实也是当时大多数人对大一国文的定位。但是朱自清就此进一步明确自己

---

[1] 魏建功《大学一年级国文的问题》,《魏建功文选》,北京大学出版社,2010年,第266页。
[2] 魏建功《答朱孟实先生论大一国文教材兼及国文教学问题》,《高等教育季刊》1943年第2卷第3期,第56页。
[3] 魏建功《答朱孟实先生论大一国文教材兼及国文教学问题》,《高等教育季刊》1943年第2卷第3期,第59页。

的立场:"作者却以为大学国文不但是一种语文训练,而且是一种文化训练。朱先生希望大学生的写作能够'辞明理达,文从字顺';'文从字顺'是语文训练的事。这似乎只将朱先生所谓语文训练分成两方面看,并无大不同处。但从此引申,我们的见解就颇为差异。所谓文化训练就是使学生对于物,对于我,对于今,对于古,更能明达。"[1]将大一国文赋予一种文化意义,早在1930年代初朱自清就与陈寅恪讨论过:"上午陈寅恪先生来谈,选文应能代表文化,普鲁士教育部曾选希腊文选一部,由委员会选定,历多年而成,牛津大学即采用之。"[2]其实陈寅恪对朱自清说的意思,差不多时间里就在《吾国学术之现状及清华之职责》中表达过:"国文则全国大学所研究者,皆不求通解及剖析吾民族所承受文化之内容,为一种人文主义之教育,虽有贤者,势不能不以创造文学为旨归。殊不知外国大学之治其国文者,趋向固有异于是也。"[3]朱自清在日记中并没有多谈陈寅恪的想法,陈寅恪曾经在1927年王国维去世后表达过对于中国文化的看法:"吾中国文化之定义,具于《白虎通》三纲六纪之说,其意义为抽象理想最高之境,犹希腊柏拉图所谓 Eîdos 者。若以君臣之纲言之,君为李煜亦期之以刘秀;以朋友之纪言之,友为郦寄亦待之以鲍叔。其所殉之道,与所成之仁,均为抽象理想之通性,而非具体之一人一事。"[4]以文化的名义是让文

---

[1] 朱自清《论大学国文选目》,《朱自清论语文教育》,中央教育科学研究所编,河南教育出版社,1985年,第11页。
[2] 《朱自清全集》第九卷,江苏教育出版社,1999年,第263页。
[3] 陈寅恪《吾国学术之现状及清华之职责》,《金明馆丛稿二编》,生活·读书·新知三联书店,2001年,第362页。
[4] 陈寅恪《陈寅恪诗集》,生活·读书·新知三联书店,2001年,第12页。

言文在后五四时代获得一种合理性的方法。文化既是一个意识形态斗争的场所,也是一个意识形态斗争得以缓冲的地带。就连五四之子傅斯年后来在编大一国文时也说:"修习国文,用以了解中国文化之渊源与精粹;习作国文,用以锻炼语义及文法。"[1]不过,对于文化的定义,对照上面朱自清自己的理解,他的意思与陈寅恪的文化抽象之理念有根本的不同,朱自清是一般意义上的文化修养,而陈寅恪那里是具有德国哲学背景的文化哲学概念。

那么,在朱自清那里大一国文与文化的关系是不是由当时最具有说服力的民族主义作为中介呢?朱自清在1935年8月5日的日记中记道:"晚萧涤非来,谈山东大学国文教学方法。谓去年度教材,颇能激励民族精神,学生对此十分感兴趣,实空前之成功也。"[2]这样一种民族主义的读本,朱自清其实并不赞成,他后来说:"作者曾见过抗战前国立山东大学的国文选目,入选的多是历代抗敌的文字,据说学生颇感兴趣。但这办法似乎太偏窄,而且其中文学古典太少。再说兴趣这东西不宜过分重视,尤其在大学生,教育还当注意整个人格的发展。兴趣是常会变动的,训练应该循序渐进的训练下去,有时候必须使学生勉强而行之。"[3]

朱自清在这场论争中所采取的客观态度,和魏建功一样拒绝将明显的价值带入国文的设想中,即便是面对文化

---

[1] 傅斯年《台湾大学国文选拟议》,欧阳哲生编《傅斯年文集》第五卷,中华书局,2017年,第161页。
[2] 《朱自清全集》第九卷,江苏教育出版社,1999年,第374页。
[3] 朱自清《论大学国文选目》,《朱自清论语文教育》,中央教育科学研究所编,河南教育出版社,1985年,第14页。

和民族主义这样的概念时也是如此。正如我们前文所分析的，朱自清对于国文的表述往往是非常具有政治性的，但是在这场争论中没有表现出来。这与1945年之后的朱自清对大一课程的设计不一样，1946年至1947年上过朱自清大一国文课的伍铁平回忆："他不顾任何人的反对，规定了高尔基的《母亲》，茅盾的《清明前后》，夏衍的《法西斯细菌》，屠格涅夫的《罗亭》和沙汀的《淘金记》为大一国文必读书。"[1]这个变化代表着朱自清在文化实践上的一种政治选择，与他之前的冷静客观态度不一样。

在关于"部颁大学国文选目"的讨论中，透露出两种不同的思路，是将国文从制度角度来思考其更大范围的可操作性，还是继续在五四思想观念的立场上思考国文，这两种思考方式之间充满张力。朱自清、魏建功等人当然希望能够借助于教育行政机构的力量改变国文衰落的现状，他们的隐忧从另一面说明后五四时代文化的思想与实践之间的差异，五四所塑造的新旧文化意识形态通过文教制度不断下沉，但是至少在1940年代初的这场讨论看来，仅仅沿用文言与白话的思想框架已经解决不了现实的国文教育问题了。

三、阅读史视野中的大一国文

国文在后五四时代所引起的讨论实际上是晚清以来

---

[1] 伍铁平《回忆清华的大一国文课和朱自清老师》，《清华大学学报》(哲社版)1995年第4期，第7页。

更为广泛的思想议题,例如教育讨论、读书运动等的一个缩影。教育与读书这些看起来自主自发、自然而然的事情,开始成为思想的议题,与民族国家、与国民等关联挂钩,使得阅读一本书就好像带着一个思想,读什么书就成为什么样的人。

学生应该读什么,或者说青年应该读什么,后五四时代的人似乎都有一种不成文的共识,就是俗的比雅的好,小说戏曲比诗文好,西方的比中国的好。胡适说:"看了一部《茶花女》比读了一部《古文辞类纂》还好。按良心说,我们的成绩完全是从《三国演义》《水浒传》《新民丛报》等有系统有兴味的文章得来的。"[1]虽然说在传统士大夫的日常阅读结构里面,小说是他们的日常休闲读物,例如张謇日记里对阅读《聊斋志异》的记录。但是,胡适的背后指向了一种阅读的现代性。从阅读的功能和效率上看,傅斯年后来就说过:"六经以外,有比六经更有势力的书,更有作用的书。即如《贞观政要》,是一部帝王的教科书,远比书经有用;《太上感应篇》是一部乡绅的教科书,远比《礼记》有用;《近思录》是一部道学的教科书,远比《论语》好懂。以《春秋》教忠,远不如《正气歌》可以振人之气;以《大学》齐家,远不如治家格言实实在在。这都是在历史上有超过五经作用的书。从《孝经》,知道那些劝善报应书,虽雅俗不同,却多多少少有些实际效用。六经之内,却是十分之九以上但为装点之

---

[1] 胡适《中学国文的教授》,《新青年》第8卷第1号,1920年9月1日。

用、文章之资的。"[1]当然胡适设计的方案没有立刻兑现，但实际情况是更多的普通人都在阅读各式各样的小说戏曲，[2]只是他们未必如胡适所指示的路径去读小说："《镜花缘》上写林之洋在女儿国穿耳缠足一段，是问题小说，教员应该使学生明白作者'设身处地'的意思，借此引起他们研究社会问题的兴趣。又如《西游记》前八回是神话滑稽小说，教员应该使学生懂得作者为什么要写一个庄严的天宫盛会被一个猴子捣乱了。又如《儒林外史》写鲍文卿一段，教员应该使学生把严贡生一段比较着看，使他们知道什么叫做人类平等，什么叫做衣冠禽兽。"[3]朱光潜回忆自己在安徽乡间读书的经历："八股文之外，我还看了一些七杂八拉的东西，《试帖诗》《楹联丛话》《广治平略》《事类统论》《历代名臣言行录》《粤匪纪略》，以至于《验方新编》《麻衣相法》《太上感应篇》和《牙牌起数》用的词。"[4]五四一代的学者往往带着自己不同的文化记忆参与到各种文化实践和学术研究中。从他们身上不仅有五四思想话语的力量，而且还有一个层叠的多重文化意识形态的累积，可以说他们的讨论无时不显示出晚清以来社会变迁的各种叠加的"长尾效应"。

在后五四的时代，新文化有时候也显得"过时"。"那一个时期中的事，在我们身当其境的人看去似乎还

---

[1] 傅斯年《论学校读经》，欧阳哲生编《傅斯年文集》第五卷，中华书局，2017年，第58页。
[2] 例如陈达在西南联大的日记里详细地记录了在书摊抄录下来的近200种书目。参见陈达《浪迹十年之联大琐记》，商务印书馆，2013年。
[3] 胡适《中学国文的教授》，《新青年》第8卷第1号，1920年9月1日。
[4] 朱光潜《朱光潜美学文学论文选集》，湖南人民出版社，1980年，第4页。

近在眼前,至于年纪轻一点的人,有如民国元二年出世,而现在在高中或大学初年级读书的,就不免有些渺茫。这也无怪他们,正如甲午、戊戌、庚子诸大事故,都发生于我们出世以后的几年之中,我们现在回想,也不免有些渺茫。所以有一天,我看见陈衡哲女士,向她谈起要印这一部诗稿,她说:那已是三代以上的事了,我们都是三代以上的人了。"[1]这种文化代际的差异,在鲁迅那里成为了思想的意象:"五四运动的风暴一过,《新青年》的团体散掉了,有的高升,有的退隐,有的前进,我又经验了一回同一战阵中的伙伴还是会这么变化。"[2]而朱自清也早观察到青年的阅读史变化:"三四年来,社会科学的书籍,特别是关于社会革命的,销场渐渐地增广了,文学,哲学反倒被压下去了;直到革命爆发为止。在这革命的时期,一切的价值都归于实际的行动;军士们的枪,宣传部的笔和舌,做了两个急先锋。只要一些大同小异的传单,小册子,便已足用;社会革命的书籍亦已无须,更不用提什么文学,哲学了。"[3]

浦江清将阅读史意义上的文化代际差异转换成了知识的差异。他有过一个敏感的判断:"在我们这一辈人,把中西分别得很清楚,但是,中西合流的新文化里所培养出来的青年,他们对于原来的'中'、'西'已不复能区别,在意识里只感觉到古今新旧的区分,以及纯文学与非

---

[1] 鲁迅《〈自选集〉自序》,朱正编《鲁迅书话》,湖南教育出版社,2007年,第486—487页。
[2] 刘半农《〈初期白话诗稿〉序》,《新文学史料》1979年第3期,第40页。
[3] 朱自清《哪里走》,《一般》1928年第4卷第3期。

文学的区别。"[1]新旧可以成为一种感觉结构。陈寅恪对罗常培说:"现在中国文学的新旧杂糅,青黄不接,恰好像现在的思想和政治一样。"[2]但是感觉结构是一回事,而对新旧之间知识论意义上的差异的自觉则是另一回事。前者是"同时代人"都可以感觉到的,而后者则是需要通过自觉的认同才能形成。所谓"中西合流的新文化里所培养出来的青年"就是后五四时代的学生,老师与学生在文化上成为两代人,这两代人的差异与矛盾在后五四复杂的教育与政治纠缠中变得越来越不可调和。在五四意识形态下,守旧的国文老师有时候难免成为反讽的对象,朱光潜以自己的国文经历现身说法,是后五四时代新思想对付旧思想的一个非常具有说服力的方式:"教员们希望这小子可以接古文一线之传,鼓励我做,我越做也就越起劲。读品大半选自《古文辞类纂》和《经史百家杂抄》。各种体裁我大半都试作过。那时我的摹仿性很强,学欧阳修、归有光有时居然学得很像。学古文别无奥诀,只要熟读范作多篇,头脑里甚至筋肉里都浸润下那一套架子,那一套腔调,和那一套用字造句的姿态,等你下笔一摇,那些'骨力''神韵'就自然而然地来了,你就变成一个扶乩手,不由自主地动作起来。"[3]对文章摹仿的事实显然有多种阐释的方式,尽管朱光潜内心知道他的国文修养受益于这样的训练,但是他在这里依然选取了反讽的形式去描绘自己

---

[1] 浦江清《论大学文学院的文学系》,《浦江清文史杂文集》,清华大学出版社,1993年,第241页。
[2] 罗常培《中国人与中国文》,新星出版社,2015年,第42页。
[3] 《朱光潜集》,花城出版社,2009年,第199页。

的国文教师。而罗庸《我的中学国文老师》那样以正面的回忆方式来书写的则较为少见。

国文教育的对象很多是学校制度下的新学生,一方面看起来是老师教育学生,但是在新教育机制中的学生不仅是被教育的对象,往往会反过来形成一个对老师的规范性作用。有没有人选课就成为一个关键问题,例如黄节在清华开设的诗律课因为选课人数不足而引起麻烦。在学校制度的环境下无论是谁都要在自己身处的小文化语境中去做出明智的适应和调整,如果黄节不是在清华而是在当时的燕京或者中央大学则会有不一样的结果,例如在燕京,身为遗老的张尔田与青年学生相处得并不坏。这些说明在后五四时代师生之间的文化差异掺杂着新旧知识的交替,给师生都带来了挑战。

夏丏尊对于文言文文本的分析可以代表面对新学生时一种平和务实的方案,他以讲授陶渊明《桃花源记》为例,认为可以从八个方面进行:

> (1)求了解文中未熟知的字与辞。(2)求了解全文的意趣与各节各句的意义。(3)文句之中如有不能用旧有的文法知识说明者,须求得其解释。(4)依据了此文玩索记叙文的作法。(5)借此领略晋文风格的一斑。(6)求知作者陶潜的事略,旁及其传记与别的诗文。最好乘此机会去一翻《陶集》。(7)借此领略所谓乌托邦思想。(8)追求作者思想的时代的背景。一篇短短的《桃花源记》,于供给文法文句上的新知识以外,还可借以知道记叙文的体式,晋文的风格,

乌托邦思想的一斑，陶潜的传略，晋代的状况，等等。[1]

这样的阅读方式，不仅便于老师教授，也让学生容易接受，是一种新瓶装旧酒的方式。而新文学不一样，在朱自清和叶圣陶合著的《精读指导举隅》《略读指导举隅》中对胡适、徐志摩等新文学的解读，还有沈从文在《国文月刊》上发表的《从周作人鲁迅作品学习抒情》《从徐志摩作品学习"抒情"》《由冰心到废名》等授课讲义中，我们可以看到新文学的阅读是在一种没有历史负担中展开的。而文言文的文本特别是国文教育中所选的都是经典名篇，几乎每一个文本都可以说是自带着一部漫长的阐释历史而来。胡适的方法非常简单直接："究竟《关关雎鸠》一篇是泛指'后妃之德'呢？还是美文王的后妃呢？还是刺她的曾孙媳妇康王后呢？还是老老实实的一首写相思的诗呢？这一部书，经过朱熹的整理，又经过无数学者的整理，然而至今还只是一笔糊涂账；专门研究的人还弄不清楚，何况中学学生呢？若我们也糊里糊涂的把朱熹的《诗集传》做课本，叫学生把《关雎》当作'后妃之德'的诗，那就是瞒心昧己，害人子弟了！"[2]胡适的看法非常具有代表性，代表了后五四时代笺注传统的衰落。

朱自清在西南联大讲授《古诗十九首》的文本就是

---

[1] 夏丏尊《关于国文的学习》，《夏丏尊论语文教育》，杜草甬、商金林编，河南教育出版社，1987年，第33页。
[2] 胡适《再论中学的国文教学》，姜义华主编《胡适学术文集·语言文字研究》，中华书局，1993年，第63页。

这样一个值得分析的个案。朱自清在读古诗时特别注意诗歌的典故和意旨两个方面。对于典故，他是将之作为比喻的修辞来理解的，而关于意旨的阐释，朱自清颇为谨慎，因为一谈到意旨难免涉及比兴寄托、温柔敦厚等带有主观价值判断的因素，一涉及主观就会与"无中生有""驴唇不对马嘴"相联系。[1]所以，他虽对古直的陶渊明解读有所认同，但是对其意旨却有许多不认同的地方，他虽然通过隋树森的《古诗十九首集释》明白清代人对这古诗十九首的解释有很多，但他还是认为"李善的最为谨慎，切实"[2]。朱自清对过去笺注的不认同主要是五四意识形态影响之下的不认同，他对于过去笺注中的意旨进行去价值化的定性远远大于对其真正学术价值的认知和建构。就连朱自清、浦江清这样的学者都无法在知识论上对笺注传统有一个心平气和的态度，更何况他者了。当这种解读进入到现代教育的知识生产体制中时，意味着阅读史意义上的一种知识论断裂。

朱自清在解释《古诗十九首》的时候所采用的大致是差不多的方法："诗是精粹的语言，暗示是它的生命。暗示得从比喻和组织上作工夫，利用读者联想的力量。组织得简约紧凑；似乎断了，实在连着。比喻或用古事成辞，或用眼前景物。典故其实是比喻的一类。这首诗那首诗可以不用典故，但是整个儿的诗是离不开典故的。"[3]那么这一种方法是否可以达成"诗是最错综

---

[1]《朱自清全集》第七卷，江苏教育出版社，1992年，第193页。
[2]《朱自清全集》第七卷，江苏教育出版社，1992年，第192页。
[3]《朱自清全集》第七卷，江苏教育出版社，1992年，第192页。

的，最多义的，非得细密的分析工夫，不能捉住它的意旨"[1]这一目的？因朱自清认为《古诗十九首》是文人与民间的双重因素影响下写成的，所以任何对于字句的理解也必得在这个基本思想之下论证。对于《西北有高楼》这篇经典的阅读就典型地体现出这种思路存在的问题。在朱自清看来，这首诗很多地方体现出乐府诗的特点："'谁能'二语，假设问答，本是乐府的体裁。乐府多一半是民歌，民歌有些是对着大众唱的，用了问答的语句，有时只是为使听众感觉自己在歌里也有份儿——答语好像是他们的。"[2]对于诗歌的最后两句"愿为双鸣鹤，奋翅起高飞"，朱自清的解释是："这末两句似乎是乐府的套语。"[3]这些文学史化的解释，固然解释了此诗在体制上的特点，但是这仅仅是知识层面的，那么如何判定这首诗的艺术特点呢？对于朱自清来说似乎不是很困难的事情，因为按照"诗是精粹的语言"，每首诗都可以按此思路从语气、句式和修辞等方面进行现代的解释，这首诗的内在艺术价值就被转换成为一个可以规范化的外在的阐释，诗的艺术价值被客观化了的同时，阅读者也被客观化了，这样完全符合现代学术和教育的知识生产的客观化要求。但是，这样的艺术阐释是以压抑传统笺注的价值为代价的。例如清代方东树在评《西北有高楼》的时候说："此言知音难遇，而造境创言，虚

---

[1]《朱自清全集》第七卷，江苏教育出版社，1992年，第191页。
[2]《朱自清全集》第七卷，江苏教育出版社，1992年，第213页。
[3]《朱自清全集》第七卷，江苏教育出版社，1992年，第215页。

者实证之，意象笔势文法极奇，可谓精深华妙。"[1]这样的阐释不仅涉及朱自清所看重的语言分析，也顾及了对这首诗的艺术特点的评价。如果仅仅从语气、句式和修辞是无法解释其"精深华妙"之处的。

与朱自清写作时间相差不远的有一篇发表在《国文月刊》上的程千帆《〈古诗〉"西北有高楼"篇"双飞"句义》可以作为对比。程千帆这篇文章主要是通过对朱自清所不注意的最后一句"愿为双鸣鹤，奋翅起高飞"做出了新的阐释，之前的传统笺注中将这首诗用意定在知音难遇上，但是，程千帆通过阅读旧注发现"就此诗整体言之，则无论见闻，均属作者假以表意之象，结四句始为意之所存。昔人说此，盖有歧义"[2]。程千帆对旧注中关于楼外之人与楼中之女的阐释从时势、境遇和希冀三个方面提出疑问，认为："二人者，志各有所失，心各有所愿。"这样不仅修正了旧注，而且加深了旧注中对于这首诗的艺术特征的理解，在论证过程中，程千帆没有简单化地将这首诗的艺术仅仅限定在乐府诗的角度上，而是征引了洪迈《容斋五笔》中对白居易《琵琶行》、苏东坡《定惠院海棠》的阐释，以及阮籍《咏怀》八十二首之十二等文本进一步加深了对诗中虚实艺术的理解。

朱自清与程千帆在阅读同一首诗所体现出的差异，本质上是新的阅读究竟是立足于新意，[3]还是立足于疏通旧

---

[1] 隋树森《古诗十九首集释》，中华书局，2018年，第134页。
[2] 程千帆《〈古诗〉"西北有高楼"篇"双飞"句义》，《古诗考索》，商务印书馆，2014年，第380页。
[3] 参见拙文《重建古文学的阅读传统》，《清华大学学报》（哲社版）2011年第6期。

注的不同选择。前者无疑更加具有时代性,更具有可传播性。如果面对大一国文的学生来讲,是不是朱自清的方法是最佳的路径,是没有答案的。因为他在一开始就已经放弃了探索另一条道路的可能性。对于后五四时代的一些学者来说,现代教育与知识生产的方式已经令他们警惕。张尔田说:"真学问必不能于学校中求,真著述亦必不能于杂志中求。"[1]如果必须要避开学校和杂志,才能让传统笺注表述自身的知识合法性,才能让传统笺注从五四话语强大的压抑中逃逸出来,形成一种抵抗的阅读方式,在后五四时代的教育空间中并不是没有机会。但这无疑也带来了另外的问题,就是缺少了五四话语的"监督"和知识的辩驳与诘问,那些所谓的传统阅读就真的具有鲜活的生命力吗?历史往往是辩证的,只有同时自觉到这两者的意义,我们才能捕捉到哪些历史中的碎片是有意义的,然后在重访这些"症候式"的碎片时,对历史就会有新的阐释的可能性。

还有一个案例,同样可以说明后五四时代阅读史视野中的大一国文教育的复杂性。与陈垣和傅斯年在大学国文设计中有意地选择《论语》《孟子》一样,为西南联大大一国文选择《论语》的是罗庸。这个《论语》的选本,后来引起汪曾祺一段颇为浪漫的回忆:

> 《论语》选"冉有公西华侍坐"。"暮春者,春服既成,

---

[1] 参见《夏承焘集》第5册,浙江古籍出版社、浙江教育出版社,1998年,第327页。

冠者五六人,童子六七人,浴乎沂,风乎舞雩,咏而归",这不仅是训练学生的文字表达能力,这种重个性、轻利禄、潇洒自如的人生态度,对于联大学生的思想素质的形成,有很大的关系,这段文章的影响是很深远的。联大学生为人处世不俗,夸大一点说,是因为读了这样的文章。这是真正的教育作用,也是选文的教授的用心所在。

学生的浪漫回忆不一定就代表老师的用意。文化记忆对于历史的塑造功能是极为重要的。但是,辩证来看,有意或者无意的文化记忆书写有可能将历史的复杂元素给予简单化,而历史研究一个重要的目的就是通过不同碎片材料的拼接去维护文化记忆中值得保留的精神的同时,对之进行辨析,让新的历史叙述得以打开。陈垣、傅斯年和罗庸都注重《论语》《孟子》的意义,某种意义上可以认为是后五四时代传统文化的回归,但究竟在什么意义上阅读它似乎才更是问题关键所在。罗庸读《论语》的确有自己的一套思路,这个思路只有放置在现代新儒学一脉中才能理解,当时西南联大儒家哲学的代表是冯友兰和贺麟,但是罗庸与他们的路数并不一致,罗庸选了北宋理学家谢良佐《论语解·序》作为辅助阅读资料,选这篇不选其他,与罗庸以仁来解读《论语》有关。罗庸认为:"仁就是孔子的全人格,两千多年以来,中国民族共同的蕲向,也便是这仁的实践。"[1] 而如何理解仁,罗庸最看重的是"克己

---

[1] 罗庸《鸭池十讲》,新星出版社,2015年,第147页。

复礼为仁"以及"吾十有五而志于学"和"颜渊喟然叹曰"两章。罗庸对于《论语》阅读的主张，其实有一种复古的激进："儒学要在力行亲证，决不许你徒腾口说。凡在别的子家可以应用的知见言说，到《论语》全用不上。真是一钉一板，毫无走作，全身毕现，直下承当，才许你入得几分。"[1]而谢良佐在理学史上最重要的贡献也是对于仁的阐释，他对于仁的阐释主要是强调其"心"的层次："心有知觉之谓仁。"[2]正如陈钟凡所说在谢良佐那里："仁者，心灵活动之能力也。"[3]罗庸对《论语》的阅读背后是有这样一个理学脉络的。这些是作为学生的汪曾祺所不曾注意的，罗庸的心性儒学与汪曾祺的"潇洒自如的人生态度"并不一样。

但罗庸并不是简单的文化保守主义者，他在《国文教学与人格陶冶》中就体现出他对于国文背后的社会变迁和文化政治的深刻理解，此外他还在抗战中在《抗到底》杂志上发表了河南坠子《汉奸自叹》、快书《一门全节》、对口相声《老妈辞活》和太平歌词《敌机年总》等通俗文学。这似乎是思想的两极，但以复古为革命本身就是晚清以来儒学思想特质之一。罗庸是在北大国学门受到的教育，阅读《国粹学报》成长起来的学者已经不大可能是"冬烘"式的人，而他的朋友梁漱溟等人也一直在昭示着儒学与社会实践之间的紧密关联，而不是二元对立的关系。这些混合恰恰是晚清以来不同文化意识形态的层累在同一个人身

---

[1] 罗庸《鸭池十讲》，新星出版社，2015年，第144页。
[2] 黄宗羲《宋元学案》，中华书局，1986年，第1386页。
[3] 陈钟凡《两宋思想述评》，东方出版社，1996年，第135页。

上的生动体现。

通过以上的分析,我们可以看到在现代中国,阅读史视野下的大一国文教育实际上在知识的底层蕴含着不同文化记忆空间的叠加。文化记忆空间越是在一个人身上——无论是老师还是学生,越是多元化,其带来的思想的张力和活力就越大。但是,当文化记忆没有成为一种自觉的知识论时,我们可以认为具有阅读思想史意义的国文问题只有经过不断的阐释才能将它们从传统文化无意识的沉睡的底层中摇醒。

结　语

夏晓虹研究近现代史料时有一个有趣的发现:"近代知名作家或学者的著作还比较容易得到,我的感觉反而是,越是当年印刷量大的书,后世越难找到。因为此类文本大多属于通俗读物或应用性较强的书籍,使用者看过后多半会丢掉,似乎没有收藏价值,图书馆或个人藏家也都对它缺乏兴趣。"[1]像承担着国文教育思想讨论的物质载体的教科书等文献其实也是如此。这从一方面也可以使得我们看到,国文教育的许多讨论看起来影响巨大,实际上可能在一个大时代中会很快被遗忘或者被新的问题覆盖甚至取代。这也的确是1945年以后国文教育的一个处境,陈垣也说:"文言白话之争,今已过去,各有长处,各有用处。"这种论调有一种对后五四时代翻来覆去讨论的文白

---

[1] 夏晓虹《近代文学史料的发现与使用》,《名作欣赏》2018年第6期,第7页。

问题的疲倦之感。国文之所以成为公众话题，就是因为需要通过对它的讨论，五四所建立的一套现代意识形态才能不断生产，某种意义上甚至可以说作为一种公共文化的国文教育在1940年代终结了。叶圣陶在《大学国文（文言之部）·序》中说："对于入选的文篇，依据我们的目标，定了些标准。有爱国思想的，反对封建迷信的，抱着正义感，反抗强权的，主张为群众服务的。就思想方法说，逻辑条理比较完密的，我们才选它。换句话说，那篇东西在那个时代那个环境那些条件之下是有进步性的，我们才选它。"[1] 如果对比他后五四时代一系列关于国文教育的讨论，我们明显感觉到国文教育被吸纳进一个新的文化意识形态之中，参与到新的公众文化之中。至于新的意识形态是否还需要国文的参与，则是另外的一回事。

---

[1] 中央教育科学研究所编《叶圣陶语文教育论集》上册，教育科学出版社，1980年，第214页。

附录二

读罗钢《传统的幻象：跨文化语境中的王国维诗学》

晚清以来学术史研究曾经扮演过社会思想的急先锋，这和激烈的世变有极大的关联，过去亟须被整体化以便生产出新的思想语言。新时期以来，晚清民国时期的学术史又重新被慢慢凸显，其意义在于，一方面具有某种接续晚清民国各路思想脉络的气魄和抱负，另一方面晚清民国学术开始成为寄托情怀的对象，然而思想的大而化之的处理使得许多晚清民国的学术经典文本其实并未被深入地理解，只是因为时间的光晕让它们变得像历史的纪念碑，像学术历史的某些路标。其实，就它们自身来说，内含着两种历史，一种是其作为学科经典的历史，另一种是其本身的形成史和成为经典的过程史。罗钢《传统的幻象：跨文化语境中的王国维诗学》所要研究的就是这两种历史。他所讨论的《人间词话》的形成史揭开了20世纪中国学术一段隐秘的旅程，反思了20世纪中国美学的核心问题。

王国维《人间词话》的内在结构究竟是什么？这恐怕

不是过去简单地从表象的分析和概念罗列所能得出的。这本书非常细腻地分析了王国维《人间词话》中构建起其结构的核心概念的西学来源。罗钢是通过一系列王国维对所使用的概念的修改、变化等过程来分析《人间词话》的内在结构。观念的方法是西方学术发展的一个核心方法，王国维就是领悟到这种方式的魅力所在，能够在浩繁的历史文献中洞若观火，不断地命题。王国维所使用的概念包括"意境""自然""古雅""比兴"等。这些概念是一百多年来人们阅读研究《人间词话》所关注的核心概念，也正是在这些概念之下中国传统词学的文献得到了重新的梳理，变得理论化和系统化了。更重要的是，某种意义上这些概念随着现代学术的发展进程已经跳出了词学的范畴而成为文学这门新的学科的一些基本概念。

罗钢通过对王国维的"境界说"构建过程的揭示说明了"境界说"里包含的多种西学来源。例如来源于叔本华美学的"无我之境"，来源于席勒的"造境""写境"，来源于西方再现论美学传统的"真景物"，来源于西方表现论美学传统的"真感情"。但是这些混杂的理论带来了互相的冲突，这种冲突被罗钢从反映王国维思想变化的相关文本中，从王国维手稿中修改的蛛丝马迹中构建起来。其细密的分析不亚于阅读一本精彩的侦探小说。王国维曾经对叔本华的理论极为钟情，但是接受了海甫定心理学的观点之后，王国维在写景与抒情、想象与情感的先后问题上与叔本华发生了重要的分歧。罗钢认为："对王国维来说，诗歌不仅表现情感，而且应当表现一种具有社会性和人类性的情感，而这正是海甫定的观点。"（第85页）如果说在这里海甫定的理论构成了对于之前叔本华理论的一次更新和拓展,那么后面的叔本华和席勒的矛盾则是不可调和的。在分析《人间词话》中"自然中之物,互相关系,互相限制(故不能有完全之美),然其写之于文学及美术中也,必遗其关系、限制之处,故虽写实家,亦理想家也。又虽如何虚构之境,其材料必求之于自然,而其构造,亦必从自然之法则。故虽理想家,亦写实家也"这一段话的时候,罗钢说:"尽管王国维这则词话里谈的是写实家与理想家的关系这一源自席勒的命题,但是从前半段文字的思想渊源和基本脉络来看,依然植根于叔本华的美学传统。这里所说的'理想'也更多的是叔本华而非席勒意义上的'理想'。"(第107页)这种叔本华与席勒相混杂的拼贴的理论话语,还导致王国维为了维护理论的某种完整性而提出"有我之境"的概念,导致王国维将原稿中的"客观诗""主观诗"删去,罗钢说:"作为理论话语,'有我之境、无我之境'是一个相对完整的体系的一部分。在《人间词话》中,前有'造境、写境',后有'优美''宏壮'与之呼应。如果说王国维曾明确地指出'有我之境、无我之境'与'优美、宏壮'的联系,那么他对'有我之境、无我之境'与'造境、写境'之间的联系却始终没有挑明。王国维没有告诉我们,造成二者相互呼应的基础是什么,或能够将二者联系在一起的纽带是什么。我们认为,在王国维原本的考虑中,这个基础和纽带就是他在原稿中最初写下、后来又自行删去的'客观诗'和'主观诗'。"(第117页)同样原因的删改,还发生在一段常被征引的话上:"昔人论诗词,有景语、情语之别,不知一切景语,皆情语也。"罗钢分析道:"王国维此处'一切景语皆情语'的说法,其实脱胎于海甫定,即他在《屈子文学之精神》中所说的'其写景物也亦必以自己之深邃之感情为之素地'。但这种观点和他在《人间词话》中据以立论的叔本华的直观说产生了直接的冲突"。(第91页)由此可见,王国维《人间词话》内部理论结构其实充满着不确定和矛盾,然而就是这些实际上并不成功的理论建构却成了20世纪中国诗学理论最重要的遗产之一。

此外,罗钢通过对王国维所受影响的西学文本的重新分析,更进一步地揭示了以前不大为研究者所注意到的王国维的某些西学背景,泡尔生就是一个例子。他通过重新阅读分析泡尔生《哲学概论》《伦理学体系》等作品,指出了泡尔生关于静观、游戏、情感的概念对于王国维文学思想的形成的重要影响。而正是泡尔生对王国维的"文学时期"产生了重要影响并且使得他逐渐走出叔本华的世界。

分析王国维"境界说"的复杂的西学来源,弄清王国维对于西学的矛盾的处理和《人间词话》手稿与定稿的理论关系,这仅仅是罗钢在这本书中所要做的一件事。他还由王国维"境界说"溯流而下反思了已经成为20世纪中国诗学理论核心之一的"境界说"。其中,最为重要的是他对宗白华与卡西尔关系的揭示。罗钢认为:"宗白华借'意境'概念浓缩了卡西尔的几乎整个象征美学体系,他的'意境'理论是一个矛盾的结合体。从外观上看,这种理论是彻底的中国化的,从实质上看,这种理论又是极度的西方化的。如果把宗白华的'中国艺术意境'比作一株树,卡西尔的美学构成了这棵树的躯干,而他所使用的中国美学和艺术元素则是这棵树的枝叶,远远望去,我们看见的是外面纷披的枝叶,而一旦走近,拨开枝叶,我们就会发现,即使这棵树上似乎最富于中国特征的枝叶,也仍然是从德国美学的躯干里生长出来的。"(第273页)罗钢所做的第三件事就是揭示了《人间词话》的文本与传统词学的关系。这主要是王国维与常州词派理论之间的关系。常州词派最为核心的理论就是比兴寄托说,虽然王国维也看似认同"比兴"的概念,但是他所使用的比兴概念是与叔本华的"讽喻"紧密相联系的,也就是说和王国维的许多传统诗学概念一样,其背后实际上是对西学概念的"翻译",和其本身的意义已经是差以毫厘,谬以千里。所以,罗钢说:"王国维所理解的'比兴',是一种'讽喻'式的比兴,这种'比兴'只是一种强化诗歌的形象性的艺术手法,但是这种理解却最终使王国维与中国诗歌中一些重要的传统和价值擦肩而过。"(第369页)通过这三件事,罗钢不仅真正揭示了《人间词话》的内部结构,而且将之放置在之前的传统与之后产生的影响双重历史纵深场景中给予历史性的考察。正是这环环相扣的三件事使得《人间词话》有可能是第一次被如此深入地阅读研究。更进一步来说,正是对于历史纵深场景的揭示,使得这本书借王国维而提出了一个现代学术的根本问题——就是如何面对现代学术中与西的问题。正是这个问题意识使得罗钢这本书具有了强烈的历史人文关怀。

在这本书里,罗钢用一些可以称为后殖民的方法、解构主义的方法来分析一部国学经典的西学来源，可能在一些学者初读起来似乎很新鲜，但是回想会觉得这不过是一种方法，一种实证主义的研究，这不免令人要问这个方法的背后有价值的判断吗，这背后有意义的追求吗？这是一个疑问。或者还有，即便承认了王国维词学研究的某一种西学来源，那么误读不也是具有创造性的吗？它形成了一个新的历史，这个历史构筑了新的历史主体。这两点就涉及了罗钢这本书的意义问题。这也是作者在尽力要回应的问题。记得钱穆在《经学大要》里说："民国初年，虽有新文化运动，各大学没有不开经学课程的，而这些课程便和新文化运动相呼应，尽是疑古辨伪，一笔抹杀。但从民国十九年以后，经学不能再照康有为那么讲，从此没人开这些课。直到今天，也就很少人学经学了。有人称赞我这书，我说康有为说错了，我来驳他。待大家不再讲康有为了，从此经学上今文学、古文学这问题也没有了，这笔账也取消了，我这本书便只成为学术史上一本死的书，不再有人理会了。其实我这书也是一种辨伪，辨的是一时辨伪者之所谓'伪'。"罗钢对于王国维这本以文言写成的著述西学背景的揭示，同样具有一种"辨伪"的意义。不过，罗钢的"辨伪"是为了探讨我们如何寻找通向传统的另一条道路。中西思想经过一百多年的交锋，已经变得非常复杂，甚至是变得你中有我、我中有你。既然如此，在《人间词话》成为现代人的经典时——既然我们都无法成为"古代人"，这种对于西学来源的揭示意义何在？这种意义就在于，《人间词话》这一百年来不是没有抵抗，不是没有质疑。罗钢是这样描述这个过程的："伴随着欧风美雨的长期侵袭和冲刷,中国传统自身的形象也变得越来越复杂。例如在诗学中,既有唐圭璋等人继承的'中国古代诗学的传统',又有王国维所代表的'中国古代诗学传统'。与西方文化内部的激烈斗争一样,这两种中国传统也是势不两立的。一个多世纪的时间里,双方的力量此消彼长。辛亥革命前后,王国维诗学受到强大的诗学传统的压制,几乎无声无息。新文化运动以后,《人间词话》开始发生广泛的影响,同时也遭遇唐圭璋等人从传统诗学立场进行的狙击,但这种抵抗很快就趋于瓦解,就像天鹅凄美的绝唱,万云骏八十年代在复旦大学的讲课,象征着中国传统诗学对王国维诗学发出的最后一击,自此以后,这种抵抗就基本消失了,《人间词话》取得了最终的胜利,成为中国古代诗学的'总结性代表作'。"(第414页)只要我们不去简单化那些对立的声音,我们就能够通过那些抵抗触及对于通向传统道路的一个解决方案。就词学来说,在王国维那里中西文化呈现出的是一种样态,但是在其学术的对手方龙榆生等人那里,他们则是用一种"矛盾"结构了他们的学术表达——站在传统词学比兴寄托立场的同时又表现出了面对现代学术强大话语机制时的摇摆,矛盾的结构没有使得后人在不断阅读他们的时候,觉得他们缺少某种现代的"深度"和"新意",相反正是这样一种来回的摆荡,刻画了他们对两个学术世界的投入,例如写《词论》的刘永济和写《微睇室说词》的刘永济,简直让人觉得不是同一个人,但这又的确是一个人。他们的矛盾具有的深刻性和可阐释性就在于,这种矛盾记录了一段自觉或不自觉对现代学术抵抗的历史,这种历史在某种意义上阻止了对现代教育制度中的课堂的完全妥协,学术成为一种孤独和冷静的观察的时候,或者成为"荒山野老"之谈的时候,那种与过往的对话机制就重新启动了,不仅启动而且焕发了新的生机。尽管刘永济他们对于传统立场的坚持会不可避免地重新被吸纳进现代学术的强大话语机制中,但只要那些过去的词学作品本身依然有人不断去揣摩其意义和好坏的标准,那么他们被吸纳被改写前的用心终究会成为另一些人重新出发的起点。学术史和其他的历史一样,充满了各种妥协、放弃和坚持,历史也正是在各式的行动以及对行动的阐释中形成。抵抗的学术史不过是学术史的写法之一种,但绝对是最重要的一种,因为它拨开了学术崇拜的迷雾,充满着了解之后的同情,温情的敬意在这"抵抗"中经过理性的辨析更加牢固地树立,更重要的是在"抵抗"过程的揭示中我们能找到人文研究再出发的起跑线。